SUSANNE RUBIN

Alsterflimmern

LUISES RÜCKKEHR

Roman

WILHELM HEYNE VERLAG
MÜNCHEN

Dies ist ein historischer Roman. Er basiert auf der Unternehmensgeschichte des Alsterhauses. Zahlreiche tatsächliche Abläufe und handelnde Personen sind jedoch so verändert und ergänzt, dass Fakten und Fiktion eine untrennbare künstlerische Einheit bilden. Eine Zusammenarbeit mit dem Alsterhaus oder der Familie Tietz gab es nicht, insbesondere besteht keine wie auch immer geartete Lizenzbeziehung. Die Verwendung des Firmennamens erfolgt also ausschließlich aus beschreibenden und nicht aus markenmäßig-kennzeichnenden Gründen.

FSC www.fsc.org MIX Papier | Fördert gute Waldnutzung FSC® C104608

Penguin Random House Verlagsgruppe FSC® N001967

Originalausgabe 02/2024

Redaktion: Christiane Wirtz
Umschlaggestaltung: t.mutzenbach design, München,
unter Verwendung von: Historische Museen Hamburg/Museum für Hamburgische Geschichte, Trevillion Images (Ildiko Neer), Shutterstock.com (PollyW, NikaMooni, Svetlana Moska)
Satz: Uhl + Massopust, Aalen
Druck und Bindung: Nørhaven, Viborg
Printed in Denmark
ISBN: 978-3-453-42693-1

www.heyne.de

HEYNE <

Für Lieselotte (Lilo).
Du fehlst!

Die Summe unseres Lebens
sind die Stunden, wo wir lieben.

(Wilhelm Busch, 1832–1908, deutscher Schriftsteller, Maler und Zeichner)

Prolog

Hamburg, im Jahre 1949

»Es ergeht somit folgender Beschluss …«

Jens Thomsen nahm einen Stapel loser Seiten von Klaus Prange, seinem Chef, entgegen und schob ihn unter den Deckel einer schwarzen Aktenmappe, die vor ihm auf dem Tisch lag.

Da er die wichtigsten Punkte der Vereinbarung bereits kannte, interessierten ihn die weiteren Erläuterungen des Richters kaum noch. Sein Blick glitt kurz hinüber zu den Anwälten, die die Gegenseite vertraten. Sie redeten leise miteinander, auch mit dem hageren jungen Mann, der bei ihnen saß und von dem alle Anwesenden annahmen, dass er ein Angehöriger der Familie Tietz war. Während der gesamten Verhandlung hatte der junge Mann jedoch weder ein Wort gesagt, noch seine Familienzugehörigkeit offiziell bestätigt. Er hatte nur dagesessen, zugehört und sich dann und wann ein paar Notizen gemacht. Es wurde gemunkelt, dass es sich bei ihm um einen Neffen von Georg und Martin Tietz handelte, doch ganz genau wusste das nur die Gegenseite.

Jens ging davon aus, dass das Ergebnis dieser Verhandlung die Familie Tietz und ihre Anwälte kaum zufriedenstellen konnte, doch der Vergleich, auf den man sich letztlich geeinigt hatte, war vielleicht der letzte Ausweg aus einer äußerst brisanten Lage. Insbesondere die Seite, auf der Jens gesessen hatte, wäre durch eine angemessenere Abfindung unwiderruflich in den Konkurs getrieben worden. Diese Tatsache hatte schließlich auch die Familie Tietz davon überzeugt, sich auf einen Vergleich einzulassen. Es lag der Familie fern, das einst so prachtvolle und erfolgreiche Unternehmen gänzlich zu zerschlagen, und diese Einstellung war von Anfang an kein Geheimnis gewesen. Auch Klaus Prange, seine Kollegen in der Kanzlei und die Klienten, die sie vertraten, Georg Karg und seine *Hertie GmbH*, hatten das von Anfang an gewusst. Letztlich hatten sie auf dieser Basis sogar ihre Verhandlungsstrategie aufgebaut. Die Liebe der Familie Tietz zu ihrem früheren Unternehmen war ohne Frage eine ihrer stärksten Waffen gewesen, so widersinnig das auch klingen mochte, wenn man etwas länger darüber nachdachte – und Jens hatte das durchaus getan, viele Nächte lang. Durch die Zerstörungen des Krieges, aber auch durch die Teilung ihres Landes war nur noch ein Bruchteil der früheren Pracht übrig geblieben, doch Georg Karg war von Anfang an davon überzeugt gewesen, dass der Gegenseite viel daran liegen würde, diese Reste unter allen Umständen zu erhalten. Schließlich war das Unternehmen vor langer Zeit von Oskar Tietz, dem Vater von Georg und Martin Tietz, gegründet worden.

Jens hatte einen faden Geschmack im Mund. Es ging ihm ganz und gar nicht gut mit all dem Wissen über die Ereignisse und Zusammenhänge in der dunklen Vergangenheit, doch darauf kam es nicht mehr an. Er selbst war nur ein unbedeutender Referendar, wenn auch in einer hoch angesehenen Hamburger Kanzlei.

Kurz nachdem der Richter sich verabschiedet und den Raum verlassen hatte, nahm Jens die Aktenmappe, erhob sich und wartete etwas abseits geduldig, bis Klaus Prange und Georg Karg ihr abschließendes Gespräch beendet hatten.

»Ich werde der Familie Tietz noch heute anbieten, die Häuser in München, Stuttgart und Karlsruhe wieder anzumieten«, hörte Jens Georg Karg gerade sagen. »Wir brauchen diese Häuser. Ich werde das Unternehmen wieder genauso groß machen, wie es einst gewesen ist. Darauf können Sie jede Wette abschließen, und genau das werde ich auch der Familie Tietz noch einmal versichern.«

Sein Chef lächelte leicht. »Ich bin überzeugt, dass Sie erfolgreich sein werden, Herr Karg.« Beiläufig nickte er den Anwälten der Gegenseite zu, die ebenfalls gerade im Begriff waren zu gehen. »Wenn ich eines aus dieser Verhandlung mitnehme, dann ist es die Gewissheit, dass Ihnen das Unternehmen mindestens so sehr am Herzen liegt wie der Familie Tietz.«

»Da widerspreche ich Ihnen nicht. Wissen Sie, Herr Prange, ich habe einen Großteil meines Lebens in Warenhäusern verbracht«, entgegnete Karg. »Das KaDeWe in Berlin liegt noch immer in Trümmern, aber ich habe das *Alsterhaus* – ein wunderschönes Gebäude mit Tradition. Es ist mein neues Flaggschiff, und es ist mir jeden Tag eine

Freude, dort sein zu dürfen. Vor ein paar Tagen konnten wir sogar wieder die oberen Büroräume beziehen. Das war ein wichtiger Schritt.« Er nickte, um seinen Worten noch mehr Nachdruck zu verleihen. »Das Haus steht jedenfalls prachtvoll da. So wie einst vor dem Krieg, und die Menschen kommen, schauen und kaufen auch wieder. Sobald die Warenhäuser florieren, ist das ein gutes Zeichen für unser Land, das kann ich Ihnen versprechen. Es geht aufwärts, daran gibt es für mich nicht den geringsten Zweifel. Das vom Kanzler versprochene Wirtschaftswunder hat sich bereits auf den Weg gemacht.«

1. Kapitel

London, Haus der Familie Vossen,
im September 1950

Das Gefühl war wieder da. Heute erschien es Luise sogar noch stärker als jemals zuvor. Inzwischen war ihr diese seltsame Empfindung durchaus vertraut, und doch fiel es ihr noch immer schwer, sie klar zu benennen. Sie hätte auch nicht sagen können, wann genau es angefangen hatte. Das Gefühl war einfach irgendwann da gewesen und hatte zunächst nur ganz sanft ihr Innerstes berührt, doch dann war es nach und nach stärker geworden. Wie ein sanfter Hauch, der allmählich zu einem Sturm herangewachsen war, hielt es sie nun gefangen, rüttelte an ihr und ließ sie kaum mehr zur Ruhe kommen.

Luise stieß ein lang gezogenes Seufzen aus, während sie ihre Bluse zuknöpfte und den Saum in den Bund ihres Rocks schob, um ihn anschließend glatt zu streichen. Dabei fiel ihr Blick auf das große Ölgemälde, das über ihrem Bett hing. Ihr Vater hatte es ihr vor einigen Jahren zum Geburtstag geschenkt.

Das Bild zeigte den Hamburger Jungfernstieg von der Alster aus geschen, so als hätte der Maler in einem Boot gesessen. Am linken Bildrand streckte sich der wunderschöne Turm des Rathauses einem strahlend blauen Himmel entgegen. Etwas weiter rechts davon erkannte man einen schmalen Alsterlauf, ein Fleet, und gleich daneben die hübschen Alsterarkaden. Sein Hauptaugenmerk hatte der Maler jedoch unverkennbar auf die eindrucksvollen Häuser des Jungfernstiegs gelegt.

Eines der Häuser stach besonders hervor. Mit seinen fünf Etagen, den hohen Fenstern und dem grün schimmernden Kupferdach mutete es majestätisch an und bildete zugleich den Mittelpunkt des Gemäldes. Vom ersten Augenblick an war Luise von diesem prachtvollen Gebäude fasziniert gewesen. Es war das ehemalige Warenhaus Hermann Tietz. Das Warenhaus gab es noch immer, doch noch vor dem Krieg hatten die Nationalsozialisten dafür gesorgt, dass es einen anderen Namen bekam.

Ihr Großvater war im vergangenen Jahr für einige Tage in Hamburg gewesen, denn er hatte unbedingt mit eigenen Augen sehen wollen, was der Krieg seiner Heimatstadt angetan hatte. Nach seiner Rückkehr hatte er ihnen unter Tränen von all den Zerstörungen berichtet. Es hatte furchtbar wehgetan, ihren geliebten Opa so unglücklich zu sehen.

Er erzählte ihnen auch, dass nun der neue Name *Alsterhaus* in großen Buchstaben an der Fassade des Warenhauses zu lesen war.

Luise erinnerte sich noch gut an diesen herzergreifenden Moment. Ihre Eltern hatten einen langen Blick miteinander gewechselt, und die Traurigkeit darin war nicht zu übersehen gewesen. Luise war zutiefst erschüttert gewesen, wie furchtbar bedrückt und am Boden zerstört ihre Großeltern, aber auch ihre Eltern in diesem Moment waren.

Einst hatten sich Charlotte und Jannes Vossen in dem legendären Kaufhaus kennengelernt und ineinander verliebt. Wahrscheinlich hatte ihr Vater ihr auch deshalb dieses Bild geschenkt, weil er wollte, dass die Geschichte ihrer Eltern in ihrem Herzen einen Platz fand und behielt. Bei dem Gedanken fühlte sie einen Stich in der Brust. Er hatte nicht die geringste Ahnung davon, wie sehr ihr Herz bereits davon gefangen war.

Ihre Familie saß schon versammelt am Frühstückstisch, als Luise nach unten ins Esszimmer kam. Es war Sonntag, und traditionell dauerte das Familienfrühstück an diesem Wochentag immer sehr lange. Zumindest, wenn niemand von ihnen einen wichtigen Termin hatte. Dann saßen sie manchmal mehrere Stunden beisammen. Es gab wohl niemanden in ihrer Familie, der dieses Zusammensein nicht genoss.

»Ah, da bist du ja, Liebes. Guten Morgen, Luise«, wurde sie von ihrer Mutter begrüßt.

»Ha, die jungen Leute«, rief ihr Großvater aus. »Die können noch schlafen bis in die Puppen.« Er zwinkerte ihr munter zu. »Recht so, Lieschen.«

Er nannte sie oft Lieschen. Anfangs hatte sie deshalb noch protestiert, weil sie es nicht mochte, wenn man ihren Namen verniedlichte. Doch inzwischen nahm sie es einfach hin. Manchmal nannte ihr Opa sie auch Liese oder sogar Lulu. Sie war sich nicht sicher, ob das einfach nur eine kreative Auswahl von Kosenamen war, oder ob er sich manchmal gar nicht mehr oder nur vage an ihren richtigen Namen erinnerte. Früher hatte er sie einfach bei ihrem Vornamen oder auch mal Engelchen genannt. Heute kam das kaum noch vor.

Seit einigen Monaten litt ihr Opa unter einer rasch fortschreitenden Demenz, und sie wusste, dass diese Tatsache nicht nur ihr das Herz schwer machte. Kurz nachdem er im letzten Jahr von seiner Reise nach Hamburg zurückgekehrt war, hatte zunächst ihre Oma die ersten Anzeichen bemerkt. Anfangs waren es nur ein paar kleine Gedächtnislücken gewesen, doch schon kurz darauf hatte er sich plötzlich ständig verlaufen, wenn er alleine auf ihm eigentlich vertrauten Wegen unterwegs gewesen war. Seitdem wurde es von Woche zu Woche schlimmer. Doch sie hatten sich alle geschworen, ihm die Zeit, die ihm noch blieb, so angenehm wie nur möglich zu gestalten.

Ihre Mutter schenkte ihr Kaffee ein und lächelte ihr zu. »Hast du gut geschlafen, mein Schatz?«

Luise setzte sich an ihren angestammten Platz und erwiderte das sanfte Lächeln ihrer Mutter. »Ja, habe ich. Sonntage sind einfach herrlich.«

»Da widerspricht dir hier wohl niemand am Tisch.« Ihr Vater lachte.

Einmal mehr wurde ihr bewusst, wie sehr sie ihn und ihre Mutter liebte und bewunderte. Luise war sich sicher, dass die tiefe Liebe, die ihre Eltern füreinander empfanden, sie beide jung hielt. Jannes Vossen war noch immer der attraktivste Mann, den sie kannte. In seinen vollen dunklen Haaren zeigten sich nur vereinzelt zarte, silbern schimmernde Strähnen, und ihre Mutter Charlotte sah genauso zauberhaft und wunderhübsch aus wie auf ihrem Hochzeitsfoto.

»Weiß Luise eigentlich schon, dass Peter morgen nach Hause kommt?«, wollte ihre Großmutter wissen. Wie immer saß ihre Oma Esther rechts von ihr, zwischen ihr und ihrem Opa Karl.

»Peter kommt? Mitten im Schuljahr?« Luise fühlte sofort Besorgnis in sich aufsteigen. Sie und ihr jüngerer Bruder hatten sich schon immer sehr nahegestanden. »Nein, das wusste ich noch nicht. Er ist doch nicht etwa krank?«

»Mach dir keine Sorgen, Peter geht es gut. Sein Besuch hat sich ganz kurzfristig ergeben. Er hat gestern Abend angerufen, da warst du schon oben, und wir wollten dich nicht mehr stören«, erklärte ihr Vater. »Es hat einen offenbar recht heftigen Wasserschaden gegeben, deshalb muss die Schule für einige Wochen schließen. Das Gebäude sollte ohnehin gründlich renoviert werden, doch nun lassen sich die Arbeiten nicht mehr bis zu den Ferien aufschieben. Auch der Gebäudeabschnitt des Internats wurde in Mitleidenschaft gezogen, deshalb werden nun alle Schüler vorerst für zwei Wochen nach Hause geschickt. Man hofft, dass bis dahin das Schlimmste, zumindest im Wohntrakt, behoben sein wird.«

Erleichtert atmete Luise auf. »Der Wasserschaden ist sicher ärgerlich, aber ich muss zugeben, ich freue mich darauf, Peter so unerwartet zu sehen.«

»Ich freue mich auch so sehr«, stimmte ihre Mutter zu. »Eigentlich wollten Papa und ich in den nächsten Wochen sogar für ein paar Tage rauf nach Schottland und nach Gordonstoun fahren, um Peter zu besuchen, aber die Reise können wir uns nun ersparen.«

Eine Weile plätscherte das Gespräch so dahin. Wie üblich aß Luise zwei Scheiben Toast mit Butter und Orangenmarmelade, genoss ihren Kaffee und hörte überwiegend zu. Als schließlich eine kleine Gesprächspause eintrat, holte sie tief Luft. Es ging nicht anders, sie musste es einfach noch einmal versuchen.

»Papa, können wir bitte noch einmal über Hamburg reden?«, fragte sie nachdrücklich.

Ihr Vater wechselte zunächst einen Blick mit ihrer Mutter, dann sah er Luise einen endlosen Moment lang wortlos an.

»Unsere Meinung dazu hat sich in den vergangenen drei Monaten nicht geändert, Luise«, antwortete er schließlich.

Ihre Mutter nickte. »Du hast gerade erst deinen achtzehnten Geburtstag gefeiert, mein Schatz, du bist noch viel zu jung, um allein so weit weg zu leben.«

»Peter ist fast zwei Jahre jünger als ich und ist schon lange von zu Hause fort. Und er …«

»Du weißt sehr genau, dass das etwas völlig anderes ist«, unterbrach sie ihr Vater sofort. »Dein Bruder ist wohlbehütet auf einem Internat. Außerdem hat er das Land nicht verlassen und lebt auch nicht mutterseelenallein in einer Stadt, die so weit weg ist.«

»Ich wäre in Hamburg nicht allein«, widersprach sie. »Tante Kerstin und Onkel Hagen wären dort, und ich könnte …«

»Nein«, unterbrach sie ihr Vater entschieden und mit ernster Miene. »Nein«, wiederholte er. Dieses Mal klang seine Stimme allerdings eine Spur sanfter. Er war nicht gerne streng, das wusste sie.

»Was zieht dich nur so vehement nach Hamburg?«, wollte ihre Großmutter wissen. »Deine Mutter hat dich zu einer fantastischen Schneiderin ausgebildet, und du sagst doch immer wieder, dass du eines Tages deine eigene Mode entwerfen möchtest. Du lebst in einer Stadt, die dir alle Möglichkeiten dafür bietet, mein Engel.« Ihre Oma stieß ein lang gezogenes Seufzen aus. »Ich würde ja noch verstehen, wenn es dich nach Paris zöge oder gar nach New York, aber … Hamburg?«

»Ich weiß, was du meinst, Omi, und ehrlich gesagt, kann ich es gar nicht so genau erklären, warum ich tief in meinem Herzen einfach vollkommen sicher bin, dass es Hamburg sein muss. Es ist, als würde mich jemand oder etwas drängen, genau dorthin zu gehen.« Luise sah von einem zum anderen, dann blieb ihr Blick an ihrer Mutter hängen. »Ich weiß, dass ihr mich nicht versteht, aber ich kann es nicht anders erklären. Ich möchte nicht einfach nur nach Hamburg, ich *muss* dorthin. Wenn es irgendwie geht, möchte ich am liebsten sogar im *Alsterhaus* arbeiten, so wie ihr es früher getan habt. Ich würde alles dafür tun, genau dort eine erste Anstellung zu bekommen.«

Ihr Vater stieß ein leises Seufzen aus. »Du willst wirklich für Georg Karg arbeiten?«

»Wer das *Alsterhaus* führt, ist mir eigentlich egal, Papa.« Sie senkte den Blick auf ihre Hände, die fast wie im Gebet gefaltet vor ihr auf der weißen Tischdecke lagen. »Ich weiß nur, dass ich es tun muss. Es ist ein Gefühl, das mich einfach nicht zur Ruhe kommen lässt.« Erneut suchte sie den Blick ihrer Mutter. »Mama, bitte. Ich könnte doch vielleicht bei Tante Kerstin wohnen. Ihr schreibt euch dauernd, vielleicht könntest du sie fragen, ob das möglich wäre. Kerstin und Hagen vertraust du doch, nicht wahr? Und du musst zugeben, dort wäre ich ebenso gut behütet, wie es Peter in seinem Internat ist.«

Ihre Mutter zögerte. »Kerstin und Hagen würden sicherlich nichts dagegen haben, und genug Platz hätten sie auch, aber ich denke, die beiden haben momentan wirklich genug andere Sorgen.«

Luise stutzte. »Wieso, was ist denn los? Ich dachte, sie sind nach der langen Zeit in Amerika froh, wieder zurück in Hamburg und in ihrem Haus sein zu können.«

»Das ist auch so, aber Hagen und Jens verstehen sich zurzeit überhaupt nicht gut«, erklärte ihr Vater. »Dass sein Sohn nicht in seiner Kanzlei den zweiten Teil seines Referendariats absolvieren wollte, hat ihm schon genug zugesetzt, doch dann ist Jens ausgerechnet zur Kanzlei Prange gegangen. Hagen und Klaus Prange haben zusammen studiert und konnten sich noch nie leiden. Hagen ist sich sicher, dass Prange mit den Nazis sympathisiert hat. Allein diese Vorstellung ist schon schlimm genug, aber hinzu kommt noch, dass die Kanzlei Prange im Wiedergutmachungsprozess der Familie Tietz ausgerechnet Karg und die *Hertie GmbH* vertreten hat, während Hagen als beratender Jurist auf der Seite der Familie Tietz tätig war.«

Luise zuckte mit den Schultern. »Ihr wisst, dass ich Jens Thomsen nicht besonders mag, und es liegt mir fern, ihn in Schutz zu nehmen, aber als Referendar kann er sich wohl kaum aussuchen, welche Mandanten die Kanzlei übernimmt, für die er arbeitet. Dafür kann er doch nun wirklich nichts.«

»So einfach ist das nicht, Luise«, erwiderte ihr Vater. »Das ist eher eine Frage der Ehre und des Prinzips. Jens wollte schlicht nicht für Hagen arbeiten und hat sich dann auch noch ausgerechnet für Prange entschieden. Das hat Hagen schwer getroffen, und ich muss zugeben, als verantwortungsvoller und liebender Vater kann ich das sehr gut verstehen.«

Bevor Luise auf den Einwurf ihres Vaters eingehen konnte, hob ihre Mutter eine Hand und gebot ihr Einhalt. Ihre Eltern wechselten einen Blick, und ihr Vater nickte leicht.

»Wie dein Vater soeben andeutete, hatte Jens bei der Entscheidung über sein Referendariat sehr wohl eine Wahl«, ergriff nun Charlotte das Wort. »Den ersten Teil hat er direkt bei einem Strafrichter absolviert, doch nach dem ersten Jahr wollte er in eine Anwaltskanzlei wechseln. Das war von vornherein so geplant gewesen, und das machen wohl auch viele so, um genügend praktische Erfahrungen zu sammeln. Hagen ist selbstverständlich davon ausgegangen, dass Jens nach seiner Zeit bei dem Richter zu ihm kommt. Er hätte seinen Sohn wirklich in der eigenen Kanzlei gebraucht, und ich kann ebenso gut wie dein Vater nachvollziehen, warum er und Kerstin mit Jens' Entscheidung hadern. Stattdessen arbeitet wohl demnächst ein junger Jurist für Hagen, der zusammen mit Jens in Harvard studiert hat.« Ihre Mutter schüttelte leicht den Kopf. »Davon einmal abgesehen weiß Jens doch genau, dass seine Eltern der Familie Tietz noch immer sehr verbunden sind. Hagen hat es als Ehre betrachtet, zum Beraterkreis ihrer Anwälte zu gehören. Vater und Sohn haben also jeweils für die Gegenseite gearbeitet, das hat die Sache nicht unbedingt leichter gemacht.«

»Ich weiß, du hast nicht nur Papa, sondern auch Kerstin im Warenhaus kennengelernt, Mama. Ich kenne eure Geschichten, und ich weiß natürlich auch, wie wichtig euch allen das *Alsterhaus* war. Aber wenn man einmal ehrlich ist, kann doch niemand von uns Kindern erwarten, dass wir es genauso sehen.«

»Punkt für Lulu«, flüsterte ihr Großvater und lachte leise in sich hinein.

Luise unterdrückte ein Schmunzeln. Heute schien ihr Opa einen guten Tag zu haben. Sie liebte ihn so oder so, aber es war doch immer wieder eine besondere Freude, wenn sich der blitzgescheite Karl Vossen von früher so unerwartet zeigte.

Als ihr plötzlich ein Gedanke kam, setzte sie ein keckes Lächeln auf. »Da kannst du mal sehen, Mama, wie unterschiedlich Jens Thomsen und ich dazu stehen. Ich möchte, sozusagen in alter Familientradition, unbedingt in eurem geliebten Warenhaus arbeiten, und Jens scheint das *Alsterhaus* völlig egal zu sein.«

Doch an Charlottes Miene erkannte Luise sofort, dass sie soeben einen Fehler begangen hatte.

»Hier geht es nicht einfach darum, ob unsere Nachkommen etwas verstehen und teilen, was uns Älteren wichtig ist«, sagte ihre Mutter leise, aber dennoch bestimmt. »Hier geht es um Gerechtigkeit, Luise.« Charlotte hob ihren Blick und sah ihr direkt ins Gesicht. »Familie Tietz hat all das verloren, wofür zuvor schon Generationen ihrer Familie gearbeitet haben. Man hat ihnen ihr Unternehmen genommen, nur weil sie Juden sind, aus keinem anderen Grund. Auch wir mussten unsere Heimat verlassen, weil deine Großmutter jüdisch ist und damit praktisch über Nacht unsere gesamte Familie in Gefahr war. Übrigens auch du, mein Kind. Wir dürfen niemals vergessen, was die Nazis so vielen völlig unschuldigen Menschen angetan haben. Niemals! So etwas darf einfach niemals wieder passieren.«

»Scheißnazis«, schimpfte ihr Großvater. »Verdammte braune Brut, verfluchter Hitler.«

Ihre Großmutter legte sofort eine Hand auf die ihres Mannes. »Es ist gut, Karl, beruhige dich. Der Krieg ist vorbei, und Hitler ist tot.«

Luise erwiderte den eindringlichen Blick ihrer Mutter. Sie fühlte sich beschämt und musste schlucken. Natürlich wusste sie, dass Charlotte recht hatte. Mit den üblichen Maßstäben konnte man diese Sache nicht messen.

»Es tut mir leid, Mama. Ich habe nicht richtig nachgedacht.«

»Dann hoffe ich, dass dir das niemals wieder passieren wird. Es gibt Dinge, die sollten wirklich unter keinen Umständen aus den Köpfen verschwinden – nicht mal für eine Sekunde.«

Luise sah zu, wie ihr Vater ihrer Mutter sanft über den Rücken strich und ihr zulächelte. Sein Blick war voller Liebe.

»Ich muss zugeben, ich bin immer noch etwas irritiert, wenn ich den Namen *Alsterhaus* höre«, warf ihre Großmutter nach einer kleinen Gesprächspause ein. Luise nahm an, dass sie die bedrückte Stimmung am Tisch ein bisschen auflösen wollte. »Für mich wird es immer das Warenhaus Hermann Tietz bleiben.«

»Ich denke, das geht uns allen so.«

Ihr Vater erhob sich, ging hinüber zu einem kleinen Teewagen und schenkte sich ein Glas Orangensaft ein, der dort wie an jedem Sonntagmorgen in einer hübschen Kristallkaraffe bereitstand. Eine Weile verharrte er, dann wandte er sich ihnen wieder zu und fing erneut ihren Blick ein.

»Doch um zurück zum eigentlichen Thema zu kommen …«

Während er sich wieder setzte, nahm er einen Schluck Saft und stellte dann das Glas nehmen seiner Kaffeetasse ab.

»Ich denke, ich kann dir zum jetzigen Zeitpunkt noch nicht erlauben, allein nach Hamburg zu reisen, Luise. Wie ich schon mehrmals sagte, bist du noch zu jung, um …«

»Ach, Papa«, unterbrach sie ihn sofort. »Der Krieg mag erst seit fünf Jahren vorbei sein, aber wie Oma schon sagte, er *ist* es. Deutschland ist jetzt eine Bundesrepublik mit einer wunderbaren Verfassung, wie du selbst oft genug betonst.«

»Du kennst meine Einstellung dazu. Ja, es stimmt, der Krieg ist *gerade einmal* fünf Jahre vorbei. Überall in der Stadt gibt es noch Trümmerfelder, und die Besatzung hat auch noch kein richtiges Ende gefunden. Es ist dort viel zu gefährlich für ein junges Mädchen.«

»In Hamburg sind Briten stationiert, das weißt du, Papa. Trümmerfelder gibt es auch hier in London noch viele, und Hamburg ist viel weiter mit dem Wiederaufbau. Das Leben in der Stadt pulsiert schon wieder. Ich habe darüber so viel gelesen in den vergangenen Wochen. Hamburg befindet sich mitten im Aufbruch in eine neue und äußerst vielversprechende Zeit. Ich wäre so gerne dabei, wenn es richtig losgeht.«

»Was Hamburg angeht, hat Luise recht, Jannes. Kerstin schrieb, dass die Stadt jeden Tag unermüdlich daran arbeitet, die Trümmer zu beseitigen und teilweise sogar für neue Gebäude zu verwenden, die überall in der Stadt gebaut werden«, unterbrach ihre Mutter die Diskussion. »Selbst ausländische Zeitungen berichten bereits darüber, dass Hamburg *die* deutsche Stadt ist, die am effektivsten und am erfolgreichsten ihren Wiederaufbau betreibt. Überall florieren die Geschäfte, und im Hafen laufen jeden Tag neue Handelsschiffe ein.«

»Siehst du, Papa, es ist alles auf einem guten Weg.«

Luise registrierte, dass ihre Eltern erneut einen langen Blick miteinander wechselten. Das taten sie oft. Charlotte und Jannes Vossen hatten die für ihre Kinder nicht selten nervtötende Fähigkeit, sich wortlos verständigen zu können. Ihr blieb nichts anderes übrig, als stumm und voller Hoffnung abzuwarten.

»Also gut, hier kommt mein Vorschlag«, verkündete ihr Vater nach einer Weile des gemeinsamen Schweigens.

Luises Herz begann etwas schneller zu schlagen. Sollte ihr ständiges Bitten endlich Erfolg haben?

»Ich werde mich demnächst mit Georg Karg in Verbindung setzen und ihn fragen, ob er zu gegebener Zeit eine passende Stelle im Warenhaus für dich frei hätte.«

Luise sprang auf. »Oh, Papa, ich danke dir!«, rief sie aus.

Jannes Vossen hob die rechte Hand. »Moment, nicht so hastig. Ich bin noch nicht fertig.«

Langsam ließ sie sich zurück auf ihren Stuhl sinken. »Aber das heißt doch, ich darf nach Hamburg, richtig?«

»Ja, aber nicht vor deinem nächsten Geburtstag. Dann bist du wenigstens schon neunzehn Jahre alt. Bis dahin kannst du auch deine Fähigkeiten als Schneiderin weiter ausbauen und etwas mehr Erfahrungen sammeln. Noch ein Jahr, Luise, das ist meine Bedingung. Und um dir gleich den Wind aus den Segeln zu nehmen, diese Voraussetzung ist nicht verhandelbar. Das betrifft übrigens auch deine Unterbringung bei Hagen und Kerstin. Sollten die beiden nicht damit einverstanden sein, dich bei sich aufzunehmen, ziehe ich meine Zustimmung zurück, und ich denke, dass deine Mutter diesbezüglich meiner Meinung ist.«

Er warf einen kurzen Blick zurück zu ihrer Mutter und wartete deren Nicken ab.

»Also erst im nächsten Jahr?«

Luise biss sich auf die Unterlippe. Einerseits erschien ihr die Vorstellung, noch fast ein Jahr lang warten zu müssen, schier unerträglich, doch andererseits hatte ihr Vater endlich seine Zustimmung gegeben, und genau darauf hatte sie schon seit Monaten hingearbeitet. Sie sollte zufrieden sein, sagte sie sich. Unter diesen Voraussetzungen würde sie die paar Monate nun auch noch warten können.

Ihr Vater holte geräuschvoll Luft. »Ich hoffe, jede weitere Diskussion ist damit erledigt. Sobald wir von Kerstin und Hagen eine Zusage haben und ich eine positive Antwort von Georg Karg bekomme, lasse ich es dich wissen. Wenn alles geregelt ist, werde ich auch mit Kapitän Roberts reden. James Roberts ist ein zuverlässiger und anständiger Mann. Ich vertraue ihm. Er fährt inzwischen mehrmals im Monat die Strecke zwischen Liverpool und Hamburg hin und her, und ich weiß, dass es auf seinem Frachtschiff zwei Gästekabinen gibt. Opa ist im letzten Jahr auch mit ihm gereist. Käpt'n Roberts wird dich also gut und sicher nach Hamburg bringen.« Er erhob sich und berührte dabei mit einer liebevollen Geste die Schulter ihrer Mutter. »Entschuldigt mich. Ich weiß, es ist Sonntag, aber ich muss die Bücher noch auf den neuesten Stand bringen. Gestern Abend bin ich nicht mehr dazu gekommen.«

»Kann ich dich unterstützen, Jannes?«, wollte ihre Mutter wissen.

»Nein, mein Liebling, genieße du den Sonntag und ruhe dich aus. Die Woche war anstrengend genug. Ich brauche ohnehin nicht lange. Ehe du dich versiehst, bin ich wieder bei euch. Vielleicht können wir später noch einen kleinen Spaziergang im *Hyde Park* machen, was meint ihr?« Er sah in die Runde.

»Das ist eine gute Idee«, erwiderte ihre Großmutter.

Luise sah ihrem Vater nach. Sie versuchte noch immer, die vorherrschende Empfindung zu ergründen, die seine

Entscheidung in ihr hervorgerufen hatte. Die Freude, dass er endlich zugestimmt hatte, war eindeutig größer als der Gedanke an die Geduld, die ihr abverlangt wurde, entschied sie. Ja, die Vorfreude auf ihre Reise würde das Warten sicher erleichtern.

»Du strahlst ja«, stellte ihre Mutter lächelnd fest. »Das ist schön.«

»Ich freue mich wirklich, Mama. Aber es ist auch noch sehr lange hin.«

»Ich weiß, in deinem Alter erscheint einem ein Jahr sehr lang, aber sieh es doch so: Jetzt kannst du dich in aller Ruhe auf die Reise vorbereiten. Wenn du tatsächlich für eine längere Zeit in Hamburg bleiben willst, solltest du gut darüber nachdenken, was du alles mitnehmen möchtest.«

»Hamburg ist schön. Ich werde Lieschen begleiten und auf sie aufpassen«, sagte ihr Großvater.

Ihre Oma streichelte zärtlich über seine Wange. »Natürlich, mein Herz.«

Sie hatten inzwischen alle gelernt, dass er glücklicher war, wenn ihm niemand widersprach. Es war auch gar nicht nötig, denn er würde schon in wenigen Minuten vergessen haben, dass von Hamburg überhaupt die Rede gewesen war.

»Deine Mutter bringt es auf den Punkt, Kind«, wandte sich ihre Großmutter an sie. »Du hast jetzt noch genug Zeit, in aller Ruhe deine Garderobe vorzubereiten. Vielleicht nähst du dir sogar noch ein paar schöne Kleider. Dein eigenes Erscheinungsbild ist bei deinen Zukunftsplänen ja nicht ganz unwichtig.«

»Das stimmt natürlich. Ja, ihr habt beide recht, wie immer.«

Nach einer Nacht, in der sie vor lauter Aufregung kaum in den Schlaf fand, wurde der nächste Tag von der Ankunft ihres Bruders bestimmt. Die Wiedersehensfreude und die allgemeine Lebhaftigkeit im Hause lenkten sie ein bisschen von der anhaltenden Unruhe in ihrem Inneren ab.

Erst am späteren Abend schafften Peter und sie es endlich, allein miteinander zu reden. Gemeinsam saßen sie auf Luises Bett. Er lehnte am Fußende, eins der dicken Kissen im Rücken, das sie ihm zuvor zugeworfen hatte. Luise saß ihm gegenüber am Kopfende und war bereits unter ihre Decke geschlüpft. Auch Peter wärmte sich unter ihrer Bettdecke die Füße. Genauso hatten sie es schon als Kinder gerne getan, kurz bevor Hertha, ihr früheres Kindermädchen, oft aber auch ihre Mutter sie schlafen geschickt hatten.

»Ich vermisse Hertha«, sagte Peter, so als hätte er gerade ihre Gedanken gelesen. »Normalerweise wäre sie in den nächsten Minuten hereingekommen und hätte mit uns geschimpft, weil es schon so spät ist und wir immer noch wach sind. Das Haus ist nicht mehr dasselbe ohne sie.«

»Ja, ich denke auch oft an sie. Hertha war einmalig, aber sie war eben auch alt und am Ende doch sehr gebrechlich. Ich tröste mich immer damit, dass sie selbst gesagt hat, wie schön ihr Leben doch war, seit sie mit Mama und Papa hierher nach London gekommen ist. Hertha war ein Seelchen. Sie hat nicht nur uns, sondern auch Mama sehr lieb gehabt.«

»Oma hat mir vorhin erzählt, dass du Papa endlich weichgekocht hast und nach Hamburg darfst«, wechselte Peter unvermittelt das Thema.

Luise stieß schnaufend die Luft durch die Nase. »Aber erst im nächsten Jahr.«

»Ich kann mir vorstellen, dass dir das wie eine Ewigkeit erscheint, aber ich muss zugeben, dass ich Papa und Mama verstehen kann, wenn sie von dir verlangen, noch das eine Jahr abzuwarten.« Peter runzelte nachdenklich die Stirn. »Es ist schon ein großer Schritt, findest du nicht? Ich meine, wenn du mal versuchst, dein Vorhaben aus der Sicht der Erwachsenen zu betrachten, zu denen du ja immer gehören willst, wie du ständig betonst.«

»Jaha, Mister Vernunft.« Unter der Bettdecke versetzte sie ihm einen liebevollen Tritt. »Aber ich will es nun einmal unbedingt, das weißt du.« Ihr Blick wanderte wie von selbst hinauf zu dem Bild über ihrem Bett. »Etwas an dieser Stadt zieht mich magisch an.«

»Na ja, du bist dort geboren. Vielleicht ist es das.«

»Ich weiß es nicht, Peter. Kann sein. Es mag albern klingen, aber manchmal habe ich das Gefühl, man erwartet mich dort.« Sie machte eine kleine Pause, bevor sie ihren Blick wieder von dem Bild löste und fortfuhr. »Aber es ist auch das *Alsterhaus*, weißt du? Ich kann es wirklich nicht genau erklären, aber ich möchte unbedingt dort arbeiten, wo unsere Eltern sich einst kennenlernten. Sie haben so oft und viel darüber gesprochen, das hat mich einfach neugierig gemacht. Außerdem glaube ich, dass ein so wunderschönes Warenhaus wie das *Alsterhaus* großen Zeiten entgegengeht, wo doch der Krieg endlich vorbei ist. Ich möchte unter allen Umständen dabei sein, wenn das passiert.«

»Du wirst dann bei den Thomsens wohnen, nehme ich an.«

»Ja, das ist Papas Bedingung.«

»Das finde ich gut. So bist du gleich wieder Teil einer Familie und hast ein gutes und sicheres Zuhause. Kerstin und Hagen sind großartig.«

»Stimmt. Ich mag Kerstin und Hagen auch sehr, und ich fand es schön, dass sie ein paar Tage bei uns waren, nachdem sie aus Amerika zurückkamen.«

»Das lag wohl eher daran, dass ihr Schiff aus New York in Southampton anlegte. Aber ja, es war schön, als die Thomsens hier waren. Ich fand es ziemlich beeindruckend mitzuerleben, wie die Erwachsenen sich über ihr Wiedersehen nach so langer Zeit gefreut haben. Mama und Kerstin haben dauernd vor Freude geheult und sich gar nicht mehr losgelassen.«

»Ja, das war rührend, aber nach der langen Trennung und dem Krieg ist das doch verständlich. Sie mussten ja damit rechnen, dass sie sich vielleicht niemals wiedersehen werden. Wie gesagt, Kerstin und Hagen mag ich sehr, aber die Aussicht darauf, mit ihrem schnöseligen Sohn unter einem Dach wohnen zu müssen, finde ich nicht ganz so verlockend.«

»Jens ist doch in Ordnung. Ich mochte ihn eigentlich ganz gerne.«

Luise winkte unwillig ab. »Na, dich hat er ja auch in

Ruhe gelassen. Ich fand ihn allerdings ziemlich abgehoben und arrogant. Offenbar hatte er seinen Spaß daran, mich ständig wegen irgendwas aufzuziehen. Das hat mir damals richtig zu schaffen gemacht, und anscheinend hat er das auch noch genossen. Jedenfalls hat er sich furchtbar aufgeführt. Der Idiot bildet sich jede Menge darauf ein, in Harvard studiert zu haben. Das hat er dauernd erwähnt, ob es jemand hören wollte oder nicht. Ich fand das so lächerlich. Außerdem konnte ich Jungs wie ihn sowieso noch nie ausstehen.«

»Jungs wie ihn? Wie meinst du das denn?«

»Na eben solche, die genau wissen, wie hübsch sie sind.«

Auf Peters Gesicht erschien ein breites Grinsen. Sie hätte wissen müssen, dass er sie sofort damit aufziehen würde, doch nun war es zu spät. »Aha, du findest Jens Thomsen also … hübsch?« Das letzte Worte betonte er besonders.

Luise stöhnte entnervt und winkte ab. »Du brauchst gar nicht so frech zu grinsen, Peter Vossen. Ich finde auch Omas lila Hütchen hübsch, deshalb weiß ich trotzdem, dass es nichts für mich wäre.«

»Na ja, andererseits ist es schon fast zwei Jahre her, dass die Thomsens hier waren. Inzwischen bist du erwachsen geworden und siehst ihn vielleicht mit anderen Augen.«

»Sicherlich nicht. Einmal Schnösel, immer Schnösel, so viel steht fest.«

2. Kapitel

Hamburg, im Spätsommer 1951

So wie ihr Opa es ihr vor knapp zwei Jahren erzählt hatte, war die Stadt, nach der sich Luise so sehr gesehnt hatte, auch heute noch von den Narben, sogar noch von offenen Wunden gezeichnet, die der schreckliche Krieg hinterlassen hatte. Dennoch hatte sich Hamburg offenbar vorgenommen, Luise strahlend zu begrüßen. Zumindest empfand sie es so, während sie an Deck stand und begierig alles in sich aufnahm, was sie von dort aus erblicken konnte.

Die Sonne schien von einem wolkenlosen und azurblauen Himmel und tauchte selbst die grauen und wenig ansprechenden Löschkräne und Lagerhallen im Hamburger Hafen in ein goldenes Licht. Allerorts arbeiteten Menschen. Nicht nur die Schiffe ringsherum wurden entladen, sie konnte auch überall im Hafen Baustellen erkennen. Offenbar entstanden an zahlreichen Orten neue Gebäude, weitere Lagerhallen und zusätzliche Anlegestellen. Vorhin waren sie an einer großen Werft vorbeigekommen, und die Geräusche der Arbeiten waren unüberhörbar gewesen.

Mit wild klopfendem Herzen hatte sie gerade das Anlegemanöver des großen Frachtschiffes verfolgt, doch nun folgte sie Kapitän Roberts über den schmalen hölzernen Laufgang hinunter auf die Anlegebrücke. Nur wenige Schritte hinter Luise ging ein kräftiger Matrose zusammen mit ihnen von Bord. Er trug die zwei großen Koffer, in denen sie zu Hause all das verstaut hatte, was ihr für ihr neues Leben unentbehrlich erschienen war. Ihre kleinere Reisetasche hatte ihr lächelnd der Kapitän abgenommen.

Unten auf der Anlegebrücke angekommen, blieb der Kapitän kurz stehen und wandte sich ihr zu.

»Wir müssen noch ein Stück bis zur nächsten Treppe weiterlaufen«, erklärte er. »Oben werden Sie dann von einem zuverlässigen Fahrer unserer Reederei in Empfang genommen. Sicherlich wird er schon dort sein und auf Sie warten, Miss Vossen. Sie werden von ihm direkt zu Ihren Gastgebern gefahren. Ich habe Ihrem Vater versprochen, Sie erst aus den Augen zu lassen, wenn Sie sicher im Auto sitzen.«

»Das ist wirklich sehr nett und fürsorglich von Ihnen, Käpt'n Roberts«, erwiderte sie.

Er lächelte leicht. »Ich habe ebenfalls zwei Kinder, Miss Vossen. Ich kann Ihren Vater nur zu gut verstehen.«

Kurz darauf erreichten sie eine schmale Treppe, die in zwei Abschnitten von den Pontons der Anlegestellen hinauf auf einen kleinen Platz führte. Tatsächlich stand dort ein glänzend schwarzer Opel Kapitän, an dessen Motorhaube ein Fahrer in Chauffeuruniform lehnte und Zeitung las.

Er sah auf, als er ihre Schritte hörte, faltete sofort die Zeitung zusammen, nickte ihnen freundlich zu und öffnete den Kofferraum des Autos, damit die beiden Männer ihr Gepäck verstauen konnten. Anschließend bedankte sich Luise noch einmal beim Kapitän und seinem Matrosen.

»Ich wünsche Ihnen viel Glück, Miss Vossen«, antwortete Käpt'n Roberts.

Dann verabschiedeten sie sich voneinander, und der Fahrer öffnete ihr die Tür. Während sie sich im Fond des Wagens in die weichen Ledersitze fallen ließ, atmete sie einige Male tief durch. Sie war in Hamburg, nun konnten all ihre Träume wahr werden.

»Mein Name ist Hannes«, stellte sich ihr der Fahrer vor und unterbrach damit ihre euphorischen Gedanken.

Zum ersten Mal, seit sie vorgestern ihr Zuhause verlassen hatte, sprach wieder jemand mit ihr deutsch. Auf dem Schiff hatten natürlich alle englisch gesprochen.

»Der Weg ist nicht lang, mein Fräulein. Die Fahrt dauert nur wenige Minuten.«

Der unüberhörbare Hamburger Dialekt des Fahrers ließ sie schmunzeln. Sie kannte das von ihrem Großvater, und sie liebte es.

Tatsächlich ging die Fahrt für Luises Geschmack viel zu schnell vorbei. Sie hätte zu gerne noch viel mehr von der Stadt gesehen, doch gerade hielt der Wagen vor dem Haus der Thomsens an. Ihre Mutter hatte ihr das Haus so gut beschrieben, dass sie es auch ohne das goldfarbene Kanzleischild sofort erkannt hätte.

»Wir sind da, mein Fräulein«, sagte Hannes.

Er stieg aus, öffnete ihr die Tür und danach den Kofferraum, um ihr Gepäck auf den Bordstein zu stellen. In diesem Augenblick wurde auch schon die Haustür geöffnet. Kerstin Thomsen blieb kurz stehen und kam ihr dann strahlend und mit offenen Armen entgegen, um sie herzlich zu begrüßen.

»Ach, Luise, ich freue mich so«, sagte sie. Kerstin entließ sie erst aus ihrer festen Umarmung, als auch ihr Mann Hagen auftauchte, der sie ebenfalls kurz an sich zog.

»Sei herzlich willkommen, liebe Luise.« Hagens dunkle, aber dennoch klare Stimme war in jedem Gerichtssaal sicherlich ein wichtiges Werkzeug, dachte Luise sofort.

Der Fahrer der Reederei verabschiedete sich mit einer angedeuteten Verbeugung und tippte sich an den Schirm seiner Mütze. »Mein Fräulein. Es war mir eine Ehre.«

»Vielen Dank, Hannes«, erwiderte sie.

Unaufgefordert schnappte sich Hagen ihre Koffer und trug sie ins Haus.

»So, nun komm rein und trink erst einmal einen Kaffee mit uns. Du bist sicher ziemlich müde von der Überfahrt.« Kerstin legte ihren Arm um Luises Taille und dirigierte sie zur Haustür.

»Es geht eigentlich. Ich habe ganz gut geschlafen, und die Fahrt war ruhig und aufregend zugleich. Wir hatten gutes Wetter, und ich habe es so sehr genossen. Ehrlich gesagt, hatte ich vorher ein bisschen Angst, seekrank zu werden, aber zum Glück war die Sorge unnötig.« Sie konnte immer noch nicht recht fassen, dass sie nun hier war. »Entschuldigt, ich rede zu viel. Ich bin wirklich aufgeregt. Ein Kaffee wäre natürlich wundervoll.«

»Lass ruhig alles raus, meine Liebe. Ich habe übrigens

einen Butterkuchen gebacken. Deine Mutter schrieb mir, dass du ihn gern magst.«

»O ja, den lieb ich sehr. Ich war immer glücklich, wenn Hertha ihn gebacken hat.«

»Ach ja, die gute Hertha Kelling. Es tut mir leid, dass sie gestorben ist. Sie war eine mutige und sehr liebevolle Person, und sie hat damals so viel für deine Mutter riskiert.« Kerstin seufzte. »Ihr vermisst sie sicher sehr.«

»Ja, wir alle tun das, aber Mama natürlich besonders.«

Inzwischen standen sie im Flur des Hauses. Hagen stellte die Koffer neben die Treppe, nahm ihr den leichten Sommermantel ab und hängte ihn an einen der glänzenden Garderobenhaken aus Messing. Direkt gegenüber der Garderobe führte ein kleiner Durchgang in die Küche. Die Tür stand weit offen. Genauso hatte es sich Luise vorgestellt.

Kerstin Thomsen war noch immer die beste Freundin ihrer Mutter. Obwohl sie nun schon seit vielen Jahren in verschiedenen Ländern lebten, konnten sie sich ihre tiefe Freundschaft erhalten. Luise bewunderte die beiden Frauen dafür. Die Jahre der Naziherrschaft und des Krieges waren für beide Familien nicht leicht gewesen, doch obwohl es die Thomsens zuerst in die Schweiz und später sogar für einige Jahre in die Vereinigten Staaten verschlagen hatte, schafften es Charlotte Vossen und Kerstin Thomsen, das wertvolle Band zwischen ihren Familien zu erhalten.

»Setz dich, mein Deern«, forderte Kerstin sie auf.

Luise wartete, bis Hagen einen der Stühle für sich unter dem Tisch hervorgezogen hatte und sich setzte. Sie wusste aus eigener Erfahrung, dass in einer Familie oft jeder seinen Stammplatz am Tisch hatte, und es war ihr wichtig, nichts falsch zu machen.

»Hier?«, fragte sie und deutete auf den Stuhl, hinter dem sie stand.

»Ja, nimm gerne den.« Kerstin wandte sich ihr lächelnd zu. Sie deutete auf einen Stuhl auf ihrer Seite des Tisches. »Ich sitze immer hier und Jens neben mir, also dir dann gegenüber«, erklärte sie.

»So, nun erzähl mal«, forderte Hagen sie auf, nachdem Kerstin ihnen Kaffee eingeschenkt und jedem ein Stück Kuchen auf den Teller gelegt hatte. »Geht es deiner Familie gut?«

Luise nahm einen Schluck von ihrem Kaffee, bevor sie antwortete. »Ja, alle sind so weit gesund und munter. Na ja, das mit Opa wisst ihr ja, aber Peter beginnt demnächst sein Medizinstudium in Cambridge und ist sehr stolz darauf.«

»Das klingt wundervoll. Dann ist er ja auch nicht mehr so weit weg von zu Hause. Deine Mutter wird froh darüber sein. Gerade jetzt, wo du hier in Hamburg bist.«

»Ja, alle freuen sich darüber. Obwohl er natürlich auf dem Campus wohnen wird, weil das den Alltag als Student für ihn einfacher macht.«

»Das sehe ich auch so«, bestätigte Hagen. »Jens hat ähnliche Erfahrungen gemacht, als er in Harvard war.«

»Ich hoffe, dass deine Eltern dich hier bald besuchen kommen.« Kerstin schenkte ihnen Kaffee nach. »Ich würde mich so freuen, beide wiederzusehen.«

Luise lachte. »Ich nehme an, du meinst vor allem meine Mutter.«

»Charlotte fehlt mir natürlich, aber ich habe auch deinen Vater sehr ins Herz geschlossen. Jannes liebt Charlotte so sehr, und er ist ein wunderbarer Mann. Ich habe seine Stärke stets bewundert und wie er um ihre Liebe gekämpft hat. Wir alle haben so viel gemeinsam durchgestanden, und deine Mutter wird für mich ohnehin immer ein Vorbild bleiben, wenn es um Tapferkeit und Mut geht.«

»Ich weiß. Mir geht es ähnlich«, gab Luise zu. »Ich kenne ihre Geschichte, aber ich mag mir kaum vorstellen, wie ich mich an ihrer Stelle verhalten hätte. Sie ist die mutigste Frau, die ich kenne, und sie wird auch immer mein größtes Vorbild bleiben.«

In dieser Sekunde hörten sie, wie die Haustür aufgeschlossen wurde.

»Ah, das wird Jens sein.«

Kerstin erhob sich, ging hinüber zum Küchenbüfett und stellte ein weiteres Kaffeegedeck auf den Tisch. Automatisch stand auch Luise auf.

»Schau an, unser Logierbesuch ist schon da«, sagte Jens, als er in die Küche kam und ihr sofort die Hand reichte. »Willkommen in Hamburg, Luise.« Sein Blick flog nur flüchtig über sie hinweg. »Du bist erwachsen geworden, wenn du mir diese Bemerkung gestattest«, fügte er noch hinzu.

Merkwürdigerweise klang seine Begrüßungsfloskel in ihren Ohren unterschwellig sarkastisch, so als wollte er sie schon wieder aufziehen. Ob das tatsächlich so war, konnte sie natürlich nicht wissen, aber sie empfand es so.

»Guten Tag, Jens«, sagte sie, während sie sich kurz die

Hände schüttelten. »Nun, wir haben uns seit über drei Jahren nicht mehr gesehen. Damals war ich gerade sechzehn geworden, das weiß ich noch.«

Sie erwiderte seinen Blick, und für einen winzigen Augenblick fühlte sie sich seltsam verletzlich. Erst in diesem Moment wurde ihr wirklich bewusst, wie sehr seine Frotzeleien von damals sie getroffen hatten, und sofort baute sich in ihr eine erneute, noch viel stärkere Abwehrhaltung gegen ihn auf. Es war, als würde sie in eine Rüstung schlüpfen, die sie vor Jens Thomsen schützen sollte. Auch wenn sie sich darüber ärgerte, dass er diese Reaktion in ihr auslöste, ändern oder erklären konnte sie diese Gefühle nicht.

»Du hast dich hingegen kaum verändert«, schob sie nach.

Dann wandte sie sich wieder von ihm ab und setzte sich zurück auf ihren Platz. Sie vernahm ein leises Atemgeräusch, das in ihren Ohren nach einer Mischung aus Unmut und Resignation klang. Doch im Grunde sollte es ihr egal sein, was er dachte.

Kurz darauf umrundete Jens den Küchentisch und setzte sich ebenfalls. So wie Kerstin es vorhin erwähnt hatte, saß er ihr nun genau gegenüber.

»Oh, du hast gebacken, Mama. Es gibt Butterkuchen, wie wunderbar.«

Luise fiel auf, dass Hagen und sein Sohn in den folgenden Minuten kaum ein Wort miteinander wechselten. Es war nicht zu übersehen, dass sich das Verhältnis der beiden eher auf einer unpersönlichen und wenig zugewandten Ebene abspielte.

Jens aß ebenfalls ein Stück Kuchen und trank seinen Kaffee, doch die beiden Männer blieben weitestgehend stumm. Ihre Eltern hatten recht gehabt, zwischen Vater und Sohn lag offenbar noch immer einiges im Argen. Kerstin hingegen bemühte sich um Normalität, so gut es eben ging.

Es muss anstrengend für sie sein, ständig auszugleichen, ging es Luise durch den Kopf.

»Bist du heute Abend zum Essen da?«, wandte sich Kerstin an Jens.

»Heute nicht, Mama. Ich muss noch zum Gericht und einen Botengang für meinen Chef erledigen. Später hole ich dann Sybille von der Arbeit ab, und wir fahren zu ihr nach Hause. Ich bin eigentlich nur schnell hier vorbeigekommen, um unseren Gast zu begrüßen und mich frisch zu machen und umzuziehen.« Sein Blick huschte kurz zu ihr. »Sybille von Ronneburg ist meine Verlobte«, erklärte er ihr, bevor er sich wieder Kerstin zuwandte. »Dein Butterkuchen war allerdings eine willkommene Zugabe, Mama.«

Verlobt also, dachte Luise. Mit Sybille von und zu … was auch immer.

»Geht ihr heute noch aus?«, wollte Kerstin von Jens wissen.

»Wir haben Theaterkarten. Das heißt, ihre Mutter hat für uns welche besorgt. Wir gehen also zu dritt.«

Wenn Luise sich nicht täuschte, ließ sein Tonfall eine gewisse Abneigung gegen seine zukünftige Schwiegermutter erahnen, aber sie konnte sich natürlich auch täuschen. Vielleicht wäre er gerne mit seiner Verlobten alleine ins Theater gegangen, oder er mochte das Theater einfach grundsätzlich nicht. Innerlich schüttelte sie über sich selbst den Kopf, weil sie sich überhaupt darüber Gedanken machte. Es konnte ihr doch völlig egal sein, was genau Jens Thomsen an dem Theaterabend störte.

Etwas später half Luise Kerstin dabei, das Geschirr abzuwaschen. Jens hatte, wie angekündigt, unterdessen das Haus wieder verlassen. Auch Hagen hatte sich mit Arbeit entschuldigt und war in seinen Kanzleiräumen verschwunden, die sich ebenfalls im Erdgeschoss, aber auf der anderen Seite des Flurs und auf der hinteren Seite des Hauses befanden, wie Kerstin ihr bereits erklärt hatte.

»Übrigens, das Zimmer, in dem früher deine Mutter gewohnt hat, ist inzwischen eins unserer beiden Gästezimmer, und ich habe es für dich zurechtgemacht. Wenn wir hier fertig sind, können wir nach oben gehen, dann kannst du dich in Ruhe dort einrichten. Ich kann dir vorher auch gerne noch den Rest des Hauses zeigen, damit du dich zurechtfindest.« Kerstin trocknete die letzte Tasse ab und stellte sie in den Schrank. »Danke, dass du mir geholfen hast, Luise.«

»Ich freue mich so sehr und bin euch so dankbar, dass ich bei euch wohnen darf.«

»Das ist doch selbstverständlich. Es ist mir eine Freude, dich hier zu haben. Und mir ist es auch wichtig, dass du dich wie zu Hause fühlst. Du sollst wissen, dass ich jederzeit für dich da bin, falls du bei irgendwas Hilfe brauchst.«

»Ich fühle mich jetzt schon wohl bei euch, keine Sorge.

Du kannst mir auch gerne sagen, wenn ich Aufgaben hier im Haus übernehmen soll. Ich mache das sehr gerne, wirklich.«

»Das brauchst du nicht. Ich habe eine Zugehfrau, die an fünf Tagen in der Woche kommt und sich hervorragend um den Haushalt kümmert. Was noch übrig bleibt, ist kaum der Rede wert, das mache ich so nebenbei. Heute ist sie nicht hier, weil Sonnabend ist. An den Wochenenden hat sie frei. Außerdem fängst du ja schon in der nächsten Woche an zu arbeiten, dann wirst du abends froh sein, wenn du dich ansonsten um nichts mehr kümmern musst. Glaub mir, ich spreche da aus Erfahrung.«

»Ehrlich gesagt, kann ich es kaum erwarten anzufangen.« Luise seufzte leise. »Außerdem möchte ich unbedingt mehr von der Stadt sehen. Ich habe mich so danach gesehnt, endlich in Hamburg zu sein.«

»Ja, deine Mutter schrieb mir davon.« Kerstin legte ihren Kopf ein wenig schief und lächelte. »Ich habe gerade eine Idee. Es ist noch nicht allzu spät. Komm, ich zeige dir zuerst einmal dein Zimmer, danach gehen wir noch ein paar Schritte und genießen das schöne Wetter. Ich habe es schon immer als Vorteil empfunden, dass wir in Alsternähe wohnen. Was meinst du, hast du Lust?«

»Das wäre wunderbar, Kerstin.«

»Das ist so unfassbar zauberhaft«, rief Luise begeistert aus, als sie zum ersten Mal in ihrem neuen Zimmer stand. »Ich liebe das zarte Muster der Vorhänge und Kissen. Woher wusstest du, dass ich Rosen mag?«

»Du weißt doch, dass ich mich regelmäßig mit deiner Mutter austausche.« Kerstin lachte und winkte ab. »Nein, im Ernst, natürlich wusste ich das nicht. Es ist also reiner Zufall. Aber ich habe auch eine angeborene Schwäche für zarte Rosenmuster, daher freue ich mich, dass dir das Zimmer so gut gefällt.«

»Hier werde ich mich auf jeden Fall wohlfühlen, das kann ich dir versprechen, Kerstin. Und dass Mama auch einmal in diesem Zimmer gewohnt hat, ist so ein schönes Gefühl.«

»Ich habe mir schon gedacht, dass dich das besonders glücklich macht.« Kerstin holte tief Luft. »So, nun lass uns aber endlich losgehen, damit wir noch genug Zeit haben, bis ich nachher das Abendessen vorbereiten muss. Nimm dir eine leichte Strickjacke mit. Am späten Nachmittag wird es sicherlich wieder kühler, und ich möchte nicht, dass du dich gleich an deinem ersten Tag in Hamburg erkältest.«

»Ich merke schon, du wirst meine Mutter auf jeden Fall gut vertreten.« Luise kicherte. »Zumindest was die mütterliche Besorgnis angeht.«

Sie verließen das Haus, und schon nach wenigen Schritten fühlte sich Luise wie berauscht. Das Gefühl, plötzlich viel tiefer durchatmen zu können, konnte natürlich nur Einbildung sein und war sehr wahrscheinlich allein der Begeisterung geschuldet, aber sie fühlte sich schlicht wie neugeboren. Als sie kurz darauf nebeneinander auf dem Rathausmarkt standen und sie endlich einen Blick auf das wunderschöne Rathaus der Stadt werfen durfte, konnte sie ihr Glück kaum fassen.

Hamburg, ich bin hier, dachte sie zum wiederholten Mal an diesem Tag.

»Kannst du erkennen, wie sich das Hamburger Wappen im Eingangsbereich widerspiegelt?«, fragte Kerstin.

»Ja, das ist faszinierend. Ich habe gelesen, dass das Fundament des Gebäudes auf Tausenden von Eichenpfählen steht.«

»Das stimmt. Wegen des sumpfigen Untergrunds war das nötig. Aber nicht nur das Fundament des Rathauses ruht auf diesen Pfählen. Bei fast allen Gebäuden rings um die Alster hat man dieses Verfahren angewendet. Hier beim Rathaus sollen es über viertausend Pfähle sein, das ist kaum zu glauben, oder? Übrigens wurden auf diese Weise auch die Fundamente der Speicherstadt im Hafen gebaut.«

Langsam schlenderten sie weiter. Entlang des Alsterfleets und der Alsterarkaden, die Luise so gut von ihrem Gemälde kannte. Schließlich erreichten sie den Jungfernstieg. Sie überquerten die Straße, bis sie auf der anderen Seite am Alsteranleger ankamen, wo die hübschen weißen Alsterschiffe und Fähren anlegten, die in Hamburg nun endlich wieder zu den normalen Verkehrsmitteln zählten.

Zunächst ließ Luise ihren Blick über die Binnenalster schweifen. Die Spätsommersonne ließ das Wasser glitzern. Ein paar Möwen kreisten am Himmel, und in einiger Entfernung entdeckte sie eine größere Gruppe der Alsterschwäne. Solange man aufs Wasser schaute, konnte man die vereinzelten Kriegsruinen, die von hier aus zu sehen waren, fast ausblenden.

»Der Alsterpavillon soll schon bald wieder aufgebaut

werden. Deine Mutter hat ihn geliebt. Kurz nach unserer Rückkehr habe ich ihr geschrieben, dass der alte Pavillon den Bomben zum Opfer gefallen ist. Ich denke, das war ein harter Schlag für sie. Sie traf sich hier gerne mit ihrer Freundin Olga.«

»Olga von Winkelheim, ja. Ich kenne sie und mag sie sehr. Sie hat uns im vergangenen Jahr zusammen mit ihrem Mann in London besucht. Olga ist eine auffallend elegante Frau und für ihr Alter noch immer unglaublich attraktiv, finde ich.«

»Das sehe ich auch so. Vor allem ist Olga aber ein großartiger Mensch, dem deine Mutter viel zu verdanken hat. Ich gebe zu, als ich jung war, habe ich ein bisschen gebraucht, um das zu erkennen.« Sie lachte. »Wahrscheinlich war ich nur eifersüchtig, weil Charlotte sich so gut mit ihr verstand.« Nach einem kurzen Moment der Stille stieß Kerstin ein tiefes Seufzen aus. »So viel ist kaputtgegangen in den schrecklichen Kriegsjahren, besonders in der Nacht des sogenannten Feuersturms. Die Briten nannten es Operation Gomorrha. Du hast bestimmt schon davon gehört.«

»Ja, das habe ich. Mein Vater meinte, sie wollten damit vor allem Hitlers Macht in der Bevölkerung schwächen, aber auch deutsche Angriffe auf englische Städte rächen. Es muss furchtbar gewesen sein. Ein alter Geschäftsfreund meines Opas hat diese Nacht nur mit Mühe überlebt. Opa hat uns einige Abschnitte aus einem Brief vorgelesen, den dieser Mann ihm nach dem Krieg geschrieben hat. Ich weiß noch, wie schrecklich ich die Beschreibungen fand. Sie haben mich bis in meine Träume verfolgt. Er schrieb zum Beispiel, dass es aussah, als würde es Feuer und Tod regnen, selbst als die Flugzeuge schon fort waren und die Bomben nicht mehr fielen. Als die Feuer dann gelöscht waren, sah man überall verbrannte Menschen auf den Straßen und zwischen den Trümmern liegen.«

Kerstin nickte. »Ganze Stadtteile sind dem Boden gleichgemacht worden, und den Schätzungen nach haben weit über dreißigtausend Menschen ihr Leben verloren.« Sie deutete noch einmal auf den Platz, an dem einst der prächtige und berühmte Alsterpavillon stand. »Auch er ist in der Nacht des Feuersturms zerstört worden. Als ich nach unseren Jahren in Amerika zum ersten Mal wieder hier stand, habe ich geheult wie ein Schlosshund. Heute bin ich einfach nur froh und dankbar, dass unser eigenes Haus unversehrt geblieben ist. Als wir zurückkamen, stand es einfach da, so wie immer – sogar mit verschlossener Haustür. Jedes Möbelstück, das wir zurückgelassen haben, stand noch an seinem Platz. Wir konnten unser Glück kaum fassen. In Amerika wären wir beide, also Hagen und ich, auf die Dauer nicht glücklich geworden, das wurde uns sehr schnell klar. Wir hatten immer stärker mit Heimweh zu kämpfen, und das Ende des Krieges war auch in dieser Hinsicht für uns eine Erleichterung. Aber wir müssen jetzt positiv in die Zukunft schauen, Luise. Es geht wieder aufwärts mit Hamburg, das ist überall in der Stadt zu spüren, und nur darauf kommt es an. Aufgeben ist ohnehin niemals eine Option.«

»Das sagt Mama auch oft.«

Kerstin lächelte sanft. »Von ihr habe ich das ja auch gelernt.« Sie legte einen Arm um Luises Schultern, drehte sich zusammen mit ihr um und deutete auf die andere Straßenseite. »Sieh es dir an, Luise. Dort wirst du schon in wenigen Tagen arbeiten. Ist es nicht prächtig?«

Luise hob den Blick. Sie musste schlucken. Das Haus sah noch fast so aus wie auf dem Gemälde, das zu Hause in London über ihrem Bett hing. Die hohen Fenster, das grün schimmernde Kupferdach und die hübsch gestalteten Schaufenster gab es noch immer. Allein der Name *Alsterhaus* war darauf noch nicht zu lesen gewesen. In weit sichtbaren Lettern prangte er nun an der beeindruckenden Fassade.

»Großartig, oder?«, hakte Kerstin noch einmal nach.

»Ja.« Luise spürte, dass sie ein wenig atemlos war. »Es hat nichts abbekommen?«

»Nun ja, im Inneren soll es einige Verwüstungen gegeben haben, und das Dach war beschädigt, aber das ist recht schnell behoben worden. Übrigens hat Georg Karg es jetzt zu seinem Firmensitz gemacht, und die Büroräume sind auch schon wieder oben im fünften Stock, so wie früher. Stell dir vor, die erste Zeit nach dem Krieg haben sie unten im Keller gearbeitet. Das war sicherlich nicht angenehm.«

»Du weißt gut Bescheid.«

»Na ja, Jens' Verlobte Sybille arbeitet dort. Sie ist sogar die Sekretärin von Herrn Karg.«

»Ach ja? Dann wird sie ja sozusagen eine Kollegin von mir werden.«

»Das kann man so sehen. Obwohl … du wirst sie sicherlich nicht häufig zu Gesicht bekommen. Sie sitzt ja oben im Büro, und die Maßschneiderei ist im zweiten Stock. Da war sie übrigens auch schon, als deine Mutter dort gearbeitet hat. In den letzten Monaten unter Tietz gab es einige Umbauten, und Georg Karg fand offenbar, dass die durchaus ihre Berechtigung hatten. Jedenfalls wurden die alten Pläne, die zum großen Teil noch dein Vater zu verantworten hatte, wieder aus den Schubladen gezogen. Du siehst also, deine Eltern haben hier Spuren hinterlassen, die man sogar heute noch finden kann.« Kerstin warf einen Blick auf ihre schmale goldene Armbanduhr. »Das muss jetzt aber für heute reichen, Luise. Wir müssen uns langsam wieder auf den Heimweg machen. Bald ist es Zeit fürs Abendbrot.«

3. Kapitel

Die wenigen Tage, die ihr bis zu ihrem ersten Arbeitstag blieben, verstärkten das gute Gefühl in Luise, genau am richtigen Ort zu sein. Sie fühlte sich so wohl und ausgeglichen wie schon lange nicht mehr, und sie liebte das Zimmer, in dem sie wohnen durfte. In ihrem neuen Bett hatte sie noch keine einzige Nacht schlecht geschlafen. Hagen und Kerstin waren einfach wunderbar und gaben sich große Mühe, ihre Aufgabe eher als Ersatzeltern denn als Gastgeber zu erfüllen. Luise fand das rührend. Am Wochenende hatten sie sogar einige Ausflüge mit ihr gemacht, damit Luise so viel wie nur möglich von ihrer Geburtsstadt sehen konnte, bevor der Alltag endgültig Einzug halten würde.

Doch dann war es endlich so weit. Der Montag kam, und damit begann der noch fehlende und vielleicht wichtigste Teil ihres neuen Lebens.

»Trink ruhig einen zweiten Kaffee und iss ein bisschen mehr, Luise.« Kerstin schenkte noch einmal ihre Tasse voll. »Du hast genug Zeit. Wir sind die Strecke nun schon dreimal abgelaufen, du brauchst kaum fünfzehn Minuten bis zum *Alsterhaus*.«

»Ich weiß, aber ich bin nun doch ein bisschen nervös.

Wenn man mal von der Zeit vor meiner Abschlussprüfung als Schneiderin absieht, habe ich schließlich immer nur für meine eigene Familie gearbeitet.«

»Du brauchst nicht nervös zu sein. Dein Vater hat doch alles mit Karg geregelt«, warf Hagen ein. »Du meldest dich wie abgesprochen im Personalbüro, bekommst deinen Vertrag, und dann nimmt alles seinen Lauf. Du wirst schon sehen ... Richtig an die Arbeit wird es ohnehin erst morgen für dich gehen.«

»Wenn du willst, kann ich dich fahren«, schlug Jens vor. Er nahm den letzten Schluck aus seiner Tasse, stellte sie ab und sah sie über den Tisch hinweg an. »Das wäre keine große Sache. Ich komm da sowieso vorbei.« Wie immer wirkte sein Blick herablassend und merkwürdig distanziert.

Jedes Mal, wenn er das Wort an sie richtete, beschlich Luise ein Gefühl, das sie nicht näher beschreiben konnte. Es kam wohl einer Art Unmut oder Unwohlsein gleich. Jedenfalls spürte sie sofort, wie sie ihre Abwehrhaltung einnahm, sobald er auch nur in ihrer Nähe war. Sie mochte Jens Thomsen einfach nicht, da brauchte sie sich nichts vorzumachen. So wie immer weckte dieser Gedanke ihr schlechtes Gewissen Hagen und Kerstin gegenüber.

»Nein danke.« Luise gab sich große Mühe, ihre Miene möglichst freundlich erscheinen zu lassen, und hoffte, es gelang ihr auch. »Die paar Schritte kann ich wirklich gehen, und die frische Luft wird mir sicher guttun.«

»Ganz wie du meinst. War ja auch nur ein Angebot.« Jens erhob sich. »Ich muss los.« Er ging um den Tisch herum und drückte seiner Mutter einen Kuss auf die Wange. »Ich bin heute Abend zum Essen da, Mama«, sagte er.

»Das ist schön, Schatz«, erwiderte sie.

Wenig später verließ auch Luise das Haus der Thomsens. Den Weg bis zum *Alsterhaus* kannte sie bereits gut, und sie mochte ihn, auch wenn Kerstin ihr bereits lachend erklärt hatte, dass es durchaus ein Unterschied war, ob man ihn bei schönstem Sommerwetter, so wie im Augenblick, oder bei strömendem Regen und nasskaltem Winterwetter zurücklegen musste.

Natürlich stand sie schließlich einige Minuten zu früh vor dem Personaleingang, der im Gegensatz zu den prächtigen gläsernen Türen am Haupteingang eher unscheinbar wirkte. Das Kaufhaus selbst hatte um diese Zeit noch nicht geöffnet. Ein kleines Blechschild forderte dazu auf, die Klingel zu betätigen. Luise tat es, und eine ältere Frau in einem blauen Kittel öffnete ihr praktisch sofort. In der linken Hand hielt sie einen Besen.

»Ich bin Luise Vossen«, stellte sich Luise höflich vor. »Man erwartet mich heute Morgen im Personalbüro.«

»Na, dann kommen Sie mal rein«, forderte die Frau sie auf und stellte ihren Besen in die Ecke neben einer leeren Pförtnerloge. »Unser Hausmeister holt sich gerade sein Frühstück aus der Kantine, aber ich kann Sie auch zum Fahrstuhl bringen, damit Sie sich nicht verlaufen.«

»Das ist sehr nett von Ihnen.«

Luise folgte der Frau einen langen Flur entlang, von dem mehrere Türen abgingen. Eine davon stand weit offen. Das

Stimmengewirr hatte sie schon gehört, kaum dass sie durch die Tür des Personaleingangs getreten war. Im Vorbeigehen erhaschte sie einen Blick in den Raum. Einige Frauen standen vor teilweise offenen Spinden aus Metall, hängten gerade Jacken in die Schränke oder wechselten ihre Schuhe. Mehr konnte sie auf die Schnelle nicht erkennen.

»So, da wären wir«, sagte die ältere Frau schließlich. Sie drückte auf einen Knopf, um den Fahrstuhl zu holen. »Das ist der Personalaufzug. Wenn sie den obersten Knopf drücken, landen Sie direkt in der Chefetage. Dort finden Sie auch das Personalbüro.«

»Vielen Dank«, sagte Luise. Die Fahrstuhltüren öffneten sich bereits, und sie trat ein.

»Keine Ursache. Willkommen im *Alsterhaus*«, erwiderte die Frau lachend. »Alles Gute, Deern«, hörte Luise noch, bevor sich die Türen wieder schlossen.

Luise fuhr nach oben, verließ den Fahrstuhl und fand sich auf einem weiteren langen Flur wieder. Allerdings lag hier ein dicker Teppich auf dem Gang, und es herrschte eine angenehme Ruhe. Langsam ging sie an den einzelnen Türen vorbei und las dabei die Schilder, die darauf hinwiesen, wer oder was sich dahinter verbarg.

Schließlich stand sie vor der Tür des Personalbüros. Luise klopfte und öffnete die Tür, nachdem sie von innen ein »Herein« gehört hatte.

»Ah, Sie müssen Fräulein Vossen sein.« Eine Frau erhob sich hinter einem der beiden Schreibtische und lächelte ihr entgegen.

»Die bin ich«, antwortete Luise und lächelte ebenfalls

freundlich. Sie nahm die dargebotene Hand der Frau und schüttelte sie leicht. »Ich soll mich hier heute Morgen melden. Ich bin die neue Schneiderin.«

»O ja, wir haben Sie schon erwartet. Mein Name ist Gerda Konrad. Ich bin eine der Sekretärinnen hier.« Ihr Lächeln wurde breiter. »Kommen Sie, Fräulein Vossen, Herr Karg ist schon sehr neugierig auf Sie. Ich bringe Sie zu ihm.«

»Herr Karg persönlich möchte mit mir sprechen?«, fragte Luise sofort. »Ich dachte …«

»Keine Sorge, Herr Karg macht hier viele Dinge noch immer lieber selbst. Das hat schon seine Richtigkeit, mein Fräulein. Der Chef erwartet sie.«

Nur wenige Minuten später stand sie ihrem zukünftigen Chef gegenüber. Luise wusste, dass Georg Karg die sechzig bereits weit überschritten hatte. Mit seinem fliehenden Kinn und den unregelmäßigen Gesichtszügen war er nicht sonderlich attraktiv, dennoch entsprach sein auffallend sicheres Auftreten seinem gesellschaftlichen und geschäftlichen Status. Er trug einen maßgeschneiderten schwarzen Anzug, und auf seiner Nase saß eine breite dunkle Hornbrille, die sein gesamtes Gesicht beherrschte. Hinter einer großflächigen Stirnglatze war sein schütteres Haar bereits weiß. So wie viele Männer in seinem Alter trug Georg Karg es glatt zurückgekämmt.

Nach ihrer Begrüßung deutete er mit der rechten Hand auf einen der beiden Besucherstühle. »Setzen Sie sich, Fräulein Vossen.«

Luise nickte und nahm Platz.

»Ihr Vater berichtete mir am Telefon, dass Sie sozusagen

wild entschlossen seien, hier zu arbeiten. Das freut mich sehr.«

»Ja, das bringt es wohl auf den Punkt, aber ich kann Ihnen versichern, Herrn Karg, dass ich Sie nicht enttäuschen werde. Ich bin fleißig und habe mein Handwerk von der Pike auf gelernt.«

»Das weiß ich. Ihr Vater hat mir bereits sämtliche Zeugnisse zukommen lassen.«

»Ach ja?«

Luise war kurz irritiert, denn das hatte er ihr gegenüber mit keinem Wort erwähnt, doch bereits im nächsten Moment ging ihr auf, dass es natürlich völlig normal war, dass ihr Vater ihre Ausbildungsunterlagen bereits an Georg Karg weitergeleitet hatte. Sie war wirklich sehr nervös.

»Natürlich.« Karg räusperte sich leise. »Ich neige nicht dazu, die Katze im Sack zu kaufen, wie man so schön sagt. Das tue ich niemals, und das weiß er. Wir haben lange genug zusammengearbeitet. Selbstverständlich ist zu berücksichtigen, dass Sie praktisch ausschließlich über Zeugnisse verfügen, die aus Ihrem Familienunternehmen stammen. Etwas beruhigt hat mich letztlich, dass Sie Ihre Prüfungen vor einem unabhängigen Meister abgelegt haben. Jedenfalls geht das so aus Ihren Papieren hervor.«

»Ja, das habe ich. Bei Coleman & Sons in Mayfair. Ich habe vor der Prüfung auch einige Monate dort gearbeitet. Meinen Eltern war das wichtig. Wie gesagt, ich werde …«

Er hob eine Hand und gebot ihr damit Einhalt. »Sie können mir glauben, dass ich Sie ohnehin allein an der Qualität der Arbeit messen werde, die Sie für unser Unternehmen leisten werden, Fräulein Vossen. So sehr ich Ihre Eltern als Kollegen auch geschätzt habe, wird diese alte Verbindung dennoch keinerlei Einfluss auf meine eigene Einschätzung Ihrer Leistungen oder Ihres Verhaltens haben, das kann ich Ihnen schon heute versprechen. Im Übrigen gehöre ich zu den Unternehmern, denen es zu jeder Zeit immens wichtig ist, über alles und jeden im Betrieb in vollem Umfange informiert zu sein. Es wird mir also nichts entgehen. Nicht die kleinste Verfehlung, damit brauchen Sie also gar nicht erst zu rechnen. Haben Sie das so weit verstanden?«

»Selbstverständlich.« Luise spürte, wie unter ihrem Seidenunterhemd ein einzelner Schweißtropfen ihren Rücken hinablief.

»Der Anruf Ihres Vaters bot mir einerseits die Gelegenheit, ihm nach all den Jahren einen Gefallen zu tun, andererseits kam er einfach zu einem äußerst günstigen Zeitpunkt. Wir suchen schon seit einiger Zeit nach einer weiteren gut ausgebildeten Schneiderin. Ich nehme Sie also beim Wort, wenn Sie mir versprechen, mich und die hohen Ansprüche unseres Hauses nicht zu enttäuschen.«

Karg griff nach einer Unterschriftenmappe und zog einige Papiere heraus, die er in einen großen braunen Umschlag schob und über den Schreibtisch hinweg vor sie hinlegte. »Hier ist Ihr Arbeitsvertrag. Sie können ihn mit nach Hause nehmen, in aller Ruhe durchlesen und morgen früh unterschrieben im Personalbüro abgeben. Sobald das erledigt ist, kann Ihre Arbeit hier im Hause beginnen. Eine meiner Sekretärinnen wird Sie gleich im Anschluss unseres Gesprächs einmal durchs Haus führen und Ihnen natürlich auch Ihren zukünftigen Arbeitsplatz zeigen.« Georg Karg erhob sich, und sie tat es ihm sofort nach.

»Abschließend sollten Sie noch wissen, dass ich nahezu jederzeit für meine Mitarbeiter ansprechbar bin. Vorausgesetzt natürlich, ich bin überhaupt im Hause. Ansonsten macht eine meiner Sekretärinnen gerne einen Termin, falls etwas anfallen sollte, das Sie persönlich mit mir besprechen müssen. Haben Sie also keine Scheu, das in einem solchen Fall auch zu tun.« Er nickte, so als wollte er sich selbst recht geben. »Willkommen im *Alsterhaus.*«

»Vielen Dank, Herr Karg.«

»Gestatten Sie mir noch eine persönliche Bemerkung, Fräulein Vossen?«

»Natürlich.«

»Sie sind unverkennbar das Kind Ihrer Eltern. Es ist erstaunlich, wie sehr Sie beiden gleichermaßen ähneln, aber ich denke, das haben Sie schon häufiger gehört.«

»Ja, das habe ich tatsächlich«, erwiderte sie lächelnd.

Er deutete ein Nicken an und drückte auf einen Knopf an seinem Telefonapparat. Nur wenige Sekunden später erschien eine junge, auffallend hübsche Frau in der Tür.

»Wie besprochen«, sagte er nur in ihre Richtung.

»Sehr gerne, Herr Karg«, antwortete die junge Frau dienstbeflissen.

Kaum standen sie zusammen auf dem Flur, streckte ihr Kargs Sekretärin die Hand entgegen. »Ich bin Sybille von Ronneburg.«

Das ist also Jens' Verlobte, dachte Luise. »Luise Vossen«, stellte sie sich ebenfalls vor.

»Das weiß ich natürlich. Jens hat mir schon von dir erzählt. Ich denke, wir können uns lieber gleich duzen, oder? Wir werden uns in der nächsten Zeit ja sicherlich sowieso häufiger begegnen, auch privat, meine ich.«

»Gerne«, antwortete Luise automatisch.

Während sie Sybille den Gang hinunter zum Fahrstuhl folgte, betrachtete sie Jens' Verlobte noch ein bisschen genauer. Sybille von Ronneburg sah tatsächlich fantastisch aus. Sie trug ein schmal geschnittenes hellblaues Kleid mit Bleistiftrock, das mit seinem zarten weißen Gürtel und den passenden Pumps ihre schlanke Figur perfekt in Szene setzte und gleichzeitig das helle Blau ihrer Augen betonte. Das goldblonde Haar umspielte in dicken Wellen gerade noch Sybilles Ohrläppchen. Es war nicht zu übersehen, dass Jens' Verlobte damit den Frisurenstil von Marilyn Monroe kopierte, der ihr jedoch großartig stand, das musste Luise zugeben. Sie selbst hatte das dunkle Haar und die hellbraunen Augen ihres Vaters geerbt. Sie wusste natürlich, dass sie recht hübsch war, doch Frauen wie Sybille von Ronneburg würden es wohl immer schaffen, jede Geschlechtsgenossin auf die Plätze zu verweisen, ging es Luise durch den Kopf, als sie nebeneinander im Fahrstuhl standen. Sofort wunderte sie sich über diese Gedanken. Sarkasmus lag ihr eigentlich nicht.

»Ich würde sagen, wir fangen im Erdgeschoss an und fahren dann von dort aus mit den Rolltreppen durch die Stockwerke«, schlug Sybille vor. »So bekommst du gleich einen guten Überblick.«

Es war kaum ein Wunder, dass in Luises Kopf sofort die bildhaften Beschreibungen ihrer Mutter zum Leben erwachten, während sie zusammen mit Sybille von Ronneburg durch die einzelnen Stockwerke des Kaufhauses spazierte. Sie konnte sich sehr genau daran erinnern, wie enthusiastisch Charlotte ihre Eindrücke geschildert hatte. Die Begeisterung und das Erstaunen überkamen nun auch Luise. Plötzlich fiel es ihr leicht nachzuempfinden, wie es ihrer Mutter damals ergangen sein musste, als sie 1929 in Begleitung von Olga zum allerersten Mal durch eine der großen Eingangstüren diese glitzernde Welt betreten hatte. Die Pracht und Fülle des Hauses musste auch schon damals schlicht überwältigend gewesen sein.

In Luises Elternhaus hatte es nie an etwas gemangelt. Selbst die Zeiten des Krieges hatte ihre Familie ohne größere Not überstanden, doch hier im *Alsterhaus* war nicht einmal mehr im Ansatz zu spüren, dass es vor nicht allzu langer Zeit einen Krieg gegeben hatte, der abgesehen von den zahlreichen Opfern auch unendlich viel Zerstörung, Verzicht und Armut über so viele Menschen gebracht hatte. Der glänzende Marmor, die prachtvollen Kronleuchter und das überbordende Warensortiment zeugten von einer neuen Zeit. Hier war der Aufbruch in die neue Epoche bereits deutlich sichtbar, und man war sofort bereit, an das Versprechen der Politiker zu glauben, dass ein wahres Wirtschaftswunder unmittelbar bevorstand, ja, sogar schon seinen Anfang genommen hatte.

Zum Schluss zeigte Sybille ihr die Räume für das Personal. Sie betraten den Raum mit den Schränken, den Luise vorhin bereits im Vorbeigehen gesehen hatte. An der Wand gleich neben der Tür hing eine Liste und direkt daneben ein

Hakenbrett mit Schlüsseln an Nummernschildern. Nachdem Sybille auf die Liste geschaut hatte, griff sie nach einem der Schlüssel und teilte Luise einen der Spinde zu.

»Verliere ihn bloß nicht«, sagte sie mahnend, als sie ihr den passenden Schlüssel gab. »Du bekommst nur den einen umsonst. Sollte ein neuer notwendig sein, wird dir das vom Lohn abgezogen. Da ist unser Chef streng.«

»Alles klar. Ich passe gut darauf auf.«

Anschließend warfen sie einen Blick in die Kantine und fuhren danach zurück in den zweiten Stock zur Maßschneiderei, damit sich Luise ein genaueres Bild von ihrem zukünftigen Arbeitsplatz machen konnte.

Hinter einem langen Tresen, der mit einer hoch glänzenden schwarzen Oberfläche versehen war, standen vier Arbeitstische mit modernen Nähmaschinen. Nur ein einziger Platz war besetzt. Als Sybille und Luise näher kamen, sah die junge Frau, die dort arbeitete, auf. Als ihr Blick auf Sybille von Ronneburg fiel, setzte sie sofort ein Lächeln auf. In Luises Augen wirkte es jedoch etwas gezwungen.

»Fräulein Franken, dies ist Ihre neue Kollegin Fräulein Vossen. Sie ist ebenfalls Schneiderin und wird Sie ab morgen unterstützen.«

»Oh, ja … das ist …« Die Schneiderin erhob sich und kam zu ihnen, um Luise die Hand zu reichen. »Ingrid Franken«, stellte sie sich noch einmal persönlich vor.

Luise hatte den Eindruck, als wäre ihre zukünftige Kollegin leicht irritiert.

»Luise Vossen. Ich freue mich wirklich sehr auf unsere Zusammenarbeit, Fräulein Franken.«

Am Abendbrottisch berichtete Luise von ihren ersten Eindrücken. Sogar Jens war, wie angekündigt, rechtzeitig von der Arbeit gekommen und saß auf seinem Platz.

»Da hast du ja gleich Sybille kennengelernt«, stellte Kerstin fest, während sie ihr noch eine Tasse Tee einschenkte.

»Ja, das habe ich.« Luise blickte zu Jens. »Deine Verlobte war sehr zuvorkommend und hat mir alles gezeigt. Jetzt weiß ich morgen früh gleich Bescheid und muss mich nicht erst durchfragen. Das ist eine große Erleichterung.«

Jens nickte nur, erwiderte aber nichts. Sie hatte sich schon daran gewöhnt, dass er sich ziemlich wortkarg gab, vor allem wenn sein Vater anwesend war.

Hagen sah jedoch noch nicht einmal auf. Er konzentrierte sich offenbar vollkommen auf sein Käsebrot und schien regelrecht aufzuatmen, als schließlich alle aufgegessen hatten und er die Küche verlassen konnte, um noch einmal in seinem Büro zu verschwinden wie an den meisten Abenden.

Kerstin seufzte leise, nachdem er gegangen war. Luise ging ihr noch beim Abräumen des Geschirrs zur Hand. Auch Jens half dabei, die Teller zusammenzustellen, dann machte er Anstalten, sich zurückzuziehen.

»Ich bin ziemlich geschafft«, ließ er Kerstin und sie wissen. »Vielleicht sollte ich mal früh schlafen gehen.«

»Du bist einfach nur sehr angespannt«, sagte Kerstin sanft und tätschelte seine Wange. »Das kostet dich unnötig Kraft. Sprich doch endlich noch einmal in aller Ruhe mit deinem Vater, Jens.«

Er schüttelte den Kopf. »Ich werde das zweite Staatsexamen auch ohne ihn schaffen, Mama. Danach sehen wir weiter.« Er sah kurz zu Luise, dann wieder zurück zu Kerstin. »Wie auch immer, ich sollte wohl noch ein bisschen in die Bücher gucken, bevor ich mich hinlege. Gute Nacht.«

»Ich bin wirklich froh, wenn Oliver zurück ist, um Hagen zu unterstützen«, sagte Kerstin, nachdem Jens' Schritte auf der Treppe verklungen waren und sie gemeinsam den Abwasch erledigten. »Aber ein paar Wochen wird es wohl noch dauern.«

»Oliver?«, hakte Luise nach. Sie hatte den Namen noch nie zuvor gehört.

»Ach ja, du kennst ihn ja noch gar nicht. Oliver Hanke ist ein alter Schulfreund von Jens. Zunächst lernten sie sich auf dem Gymnasium in Zürich kennen, später trafen sie sich dann tatsächlich zufällig in Harvard und sogar im gleichen Studiengang wieder. Die Welt ist manchmal kleiner, als man es für möglich hält. Ihre Freundschaft begann allerdings erst richtig während des Studiums. Oliver hat schon im vergangenen Jahr sein Referendariat hier bei Hagen begonnen. Leider musste er dann aber noch einmal zurück nach New York, wo seine gesamte Familie inzwischen lebt. Sein Vater starb völlig überraschend, und Oliver wollte seiner Mutter und seinen beiden Schwestern bei der Bewältigung der Trauer, aber natürlich auch bei dem ganzen Papierkram zur Seite stehen. Seine Familie stammt ebenfalls aus Hamburg und hat das Land kurz nach Hitlers Machtergreifung verlassen. In diesen Zeiten gibt es viele Familiengeschichten, die sich ähneln.«

»Jetzt, wo du es sagst … Mama hat tatsächlich einmal erwähnt, dass ein früherer Kommilitone von Jens inzwischen hier bei Hagen arbeitet. Ich habe gar nicht mehr daran gedacht.«

»Oliver ist ein angenehmer junger Mann: gut erzogen, freundlich und dazu noch immens fleißig. Er hat ein großes Herz und strahlt eigentlich immer. Ich mag ihn sehr und bin wirklich froh, wenn er wieder hier ist. Du wirst ihn sofort mögen, da bin ich mir sicher. Er bewohnt übrigens das Zimmer über deinem. Kurz nach unserer Rückkehr nach Hamburg haben wir das Obergeschoss ausgebaut. Eigentlich vor allem, weil Hagen mehr Platz für seine Akten brauchte, aber dabei ist auch noch das kleine Zimmer entstanden, in dem Oliver jetzt wohnen kann, solange er hier arbeitet. Das erleichtert viel.«

»Das klingt gut. Jens freut sich sicherlich auch darauf, dass sein Freund zurückkommt.« Luise trocknete den letzten Teller ab und stellte ihn in den Schrank, dann hängte sie das Geschirrtuch zum Trocknen über den Griff der Ofentür. Gleich an ihrem ersten Tag im Haus hatte sie bemerkt, dass Kerstin es genauso machte.

»Ja, das tut er. Oliver und Jens verstehen sich prächtig und haben sich während des Studiums unterstützt, wo es nur ging. Vor allem tun sie sich gegenseitig gut. Auch deshalb bin ich froh darüber, dass Oliver bald wieder hier ist. Vielleicht schafft er es, Jens und Hagen wieder in Einklang zu bringen.«

Kerstin schüttelte nachdenklich den Kopf, während sie das Spülbecken säuberte. Plötzlich hielt sie in ihrer Bewegung inne und lehnte sich an den Rand des Spülbeckens, den ausgewrungenen Putzlappen noch in der Hand.

»Jens lernt wie ein Besessener«, sagte sie nach einer Weile des Schweigens. »Ehrlich gesagt, mache ich mir große Sorgen um ihn. Er will seinem Vater unbedingt beweisen, dass er sein zweites Staatsexamen schafft. Im Augenblick spielt er mit dem Gedanken, Staatsanwalt zu werden oder sogar das Richteramt anzustreben, sobald er damit durch ist.«

»Das heißt, er will Hagens Kanzlei auch später nicht übernehmen?«

»So wie es im Augenblick zwischen den beiden steht, eher nicht. Dabei lässt mich das Gefühl nicht los, dass er insgeheim sogar sehr gerne mit Hagen zusammenarbeiten würde. Zurzeit ist das jedoch kaum vorstellbar.« Kerstin zuckte mit den Schultern. »Es sei denn, die kriegen es endlich mal hin, vernünftig miteinander zu reden. Die können beide so verdammt stur sein. Vater und Sohn halt.«

»Wie lange geht das eigentlich schon so?« Luise setzte sich wieder an den Tisch.

»Na ja, im Grunde seit dem Tietz-Prozess, also seit Jens sein Referendariat bei Klaus Prange begonnen hat. Um es auf den Punkt zu bringen: Eigentlich schon seit er beschlossen hat, es nicht hier bei seinem Vater zu absolvieren. Dass er dann ausgerechnet zu Prange ging, setzte der Sache aus Hagens Sicht die Krone auf. Er konnte diesen Prange noch nie ausstehen, weißt du. Irgendwas war da mal in ihrer Jugend. Hagen meinte einmal, dass Prange schon sehr früh ein Anhänger der Nationalsozialisten gewesen sei.«

Luise schüttelte den Kopf. »Das heißt, die Ursache ihrer Unstimmigkeiten liegt schon fast zwei Jahre zurück, oder?«

»Das stimmt. Sogar noch etwas länger. Kurz bevor du

bei uns eingetroffen bist, hat Jens sein Referendariat erfolgreich beendet.«

Luise stutzte. »Hm, mir kam es so vor, als würde er noch immer dort arbeiten.«

Kerstin nickte. »Ja, das tut er auch, aber nur stundenweise, damit ihm genug Zeit zum Lernen bleibt. Jens kann das Geld gut gebrauchen. Seine Verlobte ist recht anspruchsvoll und von zu Hause aus ziemlich verwöhnt. Von dem Vermögen, das sie einmal erben wird, ist trotz des Krieges immer noch mehr als genug übrig geblieben – Adel halt. Von denen sind ja einige ganz gut durch die schweren Zeiten gekommen. Ihr Vater, Graf von Ronneburg, war nicht nur Senator, er besaß auch eine Reederei und ein kleines Unternehmen, das bis zum Kriegsbeginn mit Gewürzen handelte. Sybille erwähnte mal, dass sie nur als Sekretärin arbeitet, weil es ihr Spaß mache, eigenes Geld zu verdienen, über das sie ihrer strengen Mutter gegenüber keinerlei Rechenschaft ablegen müsse.«

»Sie ist wunderhübsch und wirkt sehr elegant – auf eine natürliche Art, meine ich. Mir ist natürlich sofort aufgefallen, wie geschmackvoll sie sich kleidet.«

»Ja, hübsch ist Sybille ohne Frage, und diese natürlich wirkende Eleganz wurde ihr wahrscheinlich in die Wiege gelegt. Ihre Mutter ist ebenfalls eine sehr elegante Erscheinung.« Kerstin holte tief Luft. »Ich muss leider zugeben, dass ich trotzdem nicht wirklich warm werde mit Sybille.«

»Nanu?« Luise wusste nicht so richtig, was sie auf dieses offene Bekenntnis erwidern sollte.

Kerstin winkte ab. »Ist ja auch egal, schließlich kommt es allein darauf an, dass Jens mit ihr glücklich ist.«

Sie drehte sich wieder um, wischte das Küchenbecken aus und hängte den Putzlappen zum Trocknen über den Wasserhahn.

»Entschuldige, dass mir das überhaupt rausgerutscht ist. Ich sollte dich wirklich nicht mit meinen Sorgen belasten.«

Luise schmunzelte. »Na ja, du bist jetzt sozusagen meine Ersatzmutter, und mit meiner Mama rede ich ebenfalls über alles, auch über ihre Probleme und nicht nur über meine. Mach dir keine Sorgen, Kerstin. Ich würde mir niemals etwas anmerken lassen oder dein Vertrauen missbrauchen. Deine Offenheit belastet mich in keiner Weise. Ich bin dir sogar dankbar für dein Vertrauen.«

Wie Luise es schon erwartet hatte, kam Kerstin zu ihr und schloss sie sofort in die Arme.

»Du bist eben das Kind deiner großartigen Eltern, so viel steht fest.« Kerstin entließ sie aus ihrer Umarmung, ohne sie ganz loszulassen. Ihre Hände umfassten Luises Unterarme. »Und du schaffst es spielend, mein Herz leicht und froh zu machen.«

»Das hast du wirklich schön gesagt, Kerstin. Danke.«

»Ich danke dir, mein Kind.« Sie lachte. »Und natürlich bin ich deinen Eltern dankbar, dass sie dich zu uns geschickt haben. Ich glaube, du wirst unserer kleinen Familie sehr guttun.«

Jens kam nicht mehr zur Ruhe. Zwei oder drei Stunden hatte er geschlafen, dann war er plötzlich wach geworden, und seitdem starrte er in die Dunkelheit. Viel zu viele Gedanken schienen in seinem Kopf einen wilden Tanz aufzuführen, und er schaffte es einfach nicht, sie einigermaßen zu sortieren. Dieser Zustand war völlig neu für ihn, und er war bemüht, die Ursache zu ergründen.

Ja, er hatte wirklich viel gearbeitet in den vergangenen Wochen, doch er mochte seine Arbeit, weil sie nun einmal so herrlich strukturiert und verlässlich war. Die Gesetze, mit denen er jeden Tag zu tun hatte, vermittelten ihm Sicherheit und gaben ihm Halt, eben ein Gefühl von steter Klarheit – und genau das schien ihm in seinem privaten Leben immer häufiger abhandenzukommen. Das schlechte Verhältnis zu seinem Vater belastete ihn von Tag zu Tag stärker, doch er sah sich auch nicht in der Lage, etwas daran zu ändern. Im Übrigen hatte er sich von Anfang an im Recht gesehen. Er sah noch immer nicht ein, nur des lieben Friedens willen seine eigenen Vorstellungen zurückzustellen, vielleicht sogar zu verraten. Nein, das kam für ihn nicht infrage. Im Augenblick sah er jedenfalls keinen Weg zurück zu dem guten und liebevollen Verhältnis, das er einst zu seinem Vater gehabt hatte. Wäre seine Mutter nicht, wer weiß, vielleicht hätte er schon längst seine Sachen gepackt und wäre ausgezogen. Doch wegen ihr brachte er das noch nicht übers Herz.

Natürlich hatte Jens immer gewusst, dass Kerstin gar nicht seine leibliche Mutter war, daraus hatten seine Eltern nie ein Geheimnis gemacht. Sein Vater hatte Kerstin kennengelernt und sich auf den ersten Blick in sie verliebt, da war Jens gerade einmal drei Jahre alt gewesen. So hatte er es ihm vor langer Zeit erzählt. Seine leibliche Mutter war kurz nach seiner Geburt verstorben. Natürlich existierten ein paar vergilbte Fotografien, darunter auch das Hochzeitsbild seiner Eltern, doch die Bilder wirkten wie aus einer anderen Zeit, und das Gesicht seiner Mutter ließ sich darauf kaum erkennen. Er selbst hatte nicht die geringste Erinnerung an sie. Solange er denken konnte, war Kerstin für ihn da gewesen. Sie war die einzige Mutter, die er je gekannt hatte, und er war sich sicher, dass er die Frau, die ihn einst zur Welt gebracht hatte, kaum mehr hätte lieben können. Kerstin war stets sein Fels in der manchmal doch ziemlich wilden Brandung des Lebens gewesen, und er wusste, das würde sie auch immer bleiben.

Es brachte offenbar überhaupt nichts, wenn er sich hier im Bett noch länger entnervt herumwälzte, beschloss er schließlich. An Schlaf war kaum zu denken, da konnte er auch gleich aufstehen, sich einen starken Kaffee kochen und ein bisschen in seine Unterlagen schauen. Da er wie so oft nur die Pyjamahose trug, zog er sich seinen blau gestreiften Bademantel über. Er benutzte ihn zwar äußerst selten, dennoch hing er stets griffbereit an einem der beiden Wandhaken neben dem Kleiderschrank. Eher nachlässig verknotete er den Bindegürtel, verließ sein Zimmer und ging barfuß und so leise wie möglich die Treppe nach unten.

Erstaunt und – wenn er ehrlich zu sich selbst war – auch ein bisschen überfordert blieb er in der Küchentür stehen, nachdem er sie geöffnet hatte. Luise stand am Herd und rührte in einem kleinen Topf herum.

Als sie das Geräusch der Küchentür hinter sich hörte, drehte sie sich zu ihm herum. Wenn er sich nicht täuschte, erschrak sie kurz, denn sie starrte ihn einige Sekunden lang überrascht an.

»Oh«, sagte sie schließlich, und das löste den Bann. »Jens, du bist es.«

»Ich konnte nicht mehr einschlafen«, erwiderte er ziemlich lahm. Sofort zupfte er den Bademantel über seinem nackten Oberkörper zurecht und zog den Gürtel enger.

»So ging es mir auch. Irgendwann bin ich einfach aufgewacht, und das war es dann.« Ein angedeutetes Lächeln zeigte sich auf ihrem Gesicht, und sie neigte den Kopf leicht zur Seite. »Vielleicht liegt es am Wetter.«

»Lass mich raten.« Jens schloss die Tür und trat an den Küchentisch, der sie voneinander trennte. »Eine Weisheit deiner Mutter?«

»Nein.« Luise schüttelte offenbar leicht amüsiert den Kopf. Ihm gegenüber hatte sie sich noch nie auffallend freundlich verhalten, wahrscheinlich fiel es ihm deshalb sofort auf.

»Aber von meinem Opa«, fuhr sie fort. »Es ist einer seiner Lieblingssätze.« Sie wandte sich wieder dem Topf zu und drehte den Herd ab. »Ich habe mir heiße Schokolade gemacht. Willst du auch welche? Vielleicht hilft es. Es wäre kein Problem, noch ein bisschen mehr …«

Jens winkte ab. »Nein, lass nur. Mir ist eher nach einem starken Kaffee. Ich denke nicht, dass ich heute Nacht überhaupt noch schlafen kann. Das ist auch nicht weiter schlimm. Ich höre es ganz gerne, wenn am frühen Morgen die Vögel ihren Gesang anstimmen. Ich finde ihre Lebensfreude enorm inspirierend.«

Luise schenkte sich die fertige Schokolade in einen bereitstehenden Becher, spülte den Topf kurz aus und deutete anschließend auf die Küchenuhr. »Es ist gerade mal halb vier.«

»Es macht die Sache übrigens nicht besser, wenn man sich die unchristliche Zeit auch noch so klar vor Augen führt«, antwortete er grinsend, damit sie sofort wusste, dass er nur einen Scherz machte und sie nicht etwa maßregelte.

In der letzten Zeit hatte er manchmal das Gefühl, dass sie ihn oft falsch verstand. Vielleicht machte es ihr sogar Spaß, ihn falsch zu verstehen, er wusste es nicht. Jedenfalls fand er den Umgang mit ihr häufig kompliziert. Jens wartete, bis sie sich mit ihrem Becher an den Tisch gesetzt hatte und der Platz vor dem Spülbecken frei wurde. Wortlos griff er nach dem Kessel, füllte ihn mit Wasser und stellte ihn auf den Herd. Er entzündete die Gasflamme und wandte sich ihr erneut zu.

»Vielleicht bist du einfach aufgeregt, so kurz vor deinem ersten richtigen Arbeitstag. Wenn einem so was bevorsteht, kann es einem schon mal den Schlaf rauben.«

Luise schüttelte den Kopf. »Nein, das glaube ich nicht. Wenn es irgendetwas gibt, bei dem ich mir wirklich sicher bin, dass ich es kann, dann ist es meine Arbeit.«

»Hm.« Ihm fiel nichts Besseres ein, denn in diesem Augenblick wurde ihm bewusst, dass sie nur wenig mehr trug als ein Nachthemd, dessen mit weißer Spitze besetzter Ausschnitt aus dem Kragen eines seidig fließenden rosafarbenen Morgenmantels herausschaute. Der anschmiegsame Stoff des Negligés betonte ihre weiblichen Rundungen und ließ seiner Vorstellungskraft nicht besonders viel Spielraum. Er räusperte sich, als er sich selbst bei diesen unangebrachten Gedanken ertappte.

Meine Herren, schließlich bin ich auch nur ein Mann, sagte er sich sofort und schüttelte innerlich über sich selbst den Kopf.

»Das Wasser kocht«, sagte sie, und er schreckte ein wenig zusammen.

»Ah ja. Natürlich.« Jens goss das heiße Wasser langsam über das Kaffeepulver im vorbereiteten Filter. Die gewohnten Handgriffe holten ihn endgültig wieder zurück in die Wirklichkeit.

»Du machst das nicht zum ersten Mal, was?« Es klang eher nach einer Feststellung als nach einer Frage.

»Ich liebe Kaffee und trinke ihn ständig. Da ist es nicht ganz unwichtig, dass man ihn selbst zubereiten kann.«

»Ich trinke ihn auch gerne. Das habe ich von meinem Vater geerbt. Der kann ebenfalls nicht ohne. Er sagt immer, ohne Kaffee würde er keinen einzigen Tag überleben.«

Ihm ging auf, dass er noch nie so viele Worte mit ihr gewechselt hatte. Zumindest nicht, seit sie hier war und so … erwachsen wirkte. »Soll ich dir auch einen aufgießen? Würde mir nichts ausmachen.«

»Nein, lass nur, ich trinke noch meine Schokolade aus und versuche danach, doch noch ein oder zwei Stunden zu schlafen«, antwortete sie.

Luise legte die Hand auf eine große Mappe, die auf dem

Tisch lag und die er bisher noch gar nicht bemerkt hatte. Sie schob sie beiseite.

»Was ist das denn?«, fragte er automatisch.

»Nur meine Zeichenmappe. Ich habe mir vorhin ein bisschen die Zeit damit vertrieben.«

»Du zeichnest?«

»Nicht wirklich. Ich habe Spaß daran, Mode zu entwerfen.«

»Darf ich mal schauen?« Er wollte gerade das Deckblatt der Mappe anheben, da legte sie rasch ihre Hand wieder darauf und hinderte ihn daran.

»Natürlich nicht. Das ist privat und geht dich nichts an.«

»Schade. Ich hätte gerne gesehen, was du da so fabrizierst.«

Er zuckte mit den Schultern. Von Anfang an hatte er das Gefühl gehabt, dass Luise ihn aus irgendeinem Grund nicht sonderlich mochte, ihn vielleicht sogar von Grund auf ablehnte. Es lag nicht unbedingt daran, was sie sagte, sondern wie sie es tat und wie sie sich insgesamt ihm gegenüber verhielt. So war es auch jetzt. Ihre Miene wirkte verschlossen, und der Blick aus ihren ungewöhnlichen Augen blieb kühl. Die wenigen freundlichen Momente, die es soeben zwischen ihnen gegeben hatte, waren offenbar wieder verpufft. Er konnte nicht sagen, warum, aber er spürte ihre Ablehnung sogar körperlich, dabei konnte er sich nicht daran erinnern, ihr jemals etwas getan zu haben.

Gerade als er noch überlegte, ob er sie vielleicht damals in London unabsichtlich beleidigt oder anderweitig schlecht behandelt haben könnte, erhob sie sich, und sein soeben gefasstes Vorhaben, sie einfach darauf anzusprechen, löste sich genauso schnell wieder in Luft auf, wie es gekommen war.

Ihre Bewegungen wirkten seltsam abrupt, und ihm wurde bewusst, dass er sie soeben sehr wahrscheinlich mehrere Sekunden lang nachdenklich angestarrt hatte. Seine übliche Selbstsicherheit benahm sich wie eine empfindliche Kristallschale in kochend heißem Wasser und bekam einen schmerzhaften Sprung. Er konnte direkt fühlen, wie es in seinem Inneren leise knackte und knirschte. Eine tiefe, nie gekannte Verlegenheit überkam ihn. Wortlos sah er zu, wie sie ihren Becher ins Spülbecken stellte, nach ihrer Zeichenmappe griff und hinüber zur Küchentür ging.

Als sie sich von ihm abwandte, rutschte jedoch ein Blatt aus ihrer Mappe, segelte langsam zu Boden und landete direkt vor seinen Füßen. Noch bevor sie ihm zuvorkommen konnte, hob er es auf.

Die Zeichnung war fantastisch und wirkte enorm professionell. Zumindest so weit er das beurteilen konnte.

»Du kannst sehr gut zeichnen, und der Entwurf gefällt mir«, brachte er seine ehrliche Meinung zum Ausdruck.

»Danke.« Sie nahm ihm die Skizze aus der Hand und schob sie zurück in die Mappe, ohne weiter auf sein Lob einzugehen. »Gute Nacht, Jens«, hörte er sie schließlich mit diesem seltsam kühlen Unterton in der Stimme sagen. Ihre Hand lag bereits auf der Klinke.

»Schlaf gut«, brachte er gerade noch hervor, dann war sie auch schon fort.

4. Kapitel

Vier Wochen später

Der Herbst kam ohne große Ankündigung. An einem Tag schien noch die Sonne, und selbst am Abend reichte eine leichte Jacke aus, wenn man das Haus verließ, doch am nächsten Tag fiel das Thermometer gleich um mehrere Grade, und es wurde empfindlich kühl. Im wahrsten Sinne aus heiterem Himmel tanzten plötzlich goldene Blätter im Wind, und es regnete häufiger.

Luise war in London aufgewachsen, und Regen hatte sie noch nie gestört, der gehörte für sie zum Leben dazu. Sie ertappte sich dabei, dass sie den Hamburger Regen sogar recht gernhatte und ihn nicht nur einfach ohne Jammerei akzeptierte, so wie sie es in London gelernt hatte. Es kam ihr vor, als würde der Regen die Stadt eher noch ein bisschen mehr glänzen lassen, aber das mochte auch daran liegen, dass deutlich seltener als in London dichte Nebelschwaden durch die Straßen waberten. Nebel gab es in Hamburg zwar auch dann und wann, aber er erschien ihr leichter und deutlich flüchtiger als der englische Nebel zu sein. Vielleicht war diese Empfindung schlicht ihrer unerschütterlichen Liebe zu dieser Stadt geschuldet, aber das war ihr egal.

Sie war glücklich hier, auch mit ihrer Arbeit, selbst wenn es nicht immer leicht war, mit ihrer Kollegin Ingrid Franken klarzukommen, die offenbar arge Probleme damit hatte, dass sie nun nicht mehr die einzige Schneiderin im *Alsterhaus* war. Luise verstand das nicht, denn es gab praktisch von Tag zu Tag mehr zu tun. Für eine Schneiderin allein wäre die Arbeit schon jetzt nicht mehr zu schaffen gewesen.

Inzwischen duzten sie sich zwar, aber Ingrid blieb dennoch distanziert und wurde ihr gegenüber sogar oft pampig. Bis jetzt war Luise in solchen Momenten ruhig geblieben, weil sie sich nicht provozieren lassen wollte. Sie war noch viel zu kurz im *Alsterhaus* beschäftigt, um sich eine derartige Auseinandersetzung mit einer Kollegin, die schon viel länger dort arbeitete, leisten zu können. Zudem war es ihr wichtig, nicht unangenehm aufzufallen.

Manchmal wurde sie mittags von Sybille von Ronneburg in der Maßschneiderei abgeholt, und sie gingen dann zusammen in die Kantine. Sybille und zwei sehr nette Verkäuferinnen aus der Stoffabteilung, Ulla Wieling und Carla Wentorf, waren bisher die einzigen Kolleginnen, zu denen Luise einen etwas persönlicheren Kontakt hatte. Die beiden Verkäuferinnen waren von Anfang an kollegial und freundlich mit ihr umgegangen. Von Ulla und Carla, die auch privat eng miteinander befreundet waren, wusste sie inzwischen, dass in manchen Abteilungen offen über sie getuschelt wurde. Viele Kollegen waren der Meinung, dass Luise ihre Anstellung allein den guten Verbindungen ihrer Eltern zur Geschäftsleitung zu verdanken hatte.

Das Wissen darum machte Luise den Arbeitsalltag nicht unbedingt leichter. Andererseits war sie froh darüber, nun endlich einordnen zu können, warum ihr einige Kolleginnen – darunter auch Ingrid – nach wie vor auffallend reserviert begegneten. Luise konnte sie sogar ein wenig verstehen. Eine feste Anstellung im *Alsterhaus* war begehrt, und obwohl in nahezu jeder Abteilung weitere Verstärkung dringend nötig war, wurden jeden Tag viele junge Frauen und auch Männer abgewiesen, weil sie den hohen Ansprüchen von Georg Karg nicht genügten. Da war es kein Wunder, wenn man ihr als Tochter von Jannes und Charlotte Vossen, die auch noch extra aus London angereist kam, mit gewissen Vorbehalten entgegentrat.

Sybille, Ulla und Carla bildeten die Ausnahme, und Luise hatte sich fest vorgenommen, dankbar dafür zu sein, auch wenn ihr das bei Ulla und Carla deutlich leichter fiel als bei Sybille von Ronneburg. Auf der anderen Seite waren Ulla und Carla so eng miteinander befreundet, dass Luise sich bisher noch nicht getraut hatte, die beiden auch einmal privat in ihrer Freizeit zu treffen. Ulla und Carla hatten ein solches Treffen ebenfalls nicht vorgeschlagen. Sie waren sich offenbar gegenseitig selbst genug, so wie es bei besten Freundinnen häufig zu beobachten war. Luise mochte Ulla und Carla, fühlte sich bei den beiden aber auch oft wie das fünfte Rad am Wagen. In gemeinsam verbrachten Mittagspausen war es ihr schon passiert, dass sie eigentlich nur danebengesessen hatte, während sich die beiden Verkäuferinnen lebhaft über alles Mögliche unterhalten hatten. Das frustrierende Gefühl, nicht wirklich dazuzugehören, war nicht unbedingt die beste Voraussetzung dafür, auch privat Zeit mit den beiden zu verbringen. Einen solchen Abend konnte sich Luise höchstens in einer größeren Runde vorstellen.

Sybille hingegen schien sich sehr um eine Freundschaft zu ihr zu bemühen.

Kurz nachdem Luise im Kaufhaus ihre Stellung angetreten hatte, war Sybille eines Abends zum Essen bei den Thomsens gewesen. Luise gab sich große Mühe, Sybille gegenüber freundlich und aufgeschlossen zu bleiben, auch wenn die Themen oder Menschen, über die sie sprach, Luise eher weniger interessierten. Dennoch tat es gut, dass sich jemand in ihrem Alter um sie bemühte.

Auch wenn Kerstin und Hagen sie praktisch wie ihre eigene Tochter behandelten, fühlte sie sich oft allein. In London war es Luise nie schwergefallen, Freundschaften zu schließen. Auch in der Schule, soweit sie während des Krieges überhaupt stattgefunden hatte, war sie stets beliebt gewesen. Hier in Hamburg gestaltete es sich ungleich schwieriger. Der Gedanke, jemand könnte sie wegen der Vergangenheit ihrer Eltern ablehnen, war ihr vorher gar nicht gekommen. Sie war schlicht davon ausgegangen, dass allein die Qualität ihrer Arbeit zählen würde und sie sofort Freundschaften zu Kolleginnen schließen könnte.

»Würdest du vielleicht die grüne Seidenjacke übernehmen?«, unterbrach Ingrid ihre Gedanken.

Es kam so selten vor, dass Ingrid sie von sich aus ansprach, dass Luise kurz stutzte.

So wie in den vergangenen Tagen hatten sie auch heute

sehr viel zu tun gehabt, doch nun ging es dem Feierabend entgegen.

»Ich habe noch das dazu passende Kleid fertig zu machen«, fuhr Ingrid fort. »Und die Kundin will das Ensemble morgen Vormittag abholen. Es sind nur noch die zwei Ärmelsäume. Du würdest mir wirklich einen Gefallen tun.«

Die Art, wie Ingrid sie um den Gefallen bat, zeigte Luise eindeutig, wie schwer es ihrer Kollegin fiel, sie überhaupt darum zu bitten.

»Das mache ich sehr gerne«, erwiderte Luise sofort. Sie deutete kurz auf ihre eigene Arbeit. »Ich bin mit dem Rock hier gleich fertig, dann schaffe ich die Jackenärmel noch locker bis zum Feierabend.«

»Danke, das ist sehr nett von dir. Am Kleid ist es auch nur noch der Saum, aber es ist wirklich jede Menge Stoff, wie du siehst, und ich habe ein bisschen Bammel, dass ich alles zusammen heute nicht mehr schaffen könnte.«

Luise nickte. Sie war sich sicher, dass die Freundlichkeit ihrer Kollegin zum ersten Mal nicht nur aufgesetzt war.

»Wie gesagt, ich nehme dir das gerne ab. Mach nur weiter mit dem Rocksaum. Sobald ich hier fertig bin, hole ich mir die Jacke bei dir.«

Die knappe Stunde, die ihnen noch bis zum Feierabend blieb, arbeiteten sie wieder jeder für sich, still vor sich hin. Seit Luise hier war, lief praktisch jeder Tag auf diese Art ab. Morgens teilten sie sich die Arbeit auf, um danach meist schweigend an ihren Maschinentischen zu sitzen.

Luise hatte das immer schade und in den ersten Tagen auch ziemlich gewöhnungsbedürftig gefunden. In London hatte es mit ihrer fast gleichaltrigen Kollegin Betty und sogar mit ihrer Mutter während der Arbeitszeit immer mal wieder das eine oder andere Geplauder gegeben. Ihre Arbeit hatte nie darunter gelitten, eher im Gegenteil. Der Alltag hatte sich durch das aufgeschlossene und freundschaftliche Miteinander sehr viel angenehmer gestaltet, und die Arbeit war ihr dadurch leichter von der Hand gegangen.

Ihre Kollegin war gerade dabei, das Kleid auf einen Bügel zu hängen, als Luise ihr kurz vor Feierabend schließlich die fertige Jacke brachte. Lächelnd nahm Ingrid sie entgegen und zog sie ebenfalls über den Bügel, bevor sie vorsichtig eine lange Kleiderhülle darüberstülpte und alles zusammen hinüber zum Ständer mit den abholbereiten Stücken brachte.

»Siehst du, alles geschafft«, sagte Luise.

»Du hast mir wirklich sehr geholfen«, erwiderte Ingrid, als sie sich wieder zu Luise herumdrehte. »Ich hätte sicher noch eine halbe, vielleicht sogar noch eine ganze Stunde dranhängen müssen, und gerade heute habe ich keine Zeit.«

»Wir sind Kolleginnen, Ingrid, da ist es doch selbstverständlich, sich gegenseitig zu unterstützen. So habe ich es jedenfalls gelernt.«

Ingrid nickte nur, wandte sich ab und zupfte noch ein bisschen an der Kleiderhülle herum. Es war nicht zu übersehen, dass sie mit einer gewissen Verlegenheit zu kämpfen hatte.

»Ich sollte wohl …« Ihre Kollegin brach ab und zuckte mit den Schultern. Erst dann wandte sie sich ihr wieder zu und holte einmal tief Luft. »Du hast natürlich recht, Luise. Es tut mir sehr leid, dass ich oft so … unfreundlich zu dir gewesen bin. Das war nicht richtig, und ich schäme mich dafür.«

»Ich bin nicht besonders nachtragend«, erwiderte Luise lächelnd und machte eine beschwichtigende Handbewegung. »Wir dürfen ja nie zusammen Mittagspause machen, aber vielleicht hast du Lust, nach Feierabend mal etwas mit mir zu unternehmen?«, schlug Luise vor, um es Ingrid etwas leichter zu machen und ihr zu zeigen, dass sie ihr tatsächlich nichts nachtrug. »Was sagst du?«

Auf Ingrids Gesicht zeigte sich nun ein Lächeln. »Das wäre wirklich schön.«

»Dann vielleicht an einem Sonnabend, sobald wir hier fertig sind? Dann können wir am nächsten Tag ausschlafen und müssen nicht allzu sehr auf die Zeit achten.«

»Sehr gerne. Das hört sich wunderbar an.«

»Gut, dann lass uns jetzt endlich Feierabend machen. Alles Weitere können wir auch noch morgen besprechen.« Sie sah sich um. »Du sagtest vorhin, dass du heute pünktlich losmusst. Ich übernehme das Aufräumen. Hab einen schönen Abend, Ingrid.«

»Ja, ich treffe mich gleich mit meiner Mutter. Ich danke dir … Und hab du auch einen schönen Feierabend, Luise.«

Als Luise schließlich zu Hause ankam, saß die Familie Thomsen bereits beim Abendbrot.

»Ah, da bist du ja«, rief Kerstin erfreut aus. »Wir haben heute mit dem Essen ein bisschen eher angefangen, weil

Hagen und ich noch mit Freunden ins Theater gehen. Der Besuch hat sich erst heute Nachmittag ergeben, und es ist doch einfach zu schön, dass endlich wieder so viele Theater in Hamburg geöffnet sind. Ich hoffe, du bist deshalb nicht böse.«

Luise winkte ab. »Ach was, das ist doch nicht schlimm. Meine zwei Scheiben Brot kann ich mir auch später noch schmieren.« Sie ging kurz hinüber zu Kerstin, hauchte ihr einen Kuss auf die Wange und nickte Hagen zu. »Dann habt viel Spaß im Theater, ihr zwei.«

»Spaß werden wir sicherlich haben«, erwiderte Hagen und warf seiner Frau einen liebevollen Blick zu. »Es ist immer eine ganz besondere Freude, einen schönen Abend mit meiner Frau verbringen zu dürfen.«

»Ach, mein Schatz, du bist lieb.« Kerstins Augen glänzten vor lauter Vorfreude. Sie stand auf und stellte ihren und Hagens Teller neben das Spülbecken. »Du kannst doch gleich essen, Luise, dann lass ich alles stehen. Jens leistet dir sicher gerne noch ein bisschen Gesellschaft. Nicht wahr, Jens?«

»Natürlich.« Luise sah zu ihm hinüber, und ihre Blicke trafen sich.

Sofort überkam sie das Gefühl, dass er nicht unbedingt begeistert von Kerstins Vorschlag war, aber das erstaunte sie nicht weiter. Obwohl sie nun schon eine Weile hier zusammen unter einem Dach wohnten, erlebte sie ihn meist einsilbig und distanziert. Zweimal hatten sie sich wegen irgendwelcher im Grunde vollkommen unwichtiger Kleinigkeiten sogar vor Kerstin und Hagen kleinere Wortgefechte geliefert. Einmal war es um den allgemeinen Umgang mit Büchern gegangen und beim zweiten Mal um einen Zeitungsartikel über einen verheirateten Senator, der gerade mit seiner jungen Geliebten ganz offen in einem gut besuchten Hotelrestaurant zu Abend gegessen hatte. Offenbar schien Jens seit dem letzten Mal beschlossen zu haben, sie so gut es ging zu ignorieren. Inzwischen hatte sie sich fast daran gewöhnt und beschlossen, sich einfach nicht daran zu stören und ihn ebenfalls zu ignorieren, solange das im täglichen Miteinander möglich war. Schließlich mochte sie ihn noch immer nicht sonderlich, und sie wollte einfach nicht zulassen, dass er ihr die Laune oder gar einen ganzen Tag verdarb. Besonders heute nicht, wo sie endlich einen Zugang zu ihrer Kollegin Ingrid gefunden hatte.

»Du brauchst wegen mir nicht hier sitzen zu bleiben. Du hast ja sicher noch andere Dinge zu tun. Wie gesagt, ich kann auch später essen«, sagte sie zu ihm.

Luise wollte auf keinen Fall, dass er sich irgendwie genötigt fühlte, Zeit mit ihr zu verbringen.

»Ganz wie du willst«, erwiderte er brummend und bestätigte damit ein weiteres Mal ihre Einschätzung. Wahrscheinlich war er heilfroh darüber, dass sie nicht auf seiner Gesellschaft bestand.

»Geht nur, ihr zwei, und macht euch fürs Theater hübsch«, wandte sie sich wieder an Kerstin und Hagen. »Ich bringe nur kurz meine Tasche nach oben, wasch mir die Hände und räume danach den Tisch ab. Sobald ich mir mein Brot gemacht habe, kümmere ich mich um das Geschirr, und wenn ihr später wieder nach Hause kommt, ist die Küche perfekt aufgeräumt. Versprochen! Genießt ihr beide mal euren Theaterabend.«

Einige Zeit später waren Kerstin und Hagen gegangen. Luise machte sich ihr Abendbrot zurecht, trank eine Tasse Tee dazu und spülte danach das Geschirr ab. Sie stellte gerade alles zurück in die Schränke, als Jens zurück in die Küche kam.

»Brauchst du vielleicht doch noch bei irgendwas Hilfe oder möchtest Gesellschaft?«, wollte er wissen.

Freundlich klang das noch immer nicht, wie sie sofort bemerkte. Wahrscheinlich trieb ihn nur das schlechte Gewissen um, und nun wollte er doch noch der Verpflichtung nachkommen, die Kerstin ihm vorhin aufgebrummt hatte. Die Erkenntnis forderte sie heraus.

»Nein danke, Jens. Wie du siehst, bin ich gerade fertig geworden. Außerdem … wie ich vorhin schon sagte, musst du keinerlei Rücksicht auf mich nehmen, wenn du etwas anderes zu tun hast. Ich habe das hier gut allein geschafft. So schlimm war es ja nun wirklich nicht.«

Sie hatte kaum ausgesprochen, da fragte sie sich, ob sie vielleicht doch eine Spur zu pampig geantwortet hatte.

Er kam näher. »Wieso setzt du eigentlich voraus, dass es mir etwas ausmachen würde, dir zu helfen oder dir beim Abendbrot Gesellschaft zu leisten?«

Erstaunt wandte sie sich ihm zu. Inzwischen stand er auf der anderen Seite des Küchentischs, die Hände tief in den Hosentaschen vergraben. Er warf ihr einen herausfordernden Blick zu, der durchaus zu seinem überheblichen Tonfall passte.

Ein Schnaufen entfuhr ihr. »Ganz einfach, weil du eher selten den Eindruck bei mir hinterlässt, dass derartige Dinge zu deinen Lieblingsbeschäftigungen gehören.«

»Du findest also, ich bin kein besonders freundlicher Zeitgenosse, richtig?«

»Das habe ich so nicht gesagt.«

Irgendwo in ihrem Kopf hörte sie eine vertraute Alarmglocke läuten. Sie kannte das bereits von früher, aus Kindertagen, kurz bevor sie sich mit ihrem Bruder gestritten hatte. So wie damals ahnte sie auch jetzt schon, dass das hier sehr wahrscheinlich kein gutes Ende nehmen würde.

»Nun ja, Luise, ich denke, du hast es aber so oder zumindest recht ähnlich gemeint.«

Er zog die Hände aus den Hosentaschen und verschränkte die Arme vor der Brust. Nachdem er auch noch sein Kinn etwas anhob, wirkte seine Haltung auf sie nicht nur überheblich, sondern provozierend. Sie wollte es nicht so empfinden, tat es aber dennoch, und natürlich schaffte sie es nur für wenige Sekunden, dagegen anzukämpfen. Irgendwo tief in ihrem Inneren hatte ein kleiner vorwitziger Teufel in diesem Augenblick die Alarmglocke zum Schweigen gebracht und gleichzeitig seine Fesseln abgeworfen. Genau das hatte sie befürchtet, doch nun war er frei und nicht mehr aufzuhalten.

»Wenn du es unbedingt wissen willst, muss ich dir wohl recht geben, was diese Einschätzung angeht«, zischte sie. »Ich finde, du benimmst dich deinem Vater gegenüber einfach schrecklich und lieblos, und … und … du bist insgesamt wirklich eher unfreundlich, auch das stimmt. Man hat ständig das Gefühl, dass man dich belästigt, sobald man dich nur anspricht oder weil man die Frechheit besitzt, sich in deiner Nähe aufzuhalten. Gerade jetzt wirkst du wieder einmal entsetzlich arrogant und selbstverliebt. Ich denke, du bist furchtbar von dir eingenommen und, ja, ich mag Menschen wie dich nicht sonderlich, Jens Thomsen, das muss ich zugeben.« Sie machte eine kurze Pause, um Luft zu holen, und wunderte sich ein wenig, dass er so ruhig blieb. »Eigentlich habe ich dich nur ein einziges Mal einigermaßen freundlich erlebt«, fuhr sie unbeirrt fort. »Und zwar, als wir uns hier nachts in der Küche getroffen haben, weil wir beide nicht schlafen konnten. Da warst du zumindest nicht ganz so … ähm … schnöselig wie sonst.«

»Schnöselig?« wiederholte er fragend, dann schüttelte er missbilligend den Kopf. »Ich fasse es nicht!«

»Um genau zu sein, bist du sogar *unerträglich* schnöselig.«

Luise sah, wie es in seinen blauen Augen kurz aufblitzte und seine Gesichtszüge sich nur noch mehr verhärteten. Unter seinem linken Auge bemerkte sie ein Zucken. Sie hatte ihn getroffen, keine Frage.

»Wenigstens nimmst du kein Blatt vor den Mund, Honey.«

Innerlich keuchte sie auf, nicht nur, weil ihr klar wurde, dass all das soeben unkontrolliert aus ihr herausgeplatzt war, sondern auch wegen des Kosenamens, mit dem er sie so betont herablassend angesprochen hatte. »Ich bin eben eine ehrliche Haut. Und mein Name ist Luise, wie du weißt, und sicherlich nicht *Honey*. Das ist wirklich dämlich.«

»Wieso? Honig ist doch sehr süß … und goldig.« Er setzte ein freches Grinsen auf, das sie noch wütender machte, aber sie war sich sicher, dass er genau das beabsichtigte. »Und der englischen Sprache bist du schließlich mächtig«, fügte er noch hinzu.

Ihr Herz schlug unterdessen heftig in ihrer Brust. Sie musste das hier irgendwie wieder hinbiegen und Waffenstillstand schließen, wenn sie weiterhin unter einem Dach mit ihm wohnen wollte. »Ich werde mich nicht weiter von dir provozieren lassen, Jens, und ich will mich auch nicht länger mit dir streiten. Wir sollten das hier jetzt besser beenden, bevor wir uns noch mehr gehen lassen.«

Dieser lahme Versuch, die Lage wieder zu entspannen, würde sehr wahrscheinlich kläglich scheitern.

»Warum?« Er grinste noch immer, und doch war das wütende Blitzen in seinen Augen nicht zu übersehen. »Jetzt, wo du deine schlechte Meinung über mich endlich auf den Tisch zwischen uns geworfen hast, wird es doch erst so richtig interessant. Ich habe mich nämlich schon die ganze Zeit gefragt, was eigentlich mit dir los ist.«

»Bitte, Jens, deinen Eltern zuliebe sollten wir uns lieber nicht dauernd in die Haare kriegen«, versuchte sie ein weiteres Mal, die Situation zu entschärfen.

»Meinen Eltern zuliebe? Soso.« Er schüttelte den Kopf und stieß hörbar genervt die Luft durch die Nase aus. »Du hast so gar keine Ahnung von mir, Honey. Und du weißt nicht im Geringsten, wie ich bin oder wie es in mir aussieht. Also halte dich zukünftig zurück, ist das klar?«

Er war wirklich aufgebracht, das war unverkennbar. Der

kleine Teufel in ihrem Inneren hob schon wieder seine blank geputzten Waffen und fegte damit die gerade gefasste Friedensabsicht mit geübtem Schwung beiseite. Sie konnte einfach nichts dagegen tun.

»Nun, über deinen Charakter brauche ich nicht zu urteilen. Du hast doch keinen Zweifel daran gelassen, von welcher Natur deine Beweggründe sind, Jens Thomsen!«, rief sie entrüstet aus. »Dafür muss man kein besonders guter Menschenkenner sein. Du hast die Loyalität unserer Familien zur Familie Tietz mit Füßen getreten und den Mann unterstützt, dem der gesamte Besitz der Tietzens praktisch in den Schoß geworfen wurde.«

»Ach, kommen wir jetzt von der Seite?« Er stieß ein abfälliges Schnauben aus und schüttelte leicht den Kopf. »Alle Achtung, Luise, du lässt nichts aus. Mal abgesehen davon, dass von dem damaligen Besitz der Familie Tietz seit dem Krieg nur noch ein Bruchteil übrig ist, sprichst du übrigens gerade von dem Mann, für den du selbst inzwischen arbeitest«, erwiderte er plötzlich erstaunlich ruhig.

Für einen Moment war sie durch seinen Einwurf irritiert, doch dann fing sie sich wieder. »Ich arbeite für Karg, ja, aber nur, weil ich, so wie einst meine Eltern, unbedingt im *Alsterhaus* arbeiten wollte. Das ist etwas völlig anderes und hat rein gar nichts mit der Familie Tietz zu tun.«

»Ist das so?«

»Ja! Und übrigens … Deren ehemaliger Besitz wurde allein durch den Krieg dezimiert, und da war er ihnen schon lange von den Nazis weggenommen worden. Jeder von uns weiß ja wohl, wie groß das Unternehmen zu der Zeit noch gewesen ist, oder? Der grauenvolle Krieg war indes absolut nicht die Schuld der Familie Tietz. Darüber müssen wir wohl kaum diskutieren.«

»Interpretiere ich deine Argumente richtig? Du machst mir gerade zum Vorwurf, dass ich im Wiedergutmachungsprozess die Seite der *Hertie GmbH* mit vertreten habe, beziehungsweise zum Zeitpunkt der Verhandlungen für die Kanzlei tätig gewesen bin, die die Sache der *Hertie GmbH* vertreten hat?«

»Genau das. Es sagt doch jede Menge über deine Einstellung zu dem Thema aus. Für mich wäre das noch nicht einmal ansatzweise infrage gekommen. Ich finde es sogar schlicht widerlich, dass du die Gegenseite vertreten hast. Du weißt doch ebenso gut wie ich, dass die Familie Tietz damals nur aus einem einzigen Grund ihr Unternehmen verloren hat, nämlich weil sie jüdisch ist.«

Eine Weile starrten sie einander unverwandt an. Luises Magen krampfte sich zusammen, doch sie bemühte sich, dieses quälende Gefühl zu ignorieren.

»Tja, dann passt das ja für dich alles perfekt zusammen, nicht wahr?«, sagte er schließlich kaum hörbar.

Bevor sie noch etwas antworten konnte, hatte er sich von ihr abgewandt und die Küche verlassen. Kurz darauf fiel auch die Haustür geräuschvoll ins Schloss.

Ziellos hielt Jens zunächst einfach auf den Rathausmarkt zu. Mit schnellen Schritten zog es ihn danach Richtung Alster, bis er schließlich neben den kläglichen Überresten des einst so wunderschönen Alsterpavillons stand.

Doch Jens nahm seine Umgebung kaum wahr. Seine Gedanken saßen in einem viel zu schnellen Karussell und ließen sich nicht einfangen. Dieses Gefühl überkam ihn in der letzten Zeit häufiger. Zumindest dieser eine Gedanke zeichnete sich ganz eindeutig ab, und so wie schon beim letzten Mal machte ihn die Erkenntnis noch wütender, als er es ohnehin schon war. Er musste unbedingt wieder einen klaren Kopf bekommen, ermahnte er sich, während er auf einem der großen Steine des Fundaments des ehemaligen Alsterpavillons Platz nahm, das inzwischen von Trümmern befreit worden war.

Es konnte doch nicht sein, dass so ein alberner Streit mit Luise ihn völlig aus der Bahn warf. Was war nur mit ihm los? Es konnte ihm doch völlig egal sein, was dieses englische Mädchen von ihm dachte. Er ließ seinen unsteten Blick über die Alster schweifen, um sich bewusst zur Ruhe zu zwingen. Tatsächlich konnte er nach einer Weile wieder etwas klarer denken, doch die erhoffte Erkenntnis brachte es ihm dennoch nicht.

Seit frühester Kindheit war er daran gewöhnt, in schwierigen Situationen stets einen kühlen Kopf und immer die notwendige Übersicht zu behalten. Seit einigen Wochen schien sich jedoch all das immer mehr in Luft und wachsende Unsicherheit aufzulösen. Vielleicht hatte seine Mutter recht, und er arbeitete einfach zu viel.

Doch eigentlich wusste er bereits, dass das nicht der Grund war. Genau genommen konnte er das sogar ausschließen. Sein beruflicher Weg machte ihm nämlich die geringsten Sorgen. Was das Lernen anging, war er schon immer fähig gewesen, jede Anforderung zu erfüllen. Nein, das konnte nicht der Grund für seinen inneren Aufruhr sein. Viel mehr Gedanken machte er sich inzwischen über seine private Zukunft.

Schon wenige Wochen nachdem er sein Referendariat in der Kanzlei Prange angetreten hatte, war ihm bei einer Besprechung im *Alsterhaus* Sybille von Ronneburg über den Weg gelaufen. Natürlich war ihm nicht entgangen, dass sie praktisch vom ersten Augenblick an ein Auge auf ihn geworfen hatte, und das hatte ihm geschmeichelt. Das musste er zugeben. Auch er war durchaus fasziniert von ihr gewesen. Sie war auffallend attraktiv, hatte das, was man üblicherweise das gewisse Etwas nannte, und kam aus einer alteingesessenen Hamburger Familie. Der Adelstitel, den sie trug, war ihm zwar nicht wichtig, aber ihr Name hatte in Hamburg einen guten Klang. Mit ihr an seiner Seite würden ihm einige Türen offen stehen – ein Vorteil, den er gerne genoss.

Bereits drei Monate später hatte er sich mit Sybille von Ronneburg verlobt, und seither hatte er nicht ein einziges Mal daran gezweifelt, dass diese Entscheidung richtig gewesen war.

Bis jetzt. Um genauer zu sein, bis vor wenigen Tagen, als seine zukünftige Schwiegermutter bei einem gemeinsamen Abendessen ihn und Sybille geradeheraus darauf hingewiesen hatte, dass es nun langsam an der Zeit sei, die Hochzeit zu planen.

Sobald er an den betreffenden Abend zurückdachte, verkrampfte sich sein Magen, doch er hätte noch nicht einmal ansatzweise erklären können, warum er plötzlich so abwehrend auf das Thema reagierte. Er konnte sich noch an jedes Wort erinnern, das an diesem Abend zwischen ihm, Sybille und ihrer Mutter gefallen war.

»Ihr seid jetzt schon weit über ein Jahr verlobt, und ich nehme an, dass dein Studium alsbald beendet sein wird, Jens. Dann sollten wir endlich die Planungen für euren großen Tag angehen, meint ihr nicht, Kinder?«

»Ja, das finde ich auch«, stimmte Sybille ihrer Mutter zu. »Es wird wirklich Zeit, dass wir endlich heiraten, Jens.«

Seine eigene Reaktion überraschte ihn. Sie war so umfassend und körperlich spürbar, dass er einige Sekunden benötigte, um sich wieder zu fangen.

»Hast du mir zugehört, Jens?«, hörte er Sybille fragen.

»Ähm, ja.« Er räusperte sich. »Ehrlich gesagt würde ich mit der Hochzeit gerne noch warten, zumindest bis ich mein Staatsexamen in der Tasche habe und als Volljurist arbeiten darf«, sagte er und wunderte sich selbst darüber, wie fest seine Stimme klang, nachdem ihm der Schrecken vor wenigen Sekunden durch jeden einzelnen Knochen seines Körpers gefahren war.

Beide Frauen schnappten nahezu gleichzeitig nach Luft.

»Aber das ist doch völlig unnötig«, erwiderte die Gräfin sofort. Cosima von Ronneburg hob ihr Kinn etwas an. »Dafür bleibt dir auch nach der Hochzeit noch genügend Zeit.«

»Da muss ich Mutter recht geben.« Sybille schob sich einen Löffel der Bayrischen Creme in den Mund, die es heute zum Dessert gab. »Meinetwegen brauchen wir nicht mehr zu warten, Jens.«

»Aber meinetwegen«, rutschte es ihm heraus, vielleicht sogar eine Spur zu barsch.

Er schob seine Dessertschüssel ein Stück von sich weg. Bayrische Creme war noch nie etwas für ihn gewesen. Er konnte ihr einfach nichts abgewinnen.

»Und ich denke, ich bin ja auch an der Sache beteiligt, oder etwa nicht?« Um den Ernst der Lage ein wenig abzumildern, warf er seiner Verlobten ein Lächeln zu und legte seine Hand kurz auf ihre. »Lass uns die paar Monate noch warten, Sybille. Du weißt, wie wichtig es für mich ist, das Staatsexamen mit einem hervorragenden Ergebnis abzuschließen. Wir haben schließlich etliche Male darüber gesprochen. Ich möchte mich derzeit nicht von anderen Dingen ablenken lassen.«

Sybilles Mutter hüstelte gekünstelt, um ihrer Empörung Ausdruck zu verleihen. Jens wusste unterdessen, dass Cosima von Ronneburg sich gerne empörte.

»Ganz wie du willst«, antwortete Sybille schließlich, nachdem eine recht lange und sehr unangenehme Gesprächspause eingetreten war. »Dann eben nach deinem Examen.«

»Sybille!« Cosimas Stimme klang schrill. »Das ist …«

»Du hast gehört, was Jens gesagt hat, Mutter. Weitere Diskussionen sind jetzt nicht mehr angebracht, glaub mir.«

Seit diesem Abend nagte etwas an Jens, das er nicht hätte in Worte fassen können. Er wusste nur, dass er seitdem zweifelte. Natürlich fragte er sich, ob es ganz normale Torschlusspanik war, die bekanntermaßen manche Männer vor ihrer Hochzeit überfiel, oder ob dieser nagende Zweifel doch eine tiefere Ursache hatte. Bis jetzt war es ihm noch nicht gelungen, der Sache auf den Grund zu gehen. Alles, was er bisher erkennen und sich eingestehen musste, war, dass es ihn noch nicht einmal mehr reizte, mit Sybille zu schlafen. Im Gegenteil. Irgendwie hatte er es in den vergangenen Wochen sogar mehrmals geschafft, nahezu jeder körperlichen Annäherung aus dem Weg zu gehen. Es war ihm ein Rätsel, warum sich plötzlich alles in ihm dagegen wehrte. Er war von Natur ein äußerst leidenschaftlicher Mann, doch allein der Gedanke daran, mit Sybille Liebkosungen auszutauschen, fühlte sich seit einiger Zeit schlichtweg falsch an. Sogar ein einfacher Abschiedskuss kostete ihn Überwindung.

Ein kalter Windzug fuhr ihm ins Gesicht und holte ihn zurück in die Gegenwart.

Der Streit mit Luise war unnötig gewesen, und die schlechte Meinung, die sie offensichtlich von ihm hatte, war ihm nicht einerlei. Es belastete ihn sogar, dass sie so schlecht von ihm dachte. Luise hatte es geschafft, ihn an seiner Ehre zu packen. Sie hatte ihn ziemlich verletzt, und das gefiel ihm ganz und gar nicht.

Vor allem aber konnte seine Familie weiß Gott keinen weiteren Streit gebrauchen. Die Schwierigkeiten, die er mit seinem Vater hatte, waren schon belastend genug für seine Mutter. Er wollte ihr auf keinen Fall noch mehr Sorgen bereiten, weil er sich auch noch mit Luise zerstritt.

Vom ersten Augenblick an hatte er gespürt, dass seine Mutter das Mädchen ins Herz geschlossen hatte, und jeder

Idiot konnte sehen, dass Luise diese Zuneigung erwiderte und sich in seinem Elternhaus sehr wohl und geborgen fühlte.

Offenbar schaffte er es immer wieder, Menschen gegen sich aufzubringen – zuerst seinen Vater und jetzt auch noch Luise. Sein halbes Leben hatte er mit dem dringenden Wunsch zugebracht, seinen Vater stolz zu machen und dabei gleichzeitig seinen eigenen hohen Ansprüchen gerecht zu werden und nur das Beste aus sich herauszuholen. Doch das ausgeprägte Selbstbewusstsein, das er anderen und sich selbst so gerne präsentierte, bekam manchmal Risse, die sich nur schwer wieder kitten ließen. Bei der heutigen Auseinandersetzung mit Luise war genau das passiert. Dieses Mal gingen die Risse jedoch tiefer als sonst. Er fühlte sich missverstanden und verletzt. Es ärgerte ihn, aber es verunsicherte ihn auch, so zu empfinden, und Unsicherheit war ein Gefühl, das er nur ganz schwer ertragen konnte.

Im Augenblick blieb ihm nur die frustrierende Erkenntnis, dass offenbar allein *er* das Problem war, also lag es auch an ihm, nicht noch mehr Öl ins Feuer zu gießen. Es war sicherlich besser, Luise in den nächsten Tagen ganz aus dem Weg zu gehen, damit sich die Wogen wieder glätten konnten.

Jens sog noch einmal tief die frische Nachtluft ein, bevor er sich von seinem Stein erhob und langsam den Weg zurück nach Hause einschlug.

Wahrscheinlich wird alles leichter werden, sobald Oliver zurück war, dachte er, als er den Rathausmarkt erreichte.

Oliver war seit Jahren sein bester Freund, und abgesehen von seiner Mutter war er der netteste Mensch, den er kannte. Oliver Hanke hatte außerdem die seltene Gabe, anderen Menschen ein Lächeln ins Gesicht zu zaubern, selbst wenn ihnen überhaupt nicht zum Lächeln zumute war. Wenn irgendjemand dafür sorgen konnte, dass sich die Situation im Haus wieder entspannte, dann war es sicherlich Oliver.

Schon am nächsten Morgen, nur wenige Minuten, nachdem er in der Kanzlei an seinem Schreibtisch saß, bat ihn sein Chef zu sich ins Büro.

»Ah, da sind Sie ja, Thomsen«, wurde er von Klaus Prange begrüßt. »Ich habe recht gute Neuigkeiten für Sie. Nachdem Sie mir vor einiger Zeit mitgeteilt haben, dass Sie noch eine Weile weiter für meine Kanzlei arbeiten möchten, habe ich nun einen Auftrag für Sie, der Ihnen gewiss zusagen wird, denke ich.«

»Was kann ich für Sie tun?« Jens verdrehte innerlich die Augen, denn in Gedanken sah er sich schon die nächsten Wochen alte Akten im fensterlosen Archiv sortieren, das sich natürlich im Keller befand. Seit sein Referendariat offiziell beendet war, entsprachen die Arbeiten, die Jens aufgebrummt bekam, eher denen eines Bürolehrlings als denen eines Juristen.

»Setzen Sie sich, Thomsen.« Klaus Prange deutete auf einen der beiden Besucherstühle.

Nanu, dachte Jens, das könnte offenbar länger dauern.

Sein Chef hatte ihm bisher nur ein einziges Mal einen Stuhl angeboten, und zwar als er sich vor gut zwei Jahren bei ihm um ein Referendariat beworben hatte. Jens kam der Aufforderung nach und hoffte, dass Prange ihm nicht kündigen würde. Auch wenn es nicht besonders viel war, im Augenblick konnte er das Gehalt, das er hier verdiente, wirklich gut gebrauchen.

»Ich habe gestern am späten Nachmittag mit Georg Karg telefoniert«, begann Prange. »Karg braucht dringend einen Justiziar, der für ihn einige Papiere und Verträge prüft. Es geht in erster Linie um Lieferantenverträge, aber auch um das Aufsetzen neuer Personalverträge und um Vereinbarungen, die zwischen ihm und einigen ausländischen Firmen anstehen. Das schließt die Vereinigten Staaten und Südamerika mit ein. Sie haben in Harvard studiert, haben mehrere Jahre in den Staaten gelebt und sind der englischen Sprache mächtig. Sie wären also genau der richtige Mann dafür, Thomsen. Für die *Hertie GmbH* geht es weiter bergauf, und es stehen jede Menge Veränderungen an. Karg stellt Ihnen mit sofortiger Wirkung sogar ein eigenes Büro zur Verfügung. Sie könnten also schon ab heute Nachmittag dort anfangen, wenn Sie einverstanden sind.«

Mit einem derartigen Angebot hatte Jens nicht gerechnet, deshalb dauerte es einen Moment länger als gewöhnlich, bis er antwortete.

»Als Justiziar im *Alsterhaus* also?«, fragte er zunächst, um noch etwas mehr Zeit zu gewinnen.

»So ist es. Sie wissen, dass ich viel von Ihnen halte, Thomsen.«

Jens nickte, obwohl er zum ersten Mal ein Lob von seinem Chef zu hören bekam. Die Aussicht darauf, bis zu seinem Staatsexamen nicht mehr jeden Tag hier in der Kanzlei zu versauern, war enorm verlockend, dennoch zögerte er.

»Um ehrlich zu sein, würden Sie auch der Kanzlei sehr helfen, Thomsen. Es stehen weitere Verträge mit Karg ins Haus, die ich mir natürlich nicht entgehen lassen will. Hinzu kommt noch, dass ich zurzeit niemanden sonst habe, dem ich diese Aufgabe anvertrauen könnte. Die Kollegen stecken entweder bis zum Hals in Arbeit oder sprechen kein oder nur ungenügend Englisch. Ich nehme doch an, dass Sie mich und die Kanzlei nicht hängen lassen, Thomsen? Das wäre im Übrigen auch nicht hinnehmbar für mich.«

»Mit anderen Worten: Sollte ich ablehnen, würden Sie mir kündigen, richtig?«, sprach Jens den Gedanken aus, der ihm sofort durch den Kopf ging.

»Nun ja, es stehen ständig junge und ambitionierte Juristen vor meiner Tür, die nur darauf warten, dass ihnen – dazu auch noch praktisch ohne eigenes Zutun – ein derartig gutes Angebot vor die Füße fällt.«

»Das kann ich mir gut vorstellen«, erwiderte Jens. »Das Angebot ist auch äußerst reizvoll, aber Sie wissen doch, dass ich mich gerade auf mein zweites Staatsexamen vorbereite, Herr Prange. Wir waren uns einig, dass Sie mir die Zeit ermöglichen, die ich für die Vorbereitung brauche. Wenn ich als Justiziar im *Alsterhaus* arbeite, könnte das deutlich schwieriger werden, denke ich.«

»Keine Sorge, Georg Karg hat mir bereits zugesagt, dass Sie auch dort lernen dürfen, wenn Sie es möchten. Er weiß über Ihre Belange Bescheid und wird Sie unterstützen. Wie gesagt, Sie hätten ein Büro für sich alleine und können frei darüber verfügen. Das gilt übrigens auch für Ihre Arbeitszeit. Sie wissen, dass ein derartiges Entgegenkommen selten ist. Karg ist allein wichtig, dass die anfallende Arbeit getan wird, das hat er in diesem Zusammenhang mehrmals betont. Ich sollte vielleicht noch hinzufügen, dass ich Ihr Gehalt natürlich entsprechend anpassen werde und Karg ebenfalls zugestimmt hat, Ihnen einen Bonus zukommen zu lassen. Alles in allem würde das Ihr derzeitiges Salär nahezu verdoppeln. Sie würden wirklich davon profitieren, Thomsen, also sagen Sie schon Ja.«

5. Kapitel

Die Kundin stand sichtlich ratlos vor Luise, während sie gemeinsam den Katalog der Maßschneiderei durchblätterten und die Kleidermodelle durchgingen, die das *Alsterhaus* anbot.

»Eigentlich habe ich mir etwas ganz anderes vorgestellt, Fräulein Vossen. Die Modelle sind recht hübsch, aber mir persönlich sind sie eigentlich allesamt ein wenig zu … Wie soll ich das nur ausdrücken?«

»Zu herkömmlich? Oder zu schlicht vielleicht?«, versuchte Luise auszuhelfen.

»Ja, genau. Vielleicht halten Sie mich jetzt für kompliziert oder gar schwierig, aber ich kann Ihnen gerne erklären, warum das Kleid für mich so wichtig ist.«

Luise hob sofort die Hand und schenkte der Kundin ein strahlendes Lächeln. »O nein, Sie müssen sich deshalb doch nicht rechtfertigen, Frau Hansen. Sie sind meine Kundin, und damit sind allein Ihre Wünsche von Belang. Außerdem würde ich niemals …«

»Sie sind wirklich sehr freundlich, Fräulein Vossen«, unterbrach die Kundin sie und lächelte ebenfalls. »Wissen Sie, als wir heirateten, hatte mein Mann nur ein paar Tage Fronturlaub, und alles musste sehr schnell gehen. Natürlich blieb da keine Zeit für ein neues Kleid. Zu der Zeit war es in Ordnung, es ging ja damals vielen so.« Frau Hansen machte eine kurze Pause und holte tief Atem.

Luise gab ihr die Zeit. Sie hatte schon oft erlebt, dass die Kundinnen ihr aus ihrem Leben erzählten. Ihre Mutter hatte ihr einmal erklärt, dass es für viele Menschen viel einfacher war, sich einem Fremden zu offenbaren oder auch nur seine alltäglichen Sorgen zu teilen, anstatt einen nahestehenden Menschen damit zu belasten.

»Kurz nachdem er wieder bei seiner Truppe war, geriet mein Mann in russische Gefangenschaft«, fuhr ihre Kundin schließlich fort. »Er ist erst seit drei Monaten wieder zu Hause, aber es geht ihm gut, und dafür bin ich so unendlich dankbar. Es ist wirklich eine große Feier, für die ich das Kleid benötige. Die Veranstaltung findet im *Hotel Vier Jahreszeiten* statt, und das ganze Drumherum läuft sehr vornehm ab.« Luise sah, dass Frau Hansen schluckte. »Es ist die Hochzeit einer gut betuchten Cousine meines Mannes, und es ist das erste Mal überhaupt, dass wir wieder zusammen auf ein Fest gehen können. Ich möchte zu diesem Anlass unbedingt ein besonderes Kleid tragen. Ich muss zugeben, wenn ich etwas mehr Geld zur Verfügung hätte, wäre ich wahrscheinlich gar nicht hierhergekommen, aber ein … nun ja, französisches Modell oder Ähnliches kann ich mir einfach nicht leisten.«

»Ich verstehe.« Luise dachte einen Moment lang nach.

Ein weiteres Mal erfasste sie mit geübtem Blick die Erscheinung der Kundin. Schätzungsweise war sie ein paar Jahre älter als sie selbst, doch sie hatte ebenfalls eine typische Sanduhrfigur, also einen runden und hoch angesetzten Busen, eine sehr schmale Taille sowie wohlgeformte Hüften und nicht zu dünne Beine. Mit diesem Figurtyp kannte sie sich besonders gut aus. Es war ihr natürlich untersagt, eine eigene Meinung zu den Standardmodellen des *Alsterhauses* einer Kundin gegenüber zu äußern, aber sie verstand die Frau tatsächlich.

»Dieses Modell hat Ihnen doch noch am besten gefallen, richtig?« Sie deutete auf eine der Zeichnungen im Katalog, der vor ihnen auf dem Tisch lag. Es handelte sich dabei um ein Abendkleid mit einem eng anliegenden Oberteil, langen Ärmeln und einem ausgestellten Rock.

»Ja, der Schnitt würde meiner Vorstellung noch am ehesten entgegenkommen.«

»Ich habe da gerade eine Idee, Frau Hansen. Wir haben ja noch gut vier Wochen Zeit, bis Sie das Kleid benötigen. Vielleicht wäre es möglich, dass ich das Modell ein wenig verändere, damit es Ihren Wünschen entspricht. Ich könnte eine Zeichnung davon machen, und dann können Sie immer noch entscheiden, ob ich es für Sie anfertigen soll.« Unwillkürlich senkte sie ein wenig die Stimme. »Allerdings muss ich vorausschicken, dass ich gar nicht weiß, ob ich das überhaupt darf. Ich müsste also vorher bei der Geschäftsleitung nachfragen, ob es mir gestattet wird, auf Ihre Wünsche einzugehen und das Grundmodell entsprechend zu verändern.«

»Oh«, sagte die Kundin und schenkte ihr ein strahlendes Lächeln. »Sie würden extra für mich ein Kleid entwerfen, so wie diese berühmten Modeschöpfer es machen? Das wäre wunderbar.«

Luise hob beschwichtigend die Hände. »Wie gesagt, ich muss erst herausfinden, ob es mir überhaupt gestattet ist, das zu tun. Außerdem würde das Kleid wegen des höheren Arbeitsaufwands etwas teurer werden, und ich muss auch noch hinzufügen, dass es durchaus sein kann, dass das Modell dann nicht nur allein Ihnen vorbehalten bliebe.«

»Natürlich.« Frau Hansen zog nachdenklich die Stirn kraus. »Wie viel teurer würde es denn werden?«

»Das kann ich Ihnen leider erst sagen, wenn ich mit dem Entwurf fertig bin, aber der Preis wird immer noch weit entfernt sein von dem eines Pariser Modells. Das kann ich Ihnen versichern. Wichtig ist erst einmal herauszufinden, ob ich dieses Standardmodell überhaupt verändern darf.« Luise nickte der Kundin aufmunternd zu. »Ich verspreche Ihnen, dass ich mich noch heute darum kümmern werde.«

»Dann schaue ich morgen Nachmittag wieder bei Ihnen vorbei, Fräulein Vossen. Ich bin Ihnen so dankbar, dass Sie versuchen wollen, mir zu helfen.«

Luise nickte. »Das mache ich sogar sehr gerne. Dann sehen wir uns morgen Nachmittag. Ich werde alles tun, um Sie nicht zu enttäuschen, Frau Hansen.«

»Bist du denn von allen guten Geistern verlassen?«, rief ihre Kollegin Ingrid aus, als sie ihr von ihrem Vorhaben berichtete.

Luise legte vor lauter Schreck den Finger über ihre Lippen. »Psst, nicht so laut, Ingrid.«

»Ich meine, das geht doch nicht, Luise«, fuhr ihre Kollegin fort. »Du kannst doch nicht einfach eines der Standardmodelle verändern. Sie werden dich auf der Stelle rauswerfen, glaub mir.« Zum Glück sprach Ingrid jetzt wieder etwas leiser.

»Du hast mir gar nicht richtig zugehört, Ingrid. Natürlich werde ich das vorher mit der Geschäftsleitung absprechen und mir dafür eine Genehmigung einholen.«

»Na, ich weiß nicht, ob das die Sache für dich besser macht.« Ingrid schüttelte den Kopf. »Wenn ich eines im vergangenen Jahr gelernt habe, dann, dass der Chef klare Vorstellungen hat und davon auch nur ungern abweicht. Wahrscheinlich wird er dich gleich aus seinem Büro werfen, wenn du ihm mit derartigen Ideen kommst.«

»Das werden wir dann sehen. Bei meiner Einstellung hat er mir jedenfalls versichert, dass er für seine Mitarbeiter ansprechbar bleibt. Schauen wir mal, ob er das auch so gemeint hat.«

Luise ging hinüber zu ihrem Arbeitsplatz, zog eine der breiten Schubladen des Maschinentischs auf und nahm ihren Zeichenblock heraus.

»Was ist das denn?« Ingrid hob ihre schmalen Augenbrauen.

»Das ist mein Zeichenblock. Mein alter geht langsam zur Neige, deshalb hatte ich mir letzte Woche unten in der Schreibabteilung einen neuen gekauft. Ich hatte bis jetzt einfach vergessen, ihn mit nach Hause zu nehmen. Jetzt bin ich ganz froh darüber. Eine Bleistiftzeichnung muss in diesem Fall wohl genügen, denke ich. Ich will nicht nur mit einer Idee vor dem Chef stehen, sondern mit einem handfesten Vorschlag. Das macht es leichter.«

»Du bist wirklich verrückt«, sagte Ingrid, doch auf ihrem

Gesicht erschien jetzt sogar ein Lächeln. »Das könnte spannend werden, würde ich sagen.«

Eine gute Stunde später hatte Luise ihren Entwurf fertiggestellt. Zunächst hatte sie das Grundmodell nachskizziert und danach den Entwurf nach ihren eigenen Ideen ausgearbeitet. Als sie Ingrid die Skizze zeigte, war ihre Kollegin hellauf begeistert.

»Oh, du kannst ja richtig gut zeichnen. Dein Entwurf ist erstaunlich. Du hast nur wenige Änderungen gemacht, aber das Kleid ist jetzt ein wahrer Traum. Ich kann es mir sehr gut vorstellen. Wunderschön, Luise.«

»Danke. Dann drück mir mal die Daumen, dass unser Chef es genauso sieht. Sybille holt mich gleich zur Pause ab. Vielleicht kann sie dafür sorgen, dass ich nach dem Essen mit Karg sprechen kann.«

Nur wenige Minuten später saß sie mit Sybille von Ronneburg in der Kantine. Luise wartete mit ihrer Frage, bis sie beide aufgegessen hatten und sich noch einen Kaffee gönnten, bevor sie wieder zurück an ihre Arbeit gehen würden.

»Sag mal, Sybille, ist der Chef heute im Haus?«

»Ja, ist er. Warum fragst du?«

»Ich müsste ganz dringend mit ihm sprechen. Am besten noch heute. Meinst du, das würde gehen?«

Sybille dachte einen Moment nach. »Das dürfte eigentlich kein Problem sein«, sagte sie schließlich. »Was ist denn los? Vielleicht kann auch ich dir helfen.«

Luise winkte ab. »Nein, das kann ich wirklich nur mit dem Chef besprechen.«

Sie wusste inzwischen, dass Sybille recht neugierig war und immer gerne über alles Bescheid wusste, was im Haus vor sich ging. Für eine Frau wie sie war es sicherlich nicht leicht, oft stundenlang in ihrem Büro über Papierkram zu sitzen, während unten im Kaufhaus das Leben pulsierte. Sybille von Ronneburg liebte Klatsch und Tratsch.

»Worum geht es denn?«, hakte sie noch einmal nach.

»Sobald ich mit Karg gesprochen habe, wirst du es sehr wahrscheinlich erfahren.« Luise schmunzelte. »Keine Sorge, es geht weder um dich noch um etwas Welterschütterndes.«

Sie hatte kaum ausgesprochen, als sie plötzlich Jens auf ihren Tisch zusteuern sah. In seinen Händen trug er eines der üblichen Kantinentabletts.

»Nanu, was machst du denn hier?«, fragte Luise erstaunt, nachdem er das Tablett abgestellt hatte, seiner Verlobten einen Kuss auf die Wange gedrückt und sich neben Sybille gesetzt hatte.

»Mittagessen«, antwortete er gewohnt knapp.

Luise spürte, dass sie schon wieder wütend wurde. Der Mann hatte das seltene Talent, sofort eine gewisse Abwehrhaltung in ihr hervorzurufen.

»Ach, da wäre ich jetzt nicht drauf gekommen«, erwiderte sie tonlos.

Wie erwartet reagierte er nicht darauf.

»Wir sind schon fertig und müssen leider wieder los.«

Sybille erhob sich. Auch darüber wunderte sich Luise, denn sie hatten eigentlich noch ein paar Minuten Zeit, bis ihre Mittagspause beendet war. Trotzdem stand sie natürlich sofort auf.

»Sehen wir uns heute Abend?«, fragte Sybille ihren Verlobten.

»Heute nicht, Sybille. Ich habe mir vorgenommen, den Abend mit Lernen zu verbringen. Du weißt ja, die Zeit, die ich für die Vorbereitung habe, ist knapp bemessen«, erwiderte er.

»Ganz wie du willst.« Sybille wirkte enttäuscht, wenn nicht sogar verärgert.

Jens nickte nur, doch wenn Luise sich nicht täuschte, versuchte er in diesem Moment tatsächlich, ihren Blick einzufangen. Selbstverständlich ignorierte sie diesen Versuch.

»Was macht Jens überhaupt hier?«, fragte sie Sybille, als sie zusammen zum Fahrstuhl gingen.

»Er ist im Auftrag der Kanzlei hier. Stell dir vor, er ist jetzt der Justiziar des Chefs. Ist das nicht fantastisch?«

»Ja, das ist es.«

Luise hatte keine Ahnung, ob das wirklich so fantastisch war, aber sie beschloss, dass es darauf auch nicht ankam. Viel entscheidender fand sie, dass Jens Thomsen von nun an ebenfalls einer ihrer Kollegen war – zumindest im weitesten Sinne. Auch wenn sie ihm während der Arbeit wahrscheinlich noch seltener begegnen würde als Sybille, fand sie diese Tatsache doch irritierend.

»Ist was? Du guckst so komisch.«

»Ähm, nein, alles ist gut.« Luise wollte auf jeden Fall verhindern, dass Sybille etwas von ihrer Abneigung gegen Jens mitbekam.

»Willst du gleich mit nach oben fahren?«, wollte Sybille wissen und riss sie damit aus ihren Gedanken. »Der Chef war vorhin mit einem Lieferanten essen, aber jetzt sitzt er sicher schon wieder in seinem Büro.«

»Ich muss vorher noch etwas holen. Sagen wir in gut fünf Minuten?«

»Gut, aber komm auf jeden Fall zuerst zu mir. Ich melde dich dann an.«

Kaum fünfzehn Minuten später saß sie Georg Karg gegenüber. Mit wenigen Worten, vor lauter Aufregung vielleicht sogar etwas hastig, hatte sie ihrem Chef das Anliegen der Kundin und ihre Idee erläutert. Nun sah er sich ihren Entwurf an. Luise bemerkte, dass er das sehr gründlich tat, worüber sie froh war, denn so würde er erkennen, worauf es ihr ankam.

Offenbar blieb das befürchtete und von Ingrid prophezeite Donnerwetter aus. Sie selbst hatte ohnehin nicht ernsthaft damit gerechnet. Natürlich war sie sich nicht sicher gewesen, ob Karg sofort begeistert sein würde, doch bei ihrem ersten Gespräch hatte er ihr klar zu verstehen gegeben, dass er stets den Erfolg seines Unternehmens im Blick behielt, und das war bei ihr hängen geblieben. Sie war also schlicht davon ausgegangen, dass Georg Karg eine Verbesserung zum Wohle der Kunden und damit einen potenziellen Erfolg für das Kaufhaus erkennen würde, sobald ihm derlei präsentiert wurde. Schließlich hatte er genug Erfahrung.

»Das Standardmodell würde die Kundin nicht in Auftrag geben, Herr Karg, daran hat sie keinen Zweifel gelassen. Vielleicht würden wir sie ganz verlieren, deshalb kam ich auf diese Möglichkeit«, erklärte sie, während er weiterhin ihre Skizze betrachtete. »Ich habe der Kundin natürlich erklärt, dass ich mir erst die Genehmigung von Ihnen einholen müsse. Sie wird also morgen Nachmittag wiederkommen.«

»Auch wenn mir nicht unbedingt gefallen sollte, dass Sie der Kundin ohne vorherige Rücksprache Hoffnung gemacht haben, ist das ein beeindruckender Entwurf«, sagte er, ohne direkt auf ihre weitere Erklärung einzugehen.

»Danke.«

»So eine Zeichnung haben Sie nicht zum ersten Mal angefertigt, richtig?«

Luise nickte. »Ich beschäftige mich schon seit meiner frühesten Jugend damit. Es ist sozusagen eine Leidenschaft von mir, Mode zu entwerfen, aber …«

»Erklären Sie mir, warum und was Sie an dem Modell verändert haben«, forderte er sie auf. »Mich interessiert, wie Sie dabei vorgegangen sind und was genau Ihre Überlegungen waren.«

Luises Herz begann höherzuschlagen. »Nun ja, unsere Kundin hat genau die passende Figur für den *New Look* von Dior. Sie hat eine auffallend schmale Taille und bringt auch sonst alles dafür mit, falls Sie verstehen.«

Karg schmunzelte leicht. »Und weiter?«

»Während des Gesprächs hatte ich genug Zeit, mir die Frau genau anzusehen, und zum Glück hatte sie ihren Mantel geöffnet. Darunter trug sie eine rot-weiß geblümte Bluse, einen ausgestellten dunkelblauen Rock und dazu einen ziemlich breiten roten Lackgürtel. Hinzu kamen goldene Ohrringe, circa fünfmarkstückgroße Creolen, und passende Armreife. Sie mag also auffälligen Schmuck und kleidet sich insgesamt feminin und sehr modern. Entsprechend diesem Eindruck habe ich das Kleid angepasst, denn in Anbetracht ihrer gesamten Erscheinung habe ich gleich erkannt, warum ihr unsere Modelle allesamt viel zu schlicht waren. Wie Sie sehen können, habe ich den Saum des Kleids auf die untere Wadenlänge gekürzt, sodass ein modisches Cocktailkleid entsteht. Durch den großzügig gerafften Ausschnitt ergeben sich die leicht überschnittenen Ansätze auf den Schultern, und die langen Ärmel des Grundmodells verschwinden.« Luise tippte auf die entsprechende Stelle ihrer Zeichnung, um ihre Ausführungen zu unterstützen. »Die Ärmel werden durch elegante Handschuhe aus leicht gefüttertem Seidensatin ersetzt, die bis über den Ellenbogen reichen. Die zwei Seidenblumen für das geraffte Oberteil hätten wir – auch in der hier notwendigen kleineren Version – in der Hutmacherei vorrätig. Das habe ich bereits überprüft. Der zusätzliche Stoff, den ich für die stärkere Betonung der Taille und die waagerechte Raffung an der Schulter benötige, wird fast vollständig im Rock eingespart, weil ich den ja von bodenlang auf die modernere Länge einkürze.« Ihr Chef sah noch immer unverwandt auf die Zeichnung.

Luise fiel noch etwas ein, das sie ihm unbedingt mitteilen wollte. »Mir ist nämlich außerdem wichtig, dass ich der Kundin höchstens eine leichte Preiserhöhung zumute. Sie hat mir klar zu verstehen gegeben, dass ihre Mittel für dieses Kleid begrenzt sind. Selbstverständlich habe ich auch das bei dem Entwurf berücksichtigt. Wenn wir vom reinen Materialaufwand ausgehen, müssten wir ihr also nur einen kleinen Aufschlag für die zusätzlichen Näharbeiten und die Seidenblumen berechnen. Natürlich immer vorausgesetzt, sie bleibt bei der geplanten Stoffqualität.«

Erst jetzt hob Georg Karg den Blick von der Zeichnung und sah sie an. »Sie haben feste Vorstellungen und alles gut durchdacht, sogar in wirtschaftlicher Hinsicht. Das gefällt mir, Fräulein Vossen. Vor allem aber imponiert mir Ihr Können und die Tatsache, dass Sie eine Kundin nicht nur zufrieden, sondern sogar rundum glücklich aus unserem Hause gehen lassen wollen. Genau das ist es, was auch mein täglicher Antrieb ist.«

Luise ließ ein Schmunzeln zu. »Natürlich mag es auch eine Rolle spielen, dass die Kundin mir sehr sympathisch war und ihr Anliegen mich berührt hat, Herr Karg. Ihr Mann ist erst seit ein paar Monaten aus der Gefangenschaft zurück. Wie so viele Hochzeiten im Krieg verlief auch ihre damals entsprechend schlicht, während eines kurzen Fronturlaubs ihres Mannes. Es ist ihre erste richtige Festlichkeit, auf die sie gemeinsam gehen werden. Sie möchte an diesem Abend wunderschön für ihn aussehen. Ich kann das durchaus verstehen.«

Karg nickte. »Damit haben Sie auch vollkommen recht. Die Männer, die erst jetzt zurückkommen, haben es wahrlich verdient, so viel Freude wie nur möglich zu erfahren. Selbst wenn es sich dabei nur um einen festlichen Abend und den damit verbundenen Anblick der geliebten Frau in einem wunderschönen Kleid handelt.«

Luises Herz machte einen kleinen Sprung vor Freude. »Dann geben Sie mir Ihre Zustimmung?«

»Ja, machen wir unsere Kundin glücklich, Fräulein Vossen. Allerdings habe ich eine Bedingung.«

»Ja?«

»Nehmen Sie sich bitte nach und nach unsere Standardmodelle vor. Ich meine natürlich erst einmal nur die Abendmode. Entwerfen Sie mir für jedes Kleid zwei oder besser sogar gleich drei modernere Alternativen, ohne dabei das klassische Grundmodell allzu umfassend zu verändern. Also ähnlich, wie Sie es mit diesem gemacht haben. Allerdings darf es bei dem einen oder anderen Modell auch ruhig luxuriösere Varianten geben, die wir dann preislich von vornherein anpassen. Kriegen Sie das hin?«

Luise konnte ihr Glück kaum fassen. »Aber natürlich bekomme ich das hin, Herr Karg. Es ist mir sogar eine riesige Freude. Ich sagte ja, Kleider zu entwerfen, ist eine Leidenschaft von mir.«

»Gut, dann machen wir das folgendermaßen: Da Ihre Mitarbeit in der Maßschneiderei auch weiterhin vonnöten sein wird, schlage ich vor, dass Sie für zwei oder besser drei Stunden am Tag hier oben einen ruhigen Platz bekommen, an dem Sie schöpferisch arbeiten können. Unten ist dann doch zu viel los, um Ihrer Kreativität den nötigen Raum zu lassen. Ich möchte, dass Sie genug Zeit und Muße finden, um die passenden Alternativen zu entwerfen. Es kommt mir dabei nicht auf Geschwindigkeit an. Die jeweiligen Zeiten können Sie gerne selbst einteilen. Falls also unten zu viel Arbeit anfällt, bleiben Sie eben in der Schneiderei. Hier oben neben dem Konferenzraum befindet sich ein kleines Büro, das schon seit Jahren nicht genutzt wird, aber es hat ein Fenster, und es steht ein alter Schreibtisch drin. Ich werde sofort in die Wege leiten, dass der Raum für Sie vorbereitet wird. Natürlich werden Sie dann auch genügend Zeichenutensilien vorfinden. Sie könnten also schon morgen anfangen, wenn Sie mögen.«

»Das klingt ganz wunderbar, Herr Karg. Ich freue mich so sehr.«

Sie fand es erstaunlich, in welcher Geschwindigkeit er die passende Lösung für ihr Vorhaben parat hatte. Ihr Vater hatte nicht nur einmal erwähnt, was für ein geschäftliches Genie Georg Karg war. Nun erlebte sie gerade selbst mit, was das bedeutete.

»Dann sind wir uns einig.« Sie sah ihm an, dass er noch etwas hinzufügen wollte. »Sollten Ihre Modellvarianten ein Erfolg sein, werden wir natürlich ganz offiziell Ihren Namen ins Spiel bringen, Fräulein Vossen.«

Sie brauchte einen Moment, um zu verarbeiten, was er da gerade gesagt hatte. »Verstehe ich Sie richtig, Herr Karg? Heißt das, Sie geben mir die Möglichkeit, unter meinem Namen Mode für das *Alsterhaus* zu entwerfen?«

Er legte den Kopf ein wenig schief und schmunzelte. »Wie ich gerade sagte, werden wir zunächst abwarten, wohin es führt, wenn Sie die bestehenden Grundmodelle verändern. Wenn die Modelle sich gut verkaufen, sehen wir weiter. Können wir uns darauf einigen?«

»Ich danke Ihnen, Herr Karg.« Ihr Herz schlug wie wild, und sie konnte es kaum erwarten, ihren Eltern zu schreiben, um sie an ihrer Freude teilhaben zu lassen.

Jens war rechtzeitig zu Hause, um zusammen mit der Familie am Tisch zu sitzen. Während des Essens berichteten seine Eltern ihm und Luise, dass sie gleich am nächsten Morgen überraschend für einige Tage nach München fahren würden. Hagen wollte dort seinem Cousin Hans-Jürgen helfen, der ebenfalls Jurist war und erst vor Kurzem eine eigene Kanzlei in Schwabing eröffnet hatte.

»Vor wenigen Wochen konnte sich Hans-Jürgen erfolgreich aus Dresden absetzen«, führte Hagen die Geschichte seines Cousins weiter aus. »Im Augenblick kommen besonders viele Menschen über die deutsch-deutsche Grenze. Sie wollen offenbar dem sowjetischen Einfluss entgehen, der im zweiten, neu gegründeten Staat unübersehbar ist. Von echter Demokratie kann dort jedenfalls keine Rede sein, und die Menschen, die das erkennen und sich in der Lage sehen, kommen zu uns, solange es noch möglich ist. Es wird sogar schon über eine völlige Schließung der Grenze nach Westen gemunkelt. Man weiß ja nie. Dieser Ulbricht lässt sich nur schwer durchschauen.« Hagen seufzte. »Hans-Jürgen hatte jedenfalls Glück und ist noch unbehelligt rausgekommen. In München hat er sehr schnell Räume für seine Kanzlei gefunden und braucht jetzt ein bisschen Unterstützung. Da konnte ich nicht ablehnen. Ich mochte ihn immer sehr gerne.«

»Ihr werdet doch ein paar Tage ohne uns klarkommen, oder?«, fragte Kerstin.

»Macht euch keine Sorgen, das kriegen wir hin«, erwiderte Luise. »Ich finde es großartig, dass ihr Hagens Cousin helfen wollt. Wir werden uns bemühen, uns nicht die Köpfe einzuschlagen, nicht wahr, Jens?«

Für einen kurzen Moment war er sprachlos, weil sie vor seinen Eltern so offen die Schwierigkeiten zwischen ihnen andeutete und ihm dabei auch noch einen herausfordernden Blick zuwarf.

Seine Mutter lächelte nur. Er hatte keine Ahnung, ob sie von dem Streit zwischen ihm und Luise wusste, aber im Grunde kam es darauf nun auch nicht mehr an.

»Oliver wird bald eintreffen. Könntest du ihm sagen, dass ich ein paar Notizen und zwei dazugehörige Akten für ihn auf den Schreibtisch lege? Dann kann er sich schon ein bisschen einlesen, bis ich wieder zurück bin«, wandte sich Hagen an Jens und hinderte ihn so daran, direkt auf Luises Bemerkung zu reagieren.

Vielleicht ist es auch besser, wenn ich den Mund halte, dachte er.

Jens nickte. »Ich richte es ihm aus«, antwortete er seinem Vater. »Oliver hat doch noch seinen Hausschlüssel, oder? Könnte ja sein, dass er ankommt, wenn Luise und ich bei der Arbeit sind.«

»Natürlich hat er noch seinen Schlüssel«, beantwortete seine Mutter die Frage. »Darüber braucht ihr euch keine Sorgen zu machen.«

Jens hatte seiner Familie noch immer nichts von seinem neuen Arbeitsplatz im *Alsterhaus* erzählt. Bisher hatte sich einfach noch nicht die Gelegenheit dazu ergeben. Er machte sich nichts vor, natürlich lag es vor allem daran, dass er in den vergangenen Tagen alles darangesetzt hatte, Luise möglichst aus dem Weg zu gehen. Der Streit mit ihr wirkte noch immer in ihm nach. Es war ihm äußerst unangenehm gewesen, sie heute in der Kantine zu treffen. Da sie dort aber zusammen mit Sybille am Tisch gesessen hatte, war die Begegnung mit ihr unausweichlich gewesen.

Allerdings konnte er es jetzt nicht länger vor sich herschieben und musste seine Eltern endlich über seinen neuen Arbeitsbereich informieren. Deshalb hatte er in den sauren Apfel gebissen und war pünktlich zur Abendbrotzeit nach Hause gekommen. Also nutzte er die nächstbeste Gesprächspause und erzählte seinen Eltern endlich von seiner neuen Aufgabe.

»Das ist ein gutes Angebot. Ich finde es richtig, dass du zugesagt hast. Als Justiziar in einem Unternehmen zu arbeiten, ist eine Aufgabe, die interessante und manchmal sehr spezielle Erfahrungen mit sich bringen kann.«

Es war das erste Mal seit vielen Monaten, dass sein Vater in Bezug auf seine Arbeit etwas zu ihm sagte, das nicht mit Sticheleien und versteckten Vorwürfen einherging. Entsprechend erstaunt sah Jens von seinem Suppenteller auf und ließ den Löffel sinken. Für einen kurzen Augenblick freute er sich tatsächlich darüber.

»Ich finde auch, das klingt sehr gut«, hörte er seine Mutter sagen. »Wie schön, dass du jetzt sogar zusammen mit Sybille und Luise in einem Haus arbeiten kannst.« Sie kicherte ein wenig in sich hinein. »Ähnlich wie wir damals. Also, ich meine Charlotte, Jannes und mich. Tut mir leid, irgendwie finde ich das witzig.«

Ganz kurz glitt sein Blick zu Luise. Heute Abend hatte es sich einfach nicht vermeiden lassen, wieder mit ihr und der Familie zusammen am Tisch zu sitzen. Er hatte sich zuvor unzählige Gedanken darüber gemacht, wie er sich ihr gegenüber verhalten sollte. Der Abend hatte ihm bevorgestanden, das musste er zugeben. Bis auf die eine Bemerkung verhielt sich Luise ihm gegenüber jedoch völlig normal, wenn nicht sogar ungewohnt entspannt. Heute Mittag in der Kantine hatte er das noch anders empfunden. Da war sie ihm gegenüber sehr distanziert gewesen. Doch nun war es fast so, als hätte es ihren Streit nie gegeben. Wahrscheinlich verhielt sie sich nur so gelöst, damit Kerstin und Hagen nichts davon mitbekamen, und weniger, um wirklich Frieden mit ihm zu schließen. Dennoch entschied er, es hinzunehmen und dankbar dafür zu sein.

»Ich gratuliere dir, Jens«, sagte sie jetzt und sah ihn dabei sogar direkt an. Heute Mittag war es allzu deutlich gewesen, dass sie seinem Blick ausgewichen war. »Sybille erzählte mir vorhin davon. Ich freue mich für dich.«

»Danke, Luise.« Ein merkwürdiges Gefühl überkam ihn, und er erwischte sich dabei, wie er versuchte, ihren Blick einen Moment länger festzuhalten. Doch dann läutete es an der Haustür, und der Augenblick zerplatzte wie eine Seifenblase im Wind.

»Erwartest du noch jemanden?«, fragte Kerstin seinen Vater.

»Nein, doch nicht mehr um diese Zeit«, antwortete Hagen. »Oliver kann es noch nicht sein. Das wäre mindestens einen Tag zu früh.« Hagen legte seine Serviette neben den leeren Teller und stand auf, um zur Tür zu gehen.

Kurz darauf kam er zusammen mit Sybille zurück in die Küche.

»Sybille?« Jens stutzte und spürte gleichzeitig heftigen Unwillen in sich aufsteigen. »Waren wir verabredet?«, fragte er eher, um nicht unhöflich zu wirken. Schließlich wusste er sehr genau, dass er ihr heute Mittag klar mitgeteilt hatte, dass er sich heute Abend seinen Lehrbüchern widmen wollte.

»Nein, mein Schatz, das waren wir nicht. Ich möchte euch wirklich nicht beim Essen stören, aber ich war heute etwas länger im Büro, und da dachte ich, ich schaue doch noch mal hier vorbei. Ich hoffe nun allerdings darauf, dass du mich später nach Hause fährst, Jens. Es fängt gerade an zu regnen.«

Innerlich stieß Jens einen kleinen Fluch aus. Wenn er sie nach Hause fuhr, setzte Sybille üblicherweise voraus, dass er auch bei ihr übernachtete. Es war nicht das erste Mal, dass sie sich über seine Wünsche einfach hinwegsetzte. Früher war ihm das zwar auch dann und wann aufgefallen, aber es hatte ihm nicht allzu viel ausgemacht. Inzwischen war das anders.

Seine Mutter erhob sich und begann die Teller zusammenzustellen. »Natürlich störst du uns nicht, Sybille«, versicherte sie. »Wir waren gerade fertig mit dem Essen. Setz dich doch, bitte. Möchtest du vielleicht einen Tee?«

»Ja, einen Tee nehme ich sehr gerne. Danke, Kerstin.«

Sein Vater nahm Sybille den Mantel ab und brachte ihn hinaus auf den Flur, während Luise sich ebenfalls erhob, um seiner Mutter zur Hand zu gehen. Sybille setzte sich derweil wie selbstverständlich auf Luises Platz. Jens hätte nicht sagen können, warum ihn das störte, doch es war so.

Außerdem mochte er es ganz und gar nicht, wenn sich

Sybille nicht an ihre Absprachen hielt. Dass er heute auf jeden Fall wieder hierher zurückfahren würde, konnte er ihr aber immer noch mitteilen, sobald sie später allein im Auto saßen. Es konnte gut sein, dass seine Entscheidung einen unschönen Streit auslöste, und das wollte er seiner Familie gerne ersparen. Im Augenblick war er allerdings auch froh darüber, dass er seine Eltern endlich über seinen neuen Arbeitsplatz informiert hatte. Sybilles überraschender Besuch hätte ansonsten auch in dieser Hinsicht für ihn unangenehm werden können. Zumindest was das anging, konnte er nun durchatmen.

»Eigentlich wollte ich den Abend zum Lernen nutzen, aber selbstverständlich fahre ich dich später nach Hause«, sagte er noch immer bemüht höflich.

»Ich muss wohl zugeben, dass ich heute ausnahmsweise weniger wegen dir hier bin, mein Schatz, sondern vor allem, um Luise zu ihrem Erfolg zu gratulieren. Das ganze *Alsterhaus* spricht bereits darüber«, erwiderte Sybille und nahm ihm damit einerseits den Wind aus den Segeln und stürzte ihn andererseits in Verwirrung.

»Du bist wegen Luise hier?«, fragte er.

Es war nicht weiter verwunderlich, dass sofort alle Augen auf Luise gerichtet waren. Jens sah, dass sie einen tiefen Atemzug tat, und er glaubte zu spüren, dass die Situation ihr nicht besonders angenehm war.

»Luise?«, hakte seine Mutter nach. »Wozu dürfen wir dir denn gratulieren?«

»Stellt euch vor, sie darf jetzt ihre eigene Mode für das *Alsterhaus* entwerfen«, platzte es aus Sybille heraus.

»Was?«, rief Kerstin. »Das ist ja …«

»Ich denke, das hätte Luise uns gerne selbst erzählt«, bemerkte Jens gedämpft.

Sein Blick wanderte erneut zu Luise. Sie stand noch immer nahezu reglos da. Mit dem Rücken an den breiten Rand der Küchenspüle gelehnt, sah sie von einem zum anderen. Offenbar suchte sie noch nach den passenden Worten.

»Sybille, verzeih, aber du übertreibst ein wenig«, ergriff sie endlich das Wort. »Georg Karg hat mir bisher nur gestattet, zu einigen Grundmodellen aus unserem Maßkatalog für die Abendmode verschiedene Variationen zu entwerfen. Mehr ist es nicht.«

»Mehr ist es nicht?« Jens war beeindruckt, und es machte ihm in diesem Moment überhaupt nichts aus, das auch offen zu zeigen. »Verzeih, aber du stapelst tief, Luise. Ich denke, Karg eröffnet dir damit die großartige Möglichkeit, dein schöpferisches Können unter Beweis zu stellen.«

»O Himmel! Jens hat vollkommen recht«, hörte er seine Mutter sagen. »Das sind ganz wunderbare Neuigkeiten.« Kerstin nahm Luise in den Arm.

»Gratuliere, Luise«, meldete sich nun auch Hagen zu Wort. »Deine Eltern werden unendlich stolz auf dich sein, sobald sie es erfahren haben.«

»Ich hatte vor, es ihnen noch heute Abend zu schreiben.«

»Das ist gut.« Kerstin strahlte. »Charlotte wird vor lauter Freude durchs Haus tanzen.«

Jens räusperte sich. Er freute sich wirklich sehr für Luise, und das durfte sie ruhig wissen.

»Du bist erst ein paar Wochen im *Alsterhaus.* Ich finde, das ist wahrhaftig ein großartiger Erfolg«, schob er nach. »Dein Talent ist unverkennbar. Ich weiß, wie gut du zeichnen kannst, Luise. Schließlich habe ich schon mal einen Entwurf von dir gesehen.«

»Ach, hast du das?« Sybilles Einwurf drang kaum zu ihm durch, deshalb reagierte er auch nicht darauf.

»Ich danke dir, Jens«, sagte Luise. »Aber wir sollten die Sache dennoch nicht größer machen, als sie ist.«

Wieder sah er ihr in die Augen. Es waren nur Blicke, die sich trafen, doch in diesem Moment wusste er plötzlich, dass sich etwas verändert hatte. Nein, dass *er* sich verändert hatte. Seine gesamte Welt geriet ins Wanken. Alles, was ihn ausmachte, schien in diesen wenigen Sekunden in einen rasanten Strudel und völlig außer Kontrolle zu geraten, nur um sich dann blitzschnell völlig neu zusammenzusetzen. Leider musste er auch erkennen, dass am Ende dieses seltsamen Vorgangs nichts in ihm mehr geordnet war. Er hatte nicht die geringste Ahnung, wie er mit diesem heillosen Chaos in seinem Kopf umgehen sollte.

Luises letzter Satz klang in ihm nach wie ein Echo. *Wir sollten die Sache nicht größer machen …* Unter großer Anstrengung löste er schließlich den Blick von ihr und sah Sybille an.

Die Miene seiner Verlobten wirkte ebenso starr und kühl wie der Ausdruck in ihren Augen.

6. Kapitel

Gleich am nächsten Tag verbrachte Luise eine knappe Stunde in ihrem neuen Büro. Georg Karg hatte Wort gehalten und den kleinen Raum für sie vorbereiten lassen. Ein paar alte Kleiderständer standen zwar noch in einer Ecke, doch außer einem schmalen Regal mit einigen leeren Kartons gab es jetzt nur noch einen etwas in die Jahre gekommenen Schreibtisch und den dazugehörigen Bürostuhl, der schon bessere Tage gesehen hatte.

Auf der anderen Seite ihres Schreibtischs stand ein einzelner schlichter Holzstuhl. Das dunkelgrüne Leder des Sitzpolsters war sichtbar abgewetzt und an mehreren Stellen gebrochen, aber das störte sie nicht weiter. Im Gegenteil. Sie mochte diesen alten Stuhl sofort. Er stand so selbstverständlich dort, als könnte sie hier tatsächlich Besucher empfangen, was natürlich niemals passieren würde. In ihren Augen strahlte das Möbelstück Unerschütterlichkeit und Beständigkeit aus, das fand sie ungemein inspirierend.

Auf dem Schreibtisch hatte man mehrere Zeichenblöcke in verschiedenen Größen und eine umfangreiche Auswahl an hochwertigen Buntstiften für sie bereitgelegt. Auch ein Exemplar des Maßkatalogs für Abendmode hatte man nicht vergessen.

Besonders begeistert war Luise jedoch von der weiß eingerahmten Korkplatte, in die jede Menge Nadeln mit bunten Köpfen gesteckt worden waren. Jemand hatte sie an der gegenüberliegenden Wand ihres Schreibtischs und damit in ihrem direkten Blickfeld befestigt. Dort konnte sie hervorragend ihre Entwürfe platzieren, um sie auf sich wirken zu lassen und gleichzeitig ein bisschen mehr Farbe in diesen ansonsten doch recht kargen Raum zu bringen.

Apropos …

Sie sah sich noch einmal um. Natürlich hatte sie keine Ahnung, wie lange sie überhaupt hier arbeiten durfte, aber es reizte sie trotzdem, das Büro ein bisschen zu verschönern. Viele Möglichkeiten gab es nicht, doch die Fensterbank war breit und bot genug Platz für die eine oder andere Pflanze. Darum würde sie sich aber erst in der nächsten Woche kümmern.

In wenigen Minuten brach ihr Feierabend und damit das Wochenende an. Das würde ihr genug Zeit geben, in Ruhe darüber nachzudenken. Heute hatte sie es nicht besonders eilig, nach Hause zu kommen, denn Kerstin und Hagen würden nicht mit dem Abendessen auf sie warten, da sie bereits in aller Frühe nach München abgereist waren.

Der Tag war insgesamt recht aufregend verlaufen. Luise war zunächst ein bisschen besorgt gewesen, wie Ingrid die Änderung ihrer Arbeitszeiten in der Schneiderei aufnehmen würde. Doch das war völlig unnötig gewesen, wie sich sofort herausstellte. Ihre Kollegin freute sich sogar mit ihr und wünschte ihr viel Erfolg – nicht zuletzt weil der Entwurf, den Luise für Frau Hansen angefertigt hatte, sie ebenfalls begeisterte. Außerdem fand sie die Idee mit den Erweiterungen des Maßkatalogs mehr als überzeugend und längst überfällig, wie sie ihr mehrmals versichert hatte.

Zugegeben, am späteren Nachmittag war Luise etwas unruhig geworden, denn bisher war Frau Hansen noch nicht wieder erschienen. Natürlich hatte sie von Anfang an mit der Möglichkeit rechnen müssen, dass genau dies passierte, doch eigentlich widersprach das völlig ihrem Eindruck von der jungen Frau. Deshalb hatte sie auch versucht, den Gedanken daran beiseitezuschieben, die Kundin könnte einfach wegbleiben.

Dennoch war ihre Erleichterung groß gewesen, als sie Frau Hansen schließlich aus dem Fahrstuhl hatte kommen sehen. Wenige Minuten später hatte sich Luise schon gefühlt, als würde sie wie auf Wolken schweben, als sie die pure Begeisterung und Freude in den Augen der Kundin über den Entwurf gesehen hatte. Gleich danach hatte sie den Auftrag für das Kleid entgegengenommen. Der Tag hätte nicht viel besser laufen können.

Da sie noch einmal kurz in der Schneiderei gewesen war, kam sie tatsächlich etwas später nach Hause als gewöhnlich. Als sie im Flur stand, um ihren Mantel aufzuhängen, hörte sie bereits Stimmen aus der Küche. Zwei Männer unterhielten sich, und sie erkannte natürlich die Stimme von Jens. Die andere Stimme war ihr fremd, doch sogleich fiel ihr wieder ein, dass sie sehr wahrscheinlich zu Oliver Hanke gehören musste. Seine Ankunft war von der Familie ja schon ungeduldig erwartet worden.

Obwohl Luise ziemlich neugierig auf Oliver war, ging sie doch zunächst nach oben, um ihre Handtasche in ihr Zimmer zu bringen und sich die Hände zu waschen, bevor sie wieder nach unten und in die Küche ging. Inzwischen hatte sie sich daran gewöhnt, dass dieser Raum den Lebensmittelpunkt der Familie Thomsen bildete. Zwar gab es auch ein Wohnzimmer, doch das wurde nur sehr selten benutzt. Der eher kleine, sehr gemütlich eingerichtete Raum, der von Kerstin stets »die gute Stube« genannt wurde, lag am Ende des unteren Flurs, gleich hinter Hagens Büro. Luise war erst ein oder zwei Mal dort gewesen.

»Guten Abend«, begrüßte sie die beiden Männer, die zusammen am Küchentisch saßen. Jeder von ihnen hatte eine Flasche Bier vor sich stehen.

»Da bist du ja.« Jens erhob sich, und auch der andere Mann stand sofort auf. »Luise, das ist Oliver. Ich denke, es ist für alle am einfachsten, wenn ihr gar nicht erst damit anfangt, euch zu siezen. Er wird ja ebenfalls hier wohnen.« Jens wandte sich an seinen Freund. »Olli, das ist Luise, unser Hausgast auf unbestimmte Zeit und die Tochter von Kerstins bester Freundin Charlotte. Du weißt, das ist die Familie, die in England lebt. Wir haben sicherlich schon von ihnen erzählt.«

»Ja, klar, ich erinnere mich.«

Oliver Hanke war ebenso hochgewachsen wie Jens, nur schlaksiger. Er war recht hellhäutig, hatte kastanienbraunes, leicht gewelltes Haar und hellgrüne Augen. Seltsamerweise ging Luise sofort durch den Kopf, dass er vom Aussehen her wunderbar auf die britische Insel passen würde.

Als sie auf ihn zuging, um ihn zu begrüßen, kam er ihr sofort entgegen und reichte ihr die Hand. Natürlich bemerkte Luise, dass sich seine Augen deutlich weiteten, als er ihren Blick erwiderte, und es war wohl eine normale weibliche Reaktion, dass ihr seine offensichtliche Bewunderung gefiel.

»Luise, wie schön, dich kennenzulernen«, sagte er mit wohlklingender Stimme.

Jens kannte seinen Freund gut genug, um sofort zu erkennen, wie angetan Oliver von Luise war. Er schien völlig fasziniert zu sein, das war unübersehbar. Offenbar war sein Freund kaum noch in der Lage, den Blick von Luise zu lösen. Jens fand es kaum verwunderlich, dass wie aus dem Nichts wieder ein völliges Chaos in seinem Kopf ausbrach. Dieses Mal blieb es nur kurz, vielleicht ein oder zwei Sekunden lang, und doch richtete es kaum weniger Schaden an als beim letzten Mal.

Das kann doch nicht sein, dachte er noch, bevor Olivers Stimme in sein Bewusstsein vordrang.

»Jens? Alles in Ordnung?«

Innerlich schüttelte er sich leicht. »Ja, verzeih, ich war nur in Gedanken. Was hast du gerade gesagt?«

»Ich habe dich gefragt, ob wir Luise nicht mitnehmen wollen.«

»Ich verstehe nicht«, sagte Luise. »Wohin wollt ihr denn?«

»Wir haben vor, zusammen etwas essen zu gehen und später vielleicht ein bisschen zu feiern, dass Oliver wieder hier ist«, antwortete Jens. »Wir treffen Sybille in einem Restaurant am Gänsemarkt, das gerade erst wieder eröffnet hat. Es ist ein nettes Lokal, in dem sogar Tanzmusik gespielt wird.« Er wusste zwar nicht genau, ob ihm der Gedanke behagte, dass Luise heute Abend mitkam, aber im Grunde war es selbstverständlich. »Oliver hat recht. Du solltest den Abend nicht alleine verbringen. Morgen können wir doch alle ausschlafen.«

»Ich weiß nicht …« Wenn er sich nicht irrte, fragte sich Luise ebenfalls gerade, ob sie wirklich Lust hatte, mit ihm und den anderen auszugehen, oder ob sie der Versuchung nachgab, sich heute Abend endlich mal tüchtig zu amüsieren.

»Seit du in Hamburg bist, warst du noch nicht einmal richtig aus, stimmt's?« Jens sprach haargenau den Gedanken aus, der ihr vermutlich gerade durch den Kopf ging.

»Du hast recht«, erwiderte sie lachend. »Das habe ich auch gerade gedacht. Allerdings hat sich das bisher noch nicht ergeben. Außer ein paar Kolleginnen kenne ich hier ja kaum jemanden.«

»Siehst du, also gib dir einen Ruck und komm mit.«

Jens grinste. Vielleicht würde ein fröhlicher Abend dafür sorgen, dass sich die seltsam angespannte Stimmung zwischen ihnen endlich auflöste. Er hoffte es sogar.

»Na, dann wäre es doch wirklich schade, wenn du diesen Abend hier allein zu Hause verbringst, Luise. Wir sollten das Leben feiern, jetzt wo alles wieder bergauf geht. Meinst du nicht? Wir sind am Leben, und wir sind jung, das sind doch Gründe genug«, stimmte Oliver ihm zu. »Im Übrigen wäre es mir eine Ehre, heute Abend dein Begleiter und Beschützer zu sein, liebe Luise.«

Olivers letzte Bemerkung gefiel Jens nicht sonderlich, und er hatte das Bedürfnis, seinem Freund in die Parade zu fahren. Leider fiel ihm überhaupt nicht ein, wie er das anstellen sollte, ohne lächerlich zu wirken. Also nickte er nur und seufzte leise in sich hinein.

»Wann wollt ihr denn los?« Luises Lächeln war herzlich und galt allein Oliver, wie Jens bemerkte. »Ehrlich gesagt, würde ich mir für den Anlass gerne noch etwas Netteres anziehen.«

Jens warf einen Blick auf die Küchenuhr. »Da wir uns in einer knappen Stunde mit Sybille direkt vor dem Lokal treffen wollen, würde ich sagen, du hast noch ungefähr eine halbe Stunde Zeit. Reicht dir das?«

»Das ist allemal genug«, erwiderte sie lachend. »Ich bin spätestens in einer guten Viertelstunde wieder unten.«

»Lass dir ruhig Zeit«, winkte er ab. »Wir brauchen ja nicht lange bis zum Gänsemarkt.«

Jens wartete nur darauf, dass sein Freund eine Bemerkung fallen lassen würde, sobald Luises Schritte auf der Treppe verklungen waren. Oliver nahm nie ein Blatt vor den Mund und trug sein Herz auf der Zunge, wie seine Mutter es nannte.

»Jetzt bin ich erst recht froh, wieder zurück nach Hamburg gekommen zu sein«, sagte Oliver und setzte dabei ein breites Grinsen auf. »Was für ein wunderhübsches Mädel. Ich habe noch nie solche Augen gesehen. Die sehen ja aus, als wären sie aus flüssigem Gold. Die herrlichen Haare und erst diese … Figur. Ein wahr gewordener Traum. Ich glaube, ich habe mich soeben auf den ersten Blick in eure Luise verliebt, mein Freund.«

»Ist ja gut, Olli. Krieg dich wieder ein«, sagte er und bemühte sich dabei um einen lockeren Tonfall, obwohl ihm überhaupt nicht danach zumute war. »So wundervoll, wie du glaubst, ist sie gar nicht. Luise kann ganz schön kratzbürstig sein. Komm, wir ziehen uns auch um, damit wir den Frauen heute Abend gerecht werden.«

Oliver und er standen bereits im Flur, als Luise eine halbe Stunde später in einem geradezu sensationellen Kleid die Treppe herunterkam.

Jens stockte der Atem. Sie sah einfach umwerfend aus.

Das Lokal lag direkt am Gänsemarkt. Da es ein wenig regnete, waren sie kurzerhand mit Jens' Auto gefahren anstatt, wie ursprünglich geplant, zu Fuß dorthin zu gehen.

Jens parkte das Auto in einer schmalen Seitenstraße, gleich neben dem Restaurant. Von dort konnte er es im Notfall auch noch am nächsten Tag abholen.

Jens erklärte ihr und Oliver gerade, dass er nicht gerne Auto fuhr, wenn er Alkohol getrunken hatte. Seine klare Einstellung dazu beeindruckte Luise.

»Ich frage mich, wann endlich ein entsprechendes Gesetz eingebracht wird«, sagte er, als sie aus dem Auto ausgestiegen waren. »Es ist unverantwortlich, dass so viele Leute schwer alkoholisiert ein Auto lenken dürfen. Jeder hat doch schon am eigenen Leib gespürt, wie einschränkend sich nur zwei oder drei Gläser Wein auswirken können.«

Das klingt wirklich umsichtig und klug, dachte sie.

»Ich habe gelesen, dass innerhalb der Regierung bereits darüber debattiert wird«, erwiderte Oliver. Er bot Luise seinen Arm an, und sie hakte sich bei ihm ein.

»Das stimmt, aber mehr als eine Debatte ist es momentan noch nicht.« Jens schüttelte den Kopf, doch dann zeigte er auf eine große schwarze Limousine. »Ah, da ist Sybille.«

Jens hatte kaum ausgesprochen, da stieg auch schon ein uniformierter Chauffeur aus der großen Limousine aus, öffnete die hintere Tür und half Sybille beim Aussteigen.

»Sie hat einen Chauffeur?« Olivers Stimme klang leicht amüsiert.

»Ja, hat sie. Beziehungsweise ihre Mutter hat einen«, erwiderte Jens knapp.

»Alle Achtung, was für ein Auftritt.« Oliver sah Luise an, wackelte vielsagend mit den Augenbrauen und grinste. Sie fand das lustig. »Na, dann wollen wir Fräulein Hochwohlgeboren mal angemessen begrüßen«, fügte er noch hinzu. Sein Humor gefiel ihr.

»Nanu, Luise.« Sybilles hohe Absätze klapperten auf dem Pflaster der Straße, als sie ihnen entgegenkam. Das vollständig mit silbernen Pailletten besetzte Kleid schmiegte sich an ihre Figur wie eine zweite Haut. Über eine ihrer Schultern lag locker, wie zufällig dorthin geworfen, eine schneeweiße Pelzstola. »Du bist auch hier?«

»Ja«, antwortete sie. »Jens und Oliver waren so nett, mich mitzunehmen.«

Als sie Sybilles Kleid sah, das im Schein der Straßenlaternen mit den Sternen am Abendhimmel um die Wette glitzerte, atmete Luise innerlich auf. Zu Hause war sie sich zunächst nicht so ganz sicher gewesen, was sie anziehen sollte, doch nun war sie sehr froh darüber, ebenfalls ein recht auffälliges Kleid für heute Abend ausgewählt zu haben. Sie hatte es erst im vergangenen Jahr selbst entworfen und kurz vor ihrer Abreise zusammen mit ihrer Mutter genäht. Bleistiftröcke, so wie Sybille sie gerne trug, waren allerdings noch nie ihr Fall gewesen. Auch deshalb hatte sie sich für das dunkelviolette Seidenkleid entschieden, das sie so sehr mochte und von dem sie wusste, dass es ihr hervorragend stand. In London hatte sie es bisher nur ein einziges Mal getragen, und sie hatte sich schon darauf gefreut, es endlich einmal wieder ausführen zu können. Das Kleid hatte einen auffallend weit schwingenden Rock und war am tiefen Ausschnitt mit schwarzer Spitze verziert, die dazu noch mit Silberfäden durchzogen war. Der breite, ebenfalls schwarze Seidengürtel war mit farblich passenden Pailletten besetzt und betonte ihre schmale Taille.

»Zugegeben, wir mussten Luise ein bisschen überreden, uns heute Abend mit ihrer Begleitung zu erfreuen«, sagte Oliver gerade und riss sie aus ihren Gedanken, während er Sybille die Hand reichte. »Freut mich, dich wiederzusehen, Sybille.«

»Ich freue mich auch, Oliver. Schön, dass du wieder da bist.« Sybille hakte sich bei Jens ein, der ihr einen kurzen Kuss auf die Wange gab. »Lasst uns reingehen. Ich sterbe vor Hunger.«

Sie saßen an einem Tisch etwas abseits in einer Ecke des Lokals, hatten aber trotzdem einen guten Blick auf die kleine Bühne und die noch leere Tanzfläche. In etwa einer Stunde würden die Musiker auf die Bühne kommen, und dann konnte auch getanzt werden, wie Sybille Luise soeben mitteilte.

»Jens und ich waren schon oft hier. Das Essen ist gut, und die Kapelle ist wirklich großartig. Sie haben eine tolle Sängerin«, fügte sie noch hinzu.

Oliver hob sein Glas. »Dann auf einen schönen Abend. Ich muss sagen, ich bin wirklich froh, dass ich wieder hier bin. Nirgendwo auf der Welt fühlt man sich so gut wie in Hamburg.«

Luise fand, dass Oliver damit absolut recht hatte.

»Dir hat das Leben in Amerika also auch nicht gefallen«, stellte Jens trocken fest.

Oliver nahm einen Schluck Wein. »Ganz so kann man es eigentlich nicht sagen. Du weißt ja, New York ist großartig, und die Menschen dort sind offen und haben eine Mentalität, von der wir Deutschen uns noch ein paar Scheiben abschneiden könnten, wenn ihr mich fragt. Natürlich sind die Möglichkeiten, die man als junger Mensch dort hat, fantastisch. Aber Hamburg ist …« Er lachte kurz auf. »Ich denke, ich kann es gar nicht richtig in Worte fassen. Es ist ein Gefühl.«

»Ich kenne das so gut, und ich glaube, ich weiß genau, was du meinst.« Luise seufzte. »Und ich bin nur hier geboren und hatte überhaupt keine eigenen Erinnerungen an diese Stadt. Trotzdem hat es mich mit aller Macht hierhergezogen. Ich kann auch nicht wirklich sagen, warum das so ist. Es war schon schwierig genug, es meiner Familie zu erklären, warum ich unbedingt aus London weg und nach Hamburg wollte.«

»Was würde ich darum geben, in London oder gar in New York leben zu dürfen.« Sybille schüttelte leicht den Kopf. »Ich muss zugeben, dass ich euch überhaupt nicht verstehen kann.«

»Mir ging es ähnlich wie Oliver und Luise«, gab Jens zu. »Auch ich war unglaublich froh, dass wir zurückgekommen sind. Mein Vater war in einer großen New Yorker Kanzlei angestellt. Wir hatten ein kleines Reihenhaus in der Upper East Side, und uns ging es wirklich gut. Trotzdem hat uns dort nichts gehalten, nachdem der Krieg beendet war. Wie sehr ich Hamburg vermisst habe, wurde mir allerdings erst wirklich bewusst, nachdem ich wieder hier war. Mich kriegt hier so schnell niemand mehr weg, das könnt ihr mir glauben.«

»Wärest du auch allein zurückgekommen? Ich meine, ohne Kerstin und Hagen?«, fragte Luise. Bisher war ihr gar nicht klar gewesen, dass Jens so sehr an Hamburg hing.

»Ich denke schon. Vielleicht nicht sofort, aber irgendwann ganz bestimmt.« Er erwiderte ihren Blick. »Eigentlich verrückt, oder? Wie Sybille schon sagte, die meisten Leute in unserem Alter würden eine Menge dafür geben, in New York, London, Paris oder auch Rom leben zu dürfen.«

Ihre Unterhaltung wurde von einem Kellner unterbrochen, der ihnen das Essen servierte. Sie hatten sich für eine »Kalte Platte« entschieden, die man für eine bestimmte Personenzahl bestellen konnte. Da sie alle bereits zu Mittag warm gegessen hatten, war die Entscheidung für die Platte schnell gefallen. Jeder von ihnen bekam einen kleinen Teller und Besteck, danach platzierte der Kellner eine große Platte mitten auf dem Tisch, sodass sich jeder leicht bedienen konnte. Darauf waren unterschiedlich belegte kleine Brote, einzelne Scheiben von kaltem Braten und allerlei Kleinigkeiten wie eingelegte Gurken und anderes Gemüse sehr appetitlich angerichtet. Schälchen mit Senf und Remoulade standen ebenfalls bereit.

»Das sieht wirklich gut aus«, stellte Luise fest.

»Ja, die Platte war eine gute Entscheidung«, stimmte Oliver ihr zu.

Sie hatten noch nicht ganz aufgegessen, als die Musiker ihre Plätze auf der Bühne einnahmen und die leise Hintergrundmusik, die bisher offenbar von einem Tonband gekommen war, schließlich verstummte. Kurz darauf räumte der Kellner ihre Teller und die leere Platte ab, und Jens bestellte zwei neue Flaschen Weißwein.

»Die sind wirklich gut«, sagte Oliver und deutete auf die Musiker. »Ihre Sängerin kann was. Sie klingt fast wie Lale Andersen. Eine schöne dunkle und sehr melodische Stimme.«

»Da kann ich dir nur zustimmen.« Jens nahm eine der Weinflaschen aus dem Kühler und schenkte ihnen nach.

»Komm«, forderte Sybille ihn auf. »Lass uns tanzen, Schatz.«

»Möchtest du auch tanzen?«, fragte Oliver, nachdem Sybille und Jens bereits auf dem Weg zur Tanzfläche waren. Er erhob sich und reichte ihr seine Hand.

»Sehr gerne.« Luise stand ebenfalls auf und ergriff Olivers Hand.

Olivers gute Laune war ansteckend. Es war eine Freude, mit ihm zu tanzen, und sie hatte jede Menge Spaß dabei. Obwohl sie viel lachten, führte er sie sicher über das Parkett, während die talentierte Sängerin auf der Bühne nacheinander drei sehr populäre Schlager zum Besten gab.

Kurz bevor das dritte Stück beendet war, wirbelte er sie ein bisschen wilder herum, und ehe sie sich's versah, hatten die beiden Männer ihre Tanzpartnerinnen ausgetauscht. Oliver tanzte nun mit Sybille und sie mit Jens.

Für einen kurzen Augenblick war sie irritiert, denn die schnelle Bewegung hatte sie ein bisschen schwindelig gemacht, doch schon im nächsten Moment legte sich Jens' Arm fest um ihre Taille, und seine Hand griff nach ihrer.

»Du darfst ruhig weiter fröhlich sein«, flüsterte er ihr zu. »Auch wenn du jetzt mit mir tanzen musst.«

Luise wollte etwas antworten, doch da bemerkte sie, dass die Kapelle von den eher schwungvollen Schlagern zu einem deutlich sanfteren Rhythmus wechselte. Mit hingebungsvoller Stimme begann die Sängerin nun die deutsche Fassung von »La vie en rose« zu singen.

Jens zog sie näher an sich und löste damit eine Empfindung in Luise aus, mit der sie niemals gerechnet hatte. Eine derartig unerwartete emotionale Erschütterung hatte sie zuvor noch nie erlebt und war ihr bis zu diesem Moment völlig fremd gewesen. Seine Hand an ihrem Rücken war nicht nur angenehm warm, sie schien auch prickelnde Signale durch ihre Nervenbahnen zu schicken, die alles in ihr in Aufruhr versetzten. Innerhalb weniger Augenblicke stand ihr gesamter Körper unter Spannung und wurde doch gleichzeitig schwach. Die betörenden Gefühle hüllten sie ein wie ein süßer Nebel, der sie von den anderen Menschen im Raum abschirmte und es ihr viel zu leicht machte, sich der Illusion hinzugeben, völlig allein mit Jens zu sein.

All diese Empfindungen und die damit verbundene Überforderung sorgten dafür, dass sie unwillkürlich weich wurde in seinen Armen und einfach nachgab. Sein Daumen bewegte sich ganz leicht an ihrer Wirbelsäule hinauf, und um ein Haar hätte sie geschnurrt wie eine Katze, der man die Ohren kraulte. Sie sah zu ihm auf, begegnete seinem intensiven Blick und schaffte es nicht, ihre Augen wieder von ihm abzuwenden. Sein Brustkorb hob sich spürbar.

»Luise.«

Hören konnte sie ihn kaum, doch sie sah, dass seine Lippen ihren Namen formten.

Das hier ist überhaupt nicht gut, dachte sie noch. Ich sollte sofort …

Doch es erschien ihr unmöglich, den berauschenden Augenblick zu zerstören. Sie konnte sich nicht dagegen zur Wehr setzen, und jeder vernünftige Gedanke verpuffte so schnell, wie er gekommen war.

Schau mich bitte nicht so an, erklang es gerade von der Bühne, und Luise fühlte sich ertappt. Dennoch taten sie beide genau das Gegenteil von dem, was die Sängerin ihnen mit ihrer gefühlvollen Stimme verbot. Sie sahen sich in die Augen und bewegten sich nur sehr langsam zur Musik.

Schau mir nicht so auf den Mund.

Instinktiv befeuchtete Luise ihre Lippen. Jens schüttelte ganz leicht den Kopf – warum, wusste sie nicht. Er zog sie noch ein wenig fester an sich, und der flüchtige Gedanke streifte sie, dass es wahrscheinlich schon unanständig war, wie eng sie miteinander tanzten. Sein Gesicht war dem ihren sehr nahe, und sie spürte deutlich die erregende Härte seines Körpers. Jens' Atem auf ihrer Wange war heiß und erschien ihr wie ein Sog, in den sie von Sekunde zu Sekunde tiefer hineingezogen wurde. So sehr sehnte sie sich danach, dass er sie jetzt küsste …

Du weißt es doch, ich kann nicht widerstehen. Luise spürte, dass es ihm genauso ging.

Dann war das Lied vorbei, und Jens löste den engen Körperkontakt.

Luise fühlte sich, als hätte man sie grob aus einem wunderschönen Traum gerissen. Sie brauchte einige Sekunden, um sich zu fassen und wieder klar denken zu können. Wie durch Watte hörte sie, dass die Musiker eine kurze Pause ankündigten, und aus dem Augenwinkel heraus sah sie, dass Oliver und Sybille bereits die Tanzfläche verließen.

»Verdammt.«

Jens flüsterte es eher zu sich selbst, doch sie hörte es. Sein Tonfall klang gepresst, vielleicht sogar verzweifelt. Wenn sie sich nicht täuschte, war er ebenso aufgewühlt wie sie.

Ohne ein weiteres Wort legte er seine Hand an ihren Unterarm und führte sie zurück an den Tisch. Um die Form zu wahren, entriss sie ihm ihren Arm nicht sofort, doch als sie am Tisch ankamen, seine Hand sich von ihr löste und sie sich setzen konnte, fühlte Luise eine tiefe Erleichterung, die sie laut aufseufzen ließ.

Sie spürte Jens' Blick, doch sie schaute nicht hin, das wäre viel zu gefährlich gewesen. Stattdessen nahm sie ihr Glas und stürzte den Rest des kühlen Weins hinunter. Erst als sie es wieder abstellte, bemerkte sie, dass auch Jens soeben ausgetrunken hatte und sich großzügig nachschenkte, um dann sofort einen weiteren Schluck zu nehmen. Sie war froh darüber, dass Oliver und Sybille sich gerade angeregt über irgendeine Schauspielerin unterhielten, deren Name Luise nicht das Geringste sagte. Es war ihr auch egal, worüber die beiden miteinander sprachen. Wichtig war nur, dass sie die kurze Zeit nutzen konnte, um sich wieder zu fassen.

»Soll ich noch eine Flasche bestellen?«, fragte Oliver nach einer Weile. »Die Kapelle spielt bestimmt gleich weiter. Was meint ihr?«

»Für mich nicht mehr«, antwortete Sybille. Mit einer etwas theatralisch anmutenden Geste fasste sie sich an die Stirn. »Ich habe plötzlich heftiges Kopfweh bekommen und denke, ich sollte nach Hause ins Bett. Vielleicht habe ich einfach den Wein nicht vertragen. Tut mir leid, wenn ich euch damit den Abend verderbe.«

»Oh, aber dafür kannst du doch nichts. Kopfschmerzen können gemein sein«, beeilte sich Luise zu sagen. Sie löste ihren Blick von Sybille und sah Oliver an, das war viel sicherer, als Jens anzuschauen. »Ich denke, dann sollten wir besser alle aufbrechen. Schließlich wollten wir ja gemeinsam einen schönen Abend haben, was meint ihr?«

»Soll ich dich fahren?«, wandte sich Jens an seine Verlobte.

»Das brauchst du nicht, Schatz. Unser Chauffeur wartet gleich um die Ecke auf mich. Ich weiß ja, dass du ungern Auto fährst, wenn du etwas getrunken hast. Deshalb habe ich ihn von vornherein gebeten, dort auf mich zu warten.«

»Der arme Mann«, murmelte Oliver grinsend.

Jens' Blick huschte über Luise hinweg, dann wandte er sich an Oliver. »Wollen wir dann auch los, Olli?«

Oliver nickte. »Ja, ich finde, Luise hat recht. Wenn wir schon zusammen ausgehen, dann sollten wir auch alle vier dabei sein. Es wird sicher noch mehr Abende wie diesen geben.«

»Davon können wir wohl ausgehen.« Jens' Blick streifte sie erneut. »Na dann, lass uns zahlen.« Er winkte dem Kellner. »Ich übernehme das. Oliver, könntest du schon mal die Mäntel holen?«

Bereits eine knappe Stunde später lag Luise in ihrem Bett. Oliver und Jens waren noch in die Küche gegangen, um ein letztes Glas zusammen zu trinken, doch sie hatte den beiden eine gute Nacht gewünscht und war sogleich nach oben in ihr Zimmer geflohen. Sie hatte dringend Abstand zu Jens gebraucht.

Nur ganz kurz gestattete sie es sich, noch einmal an den Tanz mit ihm zu denken. Doch allein die Erinnerung daran wühlte sie so sehr auf, dass sie sofort beschloss, sie für alle Zeiten zu verdrängen. Natürlich wusste sie ihre Gefühle besser einzuordnen, da sie nun wieder klarer denken konnte. Sie kannte ihren Körper gut und hatte auch schon früher körperliche Anziehung erfahren, auch wenn das Begehren dieses Mal ungleich stärker gewesen war als jemals zuvor.

Das, was sie gefühlt hatte, war jedoch falsch gewesen, das durfte sie nicht vergessen. Wahrscheinlich hatte sie sich einfach nur mitreißen lassen von der gelösten Stimmung des Abends, dem Wein und der Musik. Anders konnte sie sich nicht erklären, warum sie so heftig auf seine unerwartete Nähe reagiert hatte.

Sie war sich sicher, dass es Jens ebenso ergangen war. Das hatte sie gespürt, und sie hatte seine Reaktion gesehen, als der Tanz beendet war. Auch er hatte einige Zeit gebraucht, um sich wieder in den Griff zu kriegen. Sie konnte also davon ausgehen, dass ihm die Sache genauso unangenehm sein würde wie ihr, wenn sie sich das nächste Mal gegenüberstanden. Das machte es vielleicht ein bisschen leichter, in Zukunft mit diesem Erlebnis umzugehen. Was heute Abend geschehen war, durfte sich auf keinen Fall wiederholen. Er war mit Sybille verlobt, aber das war es nicht allein. Jens Thomsen war überhaupt nicht der Mann, mit dem sie eine derartige Erinnerung teilen wollte, vor allem das machte ihr Sorgen. Sie konnte ihn nicht leiden, und daran hatte auch der Tanz mit ihm nichts geändert. Ein tiefes Seufzen entfuhr ihr. Nein, auf diese Art wollte und durfte sie nicht an ihn denken.

Das ist sicher nur eine einmalige Sache gewesen, dachte sie. Es kann gar nicht sein, dass ich mich gerade zu ihm hingezogen fühle. Das wäre ja völlig verrückt und unlogisch.

7. Kapitel

Hamburg, Ende November 1951

»Es ist so wundervoll, dass deine Familie das Weihnachtsfest mit uns verbringen wird.«

Kerstin sah von dem Brief auf, der heute aus London eingetroffen war und der nun vor ihr auf dem Küchentisch lag. Noch immer war ihrem Gesicht die pure Freude anzusehen.

Auch Luise hatte einen Brief von ihrer Mutter erhalten. Er lag oben in ihrem Zimmer. Sie hatte ihn bereits gelesen, als sie vorhin von der Arbeit nach Hause gekommen war. Gleich danach war sie vor lauter Glück ganz beseelt wieder nach unten gelaufen, und dort hatte Kerstin sie mit ihrem eigenen Brief und Freudentränen in den Augen empfangen. Minutenlang hatten sie sich daraufhin in den Armen gehalten.

»O ja, das ist es.« Luise war mindestens so aufgeregt wie Kerstin. »Ich muss zugeben, dass mir erst jetzt, nachdem der Brief von Mama eingetroffen ist, richtig bewusst geworden ist, wie schwer es mir fallen würde, Weihnachten ohne meine Familie zu verbringen.« Sie erschrak ein wenig. »Das soll natürlich nicht heißen …«

Kerstin lachte. »Keine Sorge, mein Kind, ich verstehe dich schon. Ich nehme an, es ist auch noch nie vorgekommen, dass du das Fest ohne sie verbringen musstest, richtig?«

»Das stimmt. Es wäre eine Premiere gewesen. Ich hoffe so sehr, dass alles klappt und sie wirklich alle kommen können.«

»Charlotte schreibt, dass Peter ebenfalls mitkommen wird. Dein Vater kümmert sich bereits um passende Hotelzimmer. Unser Haus ist inzwischen ja leider voll bis unters Dach.« Wieder lachte sie auf. »Du glaubst nicht, wie sehr ich mich darauf freue, deine Eltern wiederzusehen.« Sie faltete Charlottes Brief zusammen und schob ihn in ihre Rocktasche. »Himmel, es ist schon fast sieben. Hagen und Oliver werden gleich Feierabend machen, und Jens dürfte auch bald hier sein. Ich habe noch nicht einmal den Tisch gedeckt.«

»Ich helfe dir schnell, Kerstin. Dann geht es ganz fix.«

»Zum Glück gibt es heute Abend wirklich nur Brot mit Aufschnitt und Käse. Wir müssen nur alles hinstellen und das Brot schneiden.«

»Gut. Ich übernehme das Geschirr und du das Brot und den Rest.«

Kerstin platzierte gerade das große runde Brett mit Käse auf dem Tisch, als Oliver und Hagen hereinkamen. So wie es bei den Thomsens üblich war, wurde abends nicht abgewartet, bis alle Familienmitglieder am Tisch saßen, denn dafür machten sie häufig zu unterschiedlich Feierabend. Außerdem war es nicht immer klar, ob Jens überhaupt zum

Essen nach Hause kommen würde oder zu Sybille fuhr, was in der letzten Zeit allerdings recht selten vorgekommen war, wie Luise bemerkt hatte.

Im Hause Thomsen gab es eine festgelegte Zeit, zu der zu Abend gegessen wurde. »Brot kann nicht kalt werden, und wer nicht dasaß, der nicht mitaß«, pflegte Hagen öfter zu sagen. Es war also nicht das erste Mal, dass sie alle schon am Tisch saßen, als auch Jens etwa eine halbe Stunde später nach Hause kam.

Luise atmete einmal tief durch, so wie sie es neuerdings oft tun musste, bevor sie Jens traf. Ihre Begegnungen waren von Anfang an belastet gewesen, doch seit dem bewussten Abend am Gänsemarkt war ihre Beziehung noch viel angespannter geworden. Sobald sie sich in einem Raum befanden, schien die Luft zwischen ihnen regelrecht zu knistern. Inzwischen versuchte sie ihn weitestgehend zu ignorieren. So war es am besten, sagte sie sich immer wieder aufs Neue.

»Guten Abend allerseits«, rief Jens ihnen von der Tür aus zu. »Ich gehe kurz Hände waschen, dann bin ich bei euch.«

»Immer mit der Ruhe«, erwiderte Kerstin. »Wir haben auch gerade erst angefangen.«

»Wie geht es eigentlich mit dem kreativen Teil deiner Arbeit voran, Luise?«, wollte Kerstin wissen, nachdem auch Jens zusammen mit ihnen am Tisch saß.

Aus irgendeinem Grund irritierte es Luise, dass er die Ärmel seines Oberhemds bis zu den Ellenbogen hochgekrempelt hatte, und sie wunderte sich darüber, dass es ihr überhaupt aufgefallen war. Bis jetzt war ihr immer völlig egal gewesen, was Jens anhatte oder wie er gerade aussah.

Heute machte es sie jedoch nervös, auf seine nackten Unterarme zu schauen, während er sich sein Brot schmierte. Natürlich sah sie generell nur noch in seine Richtung, wenn er es nicht mitbekam.

Jetzt war sie allerdings so mit ihren Gedanken beschäftigt gewesen, dass Kerstins Frage sie innerlich ein wenig zusammenzucken ließ. Dennoch war sie sofort dankbar für die Ablenkung. Wenigstens schien Jens nicht bemerkt zu haben, dass sie lächerlicherweise seine Unterarme angestarrt hatte.

»Würde mich auch interessieren«, sagte Jens, ohne von der Scheibe Brot aufzublicken, die er noch immer sehr sorgfältig mit Leberwurst bestrich.

Luise konzentrierte sich auf Kerstin, als sie antwortete: »Es läuft sehr gut. Morgen habe ich einen offiziellen Besprechungstermin mit dem Chef. Dann darf ich ihm endlich meine ersten Entwürfe zeigen. Ich bin schon sehr gespannt, was er dazu sagen wird.«

»Wenn du damit zufrieden bist, wird er ganz bestimmt begeistert sein. Da bin ich mir sicher.« Kerstin schenkte ihr ein aufmunterndes Lächeln.

Hagen nickte zustimmend. »Da hat meine kluge Frau absolut recht«, warf er ein.

»Bis jetzt bin ich sogar sehr damit zufrieden, auch wenn es mich natürlich immens reizt, völlig neue Kleider zu entwerfen. Ich muss mich wirklich sehr zusammenreißen, um nicht auch die ganzen Grundmodelle abzuändern.«

Kerstin nickte. »Das kann ich gut nachvoll…«

»Wie heißt es so schön?«, fiel Jens seiner Mutter ins Wort.

»Man sollte sich besser immer innerhalb seiner Grenzen bewegen. Also lieber nicht allzu übermütig werden, Fräulein Vossen.« Er biss genüsslich von seinem Brot ab.

Sein Ton glich dem eines ungezogenen Jungen, der ein anderes Kind allein aus Spaß oder aus Überlegenheit ärgern wollte.

Wahrscheinlich war genau das tatsächlich sein Beweggrund, dachte sie. Zumindest würde sie es ihm zutrauen, denn genauso hatte er sich schon vor Jahren in London verhalten.

Luise spürte geradezu körperlich, dass er sie herausfordern wollte. Erst vor wenigen Wochen hatte er noch ihre Zeichnungen gelobt, doch mit seiner stichelnden Bemerkung machte er diese eine gute Erinnerung zwischen ihnen mit einem Schlag zunichte.

In ihrem Magen kribbelte es. Warum er sie gerade jetzt so anging, konnte sie überhaupt nicht nachvollziehen. Wären sie allein, hätte sie ihm irgendeine scharfe Erwiderung vor den Kopf geknallt und wäre einfach gegangen, um eine Auseinandersetzung zu vermeiden. Doch nun atmete sie nur einmal tief durch und starrte ihn wütend an. Sie wollte auf keinen Fall den Familienfrieden gefährden, nur weil dieser arrogante Kerl sie ständig bis aufs Blut reizte.

»Was soll denn das, Jens? Ärgere Luise gefälligst nicht«, mischte sich Hagen ein.

Jens erwiderte ihren zornigen Blick auf die gleiche Weise, während er auf die Bemerkung seines Vaters einging. »Ich denke, es ist allein ihr Problem … oder besser, ihre Entscheidung, ob sie sich von mir ärgern lässt.«

Er betonte das Wort ärgern so, als könnte es auch für etwas anderes stehen. Luise fühlte, wie ihre Wangen heiß wurden.

»Du bist unmöglich, Jens Thomsen«, platzte es nun doch aus ihr heraus.

Sie hätte gerne etwas Klügeres gesagt, doch ihr Kopf war wie leer gefegt. Außerdem hatte sie gehofft, dass ihr wütender Blick ausreichen würde, um ihm klarzumachen, was sie von seinem schlechten Benehmen hielt.

Unterdessen starrten sie einander an wie zwei Boxer vor einem entscheidenden Kampf. Luises Wut wollte sich nicht legen, und in ihrem Inneren brodelte es inzwischen. Gleichzeitig verspürte sie den Anflug von einem Gefühl, das nicht so ganz unangenehm war.

Seltsam, dachte sie, als es ihr bewusst wurde.

»Sagt mal, was ist denn nur mit euch beiden los?«

Hagen schob seinen leeren Teller ein Stück von sich weg. Mit seinem erneuten Eingreifen löste er die Spannung, und Luise riss ihren Blick von Jens los. Sie sah, dass er kurz den Kopf in den Nacken legte und tief durchatmete.

»Wenn es zwischen euch beiden irgendwelche Probleme gibt, dann klärt das gefälligst untereinander. Ich habe nicht die geringste Lust auf so eine miese Stimmung am Tisch«, fuhr Hagen fort. Er stand auf. »Ich bin noch mal drüben im Büro«, sagte er mit deutlich sanfterer Stimme an Kerstin gewandt.

Sie nickte nur.

Dann glitt Hagens Blick zu Oliver. »Du kannst Feierabend machen, Olli. Ich brauche dich heute nicht mehr.«

Luise bemerkte erst jetzt, dass Oliver die ganze Zeit nur dagesessen hatte, ohne ein einziges Wort zu sagen. Das war eigentlich ungewöhnlich für ihn. Oliver war normalerweise jemand, der sich gerne mitteilte und sein Herz sprichwörtlich auf der Zunge trug.

»Danke, Hagen.« Oliver erhob sich nun ebenfalls und wandte sich direkt an Luise. »Hättest du Lust, mich auf einen kleinen Feierabendspaziergang zu begleiten? Ich könnte nach diesem langen Tag zwischen den Aktenbergen ein bisschen frische Luft gut gebrauchen, und vielleicht würde das dir jetzt auch guttun.«

Luise erkannte sofort, dass er ihr damit helfen wollte, einer weiteren Konfrontation mit Jens zu entfliehen, und sie war dankbar dafür.

»Das ist eine hervorragende Idee, Oliver«, antwortete sie. »Mein Mantel hängt im Flur. Wir können sofort los.«

»Feigling«, hörte sie Jens kaum hörbar sagen.

»Ach, halt den Mund«, brachte sie ebenso leise hervor.

Wortlos warf Jens seine Serviette auf den Tisch. Er stand auf und verließ die Küche.

»Jens, bitte bleib doch«, versuchte Kerstin auf ihn einzuwirken.

Doch da hörten sie schon seine Schritte auf der Treppe und kurz darauf das Geräusch seiner Zimmertür, die mit einem lauten Knall zugeschlagen wurde.

»Danke, Oliver, der Spaziergang war eine wunderbare Idee.«

Sie gingen um die nächste Häuserecke, um dann mit gemächlichem Schritt die Mönckebergstraße entlang und auf die mächtige Petrikirche zuzuschlendern. Luise hatte sich bei Oliver eingehakt.

Nahezu der gesamte Tag war verregnet gewesen, doch nun hatte der Regen endlich aufgehört, und die kalte, klare Herbstluft war herrlich und half Luise, die brennende Wut auf Jens abzuschütteln und wieder normal zu denken.

»Willst du darüber reden?«, fragte er.

Sie verstand sofort, was er meinte. »Ich denke nicht.«

»Hagen hat recht, Luise. Irgendwas ist doch zwischen euch beiden vorgefallen. Vielleicht kann ich helfen oder vermitteln.«

»Ich sagte doch, dass ich nicht darüber reden möchte. Verzeih mir, Oliver. Und glaub mir, du könntest überhaupt nichts tun.«

Er blieb stehen und wandte sich ihr zu. »Gut, dann sag ich mal, was mir aufgefallen ist. Du kannst mir dann immer noch eine saftige Ohrfeige verpassen, wenn dir danach sein sollte, in Ordnung? Ich würde es heldenhaft hinnehmen und niemals wieder ein Wort darüber verlieren, versprochen.«

Sie musste lachen. Oliver brachte sie oft zum Lachen, das mochte sie so sehr an ihm. In der kurzen Zeit, in der sie sich kannten, waren sie schon sehr gute Freunde geworden, und sie genoss es immer, mit ihm zusammen zu sein.

»Der Abend, an dem wir in dem Lokal am Gänsemarkt waren …«, setzte er an.

»Ach bitte, das ist fast drei Wochen her«, unterbrach sie ihn sofort.

»Als ihr getanzt habt«, fuhr er unbeirrt fort. »Das wirkte ziemlich … nun ja, als Außenstehender hätte man denken können, Jens und du, ihr seid wahnsinnig verliebt ineinander.«

Luise erschrak. »Das ist doch Unsinn. Wir haben nur miteinander getanzt. So wie du es mit Sybille getan hast.«

Er schmunzelte. »Mein Tanz mit Sybille hatte mit eurem etwa so viel gemein wie ein notwendiger Zahnarztbesuch mit einem seit Langem herbeigesehnten Rendezvous, meine Liebe.«

Wieder musste sie lachen. »Ach, Oliver.«

»Ich mag dich sehr, Luise. Es fällt mir nicht besonders schwer zuzugeben, dass ich schon bei unserer allerersten Begegnung hingerissen von dir war, aber ich bin auch nicht blind. Du kannst mir glauben, dass es mir wahrlich kein Vergnügen war, euch auf diese Weise miteinander tanzen zu sehen.« Er legte seine Hand auf ihre, die noch immer auf seinem Unterarm ruhte. »Ich gebe nämlich frank und frei zu, dass ich mich unter anderen Umständen schon lange … anders … also intensiver um dich bemüht hätte. Doch gleich an diesem ersten gemeinsamen Abend musste ich mir eingestehen, dass es überhaupt keinen Sinn hätte, mich irgendwelchen sinnlosen Hoffnungen hinzugeben.«

Luise war sprachlos und fühlte sich sogar ein bisschen beschämt. Andererseits passte es natürlich zu Oliver, dass er so offen über seine Gefühle für sie sprach.

Als er ihren besorgten Blick auffing, schüttelte er den Kopf. »Ich habe jetzt wohl irgendwie zugegeben, dass du mir mein Herz gestohlen hast, Luise Vossen.« Er lächelte.

»Du schaust jetzt nämlich ziemlich verzweifelt drein, aber das musst du nicht. Du kannst doch nichts dafür, dass du in Jens verliebt bist und nicht in mich.«

»Ich bin nicht in Jens verliebt«, platzte sie sofort heraus. »Ganz und gar nicht. Ich mag ihn noch nicht einmal.«

»Ach, Luise.« Wieder schüttelte er den Kopf.

»Es ist so, Oliver. Er ist furchtbar arrogant und selbstgefällig. Menschen wie er sind mir ein Graus.«

»Ich könnte dir jetzt widersprechen, denn immerhin sprichst du gerade sehr schlecht von meinem besten Freund, doch ich denke, du würdest mir sowieso nicht zuhören.«

»Tut mir leid. Ich weiß, du magst ihn sehr.«

»Jens ist großartig, glaub mir. Er ist einer der klügsten und warmherzigsten Menschen, die ich kenne.«

»Jens ist ein selbstverliebter Schnösel, nicht mehr und nicht weniger.«

»Ich frage mich natürlich, warum du so schlecht von ihm denkst, aber wie gesagt, ich kann dich wohl kaum in wenigen Minuten vom Gegenteil überzeugen.« Oliver stieß ein langes Seufzen aus. »Als sein bester Kumpel kenne ich natürlich auch seine Schwächen. Niemand auf der Welt ist perfekt, aber ich habe ihn nur als absolut loyalen Freund kennengelernt, auf den ich mich zu jeder Zeit und in jeder Lebenslage verlassen kann. Wenn es darauf ankommt, war er immer für mich da. Jens ist tatsächlich ungemein klug, das war eben nicht einfach so dahergesagt. So albern das klingen mag, aber seine Intelligenz stand ihm selbst oft im Weg. Das war schon im Studium so. Bei Professoren eckte er gerne mal an, weil er irgendwelche Thesen hinterfragte oder völlig neue Sichtweisen ansprach, die dann nicht selten zu langen Diskussionen führten.«

Luise schnaubte. »Siehst du, das unterstreicht doch nur meinen Eindruck von ihm. Ich kann mir lebhaft vorstellen, wie arrogant und besserwisserisch er aufgetreten ist.«

»Nein, ganz so war es nicht, aber das ist jetzt auch egal und würde zu weit führen. Ich gebe zu, manchmal ist er eine Spur zu ehrgeizig gewesen, und das ist er sehr wahrscheinlich noch immer. Ohne Frage ist er aber einer der besten, ich würde sogar sagen edelsten Menschen, die ich kenne. Deiner zweifelnden Miene sehe ich allerdings an, dass meine Worte dir nur wenig helfen. Du wirst wohl selbst irgendwann erkennen müssen, wie Jens wirklich ist. Vielleicht siehst du ihn mit anderen Augen, sobald du ihn besser kennengelernt hast, Luise. Schließlich bist du erst ein paar Monate hier.« Oliver zog seine dichten Augenbrauen in die Höhe. »Ehrlich gesagt kann ich es kaum fassen, dass ausgerechnet ich dir jetzt und hier Lobeshymnen auf Jens singe. Ich muss völlig verrückt sein.«

»Du verstehst nicht, Oliver. Ich brauche überhaupt keine Hilfe oder mehr Klarheit, wenn es um Jens geht. Er ist mir wirklich völlig schnuppe. Meinetwegen kann er hingehen, wo der Pfeffer wächst.«

»Dann lasse ich das jetzt mal so stehen und höre mit den Lobeshymnen auf ihn sofort und auf der Stelle auf.« Lächelnd zog er sie weiter. »Na komm, ein paar Schritte gehen wir noch, bevor wir umkehren.«

Eine Weile spazierten sie schweigend nebeneinander

her. Langsam umrundeten sie St. Petri, um dann in stiller Übereinkunft den Weg zurück nach Hause einzuschlagen.

»Wenn du wirklich nichts für Jens übrighast«, sagte Oliver schließlich kurz bevor sie wieder vor ihrer Haustür ankamen. »Dann könntest du dem schwer in dich verliebten Olli ja vielleicht doch 'ne kleine Chance einräumen und mit ihm ausgehen. Also, ich meine, allein. Nur du und ich. Was meinst du?« Er setzte so ein jungenhaftes Grinsen auf, dass sie schon wieder lachen musste. »Und ich spreche natürlich auch nicht von solch einem kleinen Feierabendspaziergang. Den können wir meinetwegen jeden Abend wiederholen.«

»Ich mag dich wirklich, Oliver.« Sie stellte sich auf die Zehenspitzen und hauchte ihm einen Kuss auf die Wange. »Und ich gehe sehr gerne mit dir aus.« Sie machte eine kleine Pause. »Als gute Freundin«, fügte sie vorsichtshalber noch hinzu.

Jens war unglaublich wütend auf sich selbst. Warum war er nur so unfreundlich zu Luise gewesen? Warum fühlte er sich allein durch ihre bloße Anwesenheit herausgefordert? Eigentlich hatte er sich das schon so oft gefragt. Auch vorhin, als sie alle zusammen am Tisch gesessen hatten. Doch da war er schon viel zu verstrickt in die verwirrenden Empfindungen gewesen, die sie stets in ihm auslöste. Er war gar nicht mehr in der Lage gewesen, einen klaren Gedanken zu fassen.

Jetzt, nachdem er eine Weile allein auf seinem Bett gelegen und darüber nachgedacht hatte, glaubte er zu erkennen, was ihn so aufgeregt hatte. Der einzige Grund, der ihm einfiel, war so albern, dass er sich noch viel mehr schämen sollte, als er es ohnehin schon tat: Es hatte ihn schlicht geärgert, dass sie ihn seit Tagen ignorierte – und vorhin beim Essen schon wieder. Selbst als er ebenfalls Interesse an ihrer Arbeit gezeigt hatte, war sie nicht darauf eingegangen. Ihre Ignoranz machte ihn stets auf eine hilflose Art zornig. Erst seine provozierende Bemerkung hatte sie dazu gebracht, direkt mit ihm zu sprechen und ihn anzusehen.

Er musste zugeben, in dem Augenblick hatte er es genossen, und ihr Gefühlsausbruch hatte ihn auf eine fast schon lustvolle Art erleichtert. Doch im Nachhinein fand er seine unangebrachte Stichelei nur noch unangenehm und peinlich. Sein Vater hatte vollkommen recht, als er ihre Streiterei als kindisch bezeichnet hatte. Was ihn am meisten störte, war die Erkenntnis, dass ein derartiges Verhalten überhaupt nicht zu ihm passte.

Natürlich war ihm absolut bewusst, dass sich ihr Verhältnis seit dem Abend am Gänsemarkt noch einmal grundlegend verändert hatte. Der Tanz mit ihr hatte ihm in aller Deutlichkeit vor Augen geführt, was er im Grunde schon seit Wochen wusste: Er begehrte Luise mit jeder Faser seines Seins.

Er mochte sich kaum ausmalen, was das für sein weiteres Leben bedeuten konnte, schließlich war er mit Sybille verlobt. Doch das war nur die eine Seite der Medaille. Viel schwerer wog für ihn die Tatsache, dass Luise ihn aus tiefstem Herzen ablehnte, denn daran ließ sie noch immer nicht den geringsten Zweifel aufkommen.

Auch die bittersüße Erinnerung an ihren gemeinsamen Tanz konnte an dieser Gewissheit nichts ändern. Wahrscheinlich hatte sie sich einfach von der Situation mitreißen lassen. In seinen Gedanken hatte er den Tanz inzwischen so oft wiederholt, dass er mittlerweile unsicher war, ob sie wirklich in seinen Armen so herrlich weich und nachgiebig geworden war und ob ihre begehrlichen Blicke sich tatsächlich bis tief in sein Herz gebrannt hatten. Was es auch sein mochte, was sich da zwischen ihnen abgespielt hatte, für die Zukunft musste er eine Lösung finden. Schließlich würden sie noch einige Zeit unter einem Dach wohnen.

Zunächst war es wichtig, sich wie ein erwachsener Mann zu verhalten und sich möglichst schnell bei Luise zu entschuldigen. Außerdem wurde es Zeit, dass er sich über ein paar Dinge klar wurde und sein Leben in Ordnung brachte. Eins nach dem anderen, dachte er. So wie jetzt konnte es jedenfalls nicht weitergehen, das würde sein Nervenkostüm nicht mehr lange aushalten.

Doch als er am nächsten Morgen in die Küche kam, war Luise bereits auf dem Weg zur Arbeit.

Es wird sich schon noch eine Gelegenheit ergeben, dachte er.

Einmal mehr mit klopfendem Herzen stand Luise neben Georg Karg in dessen Büro. Vor ihnen lagen auf einem großen Tisch direkt vor den Fenstern ihre Entwürfe. So wie schon beim ersten Mal sagte ihr Chef kein einziges Wort, während er sich die Zeichnungen ansah und auf sich wirken ließ.

Luise beobachtete ihn mit bangem Herzen. Offenbar registrierte er jedes Detail.

»Das sind die ersten Entwürfe der insgesamt sechs Grundmodelle der Abendmode, richtig?«, fragte er nach einer Weile.

»So ist es.« Luise tippte auf die Fotos der Grundmodelle, die sie zum Vergleich oberhalb der Zeichnungen auf dem Tisch platziert hatte. »Ich habe für jedes unserer Grundmodelle fünf verschiedene Varianten entworfen. Dabei habe ich Ihre Idee aufgegriffen, auch höherpreisige Versionen darzustellen.«

»Das sehe ich, und es gefällt mir.« Nun tippte Karg auf eine Zeichnung, auf die sie besonders stolz war. »Ich nehme an, dies hier ist die edelste Variante der langen Abendrobe.«

»Ja, das stimmt. Die Applikationen lassen sich im Material natürlich anpassen. Man könnte ebenso gut Kunstperlen, Talmi und Glassteine verwenden, wie auch echte Perlen, Gold, Silber oder sogar echte Edelsteine, was natürlich kaum vorkommen wird. Aber die Kundin hätte zumindest die Wahl. Die verschiedenen Variationen und Preise könnte man für alle Modelle und Größen auflisten, und jede Kundin kann individuell nach ihren Wünschen oder finanziellen Möglichkeiten entscheiden.«

»Das haben Sie perfekt überlegt und umgesetzt. Genauso hatte ich mir das vorgestellt. Wir haben damit tatsächlich eine eigene *Alsterhaus*-Linie, so muss es sein.« Georg Karg sah von den Entwürfen auf. »Wir warten jetzt wie besprochen ab, ob Ihre Ideen bei den Kundinnen ankommen. Danach sprechen wir uns wieder, Fräulein Vossen. Machen Sie mit den anderen Modellen genauso weiter. Ich denke, ich kann meinem Instinkt vertrauen und jetzt schon voraussagen, dass wir damit großen Erfolg haben werden. Hinzu kommt noch, dass wir unseren Konkurrenten weit voraus sind.«

Luises Herz klopfte bis zum Hals. »Sie können sich kaum vorstellen, wie glücklich mich allein schon Ihre Zustimmung macht, Herr Karg. Ich weiß von meinen Eltern, dass Sie etwas von Mode verstehen.«

»Nun, zumindest habe ich mir mein gesamtes berufliches Leben Gedanken darüber gemacht, wie ich meine Kundschaft glücklich machen kann. Denn nur so werden die Geschäfte laufen, das habe ich schon in meinen jungen Jahren bei Jandorf gelernt. Aber der Name wird Ihnen kaum noch etwas sagen.«

»Oh, da irren Sie sich, Herr Karg. Ich bin gut informiert. Mein Vater erzählte mir mal, dass die Familie Tietz einst die Warenhäuser von Adolf Jandorf aufkaufte und Georg Tietz Sie kurz danach zum Chefeinkäufer für den gesamten Textilbereich machte.«

»Genauso ist es gewesen. Wissen Sie, ich habe den Gebrüdern Tietz so einiges zu verdanken und werde das niemals vergessen. Nicht nur über den gesamten Ablauf, auch über *meine* Rolle bei der Enteignung der Familie Tietz wurde viel geschrieben oder wie auch immer kolportiert. Doch ich selbst kann von mir behaupten, dass ich alles dafür getan habe und auch noch weiterhin tun werde, um das Lebenswerk der Familie Tietz zu ehren und fortzuführen.«

Luise war beeindruckt. Sie hätte niemals damit gerechnet, dass sich ihr Chef ihr gegenüber so offen äußern würde. Wahrscheinlich lag das allein daran, weil sie die Tochter von Jannes Vossen war.

»Ich glaube Ihnen, Herr Karg. Es ist nicht zu übersehen, dass Ihnen das Unternehmen sehr am Herzen liegt.«

»Nun ja, meine gesamte Familie lebt inzwischen davon, und nicht nur meine Frau hat mir damals jede Menge Vertrauen entgegengebracht, als ich nahezu unser gesamtes Vermögen in dieses Unternehmen stecken musste, um es zu erhalten und wieder groß zu machen.« Er lachte kurz auf. »Das ist inzwischen auch ein Antrieb, glauben Sie mir.«

»Danke, dass Sie mir das erzählen, Herr Karg.«

»Sehr gerne. Es tut immer mal wieder gut, sich seine eigenen Grundsätze und Werte vor Augen zu führen – auch mithilfe einer guten Unterhaltung.« Er seufzte. »In der Vergangenheit sind viele Fehler gemacht worden, Fräulein Vossen. Nicht zuletzt auch von mir. Die Zeiten unter den Nazis waren für niemanden einfach, und man musste zusehen, wie man den Wahnsinn irgendwie überlebte. Währenddessen habe ich beharrlich daran geglaubt, dass Deutschland eines Tages wieder besseren Zeiten entgegengehen wird, und jetzt sind wir auf einem sehr hoffnungsvollen Weg, glauben Sie mir. Unser Grundgesetz hat eine hervorragende Basis dafür geschaffen, um unserem Land den nötigen Halt zu geben. Nun liegt es an uns allen, diese große Chance zu nutzen und der Welt zu beweisen, dass wir gute Demokraten sein können.« Sein Blick senkte sich noch einmal auf ihre Entwürfe. »Aber um auf den eigentlichen Grund unserer Unterredung zurückzukommen … Sie machen jetzt erst mal weiter, wie wir es besprochen haben. Einverstanden, Fräulein Vossen?«

»Sogar sehr einverstanden, Herr Karg. Vielen Dank für Ihr Vertrauen. Es bedeutet mir viel.«

Die nächsten zwei Stunden verbrachte sie in ihrem kleinen Büro. Erst eine halbe Stunde vor Feierabend beschloss sie, doch noch einmal in der Maßschneiderei nachzusehen, ob Ingrid mit der anfallenden Arbeit alleine zurechtkam.

Auf dem Flur kam ihr Jens entgegen, der offenbar auf dem Weg in sein eigenes Büro war. Es war schlicht nicht möglich, ihm jetzt noch auszuweichen.

»Luise«, sagte er und nickte grüßend.

»Hallo, Jens.« Unbeirrt hielt sie weiter auf den Fahrstuhl zu, wenn auch mit gemäßigtem Schritt, um nicht allzu unhöflich oder gar unsicher zu wirken, was ihr noch wichtiger erschien.

»Machst du Feierabend?«, fragte er und zwang sie damit, noch einmal stehen zu bleiben und sich ihm erneut zuzuwenden.

»Nein, ich möchte vorher noch mal in der Maßschneiderei vorbeischauen, ob noch etwas zu tun ist«, erwiderte sie.

»Luise … Könnten wir mal miteinander reden? Ich meine in aller Ruhe, nur wir beide. Ich denke, es gibt einiges zwischen uns zu klären, meinst du nicht?«

Sie zögerte kurz, doch dann schüttelte sie den Kopf.

»Ich glaube nicht, dass das nötig ist«, sagte sie.

In der gleichen Sekunde spürte sie bereits, dass sie sich

mit dieser Antwort nicht besonders gut fühlte, aber nun war es zu spät.

Sie hörte, wie er geräuschvoll ein- und wieder ausatmete. Seine Miene wirkte regelrecht unglücklich, das überraschte sie.

»Gut, mit so einer Abfuhr musste ich wohl rechnen«, erwiderte er etwas leiser. »Dann nimm wenigstens meine aufrichtige Entschuldigung an. Ich möchte, dass du weißt, wie leid es mir tut, dass ich so unfreundlich zu dir war. Normalerweise ist das nicht meine Art. Es war nicht fair und auch überhaupt nicht angebracht. Ich meine …«

»Halte dich einfach von mir fern, Jens«, fiel sie ihm ins Wort. »Das ist für uns beide sicher die beste Lösung, meinst du nicht?«

Sie wollte nicht zulassen, dass seine Worte und seine sichtbare Verlegenheit sie noch mehr berührten, auch wenn es dafür eigentlich schon zu spät war. Sie spürte, wie sich ein Gefühl der Wärme in ihrer Herzgegend ausbreitete, doch sie wollte sich nicht verunsichern lassen und kämpfte sofort gegen die ungebetene Empfindung an.

Er schluckte hart. »Ganz wie du willst … Aber wir wohnen unter einem Dach. Das wird nicht so einfach sein.«

Ihr entging nicht, dass unter seinem rechten Auge ein Muskel zuckte.

»Dann werden wir uns eben zukünftig mit Rücksicht auf deine Familie wie zwei erwachsene Menschen benehmen, die sich leider nicht viel zu sagen haben. Das wird doch möglich sein, oder nicht?« Es fiel ihr ungeahnt schwer, ihren harschen Ton beizubehalten.

»Selbstverständlich.«

»Gut, dann bis später, Jens.«

»Ja, bis später.«

Luise war erleichtert, als sich kurz darauf die Fahrstuhltüren schlossen und sich der Lift in Bewegung setzte.

Zwei Stunden später saß sie zusammen mit Oliver in einem Fischrestaurant direkt am Hafen. Ihre Eltern hatten ihr einmal davon erzählt, deshalb war es Luise ein Begriff. Das Restaurant war erst vor einigen Monaten wieder neu eröffnet worden. Der Sohn des einstigen Besitzers war nun der neue Inhaber und stand als Chefkoch sogar selbst in der Küche.

»Es war unglaublich lecker«, stellte Luise fest, nachdem der Kellner ihre Teller abgeräumt hatte.

»Ja, das war es. Möchtest du noch einen Nachtisch?«

»O nein, bitte nicht. Ich platze gleich.«

»Aber ein Glas Wein können wir uns noch gönnen.«

»Ja, sehr gerne«, stimmte sie zu.

Oliver nahm die Flasche mit dem Weißwein aus dem Kühler und schenkte ihnen nach.

»Ich glaube, ich habe dir noch gar nicht mein Beileid ausgesprochen. Mir tut das mit deinem Vater sehr leid. Ich mag mir gar nicht vorstellen, wie es wäre, meinen Vater zu verlieren«, sagte Luise, nachdem sie sich eine Weile eher über Belanglosigkeiten unterhalten hatten.

»Ich danke dir. Wir konnten uns einige Monate darauf vorbereiten, dass er gehen muss. Er hatte einen unheilbaren Tumor in der Lunge, aber natürlich ist es trotzdem ein Schock, wenn es passiert.«

»Wie geht es deiner Mutter und … ich glaube, Kerstin sagte, du hast zwei Schwestern, richtig?«

»Richtig. Meine Schwestern Gertrud und Adele sind älter als ich. Gertrud hat einen Farmer aus New Jersey geheiratet. Sie leben jetzt dort alle zusammen auf einer Farm. Adele ist Lehrerin und hat in der nächsten Ortschaft eine Anstellung an der Grundschule gefunden. Meine Schwestern kümmern sich ganz wundervoll um unsere Mutter, und mein Schwager ist ein feiner Kerl. Ich kann mich vollkommen auf ihn verlassen. Meiner Familie geht es dort gut. Ich habe den Umzug nach New Jersey noch mit organisiert und weiß also, dass alle gut versorgt sind. Das war mir wichtig, bevor ich meine Reise zurück nach Deutschland ins Auge fassen konnte.«

»Das kann ich gut verstehen.«

»Nun bist du dran. Erzähle mir von deiner Familie.«

»Hm, da weiß ich gar nicht, wo ich anfangen soll. Meine Familie besitzt drei Geschäfte in London, zwei davon in Notting Hill. Meine Mutter ist auch Schneiderin und betreibt ein eigenes Geschäft, in dem sie auch Mode verkauft. Das eigentliche Familienunternehmen besteht aber aus dem Handel mit Möbeln und Einrichtungsgegenständen aller Art. Mein Opa hat das Geschäft schon lange vor dem Krieg hier in Hamburg betrieben.«

Oliver nickte. »Von Kerstin weiß ich, dass deine Eltern sich im *Alsterhaus* kennengelernt haben und du dann später hier in Hamburg geboren wurdest.«

»Ja, zu der Zeit gehörte mein Vater der Geschäftsleitung an. Georg Tietz war damals ein guter Freund meines Großvaters. Meine Mutter hat im Warenhaus zunächst eine Anstellung als Verkäuferin in der Stoffabteilung gefunden. Später war sie sogar Abteilungsleiterin und hat nebenbei die Maßschneiderei geleitet, in der auch ich jetzt arbeite.«

»Deine Familie ist also ebenfalls vor den Nazis geflüchtet?«

»Ja, aber zum Glück schon einige Jahre vor dem Krieg. Mein Großvater gehörte zu den Menschen, die die Zeichen der Zeit früh erkannt haben. Meine Oma ist Jüdin, und mein Opa hat das Grauen kommen sehen. Mit der Hilfe eines inzwischen verstorbenen Geschäftsfreundes hat er damals den Grundstein für unsere Existenz in London gelegt.« Sie lächelte. »Ich habe einen Bruder, den ich sehr liebe. Peter ist etwas jünger als ich und studiert demnächst Medizin.«

»Dann wird das Familienunternehmen wohl an dir hängen bleiben, denke ich.« Oliver zwinkerte ihr zu.

»Nicht nur. Mein Onkel Werner war nach dem Tod seiner ersten Frau lange allein. Kurz vor dem Krieg hat er in London meine jetzige Tante kennengelernt. Auch sie wurde viel zu früh Witwe. Inzwischen sind sie sehr glücklich verheiratet, und er hat sogar ihre beiden Söhne adoptiert. Meine Cousins sind ungefähr in meinem Alter und wirklich großartige Kerle. Wir verstehen uns blendend.«

»Alles in allem klingt das nach einer sehr glücklichen Familie«, stellte er fest.

»Da kann ich nicht widersprechen«, erwiderte sie lachend. »Mit Tragödien kann ich nicht dienen, und das ist auch gut so.«

»Na ja, durch Kerstin und Hagen habe ich von der Sache mit deiner Mutter gehört. Es muss damals furchtbar für sie gewesen sein.«

»Ja, sie war in großer Gefahr, aber das haben meine Eltern gemeinsam überstanden. Im Grunde war ich sogar schon dabei, nur noch nicht auf der Welt. Es hätte also auch für mich schiefgehen können.«

»Das ist es zum Glück nicht.« Er hob sein Glas und prostete ihr zu. »Ich bin wirklich sehr froh darüber, dass wir uns kennengelernt haben, Luise.«

Auch sie hob ihr Glas. »Das bin ich ebenfalls, Oliver.«

8. Kapitel

Hamburg, im Dezember 1951

Das regnerische und nasskalte Wetter schlug genau an dem Tag um, als ihre Familie Hamburg erreichte. Kalt war es immer noch, doch nun war die Luft klar, und die Sonne schien von einem nahezu wolkenfreien Himmel.

Luise hatte sich den Vormittag freigenommen. Ein ganzer freier Tag war jetzt, so kurz vor den Feiertagen, einfach nicht möglich gewesen. Zusammen mit Hagen hatte sie am frühen Morgen ihre Familie vom Hafen abgeholt und nach einer langen und tränenreichen Begrüßung ins Hotel gefahren.

Während sich Peter nun zusammen mit Oliver und Hagen ein bisschen die Stadt ansah, stand Luise mit ihren Eltern am Alsteranleger. Charlotte und Jannes waren so tief berührt von dem, was sie sahen, dass auch Luise Tränen über die Wangen liefen. Sie konnte sich kaum vorstellen, was es für die beiden bedeuten musste, nach so langer Zeit wieder hier zu stehen. Jannes hatte einen Arm um die Schultern seiner Frau gelegt und drückte sie fest an sich, während sie zusammen vor der Ruine des Alsterpavillons standen.

Lange Zeit sagte keiner von ihnen ein Wort.

»Ich kann es kaum glauben«, brachte ihre Mutter schließlich hervor. »Es ist so eine große Freude, wieder hier zu sein, aber gleichzeitig schnürt mir der Kummer die Kehle zu. Es ist so unendlich viel zerstört worden.« Sie deutete auf das Fundament des ehemaligen Alsterpavillons. »Wie viele Stunden habe ich dort zusammen mit Olga verbracht. Wir haben es beide so geliebt, ein Stück Kuchen zu genießen, stundenlang miteinander zu reden und dabei auf die Alster zu schauen.«

»Sie werden den Pavillon wiederaufbauen, Mama. Sicher noch größer und schöner, du wirst sehen. Ich habe gelesen, dass die Bauarbeiten schon sehr bald beginnen sollen. Überall in der Stadt kann man sehen, wie es aufwärts geht. Jeden Tag entstehen neue Häuser, und es ist doch auch noch viel erhalten geblieben. Schau, das *Alsterhaus* steht da, ohne großen Schaden genommen zu haben. Diese Stadt wird immer wunderschön sein.«

Die Blicke ihrer Eltern wanderten hinüber zu dem Warenhaus, in dem sie sich einst ineinander verliebt hatten.

»Wie oft habe ich hier gestanden?« Mit dem Handrücken wischte sich ihr Vater die letzten Tränen fort. »Wie gerne habe ich in stillen Momenten auf die Alster geschaut, um nach einem langen Tag meine Gedanken zu ordnen. Du hast recht, Luise, wir sollten das sehen, was gut und noch immer herrlich ist. Die Alster ist unverändert schön, und das Warenhaus steht nach all dem Chaos des Krieges prachtvoll da wie eh und je.«

»Wollen wir?«, fragte Charlotte schließlich, noch immer

mit leicht zitternder Stimme. »Ich würde so gerne hineingehen.«

»Na, dann kommt. Ich habe euch natürlich angekündigt. Herr Karg freut sich wirklich darauf, euch beide wiederzusehen.«

»Nun, ich weiß gar nicht so recht, ob ich mich auch freue, ihn wiederzusehen.« Ihr Vater zwinkerte ihr fröhlich zu, während sie den Jungfernstieg überquerten. »Schau nicht so erschrocken, mein Mädchen, das war eher ein kleiner Scherz. Wie ich schon einmal sagte, ich war nicht immer mit Karg einverstanden, aber ich weiß mit Sicherheit, dass er stets nur das Beste für das Warenhaus im Sinn hatte.«

Luise ging vorweg, und ihre Eltern folgten ihr Hand in Hand durch die großen Eingangstüren. Sie gingen langsam, schauten hier und blieben dort eine Weile stehen, fuhren dann mit den Rolltreppen immer ein Stockwerk nach dem anderen nach oben. Im zweiten Stock hielten sie natürlich sofort auf die Maßschneiderei zu.

»Oh, hier hat sich ja kaum etwas verändert … bis auf die neuen Maschinen, wie ich gerade sehe«, stellte ihre Mutter lächelnd fest. »Wie eigenartig, wieder hier zu stehen.«

Luises Kollegin Ingrid sah von ihrer Arbeit hoch. Sofort stand sie auf und kam zu ihnen an den Kundentresen.

»Das ist meine liebe Kollegin Ingrid Franken«, stellte Luise sie einander vor. »Ingrid, das sind meine Eltern. Jannes und Charlotte Vossen.«

Ingrid reichte Luises Eltern lächelnd die Hand. »Willkommen zurück in Hamburg, liebe Frau Vossen, lieber Herr Vossen. Ich habe schon so viel von Ihnen gehört.«

»Darf ich vielleicht einmal hinter den Tresen kommen und mir eure Arbeitsplätze anschauen?«, fragte Charlotte.

»Aber sehr gerne, Frau Vossen«, erwiderte Ingrid sofort.

Luise freute sich, dass ihre Kollegin ihren Eltern gegenüber so zugewandt war, und lächelte ihr dankbar zu.

Interessiert schaute sich Charlotte die recht neuen Nähmaschinen an.

»Die sind sehr modern. Da habt ihr wirklich Glück.«

»Ja, die neuen Maschinen sind großartig«, bestätigte Luise. »Wir haben sie erst vor wenigen Wochen bekommen und lieben sie beide.«

Eine Weile plauderten sie noch mit Ingrid, doch dann entschuldigte sich ihre Kollegin. »Verzeihen Sie, aber ich muss wirklich wieder an die Arbeit.«

»Oh, das verstehe ich sehr gut«, sagte Charlotte sofort.

Luise nickte Ingrid noch einmal zu. »Bis später. Nach dem Mittagessen bin ich wieder hier.«

»Ich weiß, Luise. Lass dir ruhig Zeit. Wir schaffen das schon. Genieße die Zeit mit deinen Eltern.« Ingrid winkte ihnen hinterher, als sie hinüber zu den Fahrstühlen gingen, um ganz nach oben zu fahren.

»Dort hinten links war mal mein Büro.« Ihr Vater lachte leise in sich hinein. »Der Teppichboden ist neu, ansonsten hat sich auch hier wenig verändert.«

»Du wirst lachen, das ist jetzt das Büro, in dem Jens sitzt. Heute Vormittag hat er aber einen Termin außer Haus, sodass wir leider nicht reinkönnen. Er kommt heute erst im Laufe des Nachmittags zurück. Das weiß ich, weil er gestern Abend darüber gesprochen hat. Du kannst ihn ja später fragen, ob du noch einmal in dein altes Büro hineinschauen kannst.«

»So wichtig ist mir das nicht«, winkte Jannes ab. »Ah, Karg sitzt tatsächlich im alten Büro von Georg Tietz.«

»Ja. Soweit ich gehört habe, musste hier oben zwar einiges wieder in Ordnung gebracht werden, weil das Dach Schaden genommen hatte, aber als alles repariert war, reichten normale Renovierungsarbeiten, um die Büros wieder instand zu setzen. Kerstin erzählte mir, dass sie anfangs im Keller gesessen haben, sogar der Chef.«

Georg Karg schien sich aufrichtig darüber zu freuen, ihre Eltern wiederzusehen. Ihre Mutter nahm er sogar kurz in den Arm.

»Es ist so schön, Sie beide gesund und munter zu sehen.« Er deutete auf den Tisch vor dem Fenster. Dort standen bereits Geschirr und zwei Platten mit appetitlich angerichteten Canapés bereit. »Da Ihre Tochter so nett war, Ihren Besuch anzukündigen, habe ich uns eine kleine Zwischenmahlzeit vorbereiten lassen«, sagte er. »Bitte machen Sie mir die Freude und nehmen Sie Platz.«

Luise warf automatisch einen schnellen Blick auf ihre Armbanduhr. Eine knappe Stunde blieb ihr noch, bis sie wieder an ihrem Platz sitzen musste.

»Keine Widerrede, Fräulein Vossen, auch Sie werden sich zu uns gesellen, wenn Ihre Eltern schon mal da sind. Die Zeit, die Sie zusammen haben, ist kostbar, und Ihre Arbeit läuft nicht weg.« Er schmunzelte und deutete auf den Platz neben sich.

Luise bedankte sich bei ihm und setzte sich.

Es war interessant zuzuhören, worüber sich Karg mit ihren Eltern unterhielt. Natürlich wurden einige Erinnerungen ausgetauscht. Sie fand es sehr unterhaltsam, wie Karg zum Beispiel von seinem ersten Zusammentreffen mit ihrer Mutter berichtete.

»Ihre Mutter war nicht nur außerordentlich klug, sondern auch liebenswert«, sagte Karg gerade an Luise gewandt. »Wir mochten sie alle. Georg Tietz machte sie an diesem Tag zur ersten weiblichen Abteilungsleiterin im Unternehmen.«

»Charlotte war furchtbar aufgeregt«, warf Jannes ein. Er hob die Hand seiner Frau und hauchte einen Kuss darauf.

»Und es war so ungemein offensichtlich, dass sich Ihre Eltern zu der Zeit bereits ineinander verliebt hatten, es sich aber noch nicht eingestehen wollten«, fuhr Karg fort. Er lachte kurz auf und hob die Hand, als Charlotte widersprechen wollte. »Ich erinnere mich noch sehr gut daran, wie Georg Tietz und ich Wetten darauf abgeschlossen haben, wann die beiden endlich zueinanderfinden würden. Als es dann so weit war, bekam ich eine Kiste vom besten Champagner geliefert. Geben Sie es zu, Vossen, davon haben Sie nichts gewusst.« Sein Blick richtete sich auf Jannes, und er räusperte sich. »Gestatten Sie mir noch eine weitere Bemerkung. Ich weiß, wie nahe Sie und Georg Tietz sich schon damals standen. Sie sollen wissen, dass ich mit seiner ausdrücklichen Zustimmung zum Geschäftsführer ernannt wurde.«

Ihr Vater nickte. »Das ist mir bekannt. Georg und ich sprachen darüber.«

»Ich habe Georg und auch Martin Tietz schon damals in die Hand versprochen, dass ich alles tun würde, um das Unternehmen am Leben zu erhalten. Nichts anderes habe ich auch später mit der Übernahme getan.«

»Sie müssen sich mir gegenüber nicht erklären, Karg.«

»Mir ist es aber wichtig, dass Sie es verstehen. Ich habe Sie stets geschätzt, Herr Vossen. Sie waren für einige Jahre eine wichtige Säule dieses Unternehmens und sollten auch meine Seite der Geschichte hören, wo wir jetzt schon mal die Gelegenheit haben, darüber zu sprechen.«

»Ich mache Ihnen keinerlei Vorwürfe. Ich weiß, dass Ihnen die Warenhäuser immer wichtig waren. Die Enteignung der Familie Tietz hätte niemand verhindern können.«

»Nach dem Krieg ist leider nicht mehr allzu viel geblieben«, fuhr Karg unbeirrt fort. »Aber das wissen Sie ja sicherlich. Die meisten Häuser sind der Zerstörung des Krieges und anschließend der Aufteilung des Landes durch die Alliierten zum Opfer gefallen. Ich stehe allerdings weiterhin mit der Familie Tietz in Kontakt, und sobald es möglich ist, werde ich die Häuser in Stuttgart, Karlsruhe und München für die *Hertie GmbH* zurückkaufen. Im Augenblick zahle ich Miete und nutze die Häuser weiterhin wie zuvor. Familie Tietz hat selbst kein Interesse mehr daran, die Warenhäuser in Eigenregie zu betreiben, und wir sind uns bereits über den Rückkauf einig. Im Augenblick fehlt es mir noch an dem nötigen Kapital, aber das wird sich sicher bald ändern. Die Geschäfte laufen hervorragend.«

»Das viel gepriesene Wirtschaftswunder«, sagte Charlotte.

»Ja, das Wirtschaftswunder, das uns von Adenauer und Erhard versprochen wurde, scheint tatsächlich einzutreten. Unser Land hat noch einmal eine Chance erhalten, und die sollten wir nutzen. Was mich betrifft, bin ich unglaublich dankbar dafür, dass wir hier im Westteil des Landes vom demokratischen Teil der Alliierten besetzt waren, deren oberstes Ziel es war, Deutschland als eigenständigen Staat wieder zu stabilisieren. Inzwischen bin ich ein absoluter Befürworter der sozialen Marktwirtschaft, und die Demokratie, wie sie jetzt in unserem Grundgesetz verankert ist, wird uns zunehmend Wohlstand bringen. Da bin ich mir sicher.«

»Was das angeht, sind wir uns einig.« Ihr Vater trank seinen Kaffee aus.

»Haben Sie beide schon einmal daran gedacht zurückzukommen?«

Charlotte und Jannes verneinten gleichzeitig.

Karg lachte. »Noch immer ein gutes Team, was?«

»Wir beide lieben diese Stadt, aber unser Zuhause ist jetzt in London«, sagte Charlotte.

»Meine Frau, mein Bruder und ich führen die Firma inzwischen gemeinsam«, fügte Jannes noch hinzu. »Wir haben insgesamt drei Geschäfte und treiben noch immer erfolgreich Handel mit Möbeln und Einrichtungsgegenständen aus aller Welt. Wir alle fühlen uns sehr wohl in England und haben einen guten Kundenstamm. Solange unser Familienunternehmen erfolgreich ist, bleibt eine Rückkehr nach Deutschland ausgeschlossen.«

»Das ist auch vernünftig, denke ich«, erwiderte Karg.

Charlotte seufzte. »Wir werden allerdings von nun an regelmäßige Besuche in Hamburg einplanen. Immerhin lebt unsere Tochter jetzt hier.«

Sie blieben noch ungefähr eine halbe Stunde, dann verabschiedeten sie sich von Georg Karg.

»Es hat mich wirklich gefreut, Sie beide wiederzusehen. Das ist keine leere Floskel, glauben Sie mir«, versicherte Karg ihnen. »Und es würde mich sehr freuen, wenn Sie mich wieder einmal besuchen kommen, sobald Sie in Hamburg sind.«

»Darf ich meinen Eltern noch mein kleines Atelier zeigen?«, fragte Luise.

»Aber natürlich, Fräulein Vossen. Das gesamte Haus steht Ihren Eltern jederzeit offen.«

Kurz darauf standen sie zu dritt in ihrem Büro, auf das Luise sehr stolz war. Unterdessen hingen neue Vorhänge vor dem Fenster, und auf der Fensterbank stand ein hübscher zweifarbiger Efeu, der seine zarten Arme auszubreiten begann. Der abgewetzten Sitzfläche des alten Besucherstuhls hatte sie erst in der vergangenen Woche einen neuen Bezug verpasst. Kurzerhand hatte sie ihn aus einem Stoffrest genäht, der von den Vorhängen übrig geblieben war.

Sie hatte schon damit gerechnet, dass ihre Mutter sich besonders aufmerksam umsehen würde.

»Du hattest es mir ja schon in deinem letzten Brief beschrieben, und es ist wirklich hübsch geworden. Ich freue mich so sehr für dich.«

»Danke, Mama.«

»Erinnerst du dich, Charlotte? In diesem Raum waren für die längeren Konferenzen oft die Erfrischungen und Platten mit belegten Brötchen aufgebaut.«

Über Charlottes Gesicht huschte ein sanftes Lächeln. »Ich erinnere mich gut.«

Luise klappte eine ihrer Zeichenmappen auf, um ihren Eltern die neuesten Entwürfe zu zeigen.

Charlotte war sichtlich begeistert. »Du wirst immer besser, Schatz. Vor allem ist nun dein eigener Stil deutlich zu erkennen. Die Entwürfe sind großartig.«

Die Zustimmung ihrer Mutter war Luise schon immer wichtig gewesen. Charlotte war nicht nur ihre Lehrmeisterin gewesen, sondern auch stets ihr größtes Vorbild.

Als Luises Blick auf die Wand für ihre fertigen Entwürfe fiel, stutzte sie. Erst vor zwei Tagen hatte sie daran eine Zeichnung befestigt, die nun nicht mehr dort hing. Automatisch sah sie nach, ob das Blatt sich vielleicht gelöst hatte und auf dem Fußboden gelandet war, doch auch dort war nichts zu sehen.

»Suchst du etwas?«, fragte ihre Mutter.

»Ja.« Luise tippte auf die Korkplatte. »Hier hing noch ein fertiger Entwurf, aber jetzt ist er weg. Komisch.«

»Bist du sicher, dass du ihn dort hingehängt hast?« Ihr Vater grinste schief.

»Natürlich bin ich sicher. Du kennst mich doch, Papa.«

»Vielleicht ist dein Entwurf tatsächlich runtergefallen, und eine Putzfrau hat ihn eingesammelt und weggeworfen«, erwiderte er. »So was kann passieren.«

»Du hast recht, das wäre die einzig logische Erklärung.

Außer den Putzleuten und mir kommt hier eigentlich niemand rein.«

»Na ja«, stellte ihre Mutter nach einem Blick auf die Tür fest. »Ganz so ist es ja nicht. Ich sehe keinen Schlüssel, und wir sind vorhin auch einfach so reingegangen.«

Luise seufzte. »Hier oben wird eigentlich nie ein Raum abgeschlossen. Ich besitze gar keinen Schlüssel für die Tür. Aber wer soll schon in mein Büro kommen? Für die Kollegen ist es doch uninteressant.«

»Das stimmt allerdings.« Ihr Vater schüttelte leicht den Kopf. »Dann bleibt wohl tatsächlich nur die Putzfrau. Du solltest sie vielleicht danach fragen und noch einmal darauf hinweisen, dass sie beim Saubermachen nur das wegwerfen darf, was im Papierkorb liegt.«

»Das werde ich auf jeden Fall machen. Der Verlust ist ärgerlich, denn der Entwurf war vom Chef bereits abgesegnet. Aber ich habe zum Glück noch eine weitere grobe Skizze davon, und den Rest habe ich im Kopf. Ich kann ihn also leicht wiederherstellen.«

In diesem Jahr sah Jens Weihnachten eher mit gemischten Gefühlen entgegen. Normalerweise liebte er das Fest. Während der Jahre in New York war die Zeit vor Weihnachten immer etwas ganz Besonderes für ihn gewesen. Die Menschen freuten sich auf das fröhliche Zusammensein mit der Familie, das gute und reichhaltige Essen an den Feiertagen und die festliche Stimmung dank der vielen Lichter in den Schaufenstern.

Nach den harten Kriegsjahren fand man nun auch hier

in Deutschland zunehmend wieder zu den alten Traditionen zurück, und die Freude auf die kommenden Feiertage war überall spürbar. Dennoch fiel es ihm in diesem Jahr schwer, sich richtig auf die weihnachtliche Atmosphäre einzulassen.

Seit Luises Eltern und ihr Bruder Peter für die Feiertage angereist waren, hatte sich sein Alltag deutlich verändert. Obwohl Luises Familie in einem nahe gelegenen Hotel an der Alster wohnte, spielte sich der überwiegende Teil ihres Besuchs in seinem Elternhaus ab. Fast jeden Tag standen nun irgendwelche Zusammenkünfte an, denen auch er nicht entgehen konnte. Das war natürlich zu erwarten gewesen, und er mochte die Familie Vossen sehr gerne, dennoch würde es bis zur Jahreswende mit der Ruhe im Haus vorbei sein.

Inzwischen war er sehr froh über sein eigenes Büro im *Alsterhaus*, das ihm zu seiner Erleichterung rund um die Uhr zur Verfügung stand. Nur dort fand er momentan die notwendige Ruhe, die er zum Lernen, aber auch zum Nachdenken brauchte.

Seine Mutter und Luise blühten regelrecht auf, seit die Vossens angereist waren. Er konnte das sehr gut verstehen, und es berührte ihn. Kerstin freute sich, nach so langer Zeit endlich ihre beste Freundin wiederzusehen, und für Luise war es das größte Geschenk, Weihnachten mit ihrer Familie verbringen zu können.

Seine Beziehung zu Luise hatte sich seit ihrem kurzen Gespräch auf dem Büroflur nur wenig verändert. Inzwischen sprachen sie eigentlich nur noch miteinander, wenn es sich nicht verhindern ließ. In stiller Übereinkunft hatten sie eine Art Waffenstillstand geschlossen, nicht zuletzt auch, um die Familie nicht weiter mit ihren meist sinnlosen Wortgefechten zu belasten.

Er wusste natürlich nicht, wie es in Luise aussah, doch er nahm an, dass sie sehr gut damit zurechtkam, ihn die meiste Zeit weiterhin zu ignorieren. Was ihn anging, beschränkte sich die von ihm zur Schau getragene Ruhe lediglich auf sein Äußeres. Manchmal glaubte er, die Spannung, die zwischen ihnen in der Luft lag, mit Händen greifen zu können. In seinem Inneren war der Teufel los, und er hatte nicht die geringste Ahnung, wie er ihn wieder einfangen und für alle Zeiten vertreiben konnte.

Außerdem lag ihm noch die Situation mit Sybille schwer auf der Seele. Ein klärendes Gespräch mit ihr war notwendig und schon lange überfällig, doch bisher hatte sich einfach nicht die richtige Gelegenheit ergeben, um alleine und in aller Ruhe mit ihr zu reden. Wenn er ehrlich war, schreckte er noch immer davor zurück, offen mit ihr über seine Gefühle zu sprechen, da er eigentlich gar nicht wusste, wie er seiner Verlobten einleuchtend erklären sollte, was in ihm vorging. Schließlich verstand er es noch nicht einmal selbst.

Er hatte zudem die Hoffnung noch nicht aufgegeben, dass seine leidenschaftlichen Gefühle für Luise bald wieder verschwinden würden, doch bisher war eher das Gegenteil der Fall. Jeden Morgen, wenn er erwachte, sah er als Erstes ihr Gesicht vor sich, hörte ihre Stimme und fühlte erneut die brennende Sehnsucht nach ihrer Nähe in sich aufflammen. Er wollte dieses unberechenbare Begehren nicht. Es war wie ein Feuer, das sich nicht löschen ließ und sein Leben und die Zukunft, die er doch schon so klar vor Augen gehabt hatte, völlig durcheinanderbrachte.

Was noch viel schlimmer war, Luise würde ihn wahrscheinlich auslachen, wenn sie wüsste, wie sehr er sich danach sehnte, sie nur noch ein einziges Mal in seinen Armen halten zu dürfen. Wie sollte man das alles auch verstehen können? Es war doch völlig widersinnig, dass er so für sie empfand. Die Ablehnung, die sie ihm entgegenbrachte, war leider nur allzu offensichtlich, und es war besser, diese Tatsache nicht zu vergessen.

Seine Situation wurde nicht leichter, seit er sich zudem eingestehen musste, dass ihm die Beziehung zwischen Luise und Oliver schwer zu schaffen machte. Es entging Jens nicht, dass die beiden mittlerweile fast jede freie Minute miteinander verbrachten. Er zweifelte nicht mehr daran, dass aus seinem Freund und Luise in naher Zukunft ein Paar werden würde.

Wer weiß, dachte er betrübt, vielleicht sind sie es sogar schon.

Es ließ sich nicht ausschließen. Womöglich nahm Oliver das nahende Weihnachtsfest zum Anlass, um Luise einen Antrag zu machen.

Himmel, nein!

Allein der Gedanke verursachte ihm Magenschmerzen. Als das Telefon auf seinem Schreibtisch klingelte und ihn unsanft aus seinen Grübeleien riss, schreckte er zusammen. Es war Klaus Prange, der ihm ein frohes Fest wünschen wollte, bevor ab morgen der Weihnachtsurlaub für die Kanzlei anbrach.

»Danke, Herr Prange, das wünsche ich Ihnen und Ihrer Familie ebenfalls.«

Auch wenn er seinen Chef nicht besonders schätzte, war er ihm doch dankbar für die Unterbrechung seiner wenig motivierenden Gedankengänge.

»Georg Karg ist im Übrigen sehr zufrieden mit Ihnen, Thomsen. Sie machen Ihre Sache richtig gut, wie er mir erst heute Morgen erneut versicherte. Sie kommen also zurecht?«

»Ja, alles kein Problem. Wie zu erwarten war, geht es in erster Linie um die juristische Prüfung diverser Verträge. Die häufen sich zwar in den letzten zwei Wochen, doch Karg lässt mir trotzdem genug Zeit, um mich auf das zweite Staatsexamen vorzubereiten. Mein Büro darf ich auch außerhalb der normalen Arbeitszeiten nutzen, wann immer ich möchte. Er hat also keine falschen Versprechungen gemacht.«

»Das klingt gut. Also dann, Thomsen, bleiben Sie am Ball und weiterhin gutes Gelingen. Wir sprechen uns dann im neuen Jahr wieder.«

»Sie können sich auf mich verlassen. Auf Wiederhören, Herr Prange.«

»Wiederhören, Thomsen.«

Jens ließ den Hörer langsam sinken und legte ihn zurück auf den Apparat, dann sah er auf seine Armbanduhr. Es wurde Zeit, dass er Feierabend machte. Heute war der einundzwanzigste Dezember, und sein Vater feierte seinen dreiundfünfzigsten Geburtstag. Hagen hatte alle zum

Essen in das Hotel an der Alster eingeladen, in dem auch die Vossens abgestiegen waren. Es stand ihm also ein weiterer Abend zusammen mit Luise bevor.

»Oh, du bist ja immer gut angezogen, aber dieses Kleid ist wirklich umwerfend schön«, stellte Kerstin fest. »Hast du es selbst genäht?«

Luise stellte sich auf die Zehenspitzen und drehte sich einmal um ihre eigene Achse, um den weiten Rock des Kleids schwingen zu lassen.

»Ich habe es sogar selbst entworfen«, erwiderte sie lachend. »Und ich bin sehr stolz darauf und liebe es. Ich hatte es übrigens schon mal an, als ihr in München wart. Es war Olivers erster Tag zurück in Hamburg, und wir sind abends zu viert ausgegangen.«

»Gut so. Es steht dir wirklich großartig.«

»Du siehst in deinem eleganten Kostüm aber auch toll aus, Kerstin. Die Brosche ist wunderschön.«

Kerstins Fingerspitzen glitten sofort über die Smaragdbrosche, die sie am Revers ihrer Kostümjacke befestigt hatte.

»Ich danke dir. Die Brosche ist aus New York. Hagen hat sie mir zu unserem zehnten Hochzeitstag geschenkt.« Kerstin deutete auf die Küchenuhr. »Ist schon komisch, dass gerade wir Frauen so pünktlich fertig sind und nun auf die Männer warten müssen, oder? Sobald sie runterkommen, können wir losfahren. Sybille, Olga und ihr Mann kommen direkt zum Hotel.«

»Ich freue mich so, dass auch Olga und ihr Mann heute

Abend kommen werden. Ich habe sie so lange nicht gesehen.«

»Ja, ich freue mich auch auf die beiden. Olga ist immer eine Bereicherung, und der Graf ist ein wahrer Schatz.«

»Da kann ich dir nur zustimmen. Als Olga und der Graf bei uns in London waren, hatte ich das Gefühl, er vergöttert sie geradezu.«

»Das stimmt auch. Im vergangenen Herbst haben wir sie auf ihrem Gutshof in Kirchwerder besucht. Dort ist es übrigens wirklich herrlich. Während des Abendessens hat er uns verraten, dass er Olga fast schon sein ganzes Leben lang geliebt hat. Eine Verbindung zwischen ihnen kam damals aber nicht infrage, weil sie aus völlig verschiedenen Welten kamen und er bereits sehr jung mit einer entfernten Verwandten verheiratet worden war, die er noch nicht einmal ausstehen konnte.«

Luise seufzte. »Die Liebesgeschichte der beiden ist so unglaublich berührend. Mama hat sie mir mal erzählt. Als seine Frau starb und Olga während des Feuersturms ihr Haus verlor, holte der Graf sie zu sich aufs Gut. In den Zeiten des Krieges hat das plötzlich niemanden mehr interessiert, und noch bevor der Krieg vorbei war, haben sie endlich geheiratet.«

»Es ist verrückt, heute kräht kein Hahn mehr nach Olgas Vergangenheit.« Kerstin hielt erschrocken inne. »Oh, ich hoffe …«

»Keine Bange, Kerstin, ich weiß schon sehr lange, dass Olga damals ein Bordell betrieben hat. Meine Eltern sind immer sehr offen mit dieser Tatsache umgegangen.«

»Das ist auch gut so. Wir haben ja schon mal darüber gesprochen, deine Mutter hat Olga so viel zu verdanken – sogar ihr Leben.«

»Ja, das wird in unserer Familie auch niemals jemand vergessen, Kerstin. Wir lieben Olga alle, sogar meine Oma ist hingerissen von ihr«, erwiderte sie lachend.

Kerstin legte ihren Kopf ein wenig auf die Seite und dachte nach. »Übrigens, wenn man es genau nimmt, hatte Olga sogar zwei Bordelle. Als das mit deiner Mutter passierte, gab es auch noch ein Haus in Lübeck. Einige Jahre vor dem Krieg hat Olga das jedoch verkauft, weil sie einen finanziellen Engpass hatte, wie sie mir mal gestand.«

Als kurz darauf endlich die drei Männer nach unten kamen, wurde ihr Gespräch unterbrochen. Luise unterhielt sich gerne mit Kerstin, und sie konnte gut verstehen, dass ihre Mutter so eng mit ihr befreundet war. Kerstin war wirklich ein herzensguter Mensch.

Eine festlich gedeckte Tafel wartete bereits auf sie, als sie wenig später das Hotelrestaurant erreichten. Es folgten Gratulationen für Hagen und viele Umarmungen zur Begrüßung.

»Du bist so wunderhübsch geworden, meine Kleine«, sagte Olga von Winkelheim mit ihrer auffallend dunklen Stimme, als sie Luise herzlich in ihre Arme schloss. »Und ich freue mich so sehr, dich wiederzusehen.«

Sie standen ein wenig abseits von den anderen, auf der anderen Seite des Tisches. Nun nahm Olga ihren Arm, und sie entfernten sich ein paar Schritte, sodass sie außer Hörweite der anderen waren. Olgas Blick glitt hinüber zu Peter, der gerade neben Jens und Oliver stand und sich angeregt mit den beiden unterhielt.

»Aber ich muss sagen, dein kleiner Bruder entwickelt sich auch prächtig. Was für eine Augenweide ihr beide seid!«

»Ach, Olga, ich danke dir. Ich sage auch immer, Peter wird sicherlich noch Hunderte von Herzen brechen, bevor er der Liebe seines Lebens begegnet. Er wächst zu einem beeindruckend gut aussehenden Mann heran.«

»So wie du es sagst, lässt das tief blicken, Süße. Es freut mich, dass offenbar auch du an die wahre Liebe glaubst.« Olga zwinkerte ihr munter zu. »Deine Eltern sind ja auch ein strahlendes Beispiel dafür, dass es sie gibt.«

»Na, du und dein Graf doch auch.«

Olga legte den Kopf ein wenig schief und lächelte leicht. »Mein Graf ist mein Lebensheld, und das wird immer so bleiben. Ich denke, so muss es wohl auch sein.«

»Das klingt zauberhaft.«

»Wir mussten einen harten Weg zurücklegen, bis wir zu unserer Liebe stehen durften. Fast unser ganzes Leben haben wir aufeinander warten müssen. Er konnte mich nur alle paar Wochen heimlich besuchen, und es war jedes Mal nicht ganz ungefährlich für seinen guten Ruf, wenn er es tat. Er ist für mich jedes Mal ein Risiko eingegangen, das habe ich ihm immer hoch angerechnet. Ehrlich gesagt, habe ich schon nicht mehr daran geglaubt, dass aus uns beiden tatsächlich ein Paar werden könnte, das sich auch in der Öffentlichkeit zusammen zeigen kann. Er hingegen hat die Hoffnung nie aufgegeben.« Sie lachte dunkel. »Und nun sind wir sogar verheiratet, und aus der ehemaligen Puffmutter Olga Rennsteig wurde Gräfin von Winkelheim. Man mag es kaum glauben. Eine derartige Erfahrung prägt, mein Kind. Der Weg ins Paradies war schon immer steinig, denk an deine Eltern. Die hatten es auch nicht leicht.«

Luise nickte. »Seit ich in Hamburg bin, wird mir erst so richtig bewusst, was Papa und Mama alles durchmachen mussten. Die Maßschneiderei im *Alsterhaus* befindet sich noch immer an derselben Stelle wie damals. Die Tatsache, dass ich jetzt genau dort arbeite, wo meine Mutter um ein Haar ihr Leben verloren hätte, während ich schon in ihrem Bauch heranwuchs, ist irgendwie gruselig. Manchmal muss ich mich richtig zwingen, nicht darüber nachzudenken.«

»Der Mann, der sie fast umgebracht hätte, lebt zum Glück nicht mehr. Er war ein Monster in Menschengestalt, glaub mir.«

»Mama muss damals panische Angst vor ihm gehabt haben.«

»Das hatte sie, aber Charlotte ist eine Kämpferin. Das war sie schon immer. Eine andere Frau hätte kaum die Kraft aufgebracht, das zu tun, was sie geschafft hat. Sie war nur unbedeutend älter als du, als sie vor ihm floh.«

»Ihr Lieben, wir sollten langsam unsere Plätze einnehmen«, unterbrach Hagens volle Stimme ihre kleine Unterhaltung. »Der Ober hat mir gerade mitgeteilt, dass in wenigen Minuten das Essen serviert wird.«

»Ich würde mich freuen, wenn du mich mal in Kirchwerder besuchen würdest, Luise«, sagte Olga zu ihr. »Du bist jederzeit bei uns auf dem Gut willkommen, das solltest du wissen.«

Luise konnte nur noch dankbar nicken, dann kam der Graf zu ihnen, nahm lächelnd den Arm seiner Gattin, küsste dabei ihre Hand und führte sie zu ihrem Platz.

»Wir sitzen hier«, hörte Luise Oliver sagen, der nun ebenfalls zu ihr gekommen war. Er deutete auf die Tischkarten.

Luise hatte damit gerechnet, dass man sie neben Oliver platzieren würde, aber dass Jens auf ihrer anderen Seite saß, war ihr ein bisschen unangenehm. Eine zu große körperliche Nähe zu ihm machte sie immer noch nervös. Sie hatte gehofft, dass sie zwischen Peter und Oliver sitzen durfte, doch ihr Bruder saß ihr gegenüber, zwischen Charlotte und Kerstin.

Das Menü war fantastisch. Luise genoss das gute Essen und bemühte sich derweil, Jens so gut es ging zu ignorieren. Zum Glück führten er und Sybille über den Tisch hinweg eine angeregte Unterhaltung mit Olga und ihrem Mann. Sie sprachen über Pferde, über Politik und während des Desserts über die wachsende Wirtschaft, das bekam Luise am Rande mit. Erst als das Essen beendet war, spürte sie, wie angespannt sie die ganze Zeit darauf geachtet hatte, Jens nicht unbeabsichtigt zu berühren. Ihre Beine waren völlig verkrampft, weil sie sie unter dem Tisch ganz stillgehalten hatte.

Der Ober führte sie nun in einen kleineren Nebenraum. Dort gab es eine Bar, leise Musik, die offenbar von einem Tonband eingespielt wurde, und ein paar Sitzgruppen aus dunkelblauen Cocktailsesseln, vor denen flache Tische mit schwarz lackierter Platte und goldfarbenen Beinen standen. Hagen hatte den Raum für diesen Abend reserviert, sodass keine anderen Gäste Zutritt hatten.

Hinter der Bar stand ein Barkeeper in mittleren Jahren, der ihre Getränkebestellungen entgegennahm und für jeden Gast ein freundliches Wort oder eine Empfehlung parat hielt. Luise mixte er einen leckeren amerikanischen Cocktail mit viel Orangensaft, dessen Namen sie sofort wieder vergaß, der ihr aber hervorragend schmeckte, da er sehr erfrischend und leicht war.

Sybille, die heute Abend ein eng anliegendes dunkelrotes Seidenkleid trug, sah wieder einmal fantastisch aus. Sie hatte ebenfalls einen orangefarbenen Cocktail in der Hand und prostete ihr lächelnd zu, bevor sie Jens und Peter zu einer der Sitzgruppen folgte.

Oliver, der neben ihr stand, deutete in ihre Richtung. »Wollen wir uns zu Peter, Sybille und Jens gesellen?«

»Geh nur schon mal rüber, Oliver. Ich würde mich gerne noch ein bisschen mit meiner Mutter und Olga unterhalten.«

»Ganz wie du willst. Komm einfach nach, wenn du so weit bist.« Oliver nahm ihr nie etwas krumm. Er war einfach ein unfassbar netter Mann.

»Er ist ein Schatz, nicht wahr?«, hörte sie ihre Mutter sagen. Sie, Kerstin und Olga standen nun neben ihr.

»Das ist er.«

»Oliver ist ein wahrer Sonnenschein«, bestätigte Kerstin. »Er hat einfach immer gute Laune, und nichts wird ihm jemals zu viel. Hagen ist wirklich froh, dass er ihn hat.«

»Und du, Luise?«, fragte Olga und wackelte dabei mit ihren schmal gezupften schwarzen Augenbrauen. »Es ist unübersehbar, dass der Junge bis über beide Ohren in dich verliebt ist.«

Luise winkte ab. Die Unterhaltung war ihr nicht besonders angenehm. Sie mochte es gar nicht, dass jeder sofort annahm, dass aus Oliver und ihr ein Paar werden könnte.

»Wir sind nur gute Freunde, und das wird auch so bleiben.«

Sie sah Oliver nach, doch dann begegnete sie Jens' Blick. Er sah sie auf eine Weise an, die sie kurz atemlos machte. Ihr Herz schien einen Schlag lang auszusetzen.

»Nun ja, das habe ich mir schon gedacht«, erwiderte Olga in diesem Moment und löste damit den Bann. Die ältere Frau nippte an ihrem Champagner und sah sie über den Rand des Glases mit einem wissenden Blick an.

»Ach ja?«

»Ich weiß, wie eine Frau aussieht, wenn sie ebenfalls verliebt ist.« Olga wandte sich halb um und stellte ihr leeres Glas auf den Bartresen. »Seien Sie doch so lieb, mein Hübscher, und lassen Sie mal die Luft aus meinem Champagnerkelch«, bat sie den Barkeeper.

Der grinste nur und nickte ihr augenzwinkernd zu.

»Olga, also wirklich, du bist eine Frau von über siebzig Jahren, und du schäkerst noch immer mit den Kellnern herum.« Charlotte lachte und gab ihrer mütterlichen Freundin einen Kuss auf die Wange. »Ich habe dich so sehr vermisst, du alte Schachtel.«

»Ich dich auch, mein Lottchen.« Strahlend nahm sie ihr

frisch gefülltes Glas entgegen. »Es ist eine Freude, diesen Abend mit euch verbringen zu dürfen, ihr Lieben.«

Luise bemühte sich, nicht allzu sehr über Olgas Bemerkung nachzudenken. Wenn sie sich nicht täuschte, hatte sie zweideutig geklungen, doch die Gelegenheit, noch einmal nachzuhaken, ergab sich einfach nicht. Schließlich schob sie den Gedanken daran beiseite.

Eine ganze Weile stand sie noch bei den drei Frauen, doch dann überkam sie das Gefühl, dass es an der Zeit war, zu den anderen jungen Leuten zu gehen.

Noch während sie auf den Tisch zusteuerte, begegnete sie erneut Jens' Blick. Bildete sie es sich nur ein, oder war die Art, wie er sie ansah, tatsächlich besonders eindringlich? Der Augenblick ging schnell vorbei, und doch hinterließ er ein Kribbeln tief unter ihrem Bauchnabel, das noch für einige Sekunden länger anhielt.

Sofort konzentrierte Luise sich lieber auf ihren Bruder und Oliver. Das fiel ihr auch nicht schwer, denn die beiden ergänzten sich hervorragend. Peter war schon als Kind der geborene Alleinunterhalter gewesen, und Oliver stand ihm in nichts nach, sodass es an ihrem Tisch recht fröhlich zuging.

»Schade, dass man hier nicht tanzen kann«, bemerkte Sybille, als es zu einer kleinen Gesprächspause kam. »Das würde diesem schönen Abend noch die Krone aufsetzen.«

Luises Herz begann sofort höherzuschlagen, sie konnte nichts dagegen tun. Trotzdem schaffte sie es, nicht zu Jens zu schauen. Allerdings hörte sie, wie er sich räusperte. Er griff nach seinem leeren Whiskeyglas und erhob sich.

»Ich hole mir noch was zu trinken«, sagte er. »Will sonst noch jemand was?«

Die anderen winkten ab. Luise reagierte gar nicht auf seine Frage, aber ihr Glas war ohnehin noch halb voll.

Sybille stieß ein lang gezogenes Geräusch aus, das nach Verärgerung klang. »Schatz, mal abgesehen von den zwei Gläsern Rotwein zum Essen, war das jetzt schon dein dritter Whiskey. Meinst du nicht, dass du …?«

»Ich kann selbst sehr gut einschätzen, wann ich genug habe, Sybille«, fiel er ihr mit barschem Ton ins Wort. »Und ich denke, es ist weiß Gott nicht angebracht, dass du mitzählst, wie viel ich trinke.« Er sah in die Runde. »Entschuldigt mich«, sagte er noch, dann hielt er auf die Bar zu.

Sie sahen alle zu, wie er einen weiteren Whiskey bestellte, das Glas in einem einzigen Zug austrank und dann sofort einen weiteren orderte.

»Das kann nicht mehr lange gut gehen«, bemerkte Oliver. »Ich werde mal sehen, ob ich es schaffe, ihn nach Hause zu bringen.«

»Ich denke, das ist eine gute Idee«, gab Peter ihm recht. »Falls du Hilfe brauchst …«

»Dann melde ich mich.« Oliver nickte Luises Bruder dankbar zu.

»Er benimmt sich einfach unmöglich.« Sybille schüttelte den Kopf. »Das passt gar nicht zu ihm. Ich befürchte, dieses blöde zweite Staatsexamen wird ihn noch kaputtmachen.«

»Ja, kann sein, dass er einfach zu viel lernt«, sagte Luise, weil sie das Gefühl hatte, irgendwie auf Sybilles Bemerkung reagieren zu müssen.

»Ich denke, ich werde mich abholen lassen. Es ist wohl besser, wenn ich heute alleine nach Hause fahre.« Sybille verdrehte die Augen und schüttelte ihren Kopf. »Wieder einmal, übrigens.« Sie erhob sich. »Ich gehe kurz nach vorne zur Rezeption, um unseren Chauffeur anzurufen. Bin gleich wieder da.«

Luise nickte nur.

»Die beiden scheinen nicht unbedingt das Traumpaar schlechthin zu sein«, bemerkte Peter grinsend. »Jens muss völlig bekloppt sein, wenn er so eine tolle Frau wie Sybille nicht ständig auf Händen trägt. Wenn er nicht aufpasst, läuft sie ihm noch davon.«

»Nun, ich glaube, das ist allein ihr Problem.« Luise hob ihr Glas, prostete ihrem Bruder zu und trank ihren Cocktail aus.

Ihr Blick wanderte noch einmal zurück zur Bar, wo Oliver nun auf Jens einredete. Bisher offenbar ohne Erfolg.

»Ich gehe mal rüber und sage Hagen und Kerstin Bescheid. Vielleicht hat einer von ihnen mehr Glück als Oliver«, teilte sie ihrem Bruder mit. Sie sah hinüber zu der anderen Sitzgruppe, wo vor einiger Zeit die ältere Generation Platz genommen hatte. »Die sind so in ihren Gesprächen vertieft, dass offenbar noch niemand von ihnen mitbekommen hat, was da an der Bar los ist.«

Gerade als Luise aufstand, kam Sybille zurück. »So, mein Fahrer versicherte mir, dass er spätestens in zwanzig Minuten hier sein kann. Ich trinke noch in Ruhe aus und werde mich dann verabschieden«, sagte sie.

»Setz dich doch noch ein bisschen«, forderte Peter sie

auf. Offenbar gefiel es ihm recht gut, mal für ein paar Minuten mit Sybille allein am Tisch zu sein.

»Bin gleich zurück«, sagte Luise noch, bevor sie zu der anderen Sitzgruppe hinüberging.

Es war Jannes, der es schließlich schaffte, Jens dazu zu bewegen, zusammen mit seinen Eltern nach Hause zu gehen. Da auch Sybille kurz zuvor abgeholt wurde, verabschiedeten sich alle voneinander.

Zu Hause angekommen, torkelte Jens sofort nach oben. Weitere Hilfe lehnte er rigoros ab.

Hagen schnaufte. »Puh, das wäre geschafft.«

»Hat noch jemand Lust auf ein kleines Glas Wein vor dem Schlafengehen?«, fragte Kerstin.

Luise schüttelte ihren Kopf. »Ich bin ziemlich müde und werde ins Bett gehen«, sagte sie. »Aber es war ein schöner Abend. Das Essen war großartig.«

»Ja, das war es.« Hagen zwinkerte seiner Frau munter zu. Offenbar war er überhaupt noch nicht müde. »So wie es aussieht, bleiben wohl nur noch wir zwei Hübschen übrig, Liebes.«

Kerstin schmunzelte amüsiert. »Ich hole die Gläser, du den Wein.«

Luise wünschte den beiden eine gute Nacht und ging nach oben. Als sie wenig später endlich in ihrem Bett lag, kuschelte sie sich fest unter ihrer Bettdecke ein. Ihr war kalt, und da wurde ihr jäh bewusst, wie sehr sie sich nach der Nähe und der Wärme eines anderen Körpers sehnte.

Der Schmerz in ihrer Brust wurde noch ein bisschen

stärker, als sie sich endlich eingestand, dass sie sich nach einer ganz bestimmten Person sehnte, dass alles in ihr, jede Faser ihres Körpers nur zu ihm wollte und zu niemandem sonst. Sie stellte sich vor, wie seine starken Arme sie warm umfingen, wie sie sich fest an ihn pressen und ihn niemals wieder loslassen würde.

Die heftige Sehnsucht ließ sie nicht in den Schlaf finden. Sie war müde, so unendlich müde, doch ihr Körper stand in Flammen.

9. Kapitel

Hamburg, im Januar 1952

»Es ist jetzt schon das dritte Mal, dass Entwürfe von mir verschwinden. Das ist wirklich ärgerlich.«

Zusammen mit ihrer Kollegin Ingrid stand sie im Personalraum. Sie hängten ihre Mäntel auf und wechselten anschließend ihre Schuhe für die Arbeit.

»Hast du mal mit der Putzfrau gesprochen?«, wollte Ingrid wissen.

»Natürlich. Das habe ich schon nach dem ersten Mal getan, aber sie versicherte mir, dass sie außer dem Inhalt des Papierkorbs nichts weggeworfen hat und das auch nie tun würde. Sie meinte sogar, wenn etwas auf dem Boden liegt, würde sie es höchstens aufheben und auf den Schreibtisch legen.«

»Das klingt nachvollziehbar, finde ich. Warum sollte sie dich anlügen?«

Sie verließen den Personalraum, gingen langsam den Gang hinunter zum Fahrstuhl und fuhren hinauf in den zweiten Stock. Kaum waren sie in der Maßschneiderei angekommen, sahen sie Sybille in Begleitung einer jungen Frau auf ihren Kundentresen zusteuern.

Ingrid und Luise wechselten kurz einen aussagekräftigen Blick

»Nanu, bekommen wir doch noch eine neue Kollegin?«, sprach Ingrid die Frage aus, die ihnen offenbar beiden sofort durch den Kopf gegangen war.

»Guten Morgen, ihr zwei«, sagte Sybille.

»Guten Morgen«, erwiderten sie den Gruß nahezu gleichzeitig.

»Luise, Ingrid, darf ich euch eure neue Kollegin vorstellen?«

Sybille sah die junge Frau an, die sichtbar nervös und äußerst schüchtern neben ihr stand. Luise konnte sie sehr gut verstehen, denn sie wusste noch genau, wie sie sich an ihrem ersten Tag im *Alsterhaus* gefühlt hatte.

»Dies ist Karin Zacharias«, sagte Sybille. »Sie hat gerade ausgelernt und wird euch ab jetzt unterstützen.« Sybille sah Luise an. »Der Chef möchte sicherstellen, dass du ein bisschen mehr Zeit für deine Entwürfe bekommst. Ich soll dir ausrichten, dass du dafür jetzt ein oder sogar zwei Stunden mehr pro Tag einplanen darfst. Je nachdem, wie viel hier in der Schneiderei zu tun ist.«

»Das ist sehr nett von ihm«, erwiderte Luise ehrlich erfreut. Sie reichte der neuen Kollegin die Hand und schenkte ihr ein Lächeln. »Ich bin Luise Vossen. Wir können gerne Du sagen.«

»Sehr gerne, Luise. Dann bin ich Karin.«

Auch Ingrid begrüßte die neue Kollegin. »Und ich bin Ingrid Franken. Das Duzen gilt natürlich auch für mich.«

Bevor sich Sybille wieder verabschiedete, wandte sie sich

noch mal an Luise. »Wollen wir später zusammen zu Tisch gehen?«

»Ja, gerne. Wie immer gegen halb eins?«

Sybille nickte. »Ich hole dich dann ab.«

»Wie macht sich die Neue?«, wollte Sybille wissen.

Seit einigen Minuten saßen sie zusammen in der Kantine und verspeisten ein paar vielleicht etwas zu kross gebackene Kartoffelpfannkuchen mit Apfelmus.

»Handwerklich ist sie sehr gut, das haben wir schnell gemerkt. Alles andere wird sich zeigen. Noch ist sie etwas still, um sie richtig einschätzen zu können, aber das ist ja auch normal am ersten Tag. Sie wirkte sehr aufgeregt.«

»Das wird morgen sicher schon anders aussehen.« Sybille schob ihren noch nicht ganz leeren Teller beiseite. »Puh, die sind wirklich dunkel geworden, oder?«

»Allerdings.« Sie lachten beide.

»Sind deine Eltern gut nach Hause gekommen?«

»Ja, ganz problemlos. Sie haben gleich am nächsten Tag angerufen, damit wir alle beruhigt sind. Peter ist schon wieder in Cambridge und genießt das Studentenleben.«

»Dein Bruder ist zuckersüß.«

»Das ist er, aber er ist zum Glück auch verdammt schlau.« Luise lächelte, doch dann wurde sie wieder ernst. »Du, noch mal was anderes … Sind es eigentlich immer dieselben Putzfrauen, die oben die Büros reinigen?«

Sybille stutzte. »Im Grunde ja, außer es ist mal jemand krank. Zwei der Frauen sind für die Büroetage eingeteilt. Warum fragst du?«

»Mir sind in der letzten Zeit ein paar Entwürfe aus meinem Büro abhandengekommen.«

»Wie bitte? Wie kann das denn sein?«

»Ich weiß, was du sagen willst … Eigentlich gehe ja nur ich dort hinein, aber eben auch das Putzpersonal. Die Entwürfe sind verschwunden, so ist es leider. Beim ersten Mal dachte ich noch, die Zeichnung wäre einfach heruntergefallen, und die Putzfrau hat sie daraufhin weggeworfen, aber ich habe sie gefragt, und sie meinte, sie würde niemals etwas wegwerfen, das nicht im Papierkorb liegt.«

»So sollte es auch sein. Die beiden Putzfrauen, die oben bei uns arbeiten, und übrigens auch ihre Vertretungen, haben da ganz klare Anweisungen. Sie müssen Papiere, die nicht zerknüllt oder zerrissen sind, wieder zurück auf die Schreibtische legen, sogar wenn sie sichtbar im Papierkorb liegen. So will man verhindern, dass nur wegen eines dummen Versehens wichtige Unterlagen verschwinden.«

»Genauso hat es mir die Putzfrau auch erzählt.« Luise schüttelte leicht den Kopf. »Ich verstehe das einfach nicht.«

»Hm, weißt du was? Ich werde dafür sorgen, dass du noch heute Nachmittag einen kleinen Aktenschrank bekommst. Dort kannst du dann über Nacht alles einschließen. Was hältst du davon?«

»Vielleicht wäre das tatsächlich die beste Lösung. Zwar müsste ich dann jeden Abend auch meine geliebte Korkplatte leeren, aber immer noch besser, als wenn wieder ein Entwurf verschwindet. Es ist wirklich ärgerlich, wenn man dauernd von vorn anfangen muss.«

»Das kann ich mir gut vorstellen. Es ist von Grund auf abscheulich, wenn einem etwas weggenommen wird.«

Wie versprochen brachte am späten Nachmittag der Hausmeister einen Aktenschrank vorbei. Er war in etwa so groß wie eine kleine Wäschekommode, hatte zwei Türen und darüber eine schmale Schublade, die über die gesamte Breite ging. Luise fand ihn vollkommen ausreichend, und ein größerer Schrank wäre in dem kleinen Raum ohnehin unpraktisch gewesen.

Der Hausmeister schob den Aktenschrank an den einzigen Platz, der dafür infrage kam: an die Wand hinter ihrem Schreibtisch.

»Gut so?«, fragte er.

»Ja, ich danke Ihnen, Herr Moltke. So ist es perfekt.«

»Es gibt nur einen Schlüssel, und der liegt in der Schublade«, sagte er. »Fräulein von Ronneburg hat den Schrank ausgesucht und mich gebeten, ihn noch heute zu Ihnen zu bringen. Er stand schon zu Kriegszeiten im Lager, daher sollten Sie ihn vielleicht noch mal auswischen. Dafür hatte ich leider keine Zeit.«

»Das macht überhaupt nichts.«

»Dann noch einen schönen Tag, Fräulein Vossen.«

Als der Hausmeister gegangen war, nahm Luise den Schlüssel aus der Schublade und öffnete den zweitürigen Schrank. Er war von außen und auch von innen wirklich völlig verstaubt, doch mit einem Tuch und etwas Seifenwasser würde das schnell erledigt sein.

Sie verließ ihr Büro und ging durch den Konferenzraum

hindurch zu dem kleinen Raum mit Putzutensilien, um sich die notwendigen Sachen zu holen. Mit einem kleinen Wischeimer, in den sie bereits einen Spritzer grüne Seife getan hatte, einem sauberen Lappen und einem Tuch zum Nachwischen machte sie sich auf den Weg zur Damentoilette, füllte Wasser in den Eimer und ging zurück in ihr Büro.

Kaum war sie dort angekommen, klopfte Sybille an die noch offene Tür.

»Ach, da ist er ja schon. Ich wollte nur mal nachsehen, ob Moltke auch den richtigen Schrank raufgebracht hat. Die anderen waren viel zu groß für dein kleines Reich.« Dann lächelte sie. »Oh, du putzt?«

»Ja, ich muss ihn noch mal gründlich sauber machen. Der ist total verdreckt. Moltke meinte, der stand schon zu Kriegszeiten unten im Lager.«

»Kann sein. Tut mir leid, dass du jetzt auch noch den Putzlappen schwingen musst.«

Luise winkte ab. »Das ist nun wirklich nicht weiter schlimm.«

»Na, dann hab noch einen schönen Tag.«

»Du auch, Sybille, und danke für deine Mühe.«

»Das habe ich gerne gemacht. Ach, bevor ich es vergesse … Heute ist Sonnabend, und Jens will trotzdem unbedingt noch lernen.« Sie verdrehte die Augen. »Was auch sonst. Ich hätte also frei. Wollen wir nach Feierabend nicht mal zusammen etwas trinken gehen? Wir könnten auch Ingrid, Carla Wentorf und Ulla Wieling fragen, ob sie mitkommen wollen. So ein Abend nur mit Mädels hätte doch was, meinst du nicht? Das wird bestimmt lustig.«

»Ich finde, das ist eine wirklich gute Idee.«

»Musst du noch Kerstin Bescheid geben, dass du nicht zum Abendbrot kommst?«

Luise schüttelte den Kopf. »Nein, das brauche ich nicht. Die warten nie auf Jens oder mich. Ist so eine Art Familiengesetz.«

»Stimmt, jetzt, wo du es sagst. Ich glaube, Jens hat das mal erwähnt. Na dann, bis später, Luise. Mach du mal hier weiter, ich sag Carla und Ulla Bescheid. Ingrid Franken kannst du übernehmen, wenn du wieder runtergehst. Wir treffen uns dann nach Feierabend im Personalraum.«

»Ich sage Ingrid Bescheid, sobald ich hier fertig bin. Bis dann.«

Luise putzte den Schrank, bis er glänzte, schloss dann ihre gesamten Entwürfe dort ein und brachte den zuvor ausgespülten Eimer und die Lappen zurück in die Kammer für das Putzpersonal. Danach fuhr sie mit dem Fahrstuhl nach unten in den zweiten Stock zur Maßschneiderei.

Auch Ingrid war sofort begeistert von der Idee, abends noch etwas trinken zu gehen, und stimmte sofort zu.

»Wie schön«, rief sie aus. »Wir wollten ja schon lange mal zusammen ausgehen, und nun scheint es endlich zu klappen.«

Gemeinsam wickelten sie einen Ballen Rohseide auf eine der harten Papprollen, die sie auch für andere Stoffe nutzten. Aus Asien wurden die Seidenstoffe oft zusammengelegt in dicken Paketen geliefert. Luise und Ingrid rollten sie dann gleich auf die feste Pappe, damit sich nicht so viele

Liegefalten bildeten. Ihre Kolleginnen in der Stoffabteilung machten es ebenso.

»Übrigens habe ich Sybille davon erzählt, dass innerhalb von wenigen Wochen ein paar meiner Entwürfe verschwunden sind. Stell dir vor, sie hat mir von Moltke gleich einen kleinen Schrank aus dem Lager bringen lassen, damit ich meine Entwürfe abends einschließen kann.«

»Das ist echt nett von ihr.«

»Ja, finde ich auch.« Dann stutzte Luise. »Moment mal, du hast das eben irgendwie komisch gesagt.«

Ingrid blickte einige Sekunden lang recht nachdenklich drein, dann seufzte sie.

»Ich weiß gar nicht, wie ich es ausdrücken soll«, sprach sie schließlich weiter, während sie die Stoffbahnen glatt zog und Luise weiter wickelte. »Irgendwie bin ich bei Sybille von Ronneburg immer ein bisschen erstaunt, wenn sie etwas Nettes tut.« Sie lachte kurz. »Ich weiß nicht, ob das jetzt verständlich war.«

»Ich glaube schon.« Auch Luise dachte einen Moment nach. »Ja, ich weiß sogar ganz genau, was du meinst.«

»Anfangs mochte ich sie überhaupt nicht. Sie ist immer so aufgetakelt und wirkt oft sehr arrogant.«

»Stimmt, sie sieht immer aus, als würde sie ausgehen und nicht zur Arbeit müssen.«

»Na ja, ihre Arbeit im Büro ist ja mit unserer nicht zu vergleichen, und sie muss nicht diese Arbeitsschuhe mit dem kleinen Blockabsatz tragen, so wie wir und die Verkäuferinnen.«

»Ach, Ingrid, sei ehrlich, wenn wir den ganzen Tag auf

diesen verflixt hochhackigen Pfennigabsätzen laufen und stehen würden, wären wir wahrscheinlich schon tot und begraben.«

»Schade ist es schon.« Sie sah auf ihre Füße. »Guck doch bloß mal unsere unglaublich praktischen und wenig adretten Schnürschuhe an. Hübsch ist das nicht gerade. Dabei sitzen wir auch oft nur vor unseren Maschinen.«

»Unsere Schuhe sind bequem, und nur darauf kommt es letztlich an. Die Geschäftsleitung wird sich schon was dabei gedacht haben. Immerhin stellen sie sie uns zur Verfügung. Warum denkst du überhaupt darüber nach? Mir ist das gar nicht so wichtig.«

»Na, ich bin jedenfalls froh, dass ich unten in meinem Spind noch andere Schuhe habe. Da komme ich mir nicht vor wie ein oller Bauerntrampel, wenn Fräulein von Ronneburg nachher neben uns her stöckelt.«

Es wurde ein fröhlicher Abend. Im *Haus Vaterland* am Ballindamm saßen sie an einem kleinen runden Tisch in einer etwas abgeschiedenen Ecke. So dauerte es nicht lange, bis Sybille auch den anderen Frauen das Du anbot, was Luise sehr nett von ihr fand. Sie tranken gut gekühlten Weißwein aus der Pfalz, sahen sich begeistert eine Varietéshow an und amüsierten sich prächtig. Der ausgesprochen nette Kellner, der sie bediente, sorgte zudem wie selbstverständlich dafür, dass sie von keinem der anwesenden Männer belästigt wurden, nachdem er mitbekommen hatte, dass keine von ihnen darauf aus war, heute Abend jemanden kennenzulernen.

Eine halbe Stunde vor Mitternacht verabschiedeten sich schließlich Ulla und Carla, da sie am nächsten Morgen sehr früh aufstehen mussten, um Carlas Mutter bei ihrem Umzug zu helfen.

Sybille, Ingrid und Luise blieben noch etwa eine Stunde, doch dann wurden auch sie langsam müde.

»Der Tag war lang. Ich muss jetzt wirklich ins Bett, Mädels«, meinte Ingrid.

»Hast du es sehr weit?«, fragte Sybille.

»Ich muss zur Hoheluftchaussee. Wenn ich es recht bedenke, werde ich mir wohl ein Taxi nehmen. Das ist sicherer.«

»Warte, als ich vorhin auf der Toilette war, habe ich vorsichtshalber meinen Chauffeur angerufen. Wahrscheinlich parkt er schon draußen irgendwo und wartet auf mich. Er kann euch ebenfalls nach Hause bringen, das ist kein Problem. Dann müsst ihr nicht alleine durch die Nacht laufen.«

Ingrid sah Luise verständnislos an. »Habe ich tatsächlich gerade das Wort Chauffeur gehört?«

Luise winkte ab. »Das macht sie immer so. Der Mann holt sie ständig irgendwo ab«, erklärte sie grinsend. »Wahrscheinlich verbringt er den größten Teil seines Lebens damit, irgendwo im Auto zu sitzen und auf Sybille zu warten.«

»Na dann.« Auch Ingrid lächelte ziemlich breit. »Ich bin noch nie von einem Chauffeur gefahren worden. Also, in Anbetracht der späten Uhrzeit nehme ich dein Angebot dankbar an, Sybille.«

»Macht euch nicht lustig. Ich sehe ihn ständig dicke Bücher lesen, wenn er irgendwo auf mich warten muss. Die Dinger liegen immer neben ihm auf dem Beifahrersitz. Es wird ihm also nie langweilig. Ein zuverlässiger Chauffeur ist wirklich ungemein praktisch, glaubt mir.«

Ingrid legte den Kopf ein wenig schief. »Ungemein praktisch? Vor allem ist er doch ein Mensch, Sybille.«

»Keine Bange, das weiß ich. Außerdem verdient er gutes Geld bei uns und kann sich nicht beschweren.«

»Ich kann die paar Schritte laufen«, sagte Luise. »Es sind nur ein paar Minuten, das kriege ich schon hin.«

Sybille schüttelte vehement den Kopf. »Das kommt gar nicht infrage, Luise. Wir bringen dich bis vor die Haustür, basta.«

Sie zahlten ihre Rechnung und verließen das *Vaterland*. Tatsächlich sahen sie sofort die große schwarze Limousine, die nur wenige Schritte vom Eingang entfernt parkte und auf sie wartete.

Sie stiegen alle drei in den Fond des Wagens. Die Rückbank war breit genug. »'n Abend, Robert«, begrüßte Sybille den Chauffeur. »Bitte fahren Sie zuerst zur Hoheluftchaussee.«

»Wohin genau?«, fragte er.

»Ecke Eppendorfer Weg«, antwortete Ingrid.

»Es wäre doch viel einfacher, wenn ich als Erste aussteigen würde«, warf Luise ein, ohne wirklich daran zu glauben, dass ihr Einwand Sybilles Entscheidung über die Reihenfolge ändern könnte. »Ich wohne hier gleich um die Ecke, wie du weißt.«

»Für Robert ist es so leichter, glaub mir.«

Im Rückspiegel konnte Luise genau sehen, wie der Fahrer, den sie vielleicht auf Mitte dreißig schätzte, die Augen verdrehte.

»Wie du meinst. Dann fahre ich halt noch ein bisschen mit euch mit. Was soll's?« Luise seufzte ergeben.

Sie war viel zu müde, um sich auf weitere Diskussionen einzulassen. Die paar Minuten würden nun auch nichts mehr ausmachen.

»Recht herzlichen Dank, Herr … ähm … Robert«, sagte Ingrid, als der Wagen einige Zeit später vor ihrer Haustür zum Stehen kam. »Es war sehr freundlich von Ihnen, mich nach Hause zu fahren.« Sie räusperte sich, weil ihr wahrscheinlich gerade eingefallen war, dass der Chauffeur nur eine Anweisung befolgt hatte. »Vielen Dank, Sybille.«

»Es war mir ein Vergnügen«, erwiderte der Fahrer mit sonorer Stimme.

Sybille nickte. »Gerne. Schlaf gut. Bis Montag, Ingrid.«

»Bis Montag, ihr beiden. Kommt gut nach Hause.«

Der Fahrer wartete noch, bis Ingrid sicher im Hause war, erst dann fuhr er weiter.

»So, nun erzähl mal … Was ist denn nun mit Olli und dir? Meinst du, er wird dir bald einen Antrag machen?«

Sybilles Frage brachte Luise kurz aus dem Konzept, doch dann schüttelte sie schmunzelnd den Kopf. »Wie kommst du nur darauf, dass Oliver und ich ein Paar sein könnten? Wir sind wirklich nur gute Freunde.«

Sybille lachte laut auf. Es klang etwas schrill, und Luise hätte schwören können, dass der Fahrer sich kurz schüttelte.

»Weiß Olli das auch?« Sybille drehte sich weiter zu ihr herum, sodass sie sie im vorbeihuschenden Licht der Straßenbeleuchtung direkt ansehen konnte. »Mach dich nicht lächerlich, Luise. Auch Jens hat schon darüber spekuliert, wann ihr euch endlich verlobt.«

»Hat er das?«

»Natürlich. Olli ist sein bester Freund. Niemand kennt ihn besser. Jens meinte erst kürzlich zu mir, dass ihr beide ein perfektes Paar abgeben würdet.«

»Das sehe ich anders.« Luise fühlte plötzlich einen leichten Druck in der Magengegend.

»Also hör mal, ihr verbringt doch unglaublich viel Zeit miteinander.«

»Das mag sein, doch wie ich schon sagte: als Freunde. Nicht mehr, aber auch nicht weniger. Ich mag Oliver sehr gerne, aber ich bin nicht in ihn verliebt.«

Sybille stieß ein theatralisches Seufzen aus. »Wie schade, wirklich. Ich hatte schon auf eine riesige Doppelhochzeit spekuliert.«

»Das wird nicht passieren, so viel ist sicher.«

»Ja, wenn du das sagst.« Sybille schüttelte leicht ihren Kopf. »Dabei hätte ich schwören können … Na ja, egal. Es kann ja nicht jeder so viel Glück haben wie ich.«

Luise wollte nichts einfallen, was sie darauf antworten konnte, deshalb nickte sie nur.

»Jens ist einfach großartig«, begann Sybille zu schwärmen. »Er ist so ungemein klug und …« Sie senkte die Stimme, damit der Fahrer sie nicht hören konnte. »Er weiß einfach immer, was er in … bestimmter Hinsicht tun muss.

Falls du verstehst, was ich meine.« Sie kicherte. »Er ist so unglaublich fantastisch.«

»Ich denke, das geht mich nun wirklich nichts an.«

Luises Mund wurde trocken, und sie beschloss sofort, Sybilles unangebrachte Offenheit auf den Wein zu schieben, den sie vorhin getrunken hatten.

»Du klingst fast so, als würdest du Jens nicht mögen.«

»Ich hoffe, du nimmst es mir nicht übel, wenn ich gar nicht erst versuche es abzustreiten, aber … ja, ehrlich gesagt liegst du damit nicht ganz falsch. Jens und ich verstehen uns nicht besonders gut.«

»Ach, ist das so?«

»Wir sind inzwischen wahre Meister darin, uns aus dem Weg zu gehen oder uns gegenseitig zu ignorieren, wenn sich ein Zusammentreffen nicht verhindern lässt. Wie sich herausgestellt hat, ist das auf jeden Fall besser für den Familienfrieden. Hat er noch nie mit dir darüber gesprochen? Das wundert mich.«

»Nein, das hat er nicht.« Sybille setzte eine nachdenkliche Miene auf. »Wahrscheinlich war es ihm einfach nicht wichtig genug.«

Die letzte Bemerkung versetzte Luise einen weiteren heftigen Stich. Sie ärgerte sich darüber, aber es war so.

»Das kann schon sein«, erwiderte sie schnell.

Sie war mehr als froh, als der Wagen endlich vor ihrem Haus hielt. Die Unterhaltung mit Sybille hatte sich in eine Richtung entwickelt, die ihr gar nicht gefiel. Doch offenbar war Sybille noch nicht fertig.

»Du stehst also auf der Seite von Hagen, nehme ich an.

Du verstehst auch nicht, warum er für Prange arbeitet?«, hakte sie nach.

»Jens kann meinetwegen arbeiten, für wen er will. Allerdings hat er während des Tietz-Prozesses meiner Meinung nach die falsche Seite vertreten. Du hast recht, nicht nur ich sehe das so, aber das ist ja allgemein bekannt.«

Luise bemerkte, dass Sybille die Schultern straffte und tief durchatmete. »Mal abgesehen davon, dass es damals eher eine Verhandlung über einen Vergleich war als ein richtiger Prozess, darf man zu der Sache … also, ich meine, zu den gesamten Vorgehensweisen von damals, doch eine eigene Meinung haben. Oder siehst du das anders? Jens hat sie jedenfalls, daraus hat er mir gegenüber auch nie ein Geheimnis gemacht. Bis vor wenigen Jahren hätte er damit sogar noch auf der absolut richtigen Seite gestanden und die Ju… also Familie Tietz hätte sich querlegen können, so viel steht fest. Inzwischen muss man ja sehr vorsichtig sein, wenn man seine Meinung zu gewissen Dingen, Menschen und Denkweisen klar äußert.«

Vor lauter Empörung blieb Luise für einen Moment die Luft weg. Hatte Sybille etwa soeben angedeutet, dass Jens auch politisch auf der für Luise völlig falschen Seite stand oder gar ein Antisemit war? Damit würden sich Befürchtungen bestätigen, die ihr zwar schon mal durch den Kopf gegangen waren, die sie jedoch jedes Mal sofort als völlig absurd wieder beiseitegeschoben hatte.

»Was auch immer du damit andeuten willst«, erwiderte sie schließlich. »Ich denke, wir sollten nicht über ihn sprechen, wenn er nicht anwesend ist. Ich jedenfalls habe einmal gelernt, dass sich das nicht gehört.« Luise griff nach ihrer Handtasche. »Gute Nacht, Sybille.«

»Gute Nacht, Luise. Es war ein schöner Abend. Wir sehen uns Montag.« Sybille schien noch nicht einmal bemerkt zu haben, wie sehr ihre Bemerkung über Jens' Einstellung Luise erschüttert hatte.

»Vielen Dank, Robert. Auch Ihnen wünsche ich eine gute Nacht.«

Sie sah, dass der Fahrer ihr im Rückspiegel freundlich zunickte.

»Gute Nacht, mein Fräulein«, antwortete er höflich.

Ihr innerer Aufruhr und die damit verbundene Empörung wollten auch noch nicht nachlassen, als sie ihren Mantel an einen der Haken im Flur hängte. Sybilles Äußerungen über Jens waren bedrückend und lösten so viele Fragen in ihr aus.

Konnte es tatsächlich sein, dass Jens aus politischen Gründen und aus Überzeugung gegen die jüdische Familie Tietz in die Verhandlung gegangen war? Hatte er sich gar aus eben diesen Gründen gegen das Referendariat bei seinem Vater entschieden?

Sie konnte, oder besser wollte, sich das kaum vorstellen. Sie dachte an ihren nächtlichen Streit in der Küche zurück, der nun schon eine Weile zurücklag. Jens hatte seine Beweggründe nicht weiter erklärt oder sich auf irgendeine andere Weise dazu geäußert, warum er sich damals so entschieden hatte. Allerdings musste sie zugeben, dass das sein gutes Recht war. Es war allein seine Sache, wie er zu bestimmten Dingen stand, denn genau das machte dieses freie und demokratische Land jetzt aus. Man musste nun auch mit unbequemen, selbst mit widerwärtigen Meinungen leben, doch zugleich konnte ihr niemand vorschreiben, dass sie sich mit Menschen abgeben musste, deren Einstellung sie nicht teilte.

Dennoch … Sybille hatte nicht viel mehr als Andeutungen gemacht. Selbst wenn diese schon recht eindeutig gewesen waren und Luise davon ausgehen musste, dass Sybille die Einstellungen ihres Verlobten gut kannte, hieß das nicht, dass diese Andeutungen auch der Wahrheit entsprachen.

Ihre Eltern hatten ihr schon früh beigebracht, dass Vorverurteilungen niemals eine Lösung sein konnten, wenn man sich eine klare und differenzierte Meinung über etwas bilden wollte – auch über den Charakter anderer Menschen.

Schlagartig wurde ihr bewusst, dass sie aber genau das schon sehr lange tat, wenn es um Jens Thomsen ging. Aus Gründen, die aus heutiger und erwachsener Sicht ziemlich albern erschienen, hatte sie ihn von Anfang an abgelehnt. Ja, damals hatte er sie geärgert, und er hatte den größten Spaß daran gehabt, sie aufzuziehen, doch das war Jahre her, und sie war noch ein halbes Kind gewesen. Sagte das bisschen alberne Neckerei wirklich so viel über Jens als Menschen aus? Schließlich war auch er damals noch sehr jung gewesen. Sie hatte einen jüngeren Bruder, und deshalb wusste sie, dass Jungs und sehr junge Männer manchmal wirklich merkwürdig und nervtötend sein konnten. Peter jedoch hatte sie trotzdem immer lieb gehabt. Selbst wenn sie sich gestritten hatten, so war er ihr doch immer nah und einer der wichtigsten Menschen für sie gewesen.

Eigenartig, dachte sie, so habe ich das bisher noch gar nicht betrachtet.

Sie beschloss, dass es unabdingbar war, möglichst schnell herauszufinden, was Jens Thomsen wirklich für ein Mensch war und ob er in ihren Augen zu den Guten oder tatsächlich zu den Bösen gehörte. Es war wichtig, dass sie es erfuhr, um ein klares Bild zu bekommen. Es gab so viele Gründe dafür, doch sie wusste auch, dass es einen ganz wesentlichen Grund für sie ganz persönlich gab. *Den* einen Grund, den sie immer wieder versuchte zu verdrängen, wie aufdringlich er auch sein mochte.

Ihr ging plötzlich auf, dass sie noch immer vor der Garderobe im Flur stand. Nach wie vor nachdenklich ging sie nun langsam in die Küche, denn ihr war nach einer warmen Milch mit Honig. Trotz der späten Stunde würde ihr das Einschlafen heute Abend sicherlich schwerfallen.

Es brannte Licht in der Küche, und noch bevor sie Jens sah, wusste sie bereits, dass er es war. Er saß vor mehreren aufgeschlagenen Büchern am Küchentisch. Offenbar lernte er noch.

Als sie hereinkam, hob er den Kopf, und seine Augen weiteten sich erstaunt.

»Nanu, Luise. Ich habe dich gar nicht kommen gehört. Ich dachte, du wärest schon lange im Bett.«

»Ich war noch mit Sybille und ein paar anderen Kolleginnen im *Vaterland*.«

»Hattet ihr Spaß?«

Sicherlich stellte er die Frage allein aus Höflichkeit.

»Ja, es war recht lustig.« Sie deutete auf den Herd. »Stört es dich, wenn ich mir kurz eine Milch warm mache, bevor ich nach oben verschwinde? Es geht auch ganz schnell.«

»Nein, mach nur. Ich wollte sowieso gleich aufhören. Mir schwirrt schon der Kopf.«

»Wann ist denn eigentlich dein Examen?«

»Ende Mai. Ich habe also noch etwas Zeit, aber es ist verdammt viel Stoff, und mir bleibt nur wenig freie Zeit zum Lernen.«

Er klingt so … freundlich, dachte sie und seufzte.

»Ist was?«, fragte er.

»Darf ich dir eine persönliche Frage stellen, Jens?«

»Nur zu.«

»Was ist wirklich der Grund, warum du nicht für deinen Vater arbeitest? Magst du mir das sagen?«

Die Stille, die nun zwischen ihnen entstand, kam ihr vor wie eine kleine Ewigkeit. Sein Blick traf auf ihren, und das war nie besonders gut, das hatte sie inzwischen gelernt. Sie hörte ihn einen langen geräuschvollen Atemzug ausstoßen.

»Das war …«, begann er.

In diesem Moment hörten sie jemanden die Treppe herunterkommen.

Jens brach ab, und sie sahen beide zur Tür. Kurz darauf kam Hagen herein. Er trug einen dunkelblauen Hausmantel über einem blau-weiß gestreiften Pyjama. Als er sie sah, blieb er kurz in der Tür stehen.

»Was macht ihr denn noch hier?«, fragte Hagen. Sein Blick fiel auf die Küchenuhr. »Es ist schon nach eins.«

»Ich bin gerade nach Hause gekommen und wollte mir noch eine warme Milch mit Honig machen«, erklärte Luise hastig. »Ich war noch mit Kolleginnen aus.«

Sie wusste nicht, warum sie sich so fühlte, als hätte Hagen sie bei irgendetwas Verbotenem erwischt. Um das unangenehme Gefühl abzuschütteln, holte sie die Milchflasche aus dem Kühlschrank und füllte etwas davon in den kleinen Stieltopf, den auch Kerstin stets für Milch verwendete.

»Fein.« Sein Blick blieb an Jens hängen. »Und du schlägst dir mal wieder mit Lernen die Nacht um die Ohren, wie ich sehe.«

»Stimmt«, erwiderte Jens. »Aber ich bin fertig und werde mich jetzt auch in die Falle hauen.« Er begann seine Bücher zuzuklappen und ein paar lose Papierseiten in einen Ordner zu heften. »Was ist denn mit dir? Kannst du nicht schlafen?«, fragte er seinen Vater.

»Soll ich dir vielleicht auch eine Tasse Milch machen, Hagen?«, bot Luise an.

»Nein danke. Es ist alles gut. Ich war nur kurz im Bad und hab hier unten Geräusche gehört. Ich wollte nur nachsehen, ob alles in Ordnung ist.«

»Ist es, wie du siehst«, sagte Jens, während er seine Bücher aufeinanderstapelte. Er erhob sich, nahm den Stapel und seine Schreibmappe und machte sich daran, die Küche zu verlassen. Als er an der Tür neben seinem Vater stand, wandte er sich noch einmal zu ihr um. »Schlaf gut, Luise.« Dann sah er Hagen an. »Gute Nacht, Vater.«

»Gute Nacht, Junge.« Hagen räusperte sich. »Ich gehe dann auch wieder ins Bett. Gute Nacht, Luise.«

»Gute Nacht, Hagen«, sagte sie.

Dann war sie wieder allein mit ihren viel zu lauten Gedanken.

10. Kapitel

»Ist alles in Ordnung, Luise?«, fragte Ingrid. »Irgendwie wirkst du seit Tagen so bedrückt und nachdenklich.«

Luise sah auf. Ingrid stand neben ihrem Maschinentisch und musterte sie sichtbar besorgt.

»Nein, mir geht es gut. Ich bin vielleicht ein bisschen abgespannt, aber sonst ist alles im grünen Bereich.«

»Hoffentlich brütest du nichts aus.«

»Mach dir keine Sorgen, Ingrid. Wie gesagt, mir geht es gut.« Sie stand auf, griff nach einem Bügel und zog die Hose darüber, die sie gerade umgesäumt hatte. »So, der Anzug für Herrn Schreiber ist dann auch fertig. Nach dem Mittag werde ich noch mal nach oben gehen, wenn es für dich in Ordnung ist.«

»Klar. Geh nur und lass deiner Kreativität freien Lauf. Wir haben noch nie so viele Abendkleider verkauft wie in den vergangenen Wochen. Das ist allein dein Verdienst, Luise.« Ingrid setzte ein breites Grinsen auf. »Ich habe erst gestern Abend zu meiner Mutter gesagt, dass ich davon überzeugt bin, gerade mit einer der besten Modeschöpferinnen der Zukunft arbeiten zu dürfen.«

»Ach, Ingrid, du bist süß.«

»Ich sage nur, was ich denke, liebe Kollegin. Du hast

wirklich Talent, das ist offensichtlich. Wenn man deine Entwürfe sieht, kann man nur ins Staunen geraten. Sie sind rundherum wundervoll.«

»Ich danke dir, aber die Geschäfte laufen allgemein unglaublich gut. Das ist doch im ganzen Haus spürbar. Auf jeder Etage ist es ständig voll.«

»Das stimmt allerdings. Die Wirtschaft brummt, das ist ein gutes Zeichen.«

Als eine auffallend elegante Dame im mittleren Alter auf den Tresen zusteuerte, sah Ingrid sie bittend an. »Übernimmst du das noch, bevor du raufgehst?«

»Mach ich. Kümmere du dich solange um das Kleid für Frau Leuschner. Sie will es morgen Nachmittag abholen.«

»Wird erledigt.«

Lächelnd ging Luise nach vorne an den Tresen und begrüßte die Kundin.

»Was kann ich für Sie tun?«, fragte sie höflich.

»Verzeihen Sie die Frage, aber sind Sie Luise Vossen?«, wollte die Frau wissen.

»Ja, die bin ich.« Luise tippte lächelnd auf ihr Namensschild.

»Ach, dann habe ich Sie ja gleich gefunden.« Die Kundin zog eine Seite ihres Nerzkragens von der linken Schulter und öffnete die Knöpfe ihres schwarzen Wollmantels, bevor sie fortfuhr. »Tut mir leid, aber hier drinnen ist es warm, wenn man in einem Wintermantel herumläuft. Ich muss mir erst mal ein bisschen Luft verschaffen.«

»Das stimmt. Wenn Sie Ihren Mantel lieber ausziehen möchten, kann ich ihn Ihnen gerne abnehmen und solange hier aufhängen«, bot Luise an und deutete auf einen der Kleiderständer.

»Nein, so geht es schon besser. Vielen Dank.« Die Dame schenkte ihr ein strahlendes Lächeln. »Eine gute Freundin von mir hat sich vor Kurzem ein Kleid von Ihnen anfertigen lassen. Es war wirklich wunderschön und sehr individuell gestaltet. Sie erzählte mir, dass Sie inzwischen eine Auswahl an verschiedenen Variationen Ihrer Grundmodelle anfertigen würden.«

»Ja, das ist richtig.« Luise griff nach den Katalogen und schlug sie auf. »Allerdings haben wir momentan noch keine sehr große Auswahl, da die vollständige Kollektion noch nicht vorliegt. Haben Sie eine bestimmte Vorstellung?«

Luise blätterte den Katalog auf, und die Kundin tippte sofort auf eine Variation eines Grundmodells. Es war das Kleid, das sie vor einiger Zeit für Frau Hansen entworfen hatte.

»Das da! Der Schnitt gefällt mir sehr. Der weit schwingende Rock und das eng anliegende Oberteil wirken damenhaft und sehr elegant.«

»Da haben Sie recht.«

Innerlich musste Luise schmunzeln. Das Modell war so vielfältig interpretierbar, dass es wirklich Freude machte, damit zu arbeiten. Manche ihrer Kundinnen bezeichneten das Kleid als sehr modern und mädchenhaft, andere, so wie die elegante Dame, die gerade vor ihr stand, sahen darin eher ein Abendkleid im klassisch eleganten Sinne. Luise war jedes Mal aufs Neue erstaunt darüber.

Sie schlug die nächste Seite des Katalogs auf. »Wie Sie

hier sehen können, gibt es Ausführungen in verschiedenen Preisklassen von dem Modell. Vom einfachen Stickmuster mit Glanzgarn, bis hin zu aufwendigen und hochpreisigen Applikationen aus Perlen und sogar echtem Gold. Außerdem können Sie das Kleid natürlich bodenlang bekommen, ganz wie es Ihnen am besten gefällt oder für den Anlass passend wäre.«

»Das ist sehr interessant. Ich würde tatsächlich die bodenlange Variante bevorzugen, so wie es das Grundmodell vorgibt«, sagte die Kundin. »Ich bin zu einem großen Ball eingeladen, da sollte das Kleid lang sein. Und natürlich würde ich mich für die teuerste Variante entscheiden. Wäre es möglich, echte Edelsteine, die ich dann mitbringen würde, anstatt der Perlen zu verwenden?«

Luise musste kurz schlucken. Offenbar verfügte die Kundin über große finanzielle Mittel. »Natürlich, auch das wäre kein Problem.«

»Ich besitze nämlich Sternapplikationen, die ich mir in früheren Jahren mal für die Haare habe anfertigen lassen.« Sie lachte kurz auf. »Sie müssen wissen, als junges Mädchen habe ich die Kaiserin von Österreich sehr verehrt. Kennen Sie das berühmte Gemälde von Elisabeth, das sie mit den Diamantsternen im Haar zeigt?«

»Das habe ich tatsächlich schon mal gesehen, ja«, antwortete Luise wahrheitsgemäß. »Der Haarschmuck war wunderschön und für die damalige Zeit ziemlich ungewöhnlich. Vielleicht ist das Gemälde gerade deshalb so berühmt geworden.«

»So ist es. Und genau solche Diamantsterne habe ich

mir zu meinem achtzehnten Geburtstag anfertigen lassen. Allerdings nur sechs Stück. Mehr hat mir mein Vater damals nicht genehmigt. Die Sterne haben eine kleine Öse auf der Rückseite, man kann sie also leicht irgendwo anbringen. Damals habe ich einfach schmale Klammern durch die Ösen gesteckt, um die Sterne im Haar zu fixieren.« Sie schmunzelte. »Inzwischen hat sich natürlich die Mode verändert, und so etwas kann man als Frau in meinem Alter ohnehin nicht mehr im Haar tragen, das würde albern aussehen. Die Sterne ließen sich jedoch wunderbar für dieses Modell verarbeiten, meinen Sie nicht, Fräulein Vossen?«

»Das würde auf jeden Fall hervorragend passen. Bei dem hochpreisigen Modell werden üblicherweise dreißig Perlen verarbeitet, deshalb würde ich vorschlagen, dass ich ihre Diamantsterne einzeln dazwischen setze – sozusagen als besondere Blickfänge. Warten Sie einen Moment, ich zeichne es Ihnen schnell auf. Dann können Sie es sich besser vorstellen.«

»Sehr gerne.«

Luise holte ein Blatt Papier aus der Schublade ihres Maschinentischs und skizzierte der Kundin mit wenigen Bleistiftstrichen, wie sie es sich vorstellte.

»So etwa. Ich setze die Sterne allein auf das Oberteil des Kleids bis hin zum Dekolleté. Dann erweckt es den Eindruck, als wären sie geradewegs über Ihre rechte Schulter auf Sie herabgeregnet. Würde Ihnen das gefallen?«

»O ja, ich bin sogar hingerissen von Ihrer Idee, Fräulein Vossen.«

»Gut. Dann wird es mir eine Freude sein, das Kleid für

Sie anzufertigen. Wir müssten dann nur noch den passenden Stoff aussuchen, Frau …?«

»Jossek, mein Name ist Waltraud Jossek.« Die Kundin strahlte glücklich. »Und ich hätte gerne champagnerfarbene Seide, das habe ich schon entschieden.«

»Frau Jossek, wir werden Ihnen genau das Abendkleid anfertigen, von dem Sie träumen.«

»Auf dem Ball werde ich sicherlich alle anderen Frauen überstrahlen«, erwiderte die Kundin mit einem Augenzwinkern.

»Das werden Sie, ohne Frage. Wann ist denn der Ball?«

»Erst Ende Mai. Es ist also noch ein bisschen hin. Wann soll ich Ihnen die Diamantsterne vorbeibringen?«

»Das hat noch Zeit, da ich sie erst ganz zum Schluss aufnähen werde. Ich würde mich telefonisch mit Ihnen in Verbindung setzen, sobald ich die Sterne benötige. Dann machen wir jetzt erst mal einen Termin, um in Ruhe Ihre Maße zu nehmen. Es wäre gut, wenn Sie dann zumindest einen der Sterne zur Ansicht mitbringen könnten, damit ich weiß, wie groß sie sind.«

»So machen wir es.«

»Dann hole ich jetzt mein Auftragsbuch, Frau Jossek, damit wir noch einmal alles gemeinsam festhalten, was wir soeben besprochen haben.«

»Meine Güte, das ist ja fantastisch.« Kaum war die Kundin außer Hörweite, stand Ingrid auch schon neben ihr. »Ich konnte kaum atmen, während ich an meiner Maschine wie gebannt zugehört habe. Echte Diamanten, man soll es nicht glauben. Wer war denn das? Ich habe die hier noch nie zuvor gesehen?«

»Der Name der Kundin ist Waltraud Jossek.«

»Jossek … Jossek … Irgendwie klingelt da was.« Ingrid riss die Augen auf und lachte. »Natürlich, das ist eine Reederei! Ich habe den Namen schon mehrmals auf Schildern in der Nähe des Hafens gelesen.«

»Kann sein, dass sie damit was zu tun hat, ist ja aber eigentlich auch egal.«

Ingrid seufzte. »Jedenfalls konnte man ihr ansehen, dass sie Geld hat. Dieser Nerzkragen am Mantel war spektakulär.«

Luise verzog ein wenig den Mund. »Ich persönlich mag keine Pelze. Ich finde das immer ein bisschen gruselig, und die Tiere, die dafür sterben mussten, tun mir leid. Es erscheint mir sinnlos, für so etwas Banales wie einen Kragen oder für welches Kleidungsstück auch immer ein Leben zu opfern.«

»Da habe ich noch nie drüber nachgedacht, aber jetzt, wo du es sagst …« Ingrid schob sich eine vorwitzige Haarsträhne hinters Ohr. »Du hast recht, es ist tatsächlich erschreckend sinnlos.« Ingrid machte eine wegwerfende Handbewegung. »Aber egal … Du hast gerade einen riesigen Auftrag an Land gezogen. Unser Chef wird begeistert sein.«

»Vor allem bin *ich* begeistert, Ingrid. Wenn ich unsere Auftragslage so ansehe, ist meine Zukunft als Modeschöpferin für die *Alsterhaus*-Kollektion damit nämlich gesichert. Der Auftrag heute war nur noch das Tüpfelchen auf dem i.«

Am Abend ging sie mit Oliver ins Kino. Sie sahen sich eine Literaturverfilmung von Tennessee Williams an: »Endstation Sehnsucht« mit Marlon Brando und der wunderschönen Vivien Leigh. Anschließend beschlossen sie, noch auf ein Glas Wein ins *Haus Vaterland* zu gehen.

»Zwischenzeitlich hat mich diese Blanche an Sybille erinnert«, sagte Oliver, als sie noch ein bisschen über den beeindruckenden Film philosophierten. »Natürlich nur in bestimmten Bereichen, aber manchmal wirkt Sybille auf mich ebenfalls irgendwie merkwürdig. Sie kommt mir oft vor, als würde sie noch immer in einer anderen Zeit leben oder zumindest ihrer Vergangenheit als Tochter eines hoch angesehenen Adligen hinterhertrauern. Dabei vergisst oder verdrängt sie wohl vollkommen, dass ihr Vater sehr wahrscheinlich als Kriegsverbrecher neben all den anderen in Nürnberg vor Gericht gestanden hätte, wenn er bei Kriegsende noch am Leben gewesen wäre. Bekanntermaßen hat man nach seinem Tod einige Briefe in seinem Büro und andere Unterlagen gefunden, die eindeutig bewiesen, dass er ein Nazi war und höchstselbst Deportationen befohlen hatte.«

»Na ja, Oliver, ich glaube, ganz so weltfremd ist Sybille nicht. Sie ist auch nicht so … ätherisch zart wie die Blanche in dem Film, und ich halte sie zudem nicht für versponnen oder besonders realitätsfern. Obwohl ihre Mutter noch immer stinkreich ist, arbeitet sie als Sekretärin und steht mit beiden Beinen fest im Leben.«

»Ich bin davon überzeugt, dass sie sofort aufhören wird zu arbeiten, sobald Jens und sie geheiratet haben.«

»Das machen doch leider die meisten Frauen so. Fast

alle, die arbeiten, hören spätestens auf, sobald das erste Kind kommt.«

»Stimmt. Hast du schon einmal darüber nachgedacht, wie es bei dir sein wird?«, fragte er. »Ich meine, falls du mal heiraten wirst? Schließlich liebst du deine Arbeit.«

Irgendwo in ihrem Kopf läutete sofort eine Alarmglocke. »Zunächst einmal bin ich mit einer Mutter aufgewachsen, die eigentlich immer gearbeitet hat. Sie hat es trotzdem geschafft, eine glückliche Ehe zu führen, und war meinem Bruder und mir zu jeder Zeit eine fantastische Mutter.«

Bevor sie weitersprach, holte sie noch einmal tief Atem. Die kleine Pause reichte aus, um an seiner Miene zu erkennen, dass die Alarmglocke in ihrem Kopf durchaus ihre Berechtigung hatte.

»Luise, ich …«

»Halt, sprich es bitte nicht aus«, unterbrach sie ihn sofort. »Diese Worte würden dann nur zwischen uns stehen. Mein lieber, lieber Oliver, du weißt doch inzwischen, dass du für mich ein guter Freund bist, oder? Mein *bester* Freund übrigens. Meine Gefühle für dich haben sich nicht geändert, und sie werden sich auch nicht ändern, glaub mir. Ich kenne mich, und es steht fest, dass ich dich zwar unendlich gern hab und auch sehr gerne Zeit mit dir verbringe, aber ich werde mich niemals in dich verlieben.«

»Autsch!« Er verzog theatralisch das Gesicht und legte eine Hand auf seine linke Brustseite, doch dann lächelte er. »Nein, im Ernst, darüber musst du dir keine Gedanken machen. Das habe ich schon an unserem ersten Abend verstanden.«

»Spielst du jetzt etwa wieder auf diesen einen Tanz mit Jens an?«

»Auch.« Er setzte ein jungenhaftes Grinsen auf. »Es ist jedenfalls ziemlich auffällig, wie angestrengt ihr euch aus dem Weg geht, den Blicken des anderen ausweicht und niemals in Gesprächen auf den anderen eingeht. Was ich sagen will, Luise … Es könnte durchaus sein, dass das nicht nur mir auffällt.«

»Du meinst, auch Sybille könnte darüber stolpern, richtig?«

»Zum Beispiel. Ich denke, ihr beide verhaltet euch erst seit diesem bewussten Abend so. Vorher war ich ja nicht dabei und kann es nicht beurteilen.« Oliver senkte ein wenig den Kopf und sah sie eindringlich an. »Willst du nicht endlich die Karten auf den Tisch legen, Luise? Ich meine, wenn du mich schon als deinen besten Freund bezeichnest, könntest du mich auch als solchen behandeln.«

»Jens ist auch ein guter Freund von dir. Überschneiden sich da nicht deine Loyalitäten, mein Lieber?«

»Du unterschätzt mich. Ich kann das sehr gut trennen, glaub mir. Außerdem wird die Freundschaft zwischen Jens und mir nicht unbedingt von tiefgründigen Gesprächen über irgendwelche Gefühlskatastrophen getragen. Schon gar nicht mehr in der letzten Zeit, wo er sich fast ausschließlich mit seinen Büchern beschäftigt. In der Regel gehen wir einfach miteinander um, wie Männer es eben tun. Wir unterhalten uns über das Studium, die Arbeit, Autos und Sport und eher selten über persönliche Dinge. So läuft das nun mal.«

»Ach, ihr redet also nicht über Frauen miteinander?«, fragte Luise feixend.

»Nur auf einer anderen Ebene, könnte man sagen. Und wenn es mal vorkommt, sind es höchstens kurze Bemerkungen. Was das angeht, ist Jens ohnehin noch deutlich verschlossener als ich.«

Oliver setzte einmal mehr sein jungenhaftes Grinsen auf. Er nahm die Flasche, die auf ihrem Tisch im Weinkühler stand, und schenkte ihnen nach.

»Also, Luise, willst du endlich drüber reden, anstatt weiterhin vehement abzustreiten, dass da nichts zwischen euch ist?«

»Zwischen uns ist nichts.«

»Du enttäuschst mich, wenn du jetzt tatsächlich so antwortest.«

Sie dachte einen Moment lang nach, und Oliver ließ sie ohne weitere Nachfrage gewähren. Er trank seinen Wein, lehnte sich in seinem Stuhl zurück und wartete geduldig ab.

»Gut, ich gebe zu, dass ich Gefühle für Jens habe. Sie gefallen mir nicht, weil ich ihn … eben nicht mag, so könnte man es wohl ausdrücken. Ich habe dir ja schon mal gesagt, dass ich nicht gut mit ihm auskomme.«

»Ähm …?« Oliver sah sie verständnislos an.

»Ich weiß, das ist nur schwer zu verstehen. Meine Gefühle für Jens spielen sich auf einem Gebiet ab, das mir eher … unangenehm ist.« Luise spürte, wie ihre Wangen heiß wurden.

»Ah, du meinst, du fühlst dich körperlich zu ihm hingezogen?«

»Ja, Himmel noch mal.« Jetzt, wo sie es einmal ausgesprochen hatte, fiel es ihr eigenartigerweise viel leichter, ihre Gefühle in Worte zu fassen. »Ich fühle mich körperlich sogar so sehr zu ihm hingezogen, dass ich manchmal am liebsten weit weglaufen würde, um dieser Sehnsucht endlich entfliehen zu können. Es ist … beängstigend heftig.«

Oliver schluckte sichtbar angestrengt. »Puh, ich habe dich gefragt, und das habe ich jetzt davon. Nun muss ich damit klarkommen.«

»Ja«, erwiderte sie mit einem leisen Lachen in der Stimme. »Du hast mich gefragt.«

»Aber das erklärt nur, warum du dich Jens gegenüber so verhältst, wie du es eben tust, aber nicht umgekehrt.«

»Darüber habe ich auch schon nachgedacht, das muss ich zugeben. Das bringt mich aber keinen Millimeter weiter. Wahrscheinlich kann er mich einfach nicht ausstehen. Er ist meistens schon von meiner bloßen Anwesenheit genervt, das spüre ich.«

»Nein, das glaube ich so nicht. Jedenfalls nicht auf die Art, wie du es gerade ausgedrückt hast. Für mich ist die Sache klar, denn es gibt eigentlich nur eine einzige Erklärung dafür, dass auch er sich so absurd verhält, und diese Theorie würde meine eigenen Beobachtungen auch bestätigen.« Oliver stieß ein Schnaufen aus. »Jens fühlt sich ebenfalls zu dir hingezogen, davon bin ich überzeugt.«

»Das kann ich nicht mit Bestimmtheit sagen. Wir reden ja nicht miteinander.«

»Ihr seid beide wirklich verflucht kompliziert. Außerdem machst du dir gewaltig etwas vor, wenn du glaubst, du kannst das auf lange Sicht einfach weiterhin ausblenden, Luise. Das wird nicht funktionieren.«

»Mag sein, aber vergiss nicht, dass Jens noch immer mit Sybille verlobt ist und sie sehr wahrscheinlich auch bald heiraten wird. Sicherlich will er seine Beziehung zu ihr nicht gefährden. Außerdem ist Sybille eine auffallend attraktive Frau. Warum sollte er überhaupt eine andere begehren?«

»Diese Überlegungen halte ich für überflüssig. So wie ich das sehe, scheinst du ein bisschen von deinen Gefühlen überfordert zu sein, und ich glaube inzwischen, Jens geht es nicht anders. Wahrscheinlich steckt er ebenso tief in seinem Gedankenstau fest wie du und kommt dabei keinen Schritt mehr voran.« Oliver nahm sein Glas, trank einen großen Schluck und stellte es wieder ab. »Ich kenne ihn gut«, fuhr er fort. »Jens steht momentan unter einem enormen Druck. Er muss nicht nur die anstrengende Vorbereitung auf sein zweites Staatsexamen bewältigen, die tägliche Arbeit im *Alsterhaus* fordert ihn zusätzlich. Von seinem belasteten Verhältnis zu Hagen wollen wir mal gar nicht erst anfangen. Wenn er sich dazu noch ständig mit seinen Gefühlen für dich und seinem schlechten Gewissen Sybille gegenüber auseinandersetzen muss, ist das ein ganz schön riesiger Haufen Verantwortung, wenn du mich fragst.«

»Wenn du recht hast, kann man nur erahnen, wie es ihm mit alldem gehen muss. Allerdings merke ich gerade, dass es mir gutgetan hat, mit dir darüber zu reden. Irgendwie kann ich ein bisschen besser durchatmen.«

»Es ist immer gut und richtig, über die Dinge mit jemandem zu reden, die einem auf dem Magen liegen.«

»Da ist noch etwas, was mir wirklich Kummer macht.«

»Raus damit.«

»Sybille hat mir gegenüber angedeutet, dass Jens …« Sie stockte. »Nein, ich kann das nicht aussprechen. Tut mir leid.«

Oliver schüttelte den Kopf. »Was auch immer sie dir über ihn erzählt haben mag, schau jetzt noch mal mit dem frischen Blick nach unserem Gespräch darauf, Luise.«

»Wie meinst du das?«

»Ich habe dir vorhin gesagt, dass euer Verhalten auffällig ist, und falls Sybille auch nur den kleinsten Verdacht hegt, zwischen dir und Jens könnte etwas sein, wird sie alles tun, um einen Keil zwischen euch zu treiben, habe ich recht? Hinzu kommt noch, dass du meine persönliche Meinung über Jens bereits kennst. Ich wäre sicherlich nicht mit ihm befreundet, wenn ich in irgendeiner Form an seinem Charakter zweifeln würde. Ich kenne ihn seit Jahren, Luise, vergiss das nicht.«

»Du glaubst also, Sybille würde Dinge über Jens erfinden, um mich … ähm … abzuschrecken? Selbst Dinge, die ihn nachhaltig diskreditieren könnten?«

»Ja, auch wenn das schrecklich klingen mag, genau das traue ich ihr zu. Vielleicht hast du es bis jetzt noch nicht bemerkt, aber ich halte Fräulein Hochwohlgeboren für keine besonders gute Wahl. Ich akzeptiere sie natürlich, denn sie ist die Verlobte meines Freundes, aber ich mochte sie von Anfang an nicht. Auf mich wirkte sie immer wie eine Kunstfigur, die sie selbst für sich erfunden hat. Natürlichkeit ist ihr fremd. Ich glaube, sie spielt gerne die Rollen, die gerade von ihr verlangt werden, nur um möglichst beliebt zu sein. Ihr wahres Ich kennt wahrscheinlich nur sie allein oder höchstens noch ihre Mutter. Ja, Luise, ich bin davon überzeugt, Sybille könnte wirklich unangenehm werden, sobald sie erkennt, was sich zwischen dir und Jens abspielt.«

»Das mag sein, aber Sybille bleibt vor allem Jens' Problem, nicht meines.«

»Auch das könnte sich ändern, aber momentan ist das tatsächlich nebensächlich, denke ich.« Er nahm einen weiteren Schluck von seinem Wein. »Darf ich dir einen freundschaftlichen Rat geben?«

Auch Luise nahm ihr Glas auf. »Natürlich«, sagte sie, bevor sie es an die Lippen setzte.

»Ihr müsst unbedingt miteinander sprechen, Jens und du.«

»Das ist unmöglich, Oliver.«

»Du hast nur Bammel davor, dass die Sache zwischen euch nicht mehr einzufangen ist, sobald ihr darüber gesprochen habt.«

»Das ist ein Argument, das ich nicht abstreiten kann. Wir dürfen diese Sache zwischen uns auf keinen Fall aussprechen. Ich habe Angst davor, dass ich Hamburg verlassen müsste, wenn wir die Katze aus dem Sack gelassen haben.«

»Das ist doch Blödsinn, Luise. Verzeih meine Offenheit, aber du konstruierst da eine mögliche Konsequenz, die es gar nicht gibt. Ob du Hamburg verlässt oder nicht, bleibt doch allein deine Entscheidung. Du bist erwachsen und verdienst dein eigenes Geld. Du wärest also jederzeit in der Lage, dir eine eigene kleine Wohnung zu suchen, wenn es hart auf hart käme.«

»Jens und ich können nicht darüber reden, basta.«

»Ihr könnt überhaupt nicht miteinander reden, das ist euer eigentliches Problem. Oder sagen wir es besser so: Ihr versucht noch nicht einmal, vernünftig miteinander zu sprechen, und das ist einfach nicht klug und passt letztlich weder zu dir noch zu ihm.« Oliver seufzte laut. »So, und um noch einmal alle Karten auf den Tisch zu legen, Luise. Mir wäre es natürlich noch immer sehr viel lieber, du hättest dich rasend in mich verliebt, und ich könnte dir irgendwann mit gutem Gewissen einen Antrag machen. Aber da das nun einmal niemals passieren wird, wie du mir vorhin schmerzlich klargemacht hast, möchte ich zumindest dazu beitragen, dass du glücklich wirst.«

»Ach, Oliver, du bist und bleibst einer der liebsten Menschen für mich.«

»Sprich mit ihm, Luise!«, wiederholte er eindringlich. »Die Sache könnte euch sonst irgendwann um die Ohren fliegen, aber mit Karacho.«

11. Kapitel

Wieder einmal hatte sich etwas zwischen ihm und Luise verändert, das spürte Jens. Irgendetwas rollte auf ihn zu. Er konnte es fast mit Händen greifen, ohne sagen zu können, was es war. Sie wich seinem Blick nicht mehr aus, das war erstaunlich. Ihr Verhalten forderte ihn in so vielerlei Hinsicht heraus, dennoch zwang er sich dazu, sofort wieder wegzuschauen, sobald sich ihre Blicke trafen, selbst wenn ihm das unfassbar schwerfiel.

Gedankenvoll legte er den Stift beiseite und erhob sich. Er musste unbedingt den Kopf freibekommen, sonst würde ihn all das sehr wahrscheinlich nicht nur das Staatsexamen kosten, sondern auch noch seine Beziehung zu Sybille.

Zum wiederholten Male fragte er sich, ob er diese Verbindung überhaupt noch wollte. Seine Mutter hatte ihm schon vor langer Zeit geraten, bei der Entscheidung für die Frau, mit der er sein Leben verbringen wollte, allein auf sein Herz zu hören und nicht auf seinen Verstand. Er wusste sehr genau, dass Kerstin von Anfang an Zweifel gehabt hatte, ob er sich aus den richtigen Gründen mit Sybille verlobt hatte.

Es ist gerade einmal zwei Wochen her, da hatte sie ihn ein weiteres Mal gebeten, gut in sich hineinzuhorchen, bevor er den entscheidenden Schritt tat. Während ihrer wortreichen Ermahnung hatte er sich bei der Frage ertappt, ob Kerstin vielleicht schon ahnte, dass da irgendetwas zwischen ihm und Luise passierte. Einmal mehr hatte sie an seinen Verstand appelliert und auf eine sehr eindringliche Weise mit ihm gesprochen, so wie es eben nur Mütter taten, sobald sie ihr Kind durchschauten oder ahnten, dass da vielleicht etwas nicht ganz in der Waage war. Und ja, so wie die meisten Mütter hatte Kerstin natürlich das richtige Gespür. Anscheinend hatte sie gefühlt, dass er sich mit etwas herumschlug. Etwas, das ihn nachts wach hielt, ihn nahezu rund um die Uhr beschäftigte und seit Monaten sein Leben durcheinanderwirbelte – sein Leben und seine Zukunft. Beides hatte er doch so gut durchgeplant.

Doch dann hatte eines Tages Luise in der Küche seines Elternhauses gestanden. Sie hatte ihn mit ihren bernsteinfarbenen Augen angesehen, als würde sie mühelos jeden seiner Gedanken lesen können. Dieser erste Blick hatte ihn nicht mehr losgelassen. Er verfolgte ihn bis in seine Träume hinein und stellte jeden Tag aufs Neue seine Zukunftspläne infrage.

Wenn er jedoch an Sybille dachte, war da kein Begehren mehr. Seit Monaten hatte er nun schon nicht mehr mit ihr geschlafen. Er hatte alle möglichen Gründe vorgeschoben, um nicht bei ihr übernachten zu müssen, und sie ständig vertröstet. Dabei spielte es ihm in die Karten, dass er momentan wirklich viel um die Ohren hatte. Er hatte ihr erklärt, dass der Stoff für sein Examen so umfangreich sei, dass er jede freie Minute zum Lernen brauche. Das war noch nicht einmal gelogen, allerdings war ihm das Lernen schon immer sehr leichtgefallen, und unter normalen Umständen wäre es ein Leichtes für ihn, die eine oder andere Nacht mit seiner Verlobten zu verbringen. Allein, er wollte es einfach nicht, denn er sehnte sich wie verrückt nach einer anderen Frau: Luise.

Luise ... immer wieder Luise ... nur Luise.

Das Klopfen an seiner Bürotür riss ihn aus seinen Gedanken. Er atmete durch und rieb sich mit beiden Händen kräftig übers Gesicht.

»Herein.«

Als sich die Tür langsam öffnete, konnte er zunächst seinen Augen nicht trauen.

»Luise?«

»Hättest du einen Moment Zeit für mich?«, fragte sie. Ihre Stimme klang ein wenig unsicher.

»Natürlich.«

Sie kam herein und schloss die Tür hinter sich. Seit ewig langer Zeit war er zum ersten Mal wieder mit ihr allein in einem Raum. Sein Büro kam ihm in diesem Augenblick viel kleiner vor als sonst.

Sein Mund wurde trocken, und er musste sich räuspern. »Was kann ich für dich tun?«, fragte er.

Luise machte zwei Schritte in seine Richtung. Sie stand nun hinter der Lehne des Besucherstuhls vor seinem Schreibtisch. Er registrierte, dass sie ihre Hände auf die Stuhllehne legte, so als müsste sie sich festhalten.

»Wir sollten miteinander reden, Jens«, sagte sie über den Schreibtisch hinweg zu ihm. Ihre Stimme klang eigenartig heiser.

In seinem Kopf überschlugen sich plötzlich die Gedanken. Sie wirbelten wie ein wilder Orkan durcheinander. Er kannte das schon, doch dieses Mal schien der Orkan geradewegs auf ihn zuzurollen – so wie er es geahnt hatte.

»Besser nicht«, hörte er sich sagen und kam sich sofort albern dabei vor.

»Wir *müssen* miteinander sprechen, Jens. So kann es nicht weitergehen, und das weißt du. Wir müssen … die Dinge zwischen uns ein für alle Mal klären.« Sie stieß ein kleines Geräusch aus, das wie ein leises Schluchzen klang, und es berührte etwas tief in seinem Inneren. »Ich habe darüber nachgedacht, Jens, immer wieder. Und soeben kam mir die Idee, dass es uns beiden hier, also, ich meine, auf der Arbeit, vielleicht leichter fallen würde als zu Hause. Deshalb bin ich gleich hergekommen, ohne noch länger darüber nachzudenken, nur um dann wieder Tausende von dummen Ausreden zu erfinden. Nun bin ich zwar hier, weiß aber nicht weiter.«

Erst in diesem Augenblick ließ er den Gedanken zu, dass es ihr genauso schlecht gehen könnte wie ihm. Die Erkenntnis verwirrte ihn noch zusätzlich.

Sie klang atemlos wie nach einem langen Lauf, und sie sah aus, als würde sie gleich in Tränen ausbrechen.

Nein, nur das nicht, dachte er bestürzt.

»Ich will dich wie verrückt, Luise.«

Er hatte das nicht sagen wollen, um Gottes willen, doch es war einfach so passiert. Und verdammt, es war ja auch die verfluchte Wahrheit, und nun hatte er sie endlich ausgesprochen.

Der Orkan in seinem Kopf verlor deutlich an Tempo,

und er konnte ein bisschen klarer denken. Seltsam, was so ein einziger Satz ausmachen konnte, wenn man ihn erst einmal ausgesprochen hatte.

»Ja, das dachte ich mir.« Sie sagte es, als würde eine ganze Ladung Backsteine von ihr abfallen. »Ich habe es gefühlt, doch ich wollte es nicht wahrhaben. Mir geht es genauso, Jens.«

»Luise.«

Er wollte so gerne zu ihr gehen, doch er brachte es nicht fertig. Ihr ging es offenbar ähnlich, denn auch sie blieb an Ort und Stelle stehen. Er sah, dass sie heftig schluckte.

»Wir müssen etwas dagegen tun«, sagte sie. »Das muss … wieder verschwinden. Du weißt, dass ich dich nicht besonders mag, und ich will auf keinen Fall der Grund dafür sein, dass du Sybille verlierst. Ich …«

Sie brach ab. Tatsächlich lief nun eine einzelne Träne über ihre Wange.

»Bitte, weine nicht, Luise, das halte ich nicht aus.«

Nun schaffte er es endlich, sich zu bewegen. Mit zwei langen Schritten umrundete er den Schreibtisch und blieb direkt vor ihr stehen, kaum noch einen halben Meter von ihr entfernt.

»Nicht«, flüsterte sie und hob abwehrend die Hände. »Nicht, Jens, bitte. Bleib weg von mir! Wenn du mich jetzt berührst, ist es aus mit meiner Selbstbeherrschung.«

»Ich weiß nicht, was ich dagegen tun könnte«, gab er zu. »Das alles ist so … verrückt.«

Ihre Nähe forderte seine Selbstbeherrschung heraus wie niemals etwas zuvor.

»Ja, das ist es.«

Sie hob den Kopf und sah ihm ins Gesicht. Das war fast zu viel für ihn.

»Ich gehe jetzt besser«, sagte sie dann. »Wir müssen beide darüber nachdenken und dann eine Lösung finden, sonst werden wir alle unglücklich, Jens.«

»Ich tue seit Monaten nichts anderes, als darüber nachzudenken, Luise.«

»Ja …« Er sah, wie sie sich an einem Lächeln versuchte. »Ich weiß, ich auch. Aber ich muss jetzt hier raus.«

»Gut, dann geh«, sagte er und nickte, weil er sich selbst versichern musste, dass es für sie beide das Beste wäre, wenn sie jetzt sofort diesen Raum verließ.

Doch sie rührte sich nicht, und dann machte er unvermittelt den entscheidenden Schritt auf sie zu. Ohne noch lange darüber nachzudenken, zog er sie an sich und küsste sie.

Die Berührung ihrer Lippen ließ ihn auf der Stelle vergessen, dass sie sich in seinem Büro befanden und jede Sekunde jemand hereinkommen könnte. Luise hielt ganz still, und für einen winzigen Moment glaubte er schon, der Kuss würde sie unberührt lassen. Doch gerade als er ihn halb erschrocken, halb bedauernd wieder beenden wollte, schlang sie ihre Arme um seinen Nacken und stieß ein leises Stöhnen aus.

Damit raubte sie ihm völlig den Verstand. Die gerade eben noch sanfte und zögerliche Begegnung ihrer Lippen wurde nun zu einem Kuss, wie er ihn noch nie zuvor erlebt hatte. Wie von selbst fuhr seine Hand nun ihren Rücken hinab, bis sie auf die Rundung ihres Pos traf. Er hob sie ein wenig hoch und presste ihren Unterleib an seinen. Wundersamerweise ließ sie es geschehen und schmiegte sich schon in der nächsten Sekunde fest an ihn, als könnte sie ihm nicht nahe genug kommen.

Das alles erschien ihm so natürlich, als hätten sie es schon viele Male miteinander erlebt. Luises Lippen waren so unendlich weich, nachgiebig, und sie öffneten sich für ihn in einer Weise, als ob sie schon ihr ganzes Leben auf diesen einen Kuss gewartet hätten. Ihre Zungen fanden wie selbstverständlich zueinander.

Ihr Stöhnen wurde lauter, ihre Bewegungen wilder und der Kuss immer leidenschaftlicher. Er war so erregt, dass er schon zum Höhepunkt zu kommen glaubte, wenn er sie nur noch ein paar Sekunden länger küssen dürfte, wenn sie sich nur noch ein bisschen stärker an ihn drücken würde.

Irgendwo draußen auf dem Flur fiel in dieser Sekunde lautstark eine Tür zu. Das unerwartete Geräusch holte sie beide schlagartig zurück in die Realität.

Luise zuckte heftig zusammen, erstarrte in seinen Armen, und ihre wundervollen Lippen lösten sich abrupt von seinen. Automatisch ließ er sie zurück auf die Füße gleiten.

»Das ist … o Gott, nein«, keuchte sie auf und machte einen großen Schritt von ihm weg.

Sie atmeten beide schwer und sahen sich an, als würden sie die Welt nicht mehr verstehen.

Luise wandte sich halb von ihm ab, schob sich eine ihrer dunklen Haarsträhnen aus der Stirn und strich ihren Rock glatt.

»Luise«, flüsterte er. »Das war …«

»Das darf niemals wieder passieren«, hörte er sie noch leise sagen, bevor sie, ohne ihn noch einmal anzusehen, fluchtartig sein Büro verließ.

»Du siehst ein bisschen blass aus«, bemerkte ihre Kollegin Ingrid, während sie gemeinsam das fast fertige Kleid von Frau Jossek einer Schneiderpuppe anzogen. »Geht es dir gut, Luise?«

»Ja, alles in Ordnung. Vielleicht habe ich nur ein bisschen zu viel gearbeitet«, log sie.

»Ja, du warst sehr fleißig. Das Kleid ist traumhaft geworden.« Ingrid strich sanft über die champagnerfarbene Seide. »So ein unfassbar schönes Kleid möchte wohl jede Frau zumindest einmal in ihrem Leben tragen dürfen, meinst du nicht?«

Luise betrachtete das Kleid, und sie war sehr stolz darauf. Erst heute Morgen war sie damit fertig geworden, und nun konnte sie selbst kaum glauben, wie wunderschön es geworden war.

»Es fehlen jetzt nur noch die Diamantsterne. Ich habe Frau Jossek vorhin angerufen. Sie wird sie heute vorbeibringen. Ich bin schon so gespannt, wie sie sich auf dem Stoff machen werden.«

»Ja, ich auch.« Ingrid stieß einen lauten Atemzug aus. »Stell dir vor, dann hast du tatsächlich ein Kleid mit echten Diamanten darauf genäht. Das ist unglaublich aufregend.«

»Stimmt. Ich kann auch kaum erwarten, dass Frau Jossek sie endlich vorbeibringt.« Luise warf einen Blick auf die Uhr. »Allerdings wollte sie schon lange hier sein. Es wird langsam Zeit, wir schließen in einer knappen Stunde.«

»Ah schau, da kommt sie doch.«

Ingrid deutete mit dem Kopf Richtung Fahrstuhl, und Luise sah sich um. Frau Jossek kam lächelnd auf sie zu.

»Guten Tag, Frau Jossek. Wie schön, dass Sie da sind. Wir haben gerade über Sie und das traumhaft schöne Kleid gesprochen, das Ihnen schon bald gehören wird.« Luise drehte sich um und deutete auf die Schneiderpuppe.

Die Kundin schlug sich die Hände vor den Mund und strahlte über das ganze Gesicht.

»Oh, Fräulein Vossen, es ist ja jetzt schon ein wahrer Traum«, rief sie aus. »Ich meine, ich habe es ja schon bei den Anproben gesehen, aber jetzt mit all den Perlen … Ich bin so glücklich.«

»Es freut mich, dass es Ihnen so gut gefällt.«

Frau Jossek öffnete ihre Handtasche, nahm ein kleines dunkelrotes Kästchen aus Samt heraus und legte es vor Luise auf den Tresen.

»Und hier sind meine kleinen Lieblinge«, sagte sie.

Luise öffnete das Kästchen, nahm einen der sechs Sterne heraus und hielt ihn gegen das Licht. »Einen davon hatten Sie mir ja schon gezeigt, aber sie jetzt alle zusammen zu sehen, ist beeindruckend. Die sind wirklich bezaubernd, Frau Jossek.«

»Ja, das sind sie.«

»Und die Öse auf der Rückseite ist tatsächlich sehr praktisch für unser Vorhaben, aber ich werde sie trotzdem an diesen Stellen noch zusätzlich befestigen.« Sie zeigte nacheinander auf vier der Sternspitzen. »Das wird man nicht sehen, das verspreche ich Ihnen. Aber dadurch wird verhindert, dass sie nur an der einen Stelle mit der Öse gesichert sind. Außerdem können sie nicht so leicht irgendwo hinterhaken, weil die Sterne fest auf dem Stoff anliegen. Dennoch könnten Sie sie jederzeit mit einer Schere wieder lösen, falls das Kleid einmal seine Schuldigkeit getan haben sollte.«

»Ja, ich verstehe. Es ist gut, dass Sie darüber nachgedacht haben.«

»Das Feuer der Diamanten wird das Kleid perfekt machen.« Vorsichtig legte Luise den Stern zurück zu den anderen und klappte den Deckel des Kästchens wieder zu, dann warf sie einen Blick auf ihre Armbanduhr. »Heute ist es schon zu spät, also werde ich sie erst morgen aufnähen können.« In Gedanken überschlug sie schnell die Zeit, die sie brauchen würde, um die Sterne mit der Hand aufzunähen. »Am frühen Nachmittag können Sie das Kleid abholen, Frau Jossek.«

»Dann komme ich morgen so gegen vierzehn, spätestens fünfzehn Uhr. Wäre das in Ordnung?«

»Natürlich, bis dahin wird das Kleid fertig sein.«

»Ich freue mich darauf. Auf Wiedersehen, Fräulein Vossen.«

»Auf Wiedersehen, Frau Jossek.« Luise nahm das Kästchen an sich.

»O bitte, zeig sie mir«, bat Ingrid kichernd, nachdem die Kundin wieder im Fahrstuhl verschwunden war. Gemeinsam sahen sie sich noch einmal eingehend die Diamantsterne an. »Meine Güte, sind die herrlich.«

»Ja, sie sind brillant im wahrsten Sinne des Wortes.« Luise lachte. »Wir kriegen uns heute ja kaum noch ein vor lauter Begeisterung.« Luise klappte das Kästchen wieder zu. »Ich werde mal oben fragen, ob es im Büro einen Tresor oder so was gibt, dann können sie über Nacht dort hinein. Da ich sie ohnehin mit der Hand aufnähen muss, kann ich das morgen auch oben erledigen und das Kleid erst holen, wenn Frau Jossek es abholt. Das ist sicherer.«

»Das ist doch Quatsch, Luise. Niemand weiß, dass du die Dinger hast. Schließe sie doch einfach im Schrank in deinem Büro ein. Du hast doch selbst gesagt, dass nichts mehr weggekommen ist, seit du deine Entwürfe dort reinpackst.«

»Eigentlich hast du recht, Ingrid. Man kann sich auch verrückt machen. Den Schrank kann ich abschließen, und den Schlüssel habe ich immer bei mir. Dort werden sie die eine Nacht sicher sein. In die Chefetage kommt sowieso kaum jemand. Das Kleid nehme ich dann morgen früh mit nach oben.«

»Genau. So hast du die Sterne gleich griffbereit und musst nicht erst auf jemanden warten, der dir irgendeinen blöden Tresor aufschließen kann.«

Luise war zutiefst erleichtert, dass Jens auch an diesem Abend nicht zum Essen erschien. Zwei Tage war es nun her, seit sie sich in seinem Büro geküsst hatten, doch danach hatte sie ihn nicht mehr zu Gesicht bekommen. Auch wenn sie froh darüber war, dass ihr eine Begegnung mit ihm bisher erspart geblieben war, fand sie es doch eigenartig, dass er offenbar wie vom Erdboden verschwunden war. Dennoch brachte sie es nicht über sich, nach ihm zu fragen.

»Jens ist übrigens ein paar Tage in Karlsruhe«, sagte Kerstin in diesem Moment, so als hätte sie ihre Gedanken gelesen. »Er erledigt dort im *Hertie-Haus* ein paar Dinge für Karg.«

»Ah ja.« Luise räusperte sich.

Sie trank einen Schluck von ihrem Pfefferminztee, den Kerstin wie gewohnt aus der alten blau-weißen Porzellankanne eingegossen hatte, die jeden Abend auf dem Tisch stand. Luise wusste, dass Kerstin die Kanne sehr mochte. Niemand außer ihr selbst durfte sie anfassen oder gar abwaschen.

»Ich glaube, er war ganz froh, mal ein paar Tage wegzukommen«, warf Oliver ein, und sie registrierte sehr genau, dass er ihr dabei einen Seitenblick zuwarf.

»Ja, er arbeitet einfach zu viel, aber das habe ich ihm schon vor Wochen gesagt«, erwiderte Kerstin.

»Das hat er selbst so entschieden, nun soll er auch damit klarkommen«, gab Hagen in gewohnt kurz angebundener Manier seinen Kommentar ab. »So ist das Leben.«

»Wie geht es dir, Luise?«, wandte sich Kerstin nun an sie. »Alles gut bei der Arbeit?«

»Ja, alles bestens. Ich habe gerade wieder einen meiner eigenen Entwürfe umsetzen dürfen. Jetzt fehlen nur noch ein paar letzte Stiche. Das Kleid ist traumhaft schön geworden. Es könnte auch von einem großen Star aus einem Hollywoodfilm getragen werden, so prachtvoll ist es.«

»Wie wunderbar. Es freut mich sehr, dass es dir im *Alsterhaus* so gut geht.«

»Ja, ich bin auch sehr glücklich darüber.«

Hagen erhob sich. »Ich bin dann noch mal im Büro«, teilte er ihnen mit.

»Brauchst du mich heute noch?«, fragte Oliver.

»Nein, du kannst Feierabend machen, Olli. War ein harter Tag heute im Gericht, und du hast gute Arbeit geleistet. Ich sortiere nur noch alles weg, dann mach ich auch Schluss für heute.«

»Ach, herrje«, rief Kerstin aus. »Wir haben Luise ja noch gar nicht erzählt, dass wir morgen früh noch mal für einige Tage nach München zu Hans-Jürgen fahren werden.« Sie sah Luise an. »Die Reise hat sich erst heute Morgen ergeben. Hans-Jürgen und Hagen sind da leider immer sehr spontan.« Ihre Mundwinkel hoben sich. »Ich fahre wieder mit, weil Hans-Jürgen uns bei der Gelegenheit seine zukünftige Frau vorstellen möchte, und ich muss zugeben, ich bin schon sehr gespannt auf sie.«

»Wie schön«, sagte Luise. »Dann wünsche ich euch eine gute Fahrt.«

»Danke, meine Süße. Aber da Oliver uns netterweise begleiten wird und ich nicht weiß, wann genau Jens zurückkommt, wirst du wohl morgen und vielleicht auch noch übermorgen alleine im Haus sein. Du musst dich also selbst verpflegen.«

Lächelnd winkte Luise ab. »Mach dir keine Sorgen, Kerstin, ich werde schon nicht verhungern. Mittags esse ich ja sowieso im *Alsterhaus,* und mein Abendbrot dürfte kein großes Problem darstellen.« Lachend schob sie sich den letzten Bissen ihres Käsebrots in den Mund. Abends aß sie selten mehr als eine Scheibe mit Käse, und alle wussten das.

Oliver stand nun ebenfalls auf. »Der Regen hat aufgehört. Ich werde noch eine kleine Runde an der frischen Luft drehen. Hat jemand Lust, mitzukommen?« Er sah Luise an.

»Gute Idee«, sagte sie und erhob sich.

Luise hakte sich wie gewohnt bei Oliver ein, während sie über den Rathausmarkt spazierten.

»Wollen wir runter zur Alster gehen?«, fragte er.

»Ja, das können wir gerne machen. Es ist ein schöner Abend, und die klare Luft tut wirklich gut.«

»Ich finde, es riecht schon ein bisschen nach Frühling.« Oliver atmete tief ein.

»Na ja, übertreib mal nicht, bis dahin sind es noch ein paar Wochen hin«, sagte sie und knuffte ihn liebevoll in die Seite. »Sag mal, wieso fährst du eigentlich mit nach München?«

Oliver zuckte mit den Schultern. »Hagen bat mich darum. Sein Freund, also dieser Hans-Jürgen, hat wohl gerade einen ziemlich speziellen Prozess an der Backe und deshalb um Hagens Unterstützung gebeten. Hagen war ja schon häufiger als Berater bei größeren Prozessen tätig, es lag also auf der Hand, ihn um Beistand zu bitten. Ich soll währenddessen für die beiden den Kleinkram erledigen. Du weißt schon, fachgerecht recherchieren, Akten vorbereiten oder die Ablage machen.« Er lachte trocken auf. »Dafür sind Referendare ja schließlich da.«

»Du arbeitest gerne für Hagen, oder?«

»Ja, sogar sehr gerne. Er ist ein grandioser Jurist, und ich kann jede Menge von ihm lernen. Deshalb habe ich auch sofort zugestimmt, ihn und Kerstin nach München zu begleiten.«

Wortlos gingen sie eine Zeit lang nebeneinander her und genossen die frische Abendluft. Als sie den Jungfernstieg überquert hatten, gingen sie weiter bis zu den Überresten des ehemaligen Alsterpavillons.

»Schau mal, sie werden wohl tatsächlich bald damit anfangen, ihn wiederaufzubauen.«

Oliver deutete auf einen kleinen eingezäunten Bauplatz. Hinter dem Zaun erkannte man zwei kleinere Baumaschinen, einen ordentlich aufgeschichteten Haufen Backsteine und einen Stapel weiterer Bauzäune, die an einem Mauerrest lehnten und auf ihren Einsatz warteten.

»In der Zeitung habe ich eine Skizze des Architekten gesehen. Ich muss zugeben, den alten Pavillon fand ich hübscher«, sagte Luise.

»Na, nun warte erst mal ab, bis er fertig ist und du das erste Mal ein leckeres Stück Kuchen dort gegessen hast.«

»Meine Mama hat den Alsterpavillon geliebt und oft darüber gesprochen«, sagte sie. »Sie war regelmäßig mit Olga hier.«

»Kerstin erzählte mir davon.«

»Als ich kurz vor Weihnachten mit meinen Eltern hier gestanden habe, hat sie geweint, als sie die Überreste gesehen hat. Sie sagte einmal, hier habe sie mit Olga viele wichtige Gespräche geführt und damit den Grundstein für ihre lebenslange Freundschaft gelegt.«

»Apropos Freundschaft.« Oliver sah ihr ins Gesicht. »Hast du meinen Rat befolgt und mit Jens gesprochen?«

Sie zögerte einen Moment, doch dann nickte sie.

»Und?«

»Nichts und.«

»Luise, halte mich nicht für blöd. Ich sehe doch, dass dich allein schon meine Frage aus dem Gleichgewicht bringt.«

Sie sah zu ihm auf. »Ich wollte mit ihm reden und bin zu ihm ins Büro. Wenn du es genau wissen willst, wir haben uns geküsst. Das heißt, erst hat er mich geküsst und dann … habe ich ihn zurückgeküsst.« Sie hustete trocken. »Das … ging nicht anders.«

»Junge, Junge«, rutschte es Oliver heraus. »Das ist ja mal ein Ding.«

»Du machst dich jetzt aber nicht lustig über mich, oder? Es ist nämlich sowieso schon ziemlich eigenartig, gerade dir davon zu erzählen.«

Seine Miene blieb ernst. »Nein, ich mache mich bestimmt nicht lustig, Luise, dafür habe ich euch beide viel zu gern. Außerdem erkenne ich natürlich eins der Hauptprobleme. Mit dem Kuss hat er Sybille jetzt nicht nur in Gedanken betrogen – was ja schon schlimm genug war. Das macht die Lage nicht einfacher für ihn.«

»So ist es.« Sie sah ihn an, hob die Hand und legte sie kurz an seine Wange, dann ließ sie sie wieder sinken. »Es mag sich komisch anhören, aber ich bin froh, dass ich dich habe, Oliver, und ich weiß sehr genau, was ich dir abverlange, indem ich dich ins Vertrauen ziehe.«

Er hob die Hand. »Tu das nicht, Luise, rede dir nicht wegen mir ein schlechtes Gewissen ein. Schließlich bin ich es gewesen, der dich aufgefordert hat, endlich Klartext zu reden. Schon bei unserem letzten Gespräch hast du mir deutlich gesagt, dass aus uns beiden – auch unabhängig von deinen Gefühlen für Jens – niemals ein Paar werden würde. Das war vollkommen ehrlich und richtig so, und ich habe von dir nichts anderes erwartet.« Sein Blick löste sich von ihr, und er sah auf die nächtliche Alster. »Meine Gefühle für dich sind allein mein Problem, Luise, nicht deins. Ich bin als Freund für dich da und werde es immer sein. Es ist mir sehr wichtig, dass du das weißt.«

Luises Kehle wurde eng, und in ihren Augen sammelten sich bereits Tränen. »Du bist ein wunderbarer Mann, Oliver. Egal, welche Frau dich mal bekommt, sie kann sich glücklich schätzen, dich an ihrer Seite zu wissen.«

Er sah sie wieder an und lachte kurz. »Genug mit der Gefühlsduselei. Lass uns lieber darüber nachdenken, wie es jetzt mit dir und Jens weitergehen kann.«

»Gar nicht. Das wäre doch von vornherein zum Scheitern verurteilt.«

»Was macht dich da eigentlich so sicher?«, fragte er zweifelnd. »Ihr seid offenbar ziemlich … ähm … scharf aufeinander, so viel steht ja wohl fest.«

»Das stimmt, aber das wird auch wieder vorbeigehen. Außerdem ist er nach wie vor verlobt, Oliver.«

»Eine Verlobung kann man lösen. Das soll sogar schon häufiger passiert sein.« Er grinste breit.

»Du verstehst mich nicht, Oliver. Ich bin nicht in Jens

verliebt. Bis vor wenigen Tagen war ich mir sogar absolut sicher, dass ich ihn noch nicht einmal ausstehen kann. Zugegeben, inzwischen habe ich meine Einstellung ihm gegenüber hinterfragt. Ich war noch sehr jung, als ich Jens kennenlernte, und aus irgendeinem Grund habe ich an meiner Abneigung gegen ihn festgehalten. Das mag nicht richtig oder vielleicht sogar ziemlich albern gewesen sein, aber das heißt doch nicht, dass ich plötzlich rettungslos in ihn verliebt sein muss. Nein, es ist nur diese verfluchte körperliche Anziehung, das steht für mich fest.«

»Aber die ist offenbar ziemlich überwältigend. Das habe ich doch richtig verstanden?«

»Das hast du«, erwiderte sie schmunzelnd. »Meine Güte, wenn die ganze Sache nicht so kompliziert wäre, könnte man darüber die schlimmsten Witze reißen.«

»Kein Kommentar.«

Sie zog ihren Schal ein bisschen fester um den Hals. »Mir wird kalt, und ich habe meine Handschuhe vergessen. Lass uns zurückgehen.« Während sie den Rückweg einschlugen, hakte sie sich wieder bei ihm ein. »Man kann es sich leider nicht aussuchen, aber ich hätte mich sehr gerne in dich verliebt, Oliver«, sagte sie, als sie den Rathausmarkt überquerten.

»Danke, das bedeutet mir viel.« Er legte einen Arm um ihre Schultern. »Gestattest du mir noch eine Bemerkung?«

»Raus damit.«

»Ich weiß, ich habe es schon einmal gesagt, aber ich bin immer noch der Meinung, dass du dir etwas vormachst, Luise. Diese starke körperliche Anziehung zwischen euch kommt nicht von ungefähr. Das wirst du irgendwann erkennen, und ich hoffe, dass es dann für euch beide nicht zu spät ist.«

»Ich bekomme so langsam das Gefühl, dass es dir gefallen würde, wenn Jens und ich tatsächlich ein Liebespaar wären.«

»Das kann man so oder so sehen«, erwiderte er. Im Licht der Straßenlaternen sah sie, dass er schmunzelte. »Natürlich knabbere ich noch immer ein bisschen daran herum, dass du meine Gefühle nicht erwiderst. Das gebe ich offen zu. Aber vor allen Dingen kann ich es nicht ertragen, dich unglücklich zu sehen – schon gar nicht als dein … oder vielmehr als *euer* guter Freund.« Er machte eine kleine Pause, bevor er weitersprach, und sie wartete geduldig ab. »Ich bin der Meinung, dass es sich grundsätzlich lohnt, genauer hinzuschauen, sobald starke Gefühle im Spiel sind, und das ist bei euch ganz offensichtlich der Fall.« Er blieb stehen und wandte sich ihr zu. »Das Schicksal, eine höhere Macht oder was auch immer wirft einem manchmal etwas direkt vor die Füße …« Er lächelte und neigte ihr den Kopf etwas zu. »Das können eben auch ganz große Gefühle sein, Luise. Wenn sie dann da vor einem liegen, all diese Empfindungen und die damit verbundenen Herausforderungen, nach denen man nie gefragt, um die man nie gebeten hat, wird es nicht selten schwierig. Auf den ersten Blick mag es vielleicht wahnsinnig kompliziert aussehen, doch ich glaube fest daran, dass sich gewisse Risiken lohnen, wenn man den richtigen Weg für sich finden will. Gerade wenn es um Gefühle von der Sorte geht, die sich nicht einfach ignorieren oder auf längere Sicht verdrängen lassen.« Er nickte. »Gut, eventuell macht man sich ein bisschen lächerlich, verliert seinen Stolz oder muss über seinen Schatten springen, doch das ist es meistens wert, glaub mir. Was ich eigentlich sagen will … Ich bin der Meinung, es lohnt sich immer, ein Risiko für den Menschen einzugehen, der dich vielleicht für den Rest deines Lebens komplett macht, egal wie groß oder klein dieses Risiko auch sein mag.«

»Das hast du schön gesagt. Aber meinst du nicht, dass ich Jens ein bisschen mehr mögen müsste, um ihn für den Rest meines Lebens lieben zu können?« Sie kicherte. »Und ja, ich weiß, das klang schon wieder außerordentlich merkwürdig.«

»Ja, das klang komisch, aber ich verstehe, was du sagen willst. Ich glaube, du solltest endlich ernsthaft versuchen herauszufinden, ob du ihn wirklich so wenig magst, wie du annimmst, oder ob du es dir nur ständig einredest, weil es dir so gut in den Kram passt.«

»Jedes Mal, wenn ich mit dir rede, bringst du mich zum Nachdenken, Oliver.«

»Das ist doch gut, meinst du nicht?«

»Das weiß ich noch nicht, aber ich sage es dir, wenn ich zu Ende nachgedacht habe.«

Sie lächelten sich an, dann setzten sie ihren Heimweg fort.

12. Kapitel

»Sie sind weg.«

Mit Tränen in den Augen und wild klopfendem Herzen stand Luise vor ihrer Kollegin Ingrid. Die Panik in ihrem Inneren war so überwältigend, dass sie am ganzen Körper zitterte.

»Ingrid, die Diamantsterne … Sie sind einfach verschwunden. Das Kästchen ist weg.«

»Das kann doch nicht sein. Du hast sie doch …«

»Ich habe sie eingeschlossen, Ingrid. Ich habe sie im Schrank sogar noch unter meine Zeichenmappe geschoben und dann zwei Mal den Schlüssel herumgedreht. Doch nun sind sie fort.«

Ingrid holte tief Luft und zog sie ein Stück beiseite, ein gutes Stück weiter weg vom Tresen und Karin Zacharias, die an ihrem Maschinentisch saß und konzentriert an einer Herrenhose arbeitete. Das Rattern von Karins Nähmaschine würde zusätzlich dafür sorgen, dass ihre neue Kollegin nichts von ihrem Gespräch mitbekam. Nun standen sie hinter ihren eigenen Maschinentischen, direkt neben den beiden Umkleidekabinen. Hier waren sie ein bisschen besser vor Blicken und Mithörern geschützt.

»Atme erst einmal ganz tief durch, Luise. Ja, so ist es

gut. Und nun lass uns noch einmal in Ruhe nachdenken.« Ingrid griff nach ihrer Hand und hielt sie fest. »Sind auch wieder Entwürfe verschwunden?«

»Ich glaube, die Zeichnungen sind noch alle da. Aber ich war so panisch, als ich das Kästchen mit den Sternen nicht gleich dort fand, wo ich es hingelegt hatte, dass ich gar nicht mehr so genau nachgesehen habe. Ich habe alles durchwühlt, aber die Sterne sind weg.« Leise schluchzend atmete sie ein weiteres Mal durch. »Der Schrank war genauso verschlossen, wie ich ihn hinterlassen habe, Ingrid, und Herr Moltke sagte doch, es gäbe nur den einen Schlüssel, und den habe ich. Ich dachte, niemand außer mir kommt da ran.« Luise wischte sich mit dem Handrücken eine Träne von der Wange. »O Gott, Ingrid, was soll ich denn jetzt nur tun? Von meinem Gehalt kann ich die Dinger niemals ersetzen. Die sind viel zu kostbar.«

Ingrid blies die Wangen auf und ließ dann langsam die Luft wieder entweichen. »Ganz ruhig, mein Mädchen. Sprich zuerst mit Karg, und zwar auf der Stelle. Sag ihm, was passiert ist. Es gibt bestimmt eine Versicherung für solche Fälle.«

Luise schaute auf ihre Armbanduhr. »In weniger als fünf Stunden will Frau Jossek ihr Kleid abholen.«

»Du gehst jetzt sofort rauf zum Chef. Hör auf mich, Luise, danach sehen wir weiter.«

Mit eherner Miene sah Georg Karg sie an, nachdem sie ihm mit stockender Stimme berichtet hatte, was passiert war. Er erhob sich, blieb jedoch hinter seinem Schreibtisch stehen. Dann wandte er sich kurz ab und machte zwei Schritte nach links, bevor er wieder umkehrte und sie schließlich erneut fixierte.

»Nun, Fräulein Vossen, bevor wir über die Konsequenzen reden, die dieser Vorfall für Sie persönlich mit sich bringt, müssen wir zunächst einmal den Schaden so gut es geht begrenzen. Das heißt, es liegt wohl an mir, das zu tun. Dafür brauche ich erst einmal die Fakten, um mir ein klares Bild zu machen. Haben Sie wirklich alles abgesucht?«

»Ja, das habe ich. Mehrere Male.«

»Und Herr Moltke hat Ihnen bestätigt, dass es nur den einen Schlüssel zu besagtem Schrank gibt?«

»Das sagte er, als er ihn mir brachte, ja. Es war auch nur ein Schlüssel in der Schublade.«

»Diese Diamantsterne … Über welchen Wert reden wir ungefähr?«

»Ich weiß es ehrlich gesagt nicht genau. Die sechs Diamanten waren in Gold eingefasst, und die Sterne hatten einen Durchmesser von ungefähr zwei Zentimetern. Die Steine selbst waren in etwa so groß wie etwas zu klein geratene Marienkäfer.«

Karg ließ einen lauten Atemzug hören. »Das klingt für mich nach insgesamt mehreren Karat. Meine Herren!« Er dachte einen Moment nach. »Hat die Kundin von Ihnen keine Quittung verlangt, als sie Ihnen die Schmuckstücke übergeben hat?«, fragte er nach einer weiteren Weile des Schweigens.

»Nein, das hat sie tatsächlich nicht. Wir haben beide gar

nicht darüber nachgedacht. Sie hat sie mir einfach anvertraut.« Ein Schluchzen löste sich aus Luises Kehle.

»Das Heulen hilft weder Ihnen noch mir und macht die Sache nicht besser, Fräulein Vossen. Also hören Sie auf damit.« Karg räusperte sich. »Geben Sie mir die Telefonnummer der Kundin. Ich werde sie anrufen und ihr persönlich erklären, was passiert ist. Es liegt im Ermessen der Kundin, ob sie unser Haus verklagt, falls die Steine nicht wieder auftauchen, oder ob sie mit einer entsprechenden Entschädigung einverstanden ist. Die Polizei werde ich sehr wahrscheinlich einschalten müssen, aber zuerst spreche ich mit der Kundin. Vielleicht lässt sich das Schlimmste noch abwehren.« Ein weiteres Mal räusperte er sich. »Sollte sich allerdings herausstellen, dass Sie die Diamanten an sich genommen haben, Fräulein Vossen, droht Ihnen persönlich eine Anzeige wegen Diebstahls. Das wissen Sie hoffentlich.«

»Natürlich, Herr Karg, das weiß ich. Aber ich habe die Diamantsterne nicht gestohlen, das müssen Sie mir glauben.«

»Was ich glaube oder nicht, ist in diesem Fall nicht relevant. Sie sind die Person, die die Schmuckstücke entgegengenommen hat. Sie allein waren dafür verantwortlich, Fräulein Vossen. Meine Güte, Kind.« Seine Stimme wurde eine Spur weicher. »Warum sind Sie nicht sofort mit den Diamanten zu mir gekommen? Ich hätte sie hier oben sicher in meinem Tresor verwahren können.«

»Ich weiß, das wollte ich eigentlich auch tun, aber dann … Ach, das hilft jetzt auch nichts mehr. Nun sind sie verschwunden, und ich bin untröstlich.«

Georg Karg atmete tief durch. »Wie auch immer diese Sache ausgehen wird, Fräulein Vossen. Ich muss es noch einmal wiederholen. In Ihrer Verantwortung sind kostbare Schmuckstücke verschwunden, das ist eine Tatsache. Ich muss Sie natürlich fristlos entlassen. Wir haben da ganz klare Richtlinien.«

»O bitte nicht«, brachte Luise mit erstickter Stimme hervor. Die Tränen liefen nun unaufhaltsam über ihr Gesicht. »Ich liebe meine Arbeit hier so sehr, und ich … ich habe nichts gestohlen, Herr Karg. So etwas würde ich niemals tun.«

»Darum geht es jetzt nicht mehr. Sorgen Sie einfach dafür, dass ich in den nächsten Minuten die Telefonnummer der Kundin bekomme, dann packen Sie Ihre persönlichen Sachen zusammen und verabschieden sich von Ihren Kolleginnen. Ich möchte, dass Sie innerhalb der nächsten Stunde das Haus verlassen haben. Ihre Papiere werden Ihnen per Boten zugestellt. Sie dürfen das *Alsterhaus* erst wieder betreten, wenn Sie eine persönliche Aufforderung von mir erhalten, vorher nicht. Ist das so weit klar, Fräulein Vossen?«

Sie konnte nur noch nicken, während sie gegen weitere Tränen kämpfte.

Die Minuten, bis sie endgültig das *Alsterhaus* verließ, liefen wie ein schlechter Film an ihr vorbei. Nachdem sie mit zitternden Knien Kargs Büro verlassen hatte, kam es ihr vor, als würde sie neben sich stehen und sich selbst beobachten, während sie die nächsten notwendigen Schritte tat. Als Erstes ging sie ein letztes Mal in das kleine Büro, das sie so sehr mochte, und packte ihre persönlichen Sachen zusammen. Die fertigen und von Karg bereits abgesegneten Entwürfe sowie die Arbeitsmaterialien, die man ihr zur Verfügung gestellt hatte, ließ sie gut sichtbar auf ihrem Schreibtisch liegen. Danach brachte sie Karg die Telefonnummer von Frau Jossek und informierte ihn über die Dinge, die sie auf ihren Schreibtisch gelegt hatte. Nachdem sie sich von ihrer vollkommen schockierten Kollegin Ingrid verabschiedet hatte, ging sie schnurstracks hinunter in den Personalraum, wechselte ihre Schuhe und zog ihren Mantel an.

Dann war sie plötzlich ganz allein draußen auf dem Jungfernstieg. Mechanisch setzte sie einen Fuß vor den anderen. Menschen eilten an ihr vorbei, doch niemand beachtete sie. Den Regen, der inzwischen eingesetzt hatte und von Minute zu Minute stärker wurde, nahm sie kaum wahr. Die Regentropfen vermischten sich mit den Tränen auf ihren Wangen.

Ihr größter Traum war soeben geplatzt wie eine Seifenblase, und ihre Tränen wollten einfach nicht versiegen. Sie liefen ihr auch noch übers Gesicht, als sie vor dem Haus der Thomsens ankam und den Schlüssel ins Schloss steckte.

Kaum war die Tür hinter ihr zugefallen, lehnte sie sich von innen dagegen und ließ endlich das laute Schluchzen zu, das ihr die Kehle zuschnürte, seit sie das *Alsterhaus* verlassen hatte. Die Tasche mit den Sachen aus ihrem Büro und ihrem Maschinentisch glitt ihr aus der Hand und fiel polternd zu Boden.

Sie hörte ein Geräusch, und in der nächsten Sekunde kam Jens aus der Küche.

»Luise, um Gottes willen, was ist denn passiert?«, fragte er erschüttert. »Was machst du denn um diese Zeit …?« Er stockte. »Mein Gott, du bist ja völlig aufgelöst. Rede mit mir! Ist dir etwas zugestoßen?«

Sie sah zu ihm auf und konnte kaum glauben, dass ausgerechnet er jetzt hier vor ihr stand. Die Gedanken in ihrem Kopf überschlugen sich. Natürlich war sie davon ausgegangen, dass sie allein sein würde, wenn sie hier ankam. Außerdem musste sie einfach furchtbar aussehen.

Es war absurd, dass dieser Gedanke kurz in ihr aufblitzte. Unwillkürlich schüttelte sie den Kopf.

»Jens, ich …«

»Ganz ruhig. Komm erst mal wieder zu dir.«

Luise ließ es zu, dass er behutsam einen Arm um ihre Schultern legte und sie in die Küche führte. So als wäre sie ein kleines Kind, half er ihr, den nassen Mantel auszuziehen, nahm ihr den Schal ab und warf beides zusammen über einen Stuhl.

»Komm, setz dich hier hin«, forderte er sie mit ungewohnt sanftem Tonfall auf. Erst als sie auf ihrem angestammten Platz saß, ließ er sie los. »Ich hole dir ein Glas Wasser, und dann erzählst du mir, was dich so aus der Fassung gebracht hat.«

»Du brauchst das nicht …«

»Keine Widerrede, Luise. Ich sehe doch, wie schlecht es dir geht. Du brauchst jetzt jemanden, der dir zuhört, also komm mir jetzt nicht mit irgendwelchen Ausflüchten. Ich bin hier, du bist nicht allein.« Er ging zum Schrank, nahm ein Glas heraus und füllte es mit Wasser, dann kam er zurück zu ihr und stellte es vor sie auf den Tisch. »Trink.« Er zog sich einen Stuhl heran und setzte sich zu ihr. »Nun mach schon, trink einen Schluck, das wird dir helfen. Falls nicht, hole ich dir was Stärkeres.«

Sie folgte seiner Aufforderung und nahm einen großen Schluck. Nachdem sie das Glas wieder abgestellt hatte, fühlte sie sich tatsächlich etwas besser. Nicht viel, doch das Durchatmen fiel ihr nun eine Spur leichter.

»Mein Leben ist vorbei«, brachte sie endlich hervor. »All meine Träume sind heute geplatzt. Einfach so.«

Jens zog seine Augenbrauen in die Höhe. »Ob dein Leben wirklich vorbei ist, entscheiden wir, sobald du mir erzählt hast, was passiert ist.«

»Karg hat mich fristlos entlassen«, flüsterte sie fassungslos.

»Wie bitte?« Jens stieß einen hörbaren und langen Atemzug aus. »Warum denn nur, um Gottes willen?«

Trotz ihrer Mitteilung strahlte er eine ungemeine Ruhe aus, die sich nun auf ihr Innerstes auswirkte. Er saß da und wartete geduldig ab, bis sie so weit war.

Irgendwann begann sie zu sprechen. Stockend zunächst, doch dann sprudelte alles aus ihr heraus. Nach wenigen Minuten hatte sie ihm alles erzählt, und natürlich kamen ihr erneut die Tränen.

Jens nahm ihre Hand in seine. Sein Daumen strich sanft über ihren Handrücken.

»Sch, sch … Alles wird wieder gut, Luise. Die Sache wird sich aufklären, das verspreche ich dir. Es kann doch niemand wirklich annehmen, dass du diese Dinger gestohlen hast. Warum zum Teufel solltest du die Schmuckstücke einer Kundin stehlen, die dir anvertraut wurden? Das muss Karg doch erkennen. Mal abgesehen davon, dass du so etwas nie tun würdest, wäre das doch viel zu offensichtlich, und Karg weiß schließlich, dass du alles andere als ein Dummchen bist.«

Er zog ein gebügeltes Taschentuch aus seiner Hosentasche und reichte es ihr.

Dankbar nahm sie es entgegen, tupfte ihre Augen und Wangen trocken und schnäuzte sich. Danach holte sie tief Luft.

»Die fristlose Entlassung war im Grunde unausweichlich, Jens. Karg sagte, ich hätte die Verantwortung für die Sterne gehabt und muss deshalb die Konsequenzen tragen, egal, ob ich sie gestohlen habe oder nicht.«

»Hm.« Jens fing ihren Blick ein. »Das sehe ich anders. Für mich klingt das eher danach, als bräuchte Karg ein Bauernopfer, aber egal. Darum kümmern wir uns später. Jetzt sorgen wir erst mal dafür, dass du wieder zur Ruhe kommst.« Er ließ ihre Hand los und erhob sich. »Hast du Hunger?«, fragte er.

Luise stutzte kurz, doch dann musste sie tatsächlich lächeln. »Du willst mir doch jetzt nicht wirklich etwas zu essen machen, Jens.«

»Natürlich will ich das. Es ist gleich Mittag, und Kerstin hat ein bisschen vorgekocht und uns einen Topf Gulasch in den Kühlschrank gestellt.« Er deutete auf einen Zettel, der auf der anderen Seite des Küchentischs lag. »Sie hat uns extra eine Notiz geschrieben. Wir brauchen es nur warm zu machen. Sie hat sogar fertig gekochte Nudeln mit reingetan, damit wir keine weitere Arbeit haben.«

»Kerstin ist ein Schatz«, sagte sie.

»Das ist sie.«

Luise sah zu ihm auf. »Was soll ich jetzt nur tun, Jens? Nach Hause fahren, Hamburg hinter mir lassen und einfach alles vergessen? Das ist einfach unmöglich. Ich weiß auch gar nicht, wie ich das meinen Eltern erklären soll.«

»Selbstverständlich fährst du nicht zurück nach London. Du wartest jetzt erst mal ab. Vielleicht werden die Schmuckstücke ja doch noch gefunden, und mit etwas Glück lässt sich alles lautlos regeln. Schon in ein oder zwei Tagen könntest du wieder an deinem Arbeitsplatz im *Alsterhaus* sitzen, und es wird niemals wieder ein Hahn danach krähen.«

»Das bleibt wohl ein Wunschtraum, Jens.«

»Man soll immer Träume haben, Luise. Außerdem habe ich gelernt, dass sich manchmal Türen öffnen, mit denen man auch in den ausweglosesten Situationen niemals gerechnet hätte, die einem dann aber einen Ausweg eröffnen. Aufgeben ist niemals eine Option im Leben, egal was passiert, das weißt du doch.« Er machte eine kleine Pause, dann sprach er etwas leiser weiter. »Außerdem würde ich dich wirklich vermissen, Honey.«

Sie sahen sich an, und seltsamerweise störte sie der alberne Kosename nicht mehr, den er schon einmal während eines ihrer Wortgefechte benutzt hatte – damals jedoch, um sie zu ärgern.

Sein Blick veränderte sich, und sie erkannte genau den

Moment, in dem es passierte. Plötzlich sah sie wieder dieses Begehren in seinen tiefblauen Augen.

Der Gedanke an einen Vorfall, der schon einige Jahre zurücklag, tauchte wie aus dem Nichts in ihrem Kopf auf. Während ihrer Abschlussklasse war John Feldon, der Sohn eines hochrangigen britischen Offiziers, in ihre Klasse gekommen. Sie hatten sich sofort ineinander verliebt, mit all den schwärmerischen Gefühlen, die eine Jugendliebe mit sich brachte.

Wochenlang hatten sie nur Händchen gehalten, doch dann war es auf der Abschlussparty nach mehreren Gläsern Punsch, der zuvor mit verbotenem Alkohol von den üblichen Schulrabauken veredelt worden war, zu einer wilden Knutscherei gekommen. Auf dem Rücksitz seines alten Autos hatte sie schließlich ihre Jungfräulichkeit verloren. Für sie war es nicht viel mehr als eine schmerzhafte Erfahrung gewesen, die zu ihrer großen Erleichterung jedoch kaum länger als ein paar Minuten gedauert hatte.

Es war bei diesem einen Mal geblieben, denn John war bereits zwei Wochen später zusammen mit seiner Familie nach Wales gezogen. Ein paarmal hatten sie sich noch geschrieben, doch dann war der Kontakt abgebrochen.

Luise erinnerte sich noch gut daran, wie froh und erleichtert sie damals über ihre nächste Regelblutung gewesen war. Erst ein halbes Jahr danach hatte sie den Mut aufgebracht, ihrer Mutter davon zu erzählen. Charlotte hatte sehr verständnisvoll reagiert. Natürlich musste Luise auch ein paar mahnende Worte über sich ergehen lassen, doch ihre Mutter hatte es wieder einmal verstanden, ihre schlimmsten Sorgen zu zerstreuen. Seit dem Vorfall hatte Luise nämlich daran gezweifelt, ob sie überhaupt jemals Freude am körperlichen Zusammensein mit einem Mann empfinden könnte.

»Dein Verlangen wird dich leiten, Luise. Du wirst schon vorher spüren, mit welchem Mann es wunderschön sein wird. Du wirst ihn begehren und niemanden sonst, dann ist es richtig.«

Luise hatte oft über diesen Satz ihrer Mutter nachgedacht. Doch erst bei ihrem ersten Tanz mit Jens hatte sie Charlottes Worte so richtig verstanden.

Verlangen!

Jens räusperte sich und riss sie damit aus ihren Gedanken. Er wandte sich von ihr ab und öffnete den Kühlschrank. Seine Bewegungen wirkten zögerlich und irgendwie hölzern.

Luise starrte wie betäubt auf seinen Rücken und sah, dass er einige Male tief durchatmete. Es war nur der Bruchteil einer Sekunde, in dem sie einen Entschluss fasste, der sich nicht mehr einfangen ließ. Alles in ihr gab nach, und die Dinge, die ihr eben noch wahnsinnig wichtig und hinderlich erschienen waren, lösten sich einfach auf, als wären sie nie da gewesen. Ohne sie auch nur einen Moment lang anzuzweifeln oder zu hinterfragen, nahm sie die Entscheidung an, die soeben tief in ihrem Inneren gefallen war.

Sie brauchte Jens, sie sehnte sich nach seiner Wärme und nach seiner leidenschaftlichen Umarmung. Gerade jetzt ganz besonders.

Langsam stand sie auf und ging zu ihm. Er drehte sich

um, als er ihre Schritte hörte, und ihre Blicke versanken ineinander.

»Das ist sicher nicht gut«, sagte er heiser.

»Nein, vielleicht nicht«, erwiderte sie etwas atemlos, dann machte sie einen weiteren Schritt auf ihn zu und legte sanft ihre Handflächen auf seine Brust. »Aber das ist mir gerade ganz furchtbar egal, Jens.«

»Luise … du hattest einen harten Tag und bist im Augenblick nicht du selbst«, flüsterte er.

»Ich war noch nie mehr ich selbst als in diesem Moment«, erwiderte sie ebenso leise. »Nur du kannst jetzt noch die Notbremse ziehen, Jens, und wenn du es tun willst, wäre jetzt der richtige Zeitpunkt, denn ich werde es sicher nicht tun.«

Sie spielte auf seine Verlobung an und wusste, dass er es verstand.

Für eine Sekunde schloss er die Augen. Unter ihren Händen spürte sie, wie sein Brustkorb sich hob und dann langsam wieder senkte.

»Du weißt sehr genau, dass es dafür längst zu spät ist, Luise.«

Langsam ließ sie ihre Hände höher gleiten und legte sie schließlich um seinen Nacken. »Dann vertreibe die dunklen Gedanken aus meinem Kopf und küss mich endlich, Jens.«

»Wir müssen verrückt sein«, murmelte er.

Dann küsste er sie, und so wie beim ersten Mal war sie überrascht von der leidenschaftlichen Reaktion, die sein Kuss in ihr auslöste. Sie war schon früher geküsst worden, doch das ließ sich kaum mit Jens' Küssen vergleichen.

Verlangen!

Nichts anderes spürte sie auch jetzt – das Verlangen danach, ihn überall zu berühren und überall von ihm berührt zu werden, das Verlangen nach seinen wilden, aber auch zärtlichen Küssen, vor allem aber das Verlangen danach, ihm so nah wie nur möglich zu kommen. Sie wollte ihn in sich spüren. Sie wollte es so sehr, dass sie kaum noch atmen konnte, während er sie leidenschaftlich küsste und sie fühlte, dass es ihm nicht anders erging.

Ganz kurz nur löste er seinen Mund von ihren Lippen. »Nach oben?«

»Ja«, hauchte sie atemlos, bevor sie ihre Lippen wieder auf seine presste.

Jens legte seine Hände um ihre Taille und hob sie hoch. Sie schlang ihre Beine um seine Mitte und umklammerte ihn. Als sie oben vor seiner Zimmertür ankamen, unterbrach er erneut den Kuss und ließ sie herunter. Er öffnete die Tür, und sie ging vor. Neben seinem Bett blieb sie stehen. Natürlich war sie bisher noch nie in seinem Zimmer gewesen. Sein Bett war groß, viel breiter als ihres, und die Bettdecke war noch aufgeschlagen. Sie wandte sich ihm zu. Er schloss die Tür und kam zu ihr.

»Du ahnst nicht, wie sehr es mich nach dir verlangt«, sagte er leise, während er die Knöpfe seines Hemds öffnete.

»Doch, ich weiß es«, erwiderte sie lächelnd. »Mir geht es ja genauso.«

Auch sie begann sich auszuziehen, und als sie nur noch ihren Büstenhalter und das Höschen trug, setzte sie sich aufs Bett. Nackt kam er zu ihr. Sie betrachtete seinen Körper, konnte sich kaum an ihm sattsehen. Dann war er bei ihr, beugte sich über sie und küsste sie erneut. Langsam ließ er seine Hand ihren Leib entlanggleiten, hinunter bis zu ihrem Höschen. Sie half ihm, das Höschen auszuziehen, und entledigte sich ihres BHs, dann legte sie sich hin.

Er sah sie an, erfasste mit seinem brennenden Blick ihren gesamten Körper, und sie ließ ihn gewähren.

»Diesen Moment werde ich niemals vergessen«, raunte er ihr zu, während er sich neben sie legte und sie mit einer Langsamkeit zu liebkosen begann, die sie fast um den Verstand brachte.

Er küsste ihre Brüste, und seine Zunge spielte mit ihren Brustwarzen, während er ihren Körper streichelte und schließlich zwei Finger ihr Ziel erreichten.

Um ein Haar hätte sie laut aufgeschrien vor Lust. Sie versuchte, den Laut zu unterdrücken, dennoch löste sich ein ersticktes Stöhnen aus ihrer Kehle.

»Willst du vorher kommen?«, fragte er, aber sie verstand nicht wirklich, was er damit meinte.

Sie fühlte nur, wie unter seinen Berührungen jeder einzelne Nerv in ihrem Körper zu vibrieren begann.

»Ich verstehe …«, hörte sie ihn murmeln.

Er intensivierte die Bewegung seiner Finger, fand genau den Punkt, der ihre gesamte Welt ins Wanken brachte, und erhöhte leicht den Druck.

Luise schloss die Augen. Er ließ ihr keine Wahl, als sich vollkommen ihren Gefühlen hinzugeben.

»Jens, bitte …«

»Lass es einfach zu«, flüsterte er ihr ins Ohr. »Nicht dagegen wehren, Honey. Gib dich hin.«

Wie von selbst bäumte sich ihr Körper auf, seiner Hand entgegen, als die Wogen der vollkommenen Wonne über sie hinweg- und durch sie hindurchrollten, und als sie schließlich langsam nachließen, lag sie für einen kurzen Augenblick völlig ermattet neben ihm und konnte kaum fassen, was sie soeben erlebt hatte.

Sehr behutsam zog er seine Finger fort, legte seine Hand über ihren Venushügel und streichelte ihn. Nur am Rande bekam sie mit, dass er in die Schublade seines Nachttischs griff und sich kurz darauf ein Präservativ überzog. Dann schob er sich über sie. Wie von selbst glitt er nun in sie hinein. Für einen winzigen Augenblick hielt er ganz still, und sie flüsterte liebevoll seinen Namen. Das Gefühl, ihn endlich in sich zu spüren, war überwältigend.

»Luise«, flüsterte er. »Du wunderbare Luise.«

Langsam begann er, sich in ihr zu bewegen, und ließ sie damit erneut in wonnige Höhen aufsteigen. Als ihre lustvollen Wellen allmählich abebbten, stöhnte er dunkel auf, und sie spürte, wie er sich seinem eigenen Höhepunkt hingab.

Eine kleine Weile lagen sie danach beide ganz still, erst dann zog er sich aus ihr zurück und legte sich neben sie.

Erschöpft und von einem tiefen Glücksgefühl erfüllt, lauschte Luise auf seinen Atem, der mindestens so laut und schnell ging wie ihr eigener.

»Wie geht es dir?« Seine Frage klang heiser und etwas unsicher.

»Mir geht es gut. Es war … wunderschön.«

»Ja, das war es.« Er stieß einen langen Atemzug aus und ließ sich zurück aufs Bett fallen. »Verdammt, das war es«, wiederholte er, und sie wusste nicht so genau, was sie damit anfangen sollte.

»Bereust du es, Jens?«

Er drehte sich auf die Seite, legte einen Arm um sie und zog sie ein Stück näher an seinen Körper heran, sodass sie nun ebenfalls auf der Seite lag und ihn ansah. »Auf keinen Fall.«

Sie nickte. »Das ist gut.«

»Ja.« Sachte schob er ihr eine Haarsträhne aus dem Gesicht, seine Hand blieb an ihrer Wange. Dann beugte er sich zu ihr und küsste sie.

Luise war überwältigt von der Zärtlichkeit, mit der er es dieses Mal tat, und als er sich von ihr löste, spürte sie einen leisen Stich in ihrer Brust. Genau in dieser Sekunde wurde ihr klar, dass sie ihn liebte. Die Erkenntnis überraschte sie nicht einmal mehr. Sie war einfach da – genauso wie vorhin in der Küche ihre Entscheidung, mit ihm zu schlafen. Mit erstaunlicher Klarheit sah sie es wie mit Leuchtbuchstaben geschrieben vor ihrem inneren Auge aufblitzen: *Ich liebe Jens! Ich liebe ihn wie verrückt!*

»Jens, ich …«

Völlig unerwartet löste er sich plötzlich von ihr und erhob sich, sodass sie mitten im Satz innehielt. Die Zärtlichkeit des Moments verpuffte auf der Stelle. Etwas verwirrt sah sie zu, wie er sich wieder anzog.

»Ich bin am Verhungern«, teilte er ihr so lapidar mit, als wäre soeben nicht das Geringste zwischen ihnen passiert. »Zieh dich in Ruhe an. Ich stell schon mal den Topf auf den Herd.«

Luise bemühte sich noch immer, sich zu sammeln. »Ich habe keinen Hunger«, brachte sie schließlich heraus.

»Wie du willst. Du kannst ja auch noch später essen.«

»Jens?«

»Ja?«

»Ist alles in Ordnung?«

»Alles bestens.«

Als er fertig angezogen und in seine Schuhe geschlüpft war, wandte er sich von ihr ab und verließ ohne ein weiteres Wort das Zimmer. Er konnte nicht mehr sehen, dass zum wiederholten Male an diesem Tag Tränen ihren Blick verschleierten.

So sehr sie sich auch anstrengte, sie verstand einfach nicht, was in ihm vorging. Wie war es ihm nur möglich, sich wieder so distanziert zu verhalten, nach all dem Schönen, das sie gerade gemeinsam erlebt hatten?

Es war nicht das erste Mal, dass Jens sich in Luises Gegenwart überfordert fühlte. Als er sie vor wenigen Minuten geküsst hatte, war plötzlich völlig unerwartet alles anders zwischen ihnen gewesen – erneut hatte sich ihre Beziehung verändert. Natürlich konnte er nicht sagen, was genau nun anders war, aber dieses Mal hatte die Gewissheit eine Art Panik in ihm ausgelöst. Um dagegen anzugehen, hatte er sich reflexartig von ihr gelöst.

Nun stand er in der Küche, und alles, woran er denken konnte, war, dass er nicht in Luises Nähe sein durfte, wenn er in der Lage sein wollte, auch nur einen einzigen klaren Gedanken zu fassen.

Vor allem aber musste er noch heute mit Sybille sprechen. Er war kein Mann, der betrog. Hinzu kam noch … Was heute zwischen ihm und Luise passiert war, war viel zu wundervoll gewesen. Das konnte und wollte er nicht mit dem schmutzigen Wort Betrug überschreiben. Nein, das ging nicht, es wollte nicht passen.

Er stand noch immer in der Küche, als er hörte, wie sich seine Zimmertür öffnete, wieder schloss, und Luise danach ins Badezimmer ging.

Ich muss mit Sybille sprechen, dachte er ein weiteres Mal.

Er fühlte sich so sehr von dem Gedanken getrieben, endlich reinen Tisch machen zu müssen, dass nichts anderes mehr Platz in seinem Kopf fand. Er musste klare Verhältnisse schaffen. Für Luise, für sich selbst, aber auch für ihre gemeinsame Zukunft, von der er inständig hoffte, dass sie nun Realität werden konnte.

Außerdem war es schlicht unfair, Sybille noch länger etwas vorzumachen. Bevor er es sich anders überlegen konnte, war er auch schon auf dem Weg in den Flur. Er schnappte sich seinen Mantel und die Schlüssel, dann eilte er aus dem Haus.

Sein Auto stand nur ein paar Meter entfernt. Er stieg ein und fuhr sofort los. Sybille hatte heute einen freien Tag gehabt, das wusste er. Sicherlich würde er sie jetzt zu Hause antreffen. Ihre freien Tage verbrachte Sybille gerne mit ihrer Mutter.

Während der gesamten Fahrt suchte er nach den richtigen Worten. Wie konnte er Sybille nur klarmachen, dass eine Heirat mit ihr für ihn nicht mehr infrage kam?

Als sich seine Gedanken schließlich nur noch im Kreis drehten und er bereits die Einfahrt zum Anwesen von Sybilles Familie passierte, beschloss er nicht länger zu grübeln. Er würde ihr sowieso wehtun müssen, so viel stand fest. Es tat ihm leid, doch eine andere Wahl blieb ihm nicht.

13. Kapitel

Luise konnte kaum fassen, dass Jens einfach gegangen war. Sie warf sogar noch einen Blick in den Kühlschrank, aber der Topf mit dem Gulasch stand unberührt an seinem Platz.

Es war nur ein Vorwand gewesen, dachte sie erschüttert. Er hatte einfach nur möglichst schnell von ihr wegkommen wollen.

In ihrem Kopf drehten sich die Gedanken im Kreis. Es war ihr kaum möglich, normal zu atmen, so quälend war der Schmerz in ihrer Brust. Erst vor wenigen Minuten war sie noch zusammen mit ihm im Paradies gewesen, doch kaum hatte er bekommen, was er gewollt hatte, wurde sie geradewegs von ihm in die Hölle geschickt. Niemand hatte ihr jemals so sehr wehgetan.

Du bist doch selbst schuld, beschimpfte sie sich in Gedanken. Du hast dich ihm ja auch regelrecht an den Hals geworfen. Du dummes, dummes Mädchen!

»Ich muss hier weg«, sagte sie halblaut zu sich selbst. »Olga. Ich werde zu Olga fahren. Die wird wissen, was zu tun ist.«

Ohne noch weiter darüber nachzudenken, lief sie die Treppe wieder hinauf. In ihrem Zimmer zog sie ihre kleine

Reisetasche aus dem Kleiderschrank und stellte sie aufs Bett. Wahllos warf sie ein paar Sachen hinein: Unterwäsche, ein schlichtes Alltagskleid, ein Rock und zwei Blusen. Im Badezimmer packte sie in aller Eile ihren Kulturbeutel und legte ihn ebenfalls in die Tasche. Da sie überhaupt keine Ahnung hatte, wie sie nach Kirchwerder kommen sollte, stieg sie am Rathausmarkt kurzerhand in ein Taxi.

»Na, da haste aber eine ganz schöne Strecke vor der Brust, Deern«, sagte der ältere Taxifahrer amüsiert, nachdem sie ihm ihr Ziel mitgeteilt hatte.

»Wie teuer wird das denn werden?«, fragte sie bang.

»Haste zehn Mark dabei?«, wollte der Mann wissen.

»Ja, die habe ich«, antwortete sie erleichtert.

»Dann kriegen wir das hin, Deern. Nu guck nich so ängstlich, ich liefere dich schon heil im Marschland ab.«

»Wissen Sie denn genau, wo Gut Winkelheim liegt?«

»Im Moment noch nich, aber das dürfte kein Problem sein. Sobald wir in Kirchwerder sind, kriegen wir das schnell raus. Das is wie ’n Dorf da draußen. Da kennt jeder jeden.«

Es begann dunkel zu werden, und inzwischen fuhren sie durch Gegenden, in denen Luise noch nie gewesen war. Im diffusen Licht der Straßenlaternen erkannte sie noch sehr viele Trümmerfelder, doch überall wurde auch gebaut. Ganze Straßenzüge bildeten eine einzige riesige Baustelle.

Luise war dankbar dafür, dass der Fahrer wenig mit ihr sprach. Vielleicht spürte der Mann, dass ihr nicht zum Reden zumute war. Die Lichter der Straßen huschten an ihr vorbei wie tanzende Geister.

Dann kamen sie in ein Gebiet, in dem es deutlich weniger Häuser gab, und schließlich hielt der Fahrer vor einem Gasthof an und drehte sich halb zu ihr um.

»Gut Winkelheim, war doch richtig, ne?«

»Ja, Gut Winkelheim«, antwortete sie.

»Ich geh mal eben fragen«, teilte er ihr kurz mit und stieg aus.

Es dauerte ein paar Minuten, bis er zurückkam.

»Ist nicht mehr weit«, sagte er und fuhr los. »Wenn ich zurückfahre, wartet in dem Gasthof ein gutes Abendbrot und ein schönes kaltes Bier auf mich. Dafür hat sich der Ausflug doch gelohnt.«

Tatsächlich fuhren sie schon wenig später auf eine breite Einfahrt zu. Links und rechts davon standen die ersten von einer Reihe hübsch verzierter Gaslaternen, die den Weg zum Gutshaus beleuchteten.

Direkt vor dem Haus hielt der Fahrer an. Er stieg aus, kam um den Wagen herum, half ihr auszusteigen und nahm ihr die Reisetasche ab, um sie direkt vor die große Doppeltür des Hauses zu stellen. Luise reichte ihm den Zehnmarkschein, den sie schon bereitgehalten hatte.

»Danke, min Deern.« Er tippte sich an den Schirm seiner Mütze und ging zurück zu seinem Auto.

»Ich danke Ihnen«, rief sie ihm noch nach, kurz bevor er einstieg und wieder losfuhr.

In diesem Moment wurde die Tür von innen geöffnet. Offenbar hatte man das Auto gehört. Eine ältere und hochgewachsene Frau trat heraus. Sie trug eine weiße Schürze und darunter ein schmal geschnittenes dunkelblaues Kleid.

»Mein Fräulein?«

Die Frau wirkte einschüchternd und recht streng auf sie. Sie erinnerte Luise an eine schlecht gelaunte Gouvernante, die sie mal in irgendeinem Film gesehen hatte.

»Ich möchte bitte zur Gräfin von Winkelheim«, sagte Luise. Sie hörte selbst, dass ihre Stimme etwas unsicher klang, und ärgerte sich sofort darüber. »Mein Name ist Luise Vossen. Ich bin … eine Freundin der Familie«, fügte sie noch schnell hinzu.

»Soso.« Die Frau taxierte sie mit ihrem strengen Blick, doch dann trat sie ein Stück zur Seite und machte den Eingang frei. »Kommen Sie herein, Fräulein. Die Herrschaften sitzen gerade beim Abendessen, aber ich werde der gnädigen Frau Bescheid geben.« Die Frau streckte ein wenig ihr Kinn hervor. »Wie sagten Sie noch, war Ihr werter Name?«

»Luise Vossen.«

»Wenn Sie bitte hier warten würden.«

»Natürlich.«

Luise blieb an Ort und Stelle stehen und stellte ihre Reisetasche ab. Dann sah sie sich um. Die Eingangshalle war recht groß, wenn auch kaum möbliert. Außer einem mannshohen Spiegel, der neben einer kleinen Kommode an der Wand hing, gab es nur noch einen einzelnen Stuhl mit weinrotem Lederbezug gleich an der Tür. Daneben lag ein langes Wachstuch auf dem Boden, auf dem ein hölzerner Stiefelknecht und mehrere hohe Reitstiefel standen.

»Luise!«, hörte sie plötzlich Olgas Stimme.

Sie drehte sich um und entdeckte am Ende der Halle die alte Freundin ihrer Mutter. Olga kam eilig auf sie zu.

Dankbar und von einer tiefen Erleichterung durchströmt, warf sie sich sofort in Olgas Arme. Die Tränen, da waren sie wieder.

»Luise, mein liebes Mädchen, um Gottes willen. Was ist denn passiert? Du bist ja völlig aus dem Häuschen.«

»Ich … habe … meine Arbeit … und Jens … O Gott, Jens. Er ist so ein …« Das heftige Schluchzen verhinderte, dass sie ein einziges vernünftiges Wort formulieren konnte.

»Es ist gut, mein Kind«, redete Olga sanft auf sie ein. »Komm erst mal zur Ruhe, und dann erzählst du mir alles.«

Wie durch einen Nebel bekam Luise mit, dass Olga ihre Angestellte anwies, ein Zimmer für sie herzurichten.

»Nehmen Sie das blaue Zimmer, Isolde, das mit dem eigenen Badezimmer. Und sorgen Sie dafür, dass die Tasche von Fräulein Vossen dorthin gebracht wird. Außerdem brauchen wir im Esszimmer noch ein weiteres Gedeck. Das Mädel hat bestimmt noch nichts gegessen.«

»Natürlich, gnädige Frau. Das Gedeck kommt sofort, und dann kümmere ich mich persönlich um das blaue Zimmer.«

Olga hielt sie noch immer in den Armen. »So, nun komm, meine Süße. Du hast bestimmt Hunger. Ich höre doch, wie dein Magen knurrt. Der Tisch ist noch gedeckt. Wir essen jetzt erst einmal etwas, und dann kannst du dir alles von der Seele reden.«

Natürlich bekam sie kaum etwas runter. Geduldig warteten der Graf und Olga ab, bis sie sich endlich in der Lage sah zu erzählen, was heute im *Alsterhaus* passiert war.

»Das ist eine unfassbare Frechheit, dass dieser Karg dir

das überhaupt zutraut«, polterte der Graf los, kaum dass sie ihren Bericht beendet hatte. »Was für ein Idiot!«

»Da muss ich dir absolut recht geben, Hugo.« Auch Olga war aufgebracht.

Es war das erste Mal, dass Luise den Vornamen des Grafen hörte, aber das erfasste sie nur am Rande.

»Nun ja, das Hauptproblem liegt wohl darin, dass *ich* die Verantwortung für die Diamanten getragen habe. So hat der Chef meine Entlassung jedenfalls begründet. Ich habe einen riesigen Fehler gemacht, weil ich nicht sofort zu Karg gegangen bin, damit er die Schmuckstücke in seinen Tresor legt. Ich kann mir immer noch nicht vorstellen, dass er mir tatsächlich den Diebstahl zutraut«, sagte sie und meinte es auch so. »Leider gibt es aber keinen Hinweis darauf, dass noch jemand einen Schlüssel zu dem Schrank in meinem Büro besitzt, und aufgebrochen wurde er auch nicht. Er war ganz normal verschlossen.«

Der Graf schnaubte empört. Er erhob sich, ging hinüber zu einem kleinen, runden Tisch, auf dem verschiedene Kristallkaraffen standen, und griff nach einer von ihnen. Mit der Karaffe in der Hand drehte er sich wieder zu ihnen herum. »Wer wusste denn von den Diamanten? Ich meine, außer dir.«

»Eigentlich nur meine Kollegin Ingrid. Aber sie weiß gar nicht so genau, wo mein Büro liegt, und falls eine Schneiderin, die ja normalerweise nichts in der obersten Etage zu suchen hat, dort ohne guten Grund herumläuft, fällt das eigentlich sofort auf. Da oben ist ja nur die Verwaltung und das Büro des Chefs.«

»Ich verstehe.« Der Graf hob die Karaffe ein Stück in die Höhe. »Wollt ihr auch einen kleinen Sherry?«, fragte er.

»Ja, schenk mir bitte einen ein«, antwortete Olga sofort. »Und es muss auch nicht unbedingt ein kleiner sein.«

Luise nickte. »Ich nehme einen sehr kleinen.«

Der Graf schenkte ihnen ein, kam mit den Gläsern zurück an den Tisch und setzte sich wieder. Dann prostete er ihnen zu. »Da ich sehr früh raus muss, werde ich euch gleich allein lassen.« Lächelnd wandte er sich an Olga. »Ihr kommt doch klar, nehme ich an?«

»Natürlich, Liebster. Geh du nur schlafen. Ich weiß, dass die Auktionen immer viel Kraft kosten.«

»Ich denke, ich werde schon fort sein, wenn ihr beide aufsteht, aber am frühen Abend kann ich wieder hier sein.«

Er trank seinen Sherry aus, gab Olga einen Kuss auf die gepuderte Wange und wünschte ihnen eine gute Nacht.

»Ihr geht sehr liebevoll miteinander um«, sagte Luise, nachdem der Graf gegangen war.

»Na, wir lieben uns ja auch«, entgegnete Olga schmunzelnd. »Aber nun wieder zu dir.« Sie räusperte sich. »Wissen Hagen und Kerstin, dass du hier bei mir bist?«

Luise schüttelte den Kopf. »Nein, sie sind zurzeit in München und kommen erst in ein paar Tagen zurück. Oliver begleitet die beiden. Das heißt, es kann sich auch niemand Sorgen machen.«

»Ich verstehe.« Ihr Blick intensivierte sich. »Und Jens? Was ist mit ihm?«

Luise wusste nicht, was sie darauf antworten sollte. Sie holte tief Luft, doch ihre Augen füllten sich schon wieder mit Tränen. Wahrscheinlich hatte sie in ihrem ganzen Leben noch nicht so viel geweint wie heute.

Olga nickte. »Das habe ich mir schon gedacht«, sagte sie leise.

Luise wischte sich mit dem Handrücken über die Wangen. »Was hast du … dir gedacht?«

»An Hagens Geburtstag ist es mir schon aufgefallen, Luise. Ihr beide seid verrückt nacheinander. Jeder, der Augen im Kopf hat, kann das sehen. Die Zeichen waren eindeutig.«

»O Gott.«

»Der hilft dir jetzt auch nicht weiter.«

»Ich habe … also Jens und ich …« Sie seufzte tief auf.

»War es ein Kuss oder schon mehr?«, hakte Olga nach. Ihre dunkle Stimme klang nachsichtig und verständnisvoll.

»Viel mehr. Es ist heute Nachmittag passiert und ich …« Luise trocknete sich die letzten Tränen. »Jens ist sozusagen mein anderes Problem, Olga. Dabei ist das Wort ›Problem‹ eigentlich noch viel zu harmlos für das, was zwischen uns passiert ist.«

»Du bist also verliebt in ihn?«

»Ja, sogar sehr, aber ich will es nicht sein. Überhaupt nicht!«

»Warum willst du den Mann denn nicht lieben?«

»Er ist … furchtbar … und Sybille hat mir …« Sie brach ab.

»Was hat diese Sybille dir erzählt? Raus mit der Sprache. Nun komm schon, lass dir nicht jedes Wort aus der Nase ziehen.«

Luise schloss kurz die Augen, bevor sie antwortete. »Sybille hat angedeutet, dass Jens aus politischer Überzeugung die Gegenseite im Wiedergutmachungsprozess vertreten hat.«

Olga musste ihre Antwort offenbar einen Moment sacken lassen, doch dann lachte sie laut auf und schüttelte den Kopf. »Süße, das hast du doch hoffentlich nicht geglaubt?«

»Ähm … doch«, gab sie zu. »Es klang absolut glaubwürdig, Olga. Ich hatte schon vorher eine leise Vermutung, und die hat sie damit eigentlich nur noch bestätigt. Die Beziehung zwischen Hagen und Jens ist wirklich schlimm belastet. Es scheint jede Menge Verständigungsschwierigkeiten zwischen den beiden zu geben, und niemand in der Familie sagt freiheraus, warum das eigentlich so ist. Es würde alles passen, Olga. Du weißt, dass Hagen ein überzeugter Sozialdemokrat ist.«

Olga erhob sich, nahm ihr leeres Sherryglas und füllte es am Bartisch noch einmal auf.

»Entschuldige, dass ich so direkt bin, aber das ist doch ausgemachter Blödsinn, Luise.« Olga setzte sich wieder hin, nippte an ihrem Sherry und stellte das Glas wieder ab. »Ich kenne die Familie Thomsen schon ewig, das weißt du. Jens war noch ein Kleinkind, als ich ihn zum ersten Mal sah. Er war schon damals ein aufgewecktes und äußerst bezauberndes Kerlchen.« Olga stieß ein Seufzen aus. »Süße, Jens Thomsen ist vieles. Er ist sicherlich ungemein klug, das ist allgemein bekannt. Vielleicht ist er sogar manchmal eine Spur zu sehr von sich überzeugt, doch er ist beileibe keiner von diesen übrig gebliebenen Nazis. Es ist vielmehr das Gegenteil der Fall.«

»Wie kannst du dir da so sicher sein, Olga?«

»Wie ich gerade sagte, ich kenne den Jungen. Bei einem Besuch im vergangenen Jahr hatten der Graf und ich das Vergnügen, ein längeres Gespräch mit ihm zu führen. Jens steht politisch mindestens so weit links wie sein Vater, das steht außer Frage. Außerdem hat er uns an dem Tag auch genau erklärt, warum er sich dagegen entschieden hat, sein Referendariat bei seinem Vater zu absolvieren, und stattdessen zu diesem Prange gegangen ist.«

»Tatsächlich? Dann seid ihr wohl die einzigen Menschen, denen er sich so freimütig offenbart hat. Ich fasse es ja nicht. Und warum hat er das getan, bitte schön?«

»Ich denke, das ist eine Sache, die er dir selbst erklären sollte, denn die Entscheidung hat er aus rein persönlichen Gründen getroffen. Nur so viel, Luise – Sybille hat dir völligen Stuss über ihn erzählt. Wahrscheinlich hat sie ebenfalls gespürt, dass da etwas ist zwischen dir und Jens ist. Vielleicht war es einfach die blanke Panik, weil sie Angst bekam, ihn zu verlieren. Ich glaube, sie wollte dich abschrecken.«

»Oliver hat schon einmal etwas Ähnliches angedeutet. Dann muss ich wohl eingestehen, dass es ihr in Ansätzen gelungen ist.«

»Weiß sie, dass deine Großmutter Jüdin ist?«

»Ich denke schon. Es ist ja kein Geheimnis, dass meine Familie deshalb aus Deutschland weggegangen ist.«

»Siehst du. Sie musste dir gegenüber nur den Verdacht wecken, dass er judenfeindlich ist. Bei deinem familiären

Hintergrund gibt es kaum eine bessere Methode, um dich von Jens fernzuhalten.«

»Hat wohl nicht ganz geklappt«, sagte Luise sarkastisch.

»Nein, und so wie ich das sehe, ist das auch gut so. Wenn noch nicht einmal der schwelende Verdacht dich davon abhalten konnte, mit ihm ins Bett zu steigen, gehört ihr sehr wahrscheinlich zusammen.«

»Ich glaube nicht, dass Jens das auch so sieht, Olga. Himmel noch mal, was soll ich denn jetzt nur tun?«

»Ich würde vorschlagen, du schläfst erst einmal eine Nacht darüber. Morgen werde ich deine Eltern informieren, was dir im *Alsterhaus* passiert ist. Ich werde sie gleich nach dem Frühstück anrufen. Ein Ferngespräch ist es mir allemal wert.« Als Luise widersprechen wollte, hob Olga die Hand. »Nein, keine Widerrede, deine Eltern sollten so schnell wie möglich wissen, dass dein Chef dich fristlos entlassen hat. Ich hoffe, dass dieser Karg inzwischen selbst an seiner vorschnellen Entscheidung zweifelt und das schlechte Gewissen bereits heftig an ihm nagt, sodass es ihm den Schlaf raubt. Jedem Menschen mit einem einigermaßen funktionierenden Gehirn würde es jedenfalls so ergehen.«

»Und was mache ich mit Jens?«

»Meiner Meinung nach wird sich die Sache mit Jens ganz von alleine auflösen. Du wirst sehen.«

»Er ist einfach abgehauen, Olga. Er hat mit mir geschlafen, dann dämlicherweise Hunger vorgeschützt, und als ich kurz darauf nach unten kam, war er schon verschwunden. Ich denke, das ist ziemlich aussagekräftig. Wahrscheinlich wollte er einfach nur so schnell wie möglich von mir weg.«

Olga lächelte wissend. »Du hast wirklich eine ganze Menge von deiner Mutter, meine Süße. Die hat sich auch ständig zu viele Gedanken über die Gefühle gemacht, die sie für deinen Vater hatte und umgekehrt.« Olga neigte sich ihr zu und legte eine Hand auf ihre. »Hör zu, Luise, du solltest ein bisschen Vertrauen aufbringen.«

»Wie lässt sich denn bitte sein Verschwinden anders erklären, als dass er möglichst schnell von mir wegwollte? Da fällt es mir sehr schwer zu vertrauen, Olga.«

»Mir würden da noch eine ganze Menge andere Gründe einfallen. Zum Beispiel könnte der Mann ebenfalls ziemlich überfordert gewesen sein von eurem Stelldichein. Eventuell ist er sogar schnurstracks zu seiner Nochverlobten gefahren, um sich auf der Stelle von ihr zu trennen, nur damit er sich ohne schlechtes Gewissen wieder zurück in deine Arme flüchten kann. Schon mal über diese Möglichkeit nachgedacht, meine Kleine?«

»Ich würde gerne mit dir sprechen«, sagte Jens zu Sybille. Er warf einen Seitenblick auf ihre Mutter. »Allein, wenn das möglich ist.«

Er stand in der Tür des Salons, in dem Sybille zusammen mit ihrer Mutter vor dem brennenden Kamin saß. Das Knistern des Feuers war einige Sekunden lang das einzige Geräusch im Raum. Sybilles Blick wirkte fragend und unsicher.

Wahrscheinlich ahnt sie schon jetzt, was hinter meiner Bitte steckt, dachte er.

»Ihr könnt gerne ins Arbeitszimmer gehen«, schlug Gräfin von Ronneburg vor. »Dort seid ihr ungestört.« Sie griff nach einem Buch, das vor ihr auf dem niedrigen Tisch lag. »Falls ihr mich brauchen solltet, ich bin hier.«

»Ich danke dir, Cosima«, sagte Jens, dann folgte er Sybille in den angrenzenden Raum.

Er wusste, dass hier das Arbeitszimmer von Sybilles Vater gewesen war. Der riesige alte Schreibtisch aus dunklem Holz stand noch immer da, als würde der alte Graf noch leben und jede Sekunde hereinkommen. Auf der großen Schreibunterlage aus dunkelgrünem Leder lag ein schwarzer Füllfederhalter mit Goldverzierungen, so als hätte ihn jemand gerade erst dort abgelegt. Auf der linken Ecke des Schreibtisches stand eine Schale mit künstlichen Blumen, auf der anderen Seite lag ein faustgroßer Briefbeschwerer aus Rosenquarz.

»Was gibt es denn so Wichtiges, Schatz?«, fragte Sybille, nachdem sie die Tür zum angrenzenden Salon geschlossen hatte.

»Ich muss mit dir reden, Sybille.«

»Das sagtest du eben schon.« Sie kam zu ihm, so als wollte sie ihn umarmen.

»Bitte nicht«, bat er sie. Er machte zwei Schritte von ihr weg Richtung Fenster. »Sybille, es fällt mir nicht leicht, dir das zu sagen, aber es ist wohl am einfachsten, wenn ich sofort auf den Punkt komme. Ich …« Er musste sich räuspern, doch die Worte kamen dann doch von ganz allein. »Ich kann dich nicht heiraten, Sybille. Es tut mir leid.« Ihre Miene wirkte nahezu unbewegt, wie er erstaunt bemerkte. »Ich bin hier, um unsere Verlobung zu lösen.«

»Du machst gerade einen schlechten Scherz, nicht wahr?«

»Nein, das ist kein Scherz. Sybille, ich weiß jetzt, dass ich dich nicht liebe, und so schlimm es auch ist, das sagen zu müssen, wahrscheinlich nie geliebt habe. Wir würden nicht glücklich miteinander werden. Es tut mir wirklich leid, dass ich dir das jetzt antun muss, aber es geht nicht anders. Wir müssen uns trennen.«

Es dauerte eine Weile, bis sie überhaupt eine Reaktion zeigte.

»Es ist diese kleine verdammte Diebin, oder? Sag schon! Sie hat dir den Kopf verdreht«, brach es schließlich aus ihr hervor.

»Ich nehme an, du sprichst von Luise. Sie ist keine Diebin, Sybille, das kann ich dir versichern.«

»Es geht also tatsächlich um sie. Ich beobachte das schon eine ganze Zeit. Sie hat dich systematisch um den Finger gewickelt, diese falsche Schlange. Und mir hat sie sogar Freundschaft vorgeheuchelt. Alles nur, weil sie dich verführen will, und jetzt glaubst du, du müsstest dich wegen so einer von mir trennen? So ein Unsinn, Jens! Sie kann mir nicht ansatzweise das Wasser reichen, und das weißt du. Vergiss sie, Jens! Sie ist es nicht wert, dass du für so eine deine … nein, *unsere* Zukunft wegwirfst.«

»Du irrst dich gleich zweimal, Sybille. Erstens glaube ich nicht einfach nur, dass ich mich von dir trennen muss, sondern ich *weiß* es und ich *will* es, und zwar aus tiefster Überzeugung. Dein zweiter Irrtum betrifft unsere Zukunft. Ich werfe nichts weg, Sybille, denn eine gemeinsame Zukunft hätte es für uns so oder so nicht gegeben. Das weiß ich jetzt. Es gibt nicht den geringsten Zweifel daran, dass ich nicht mit dir mein Leben verbringen will.« Er atmete tief durch und drehte sich halb zum Fenster, auch weil er ihr einen Moment Zeit geben wollte zu akzeptieren, was er ihr gerade mitgeteilt hatte. »Übrigens hat Luise mit dieser Entscheidung nur indirekt etwas zu tun, das solltest du wissen. Ich bin fest davon überzeugt, dass ich mich sowieso von dir getrennt hätte. Bisher fehlte mir einfach nur der Antrieb dazu, es laut auszusprechen. Das hat sich nun geändert.«

»Sie hat nur bedingt damit zu tun, ja?« Ihre Stimme hatte nun einen schrillen Ton. »Du Scheißkerl willst diese kleine Schlampe doch nur ficken, ohne dich mit einem schlechten Gewissen herumplagen zu müssen. Gib es doch zu!«

»Du vergisst dich, Sybille. Und bitte, unterlasse es in meiner Gegenwart oder besser gleich überhaupt, so über Luise zu sprechen.«

»Luise, Luise! Überall muss ich mir anhören, wie großartig diese Hexe doch ist, sogar im Büro. Aber wenigstens im *Alsterhaus* ist es jetzt damit vorbei. Ha! Fristlos entlassen, das kleine Biest. Das hat sie nun davon, wenn sie mir meinen Ma…«

Mitten im Satz brach sie ab, doch Jens horchte sofort auf. Er drückte sein Rückgrat durch und machte wieder einen Schritt auf sie zu.

»Was wolltest du gerade sagen?«, fragte er.

»Ich habe gemeint, dass sie das nun davon hat, wenn sie stiehlt.«

»Nein, das wolltest du nicht sagen.«

Jens holte tief Luft, bevor er weitersprach. Ihm war gerade ein Verdacht gekommen, der ihn schier sprachlos machte, aber dennoch Sinn zu ergeben schien, je länger er den Gedanken zuließ.

»Sybille, bist *du* es gewesen? Hast du die Diamanten gestohlen, um Luise in Schwierigkeiten zu bringen?«

»Rede doch keinen Unsinn.«

Für ihn war es eindeutig, dass sie nervös wurde. Sie machte eine abfällige Geste mit der Hand und ging hinüber zum alten Schreibtisch ihres verstorbenen Vaters.

Jens schloss kurz die Augen. Er hatte immer gewusst, dass Sybille ziemlich verwöhnt war. Manchmal war sie auch kapriziös, und oft konnte sie verdammt schwierig sein, doch so etwas hätte er ihr im Traum nicht zugetraut.

»Wo sind sie?«, fragte er, so ruhig es ihm möglich war. »Wo sind diese verdammten Diamantsterne, Sybille? Ich weiß, dass du sie hast.«

»Du darfst mich nicht für sie verlassen, Jens. Das lasse ich nicht zu.«

»Dir wird nichts anderes übrig bleiben. Ich habe dich schon längst verlassen, Sybille. Und gerade jetzt wird mir klar, warum es wichtig ist, dass du dich so weit wie nur möglich fernhältst von meinem und auch von Luises Leben.«

»Hörst du, ich werde das nicht zulassen«, wiederholte sie.

»Ich werde jetzt gehen, Sybille«, sagte er. »Und ich werde nicht nur die Polizei, sondern auch Karg darüber informieren, dass du aus lauter Boshaftigkeit die Diamanten gestohlen hast, nur um Luise zu diskreditieren. Es wird für uns alle das Beste sein, wenn du sie mir sofort aushändigst.«

»Nein!« Ihre Stimme klang noch immer schrill. »Nein, nein!«, schrie sie nun. »Du wirst mich nicht verlassen!«

Anscheinend hatte sie vollkommen den Verstand verloren. Jens war einerseits schockiert, andererseits erleichtert. Es hätte nicht viel gefehlt, und er hätte diese Frau vielleicht geheiratet. Nicht auszudenken!

»Du solltest versuchen, dich zu beruhigen, Sybille.« Er seufzte. »Aber gut, wenn du mir die Diamanten nicht aushändigen willst, rufe ich eben jetzt gleich die Polizei. Deine Mutter wird mich sicherlich telefonieren lassen, sobald ich ihr erklärt habe, um was es hier geht.«

»Nein!«, hörte er sie erneut kreischen, als er an ihr vorbei zur Tür ging.

Das Nächste, das er spürte, war ein furchtbarer Schlag auf den Hinterkopf. Vor seinen Augen verschwamm sofort alles.

Was hast du getan?, wollte er sie fragen, doch er bekam kein Wort mehr heraus.

Stattdessen bemerkte er erschüttert, dass ihm die Beine wegsackten und er langsam zu Boden ging. Er wollte wieder aufstehen, doch das war unmöglich. Ein weiterer Schlag traf ihn, noch viel gewaltsamer und wütender ausgeführt als der erste. Sein Bewusstsein kämpfte verzweifelt gegen das Unvermeidliche an. Er wusste nicht, was es genau war, doch es raste unaufhaltsam auf ihn zu und glich einem schweren schwarzen Tuch, das ihn zu erdrücken drohte und wahrscheinlich niemals wieder freigeben würde, wenn es ihn erst erreichte.

Kurz bevor er die aussichtslose Gegenwehr endgültig

aufgab, sah er noch verschwommen, wie Cosima von Ronneburg in den Raum stürmte. Sie rief irgendwas, aber er konnte es nicht verstehen.

Dann wurde es endgültig schwarz um ihn. Er hatte den Kampf verloren.

»Deine Eltern sind bereits unterwegs«, teilte Olga ihr während des Frühstücks mit. »Stell dir vor, sie werden dieses Mal von Heathrow aus fliegen und schon heute Abend in Hamburg eintreffen.«

Olga und Luise saßen erneut zusammen im Esszimmer, doch dieses Mal an einem kleineren, runden Tisch, der direkt vor einem der großen Fenster stand, sodass sie während des Frühstücks auf eine große Weide sehen konnten. Einige junge Pferde ließen dort ihrem Temperament freien Lauf, und ihr Anblick hob Luises Stimmung.

»Die sind lustig«, sagte sie zu Olga und zeigte auf die Pferde.

»Ja, ich sehe ihnen auch gerne zu. So witzig benehmen sie sich eigentlich nur, solange sie noch so jung sind. Später kommt das nur noch selten vor.« Olgas Blick wurde eindringlicher, Luise kannte das schon. »Hast du gehört, was ich eben gesagt habe, Luise? Deine Eltern werden heute Abend in Hamburg eintreffen.«

»Natürlich habe ich das gehört. Aber ich frage mich ernsthaft, was sie hier noch ausrichten wollen, außer mich abzuholen und wieder zurück nach London zu bringen.«

»Sei nicht albern, Mädchen! Du weißt genau, dass die Sache noch nicht endgültig vom Tisch ist.«

»Mein Gefühl sagt etwas anderes.« Ihr Magen schmerzte ein wenig, und sie legte ihre Hand darüber.

»Geht es dir nicht gut?«, fragte Olga.

»Seit gestern Abend habe ich so ein Magendrücken. Es fing mit einem seltsamen Gefühl der Angst an und wurde dann stärker. Wahrscheinlich sind das nur meine Nerven.«

»Ja, es hat sich sicherlich eine Menge Enttäuschung in dir angestaut, die sich nun irgendwie Bahn brechen muss.« Olga nahm die Kaffeekanne vom Stövchen und goss ihnen nach. »Du willst es wahrscheinlich nicht hören, aber du kannst auch woanders auf der Welt Karriere als Modeschöpferin machen, Luise. Es müssen nicht zwingend Hamburg und das *Alsterhaus* sein. Es gibt noch so viele andere Möglichkeiten für dich. Vielleicht sogar deutlich bessere, wenn du mich fragst.«

»Das weiß ich, Olga, aber für mich wird es nie wieder dasselbe sein. Hier bin ich geboren, und ich wusste schon seit meiner frühesten Jugend, dass ich hierhergehöre. Ich will nirgendwo sonst leben. Es geht mir auch nicht allein um meinen Traum, als Modeschöpferin tätig sein zu können. Vor allem wollte ich unbedingt in diese Stadt, und ich wollte mindestens ebenso sehr im *Alsterhaus* arbeiten.« Gedankenverloren spielte sie mit der Gabel auf ihrem Teller. »Wenn ich zurück nach London muss, verliere ich beides, Olga. Auch Jens werde ich sehr wahrscheinlich niemals wiedersehen. Wenn überhaupt, dann nur als verheirateten Mann an der Seite von Sybille von Ronneburg.«

»Auch was das angeht, bin ich mir nicht so sicher, meine Liebe.«

»Was willst du damit sagen?«

»Ich habe schon gestern Abend versucht, dir das klarzumachen. Bei der Geburtstagsfeier habe ich bemerkt, wie der Mann dich ansieht. Wenn er glaubte, unbeobachtet zu sein, habe ich besonders genau hingesehen. Das ist ein Trick, den ich schon mein ganzes Leben lang anwende, und ich bin wirklich gut darin. Du kannst gerne den Grafen danach fragen, er wird es dir bestätigen.« Olga ließ ein kurzes Kichern hören. »Ich mag inzwischen eine alte Schachtel sein, aber wenn ich mich mit einer Sache wirklich auskenne, dann sind es Männer, und die ticken auf ganz bestimmten Ebenen schon seit Jahrhunderten alle gleich, glaub mir.« Olga nickte, um ihre Worte zu unterstreichen. »Jens ist nicht einfach nur verrückt nach dir, meine Süße. Er ist verliebt in dich und zwar hoffnungslos und endgültig, und ich bin mir sicher, das wirst du schon bald selbst herausfinden.«

Olgas Überzeugung entlockte Luise ein Lächeln. »Da müsste wohl erst ein Wunder geschehen, Olga.«

»Na ja, ich habe gelernt, dass Wunder manchmal wie aus dem Nichts auftauchen.« Sie klatschte in die Hände. »So, und nun lass uns zusammenpacken. Uwe, das ist unser Fahrer, wird uns zum Haus der Thomsens bringen. Dort treffen wir heute am späten Nachmittag deine Eltern.«

»Ich kann nicht dorthin zurück, Olga. Jens wird da sein, und ich will ihm nicht begegnen.«

»Du wirst ihm so oder so wieder begegnen müssen. Da beißt die Maus keinen Faden ab. Außerdem wollen wir doch schwer hoffen, dass der Junge zu Hause ist und verzweifelt auf dich wartet, damit ich ihm tüchtig die Leviten lesen kann, bevor er dich in seine Arme schließen darf.« Olga erhob sich und strich sich den Rock glatt. »Nein, jetzt mal im Ernst, Luise, ich bin bei dir, und später werden es auch deine Eltern sein. Du bist nicht allein, das solltest du immer im Kopf behalten. Egal was noch passieren mag, wir sind alle für dich da und stärken dir den Rücken.«

Olga ging hinüber zum alten Klingelzug und zog daran. Kurz darauf erschien Isolde, von der Luise inzwischen wusste, dass sie die Wirtschafterin des Gutshauses war und den Haushalt leitete.

»Isolde, in ungefähr einer Viertelstunde brauchen wir Uwe und den Wagen. Sollte ich bis heute Abend nicht wieder zurück sein, richten Sie bitte dem Grafen aus, dass ich zu den Thomsens gefahren bin, um Luise unter die Arme zu greifen. Er wird dann Bescheid wissen.«

»Wird erledigt, gnädige Frau.«

»Das wirkt irgendwie wie aus der Zeit gefallen«, stellte Luise fest, nachdem Isolde wieder gegangen war. »Fehlt nur noch, dass sie einen Knicks macht, bevor sie wieder geht.«

»So ein großes Haus kannst du nicht allein bewirtschaften, Luise. Dafür braucht es nun einmal Angestellte. Unserem Personal geht es blendend. Sie werden gut bezahlt, haben ihre freien Tage, und sie haben auch alle eine schöne Unterkunft. Der Graf hat gleich nach dem Krieg das alte Gesindehaus renovieren lassen, und so sind schöne kleine Wohnungen für all die entstanden, die fest auf dem Gut angestellt sind. Es ist für alles gesorgt, und jeder, der hier arbeitet, tut es gerne. Auf dem Gut wird niemand ausgebeutet oder schlecht behandelt. Auch andere Gutsbesitzer achten inzwischen darauf, dass es ihren Leuten gut geht. Zum Glück haben sich in dieser Hinsicht die Zeiten verändert.«

»Ich finde es gut, dass ihr euch eurer Verantwortung bewusst seid, aber ich hätte auch nichts anderes erwartet.«

»Und was Isolde angeht … Sie ist schon einige Jahre bei uns und eher eine Vertraute als unsere Angestellte. Im Übrigen weiß sie das auch sehr genau. Wenn allerdings Besuch da ist, so wie du jetzt, hält sie sich strikt an die Anweisungen des Grafen.« Olga nickte. »So, wir sollten uns fertig machen. Geh nach oben, und pack deine Sachen zusammen. Uwe wird gleich den Wagen vorfahren.«

Zum Mittag machten sie sich das Gulasch warm, das nun dringend gegessen werden musste, bevor es noch schlecht wurde. Olga und Luise waren allein im Haus. Jens war nicht da. Sie ging natürlich davon aus, dass er bei Sybille übernachtet hatte, denn offensichtlich war er noch nicht wieder hier gewesen. Sie hatte sogar in seinem Zimmer nachgesehen, doch dort sah noch alles so aus, wie sie beide es gestern Nachmittag verlassen hatten, und da Sonntag war, würde er sicherlich nicht ins Büro gefahren sein.

Allein bei dem Gedanken daran, dass er bei Sybille geschlafen hatte, verspürte sie einen schmerzhaften Stich in ihrem Herzen. Selbst Olga schien nun darüber nachzudenken, ob ihre Theorie über Jens und seine Gefühle tatsächlich stimmen konnte. Hinzu kam noch, dass sich das mulmige Gefühl in Luises Magengegend nicht verflüchtigt hatte. Es war kein richtiges Unwohlsein oder Schmerz, es glich eher einer unguten Vorahnung, die sie jedoch nicht einordnen konnte.

Sie aßen nahezu schweigend, und nachdem sie das Geschirr abgewaschen hatten, kochte ihnen Olga einen starken Kaffee.

»Ich bin froh, wenn Mama und Papa gesund und munter gelandet sind. Mir ist irgendwie mulmig zumute. Wahrscheinlich mache ich mir nur Sorgen um die beiden, weil sie dieses Mal fliegen.«

»Du brauchst dir keine Sorgen zu machen, Luise. Der Graf sagt immer, dass das Fliegen heutzutage viel sicherer ist als das Autofahren. Es wird jetzt auch nicht mehr lange dauern, bis sie eintreffen. Deine Eltern kommen vom Flughafen aus direkt hierher. Wir können also entspannt auf sie warten.«

»Es ist albern genug, dass sie überhaupt herkommen. Ich bin doch kein kleines Kind mehr.«

»Sie sind deine Eltern, und sie lieben dich. Es ist doch nachvollziehbar, dass sie dir jetzt beistehen wollen.«

»Ach, du hast ja recht, Olga, und ich weiß auch, wie wichtig es meinen Eltern ist, für mich da zu sein, sobald sie das Gefühl haben, dass es mir nicht gut geht. Ich bin eben nur der Meinung, dass sie sich in diesem Fall die Reise nicht unbedingt antun müssten.« Luise hob die Hände und ließ sie wieder fallen. »Wie auch immer, nun kommen sie her, und ich freue mich natürlich auf sie. Jede Sorge wird sofort leichter, wenn Papa und Mama in meiner Nähe sind. Das war schon immer so, und das gebe ich auch gerne zu.«

»Siehst du, und Eltern wissen so was.« Olga bedachte sie mit einem aufmunternden Lächeln und schenkte ihnen Kaffee ein.

In diesem Moment klingelte das Telefon im Flur.

»Nanu.« Luise zögerte.

»Vielleicht ist es Jens«, sagte Olga. »Oder es sind Kerstin und Hagen, die wissen wollen, ob hier alles in Ordnung ist. Geh lieber ran, Luise.«

»Stimmt, ich sollte rangehen, falls es Kerstin und Hagen sind.«

Luise erhob sich und meldete sich.

»Frau Thomsen? Hier spricht Cosima von Ronneburg. Gott sei Dank, dass Sie endlich abheben. Ich versuche schon seit gestern Abend, Sie zu erreichen. Ich war schon fast auf dem Weg, um zu Ihnen zu kommen.«

»Frau von Ronneburg, guten Tag. Hier ist Luise Vossen. Herr und Frau Thomsen sind leider gerade in München, und ich war ebenfalls unterwegs und bin erst vor Kurzem wieder nach Hause gekommen.«

»Ach herrje, was mache ich denn jetzt nur? Ich müsste eigentlich mit Kerstin oder Hagen Thomsen sprechen.«

Wenn Luise sich nicht täuschte, klang Sybilles Mutter ziemlich aufgewühlt, vielleicht sogar verzweifelt.

»Kann ich vielleicht etwas ausrichten?«, fragte sie höflich.

»Nun … ich habe eine wirklich schlechte Nachricht für die Thomsens, Fräulein Vossen. Jens ist seit gestern Abend im Krankenhaus. Es geht ihm sehr schlecht.«

Luise blieb fast das Herz stehen, und für einige Sekunden brachte sie kein einziges Wort heraus.

»Fräulein Vossen, sind Sie noch dran?«

»Ja, ja! Was ist mit ihm?«, fragte sie atemlos.

Mit einem Schlag war ihr speiübel, und plötzlich wusste sie auch, warum dieses mulmige Gefühl sie schon den ganzen Tag begleitete.

»Er ist … er hat … also, er wurde von hinten niedergeschlagen. Mit einem Briefbeschwerer aus Rosenquarz, um genau zu sein. Sybille, sie war … außer sich. Ich habe sie noch nie so erlebt. Ich konnte … ich konnte nicht rechtzeitig eingreifen.« Luise hörte, dass die Gräfin leise schluchzte. »Meine Tochter wurde verhaftet, du liebe Güte. Zum ersten Mal bin ich froh, dass mein Mann nicht mehr am Leben ist. Diese Schande hätte ihm schwer zugesetzt.«

Inzwischen war Olga aus der Küche zu ihr gekommen und hatte ihr einen Arm um die Schultern gelegt. Fragend sah sie Luise an.

»Um Gottes willen! Wovon reden Sie da nur, Frau von Ronneburg? Bitte, wo ist Jens jetzt?«, rief Luise in den Hörer.

»Der Fahrer des Rettungswagens sagte, sie bringen ihn ins Universitätskrankenhaus Eppendorf«, erwiderte Sybilles Mutter.

Luise schloss die Augen und versuchte angestrengt, ein bisschen besser durchzuatmen, doch ihre Kehle war wie zugeschnürt. Sie spürte, wie ihr der kalte Schweiß ausbrach und ihr unter dem Unterkleid den Rücken hinablief.

»Habe ich Sie richtig verstanden, Frau von Ronneburg? Sybille hat Jens mit einem Briefbeschwerer niedergeschlagen?« Ihre Stimme hörte sich völlig fremd an.

Olga entwich ein ersticktes Ächzen. Sichtlich entsetzt riss sie die Augen auf.

»Ja, das sagte ich doch gerade, Fräulein Vossen. Bitte, ich wollte nur Jens' Eltern informieren, dass er im Krankenhaus liegt und schwer am Kopf verletzt ist. Wahrscheinlich befindet er sich sogar in Lebensgefahr.«

Luise sackten plötzlich die Beine weg. Reflexartig reichte sie Olga den Hörer, dann ließ sie sich ganz langsam an der Wand hinabgleiten, bis sie schließlich auf dem Boden saß. Wie aus weiter Entfernung bekam sie mit, dass Olga noch ein paar Worte mit Sybilles Mutter wechselte, bevor sie den Hörer auf die Gabel legte und sich dann sofort um sie kümmerte.

»Jens … O Gott!«

»Versuch, möglichst gleichmäßig zu atmen, meine Süße«, flüsterte sie ihr zu. »Alles wird wieder gut. Komm schon, ich hake dich unter. Steh auf, aber vorsichtig.«

»Mir sind plötzlich die Knie weich geworden, und ich konnte mich nicht mehr halten, Olga.«

»Das ist der Schock. So was passiert. Ich kenne das.« Vorsichtig half Olga ihr wieder auf die Füße. »Ja, so ist es gut. Halte dich an mir fest. Langsam«, mahnte sie.

Olga stützte sie und führte Luise zurück in die Küche zu ihrem Stuhl.

»Ich muss zu ihm.« Luise sah zu Olga auf. »Ich muss sofort zu ihm.«

»Natürlich musst du das. Sobald du wieder ein bisschen klarer denken kannst und etwas Kraft gesammelt hast, fahren wir los.« Olga strich ihr sanft über die Wange. »Hast du eine Telefonnummer, wo du Kerstin und Hagen erreichen kannst?«

Luise nickte. »Ja, sie liegt auf Hagens Schreibtisch, für den Notfall.«

Ein unkontrolliertes lautes Schluchzen löste sich aus ihrer Kehle, obwohl sie nicht wirklich weinte. Wahrscheinlich hatte sie schon gestern all ihre Tränen aufgebraucht, oder sie war einfach zu sehr geschockt.

»Dies ist ohne Frage ein Notfall. Ich übernehme das und rufe dort an, damit die beiden Bescheid wissen. Wasch du dir inzwischen das Gesicht, trink noch einen Schluck Kaffee, der wird dir guttun. Sobald ich das Telefonat hinter mich gebracht habe, kann Uwe uns ins Krankenhaus zu Jens fahren. Deinen Eltern hinterlassen wir eine Notiz an der Tür.«

»Ich danke dir, Olga. Gut, dass du bei mir bist. Ich könnte jetzt nicht mit Kerstin oder Hagen sprechen.«

Es verging fast eine volle Stunde, bis man sie endlich zu Jens ließ. Eine junge Ärztin, die sich ihnen als Dr. Anke Vollbeck vorstellte, sorgte schließlich dafür, dass sie zu ihm konnte. Olga hatte ihr zuvor mit strenger Stimme erklärt, dass Luise momentan die einzige Angehörige sei, die sich um ihn kümmern könne.

»Kommen Sie«, sagte die Ärztin schließlich. »Ich bringe Sie zu ihm.«

Luise stockte der Atem, als sie in das Zimmer kam, in dem Jens lag. Langsam ging sie zu seinem Bett und konnte kaum fassen, in welchem Zustand er sich befand.

Sein Kopf war dick verbunden, und sein gesamtes Gesicht war angeschwollen und zum Teil blau-violett verfärbt. Er war kaum noch zu erkennen. Offenbar war er auch nicht bei Bewusstsein. In seinem rechten Arm steckte eine Kanüle, und der dazugehörige Tropf hing neben ihm, an einem der typischen Metallgestelle.

Vollkommen überwältigt von ihrem Kummer ließ sich Luise auf den Stuhl sinken, der neben Jens' Bett stand.

»Sagen Sie mir, was genau mit ihm los ist, Frau Doktor, bitte!«

»Die Prellungen sind die üblichen Folgen eines derartigen Schlags«, erklärte die Ärztin leise. »Sie werden sich zurückbilden. Wir schätzen sie momentan als das geringste Problem ein.«

In Luises Ohren klangen die Worte von Dr. Vollbeck, als gäbe es ein weiteres Problem, das noch sehr viel größer war. Voller Angst löste Luise ihren Blick von Jens und sah die Ärztin an. Es schwirrten so viele Fragen durch ihren Kopf, dass sie nicht wusste, mit welcher sie beginnen sollte.

»Was …?« Sie musste sich räuspern, doch ihre Stimme versagte dennoch. »Wie …?«

»Warten Sie«, unterbrach sie die Ärztin. »Ich verstehe Sie schon. Ich sage Ihnen einfach, was wir bis jetzt wissen und was wir für ihn getan haben, danach können Sie immer noch entscheiden, ob Sie weitere Fragen an mich haben, in Ordnung?«

Luise brachte nicht mehr als ein dankbares Nicken zustande.

Dr. Vollbeck kam ein bisschen näher, bis sie direkt am Fußende des Betts stand.

»Zunächst einmal die wichtigste Information: Zurzeit befindet er sich nicht mehr in akuter Lebensgefahr.«

Luise atmete erleichtert auf. »Gott sei Dank.«

»Die Kopfwunde sah zunächst schlimm aus«, fuhr die Ärztin fort. »Aber wir konnten sie gut versorgen. Die Wunde musste natürlich genäht werden, das war nicht einfach. Einer unserer besten Chirurgen hat das jedoch tadellos hinbekommen. Sobald seine Haare an der Stelle nachgewachsen sind, wird man die Narbe nicht mehr sehen, das hat er mir versichert. Das Gehirn von Herrn Thomsen blieb zu seinem großen Glück völlig unverletzt. Wahrscheinlich hat er eine leichte oder mittelschwere Gehirnerschütterung, aber das haben wir im Griff. Auf dem Röntgenbild war deutlich zu erkennen, dass sein Schädelknochen bei dem Schlag leicht beschädigt wurde, aber das wird wieder in Ordnung kommen. Man könnte sagen, es ist nur eine Ansammlung von sternförmigen Haarrissen, und das kann der Knochen in der Regel selbst heilen, solange wir dafür Sorge tragen, dass der Patient ruhig liegt. Deshalb haben wir seinen Kopf entsprechend im Nacken abgestützt und fixiert, wie Sie sehen.«

Luise hielt sich inzwischen die Hände vor den Mund, um nicht laut aufzuschluchzen. Sie wollte kein einziges Wort der Ärztin verpassen.

»Zusammenfassend kann ich sagen, wir haben bisher alles für ihn getan, was wir tun konnten, Fräulein Vossen. Die Wunden sind versorgt, und äußerlich können wir keine weiteren Verletzungen feststellen. Allerdings macht uns seine Bewusstlosigkeit Sorgen. Das möchte ich Ihnen nicht verschweigen. Wir wissen nicht, warum er bisher noch nicht wieder aufgewacht ist.«

»Heißt das …?« Wieder musste Luise sich räuspern, doch dieses Mal schaffte sie es, ihre Frage zu formulieren. »Heißt das, er müsste jetzt eigentlich wach sein?«

Die Ärztin nickte zustimmend. »Im Grunde schon seit Stunden. Er wurde zwar bewusstlos eingeliefert, und selbstverständlich bekam er auch eine Narkose, als die Wunden genäht wurden, aber das war gestern Abend. Drücken wir es mal so aus: Wir können schlicht keinen medizinischen Grund feststellen, warum er noch immer ohne Bewusstsein ist. Es könnte also durchaus sein, dass er sich unterdessen in einem tieferen Koma befindet – darauf deutet leider alles hin. Das betrachten wir inzwischen als unser größtes Problem.«

»Kann es denn sein …?« Luise musste schlucken. »Kann es sein, dass er überhaupt nicht mehr aufwacht? Wollen Sie mir das damit sagen, Dr. Vollbeck?«

Die Ärztin zog geräuschvoll die Luft durch die Nase ein.

»Diese Frage kann Ihnen kein Arzt auf der Welt beantworten, Fräulein Vossen. Wenn es um ein Koma geht, haben wir schon eine Menge erlebt. In dem Bereich gibt es so viele verschiedene Verläufe, dass wirklich niemand von uns eine genaue Prognose erstellen kann. Es gibt Patienten, die wachen schon nach einigen Stunden auf, andere brauchen dafür Tage oder sogar Wochen, manchmal auch Monate.« Dr. Vollbeck legte ihre Stirn in Falten. »Leider gibt es aber auch Patienten, die schon jahrelang im Koma liegen, und alles, was wir Ärzte, Schwestern und Pfleger dann tun können, ist, sie so gut es geht zu versorgen und eine ausreichende künstliche Ernährung sicherzustellen.« Ihr Blick fiel wieder auf Jens. »Aber darüber sollten wir im Augenblick noch nicht nachdenken, Fräulein Vossen. Weder Sie dürfen das tun noch wir Ärzte. Seine Bewusstlosigkeit dauert bisher erst ein paar Stunden an, und seine gesamten Vitalwerte sind wirklich gut, wenn man bedenkt, was er heute durchgemacht hat. Wir alle müssen jetzt abwarten, was passiert. Wenn wir Glück haben, ist er schon bald wieder der Mann, den Sie kannten. Ich kann sehen, dass Sie ihm sehr nahestehen. Sollte Herr Thomsen jedoch auch in den nächsten Tagen nicht aufwachen, ist es enorm wichtig, dass Sie den Glauben an eine vollständige Genesung nicht verlieren, denn ich bin mir sicher, das würde er spüren.«

14. Kapitel

Eine Woche später

»Morgen früh treffe ich mich mit Karg zum Frühstück«, teilte Luises Vater ihr mit, während sie zusammen in der Küche der Thomsens beim Abendbrot saßen. »Er kommt um acht rüber zu mir ins Hotel.«

»Das bringt doch nichts, Papa. Obwohl Karg sicherlich schon erfahren hat, was alles passiert ist, hat er sich immer noch nicht bei mir gemeldet.« Luise schob sich den letzten Bissen ihres Käsebrots in den Mund. »Du und Mama, ihr seid jetzt schon eine Woche von zu Hause fort. Ihr solltet wirklich langsam zurückfahren. Onkel Werner wird nicht glücklich darüber sein, dass er alles alleine bewältigen muss.«

»Dein Onkel und ich telefonieren jeden Tag, und er versichert mir ständig, dass alles in Ordnung ist und wunderbar läuft. Auch deinen Großeltern geht es gut«, erwiderte ihr Vater. »Das Argument kannst du dir also sparen. Deine Mutter und ich bleiben so lange hier bei dir, wie wir es für richtig halten.«

»Wir haben übrigens eine Karte mit Genesungswünschen für Jens von der Geschäftsleitung erhalten, die Karg höchstpersönlich unterschrieben hat«, warf Hagen ein. »Er ist also tatsächlich umfassend informiert. Ich finde, zumindest eine Entschuldigung wäre dir gegenüber angebracht. Schließlich hat man dich fälschlicherweise des Diebstahls verdächtigt, Luise.«

»Ja, eine Entschuldigung halte ich auch für angemessen. Am besten sogar schriftlich.« Ihre Mutter schüttelte verständnislos ihren Kopf.

»Na ja, wenn man es genau nimmt, hat Karg mich nicht ausdrücklich des Diebstahls beschuldigt. Er meinte nur, dass er mich entlassen muss, weil die Verantwortung für die Diamanten bei mir lag.«

»Das ist Unsinn und klingt für mich nach einem vorgeschobenen Argument«, entschied ihr Vater. »Diese Vorgehensweise ermöglichte es ihm praktischerweise, die unschönen Beschuldigungen möglichst elegant zu umschiffen, mehr nicht. Ich weiß genau, wie so was abläuft, glaub mir, und genauso werde ich ihm das morgen auch sagen.«

Luise stöhnte auf. »Papa, bitte. Du machst es doch damit nur noch schlimmer. Karg wird mich nicht wieder einstellen, das ist vergebliche Liebesmüh. Und so schlimm das auch für mich sein mag, im Augenblick könnte ich sowieso nicht arbeiten.«

»Ich denke nicht, dass meine Bemühungen vergeblich sein werden, mein Mädchen. Ich bin sogar ganz zuversichtlich, dass ich ihn bei seiner Ehre als Geschäftsmann packen kann. Ja, du hast durchaus einen Fehler gemacht, weil du die Diamanten nicht sofort zu Karg gebracht hast, um sie von ihm in den Tresor legen zu lassen. Das war sicherlich keine gute Entscheidung, aber darüber brauchen wir doch jetzt nicht mehr zu diskutieren. Davon abgesehen hast du die Juwelen auch nicht einfach fahrlässig irgendwo in einer Schublade liegen gelassen, sondern sie in deinem Schrank eingeschlossen. Du bist fest davon ausgegangen, dass nur du allein einen Schlüssel dafür besitzt, weil es dir so gesagt wurde. Zudem konntest du dir sicher sein, dass niemand außer dir, deiner Kundin und deiner Kollegin Ingrid Franken von den Diamanten Kenntnis hatte. Meiner Meinung nach hast du also nicht völlig verantwortungslos gehandelt, und Fehler, die aus bestimmten Situationen heraus entstehen, können jedem Menschen passieren. Deshalb entlässt man doch keine ansonsten gute und wichtige Mitarbeiterin.« Ihr Vater stieß ein Schnaufen aus, das sein Unverständnis noch unterstrich. »Karg sollte lieber einsehen, dass auch du ein Opfer von Sybille von Ronneburg geworden bist. Ursprünglich wollte sie nämlich vor allem dir mit dem Diebstahl schaden, das ist ja inzwischen hinlänglich bekannt. Nein, Luise, ich sehe es viel mehr so, dass Georg Karg sich schlicht verrannt hat und jetzt nicht mehr den Weg zurückfindet.« Er deutete ein Kopfschütteln an. »Das kommt leider immer wieder bei einflussreichen Männern vor, die meinen, sie könnten ihr Gesicht verlieren, wenn nicht sogar etwas von ihrer Macht einbüßen, sobald sie eine vorschnell gefasste Entscheidung wieder zurücknehmen.«

»Dein Vater hat recht«, sagte ihre Mutter und schenkte ihrem Ehemann ein liebevolles Lächeln. »Ich sehe es auch so, dass deine Kündigung im Grunde ein herber Verlust für das *Alsterhaus* bedeutet, und man kann davon ausgehen, dass das auch Karg in den vergangenen Tagen bewusst geworden ist. Schließlich war er es, der dein Talent erkannt hat und dich daraufhin besonders fördern wollte. Georg Karg hatte schon immer einen brillanten Instinkt, und in der Vergangenheit hat ihm sein gutes Gespür so manchen Weg aufgezeigt, auf den andere nie gekommen wären. Ganz gewiss ging er fest davon aus, dass deine Arbeit auf längere Sicht einer der Bausteine zum Erfolg des Hauses sein würde, denn sonst hätte er dir gar nicht erst die erforderlichen Möglichkeiten eingeräumt. Der wirtschaftliche Aufschwung nimmt gerade ordentlich Fahrt auf, und Karg will sich von seinen Konkurrenten sicherlich nicht die Butter vom Brot nehmen lassen.«

»Deine Eltern haben beide recht«, meldete sich nun Kerstin zu Wort. »Als wir heute Nachmittag aus der Klinik kamen, sind Charlotte und ich noch im *Alsterhaus* gewesen, um ein paar Besorgungen zu machen. Da ist wirklich jede Menge los. Die Menschen haben wieder mehr Geld, und sie kaufen und kaufen und kaufen. Auf sämtlichen Stockwerken wimmelte es nur so von Kundschaft. Du kannst mir glauben, als deine Mutter und ich dort arbeiteten, haben wir so volle Etagen nur selten erlebt.«

»Das stimmt«, bestätigte ihre Mutter. »Der Laden brummt, würde dein Großvater sagen.« Sie lächelte. »Verstehe mich bitte nicht falsch, ich wäre überglücklich, wenn noch immer die Familie Tietz an der Spitze des Hauses sitzen würde, um die Früchte ihrer Arbeit genießen zu können, aber eines muss man Karg lassen: Er hat wahrlich ein

Näschen fürs Geschäft. Er wusste einfach immer sehr genau, was er einkaufen oder tun musste, um die Leute ins Kaufhaus zu locken.«

Hagen nickte. »Genauso ist es. Gerade weil er so ein Genie ist, wenn es um gute Geschäfte geht, wird er auch einsehen müssen, dass er Luise und ihr Talent dringend braucht. Andere Kaufhäuser haben bisher noch keine eigene Modelinie, doch mit dir war das *Alsterhaus* auf dem besten Weg, eben genau das umzusetzen, was für andere unmöglich und kaum finanzierbar wäre. Wieder einmal war es Karg, der als Erster eine gute und erwartbar einträgliche Idee auf den Weg brachte. Einen bekannten Modeschöpfer kann sich nämlich keines der Kaufhäuser leisten. Du bist praktisch das goldene Ei, das Karg direkt ins Nest gefallen ist, und das in einer Zeit, in der es immer mehr Konkurrenz gibt. Das ist gewissermaßen die andere Seite des Wirtschaftsaufschwungs. Es gibt jetzt viel mehr Wettbewerb, und in dem muss Karg sich behaupten.« Hagen suchte ihren Blick. »Um es mal deutlich poetischer auszudrücken, Luise … Du bist sozusagen ein noch unbekannter Edelstein, der von allen anderen unentdeckt in Kargs Schublade schlummert und nur darauf wartet, endlich ans Tageslicht zu gelangen, um dann alle anderen zu überstrahlen. Allein dein Talent dürfte Grund genug sein, dich wieder einzustellen.«

Langsam trank Luise ihren Tee aus und ging nicht weiter auf Hagens Ausführungen ein. Sie tauschte einen kurzen, aber aussagekräftigen Blick mit Oliver aus, der etwas abseits am Fenster stand und die ganze Zeit nur still zugehört hatte. Sie wusste, dass Oliver sie verstand. Ihr fehlte inzwischen schlicht die Kraft, um noch länger mit ihrem Vater und den anderen zu diskutieren. Alles, woran sie denken konnte, war Jens. Noch nie in ihrem Leben war ihr ihre Arbeit so unwichtig gewesen wie im Augenblick.

»Seid mir nicht böse, aber ich gehe jetzt ins Bett. Vielleicht kann ich ein paar Stunden schlafen.«

»Ja, du brauchst deinen Schlaf jetzt dringend, aber du solltest auch noch ein bisschen mehr essen, mein Schatz.« Ihre Mutter sah sie mit der vertrauten Mischung aus Sorge und Mitgefühl an. »Du bist in den letzten Tagen so unendlich blass und schmal geworden.«

»Ich pass schon auf mich auf, Mama. Im Moment ist es viel wichtiger, dass Jens endlich aufwacht.« Ihr Blick richtete sich auf Kerstin. »Kommst du gleich morgen früh mit?«

»Ich komme wieder am späten Vormittag nach. Ich denke, zeitlich ungefähr so wie heute«, antwortete Kerstin. »Ich habe morgens noch einen anderen Termin. Frau Dr. Vollbeck hat uns versprochen, sofort anzurufen, wenn sich etwas an Jens' Zustand ändert – egal um welche Zeit. Das beruhigt mich ein wenig. Sie ist eine sehr freundliche und mitfühlende Ärztin.«

»Das stimmt«, bestätigte Luise. »Ich bin auch froh, dass sie es ist, die ihn hauptsächlich betreut.«

»Ich könnte dich begleiten, wenn du möchtest«, schlug ihre Mutter vor.

»Das wäre toll, Mama.«

»Ich würde auch gerne mitkommen, um mal ein paar Stunden länger bei ihm sein zu können«, sagte Hagen, und Luise bemerkte, dass seine Stimme ein wenig belegt klang.

»Ich habe morgen Vormittag keine Termine, und wenn Olli die Stellung am Telefon hält, wäre das kein Problem.«

»Das mache ich sehr gerne«, sagte Oliver sofort.

Luise wurde ganz warm ums Herz. Hagen hatte es bis jetzt höchstens mal für eine halbe oder selten eine ganze Stunde zu seinem Sohn geschafft.

»Aber ich warne euch, ich werde früh aufstehen«, sagte sie. »Spätestens um sechs. Ich halte es kaum aus, wenn ich nicht an seinem Bett sitze.«

»Das geht in Ordnung«, stimmte Hagen zu. »Ich würde vorschlagen, wir treffen uns gegen halb sieben hier unten in der Küche, frühstücken schnell und fahren dann los. Du brauchst dann nicht mit der Bahn zu fahren, Luise. Und Charlotte … dich könnten wir auf dem Weg vom Hotel abholen.«

»Das klingt gut, finde ich.« Luise erhob sich.

»Wartet mal … Ich würde vorschlagen, dann komme ich doch lieber später mit Kerstin nach«, entschied ihre Mutter. »Dann fallen nicht gleich am frühen Morgen drei Leute dort ein. Ich könnte mir vorstellen, dass es dem Personal sowieso nicht gefällt, dass ständig jemand von uns außerhalb der Besuchszeiten bei Jens ist.«

»Darüber brauchen wir uns eigentlich keine Sorgen zu machen«, sagte Luise. »Ich habe eine Sondergenehmigung von Dr. Vollbeck, und die Schwestern und Pfleger auf der Station wissen das. Die Familie darf bei ihm sein, wann immer sie will. Ich musste ihr allerdings auch versprechen, dass ich nicht gleich jede Nacht auf dem Stuhl neben seinem Bett schlafe, so wie in den ersten beiden Nächten. Sie meinte, das würde auf Dauer nur meiner eigenen Gesundheit schaden und Jens wenig nützen.«

»Da hat sie vollkommen recht, Luise. Wir alle müssen jetzt für ihn bei Kräften bleiben.« Kerstin begann leise zu weinen, so wie sie es seit einer Woche immer wieder tat.

Hagen ging sofort zu ihr und nahm sie in den Arm. »Alles wird gut, mein Herz. Er wird wieder gesund werden, daran müssen wir fest glauben.«

Luise schlief schlecht in dieser Nacht, doch das war auch in den vergangenen Nächten nicht anders gewesen. Immer wieder schreckte sie auf, weil sie glaubte, sie hätte das Telefon auf dem Flur gehört. Doch das erlösende Klingeln hatte es jedes Mal nur in ihren Träumen gegeben.

Wie angekündigt stand sie früh am Morgen auf, und als sie nur wenige Minuten später hinunter in die Küche kam, war Hagen tatsächlich schon dort und hatte Kaffee für sie beide gekocht. An ihrem Platz stand ein Teller mit ihrem Frühstück bereit. Er hatte ihr sogar schon eine Scheibe Rosinenbrot mit Butter beschmiert, wie sie es besonders gerne mochte. Seine Fürsorge rührte sie.

»Du bist sehr lieb. Ich danke dir, Hagen.«

»Es tut gut, ein bisschen für dich zu sorgen«, erwiderte er und lächelte sanft.

Sie aßen schweigend und tranken ihren Kaffee aus, dann fuhren sie ins Krankenhaus. Auch als sie zusammen an Jens' Bett saßen, redeten sie nicht sehr viel miteinander. Luises Gedanken kreisten ohnehin nur noch um Jens.

Sie hatte sogar wieder angefangen zu beten, und das

hatte sie zuletzt als Kind getan. In ihrer Familie spielte Religion keine sehr große Rolle, obwohl sie alle an Gott glaubten. Ihre Eltern hatten einst kirchlich geheiratet, und sie selbst war als Baby hier in Hamburg evangelisch getauft worden. Dennoch hatte der Glaube in ihrem Leben eine eher nebensächliche Rolle gespielt.

Doch nun betete sie jeden Abend darum, dass Jens endlich wieder aufwachte. Sie tat das auch oft, wenn sie an seinem Bett saß.

Eine gute Woche war es nun schon her, dass Sybille Jens einen steinernen Briefbeschwerer auf den Kopf geschlagen hatte. Offenbar sogar mehrmals, wie sie inzwischen wussten. Wäre Cosima von Ronneburg nicht ins Zimmer gestürmt und hätte ihre Tochter von weiteren Schlägen abgehalten, hätte Sybille ihn wohl getötet. Daran gab es keinerlei Zweifel mehr.

Sybille saß jetzt in einer psychiatrischen Klinik, und Cosima hatte ihnen berichtet, dass sie dort mit starken Beruhigungsmitteln behandelt wurde, weil sie seit dem Vorfall offenbar völlig die Kontrolle über sich verloren hatte.

Durch Cosima hatte Luise auch erfahren, dass Jens zu Sybille gefahren war, um die Verlobung zu lösen. Olga hatte also mit ihrer Einschätzung recht, und vielleicht liebte Jens sie sogar wirklich. Sie hoffte es so sehr. Um das jedoch herauszufinden, musste er endlich aus dem Koma erwachen. Sie hatte so viele Fragen an ihn, und sobald er die Augen öffnete, würde er jede einzelne davon beantworten müssen. Das schwor sie sich.

»Du hast gerade so tief aufgeseufzt, dass ich fast vom

Stuhl gefallen wäre vor Schreck«, sagte Hagen. »Alles in Ordnung, Luise?«

»Ja, verzeih, aber ich dachte nur gerade daran, was ich ihn alles fragen muss, sobald er aufwacht.«

»Du hast Fragen? Dann stell sie doch solange mir, vielleicht kann ich die eine oder andere für ihn beantworten. Ich kenne meinen Sohn ziemlich gut, weißt du.« Hagen deutete ein Lächeln an. »Leg los, wir haben ja sowieso nichts anderes zu tun. Vielleicht hilft es uns beiden.«

»Wie du willst. Aber beschwere dich hinterher nicht bei mir, dass ich zu neugierig bin.«

»Keine Sorge. Also, Luise, welche Frage würdest du ihm zuallererst stellen? Welche Antwort wäre für dich besonders wichtig?«

»Es geht nicht um Wichtigkeit oder um eine Art von Rangliste. Es sind mehrere Dinge, die mich beschäftigen.« Sie gönnte sich eine kurze Denkpause. »Natürlich gibt es auch Fragen, die wirklich nur er allein mir beantworten kann, weil sie zu … persönlich sind.«

»Ah, ich verstehe. Nun gut, dann lass diese rein persönlichen Fragen aus. Das kann ja nicht so schwer sein.«

»Gut, dann fange ich mit einer Frage an, die mir wirklich auf der Seele brennt, und stelle sie auch ganz direkt. Kennst du Jens' politische Einstellung, Hagen?«

Hagen stutzte kurz, bevor er ihr antwortete. »Natürlich weiß ich, wo er politisch steht, und ich muss zugeben, das ist nun wirklich eine Frage, mit der ich überhaupt nicht gerechnet habe.« Er setzte sich etwas gerader hin, stützte die Hände auf seinen Knien ab und sah ihr in die Augen. »Falls du dir Sorgen darüber machen solltest, ob Jens aus politischer Überzeugung im Wiedergutmachungsprozess auf der Gegenseite gesessen hat, kann ich dir mit aller Deutlichkeit versichern, dass das nicht der Grund dafür war.«

»Alle Achtung, du hast schnell kombiniert, welchen Hintergrund meine Frage hat.«

»Es ist ein Teil meines Berufs, auch zwischen den Zeilen zu lesen.« Hagen erhob sich und ging hinüber zum Fenster. Er sah hinaus und stand nun mit dem Rücken zu ihr. »Außerdem finde ich es einleuchtend, dass dir bei den Menschen, die du gerne hast, wichtig ist, wo sie politisch stehen. Schließlich hast du eine jüdische Großmutter, die du sehr liebst. Das prägt.«

»Das spielt natürlich eine Rolle, aber ich könnte Menschen generell nicht mehr respektieren, die auch heute noch die schreckliche Einstellung der Nazis vertreten, nach all dem Furchtbaren, was in deren Namen geschehen ist. Das würde mir genauso gehen, wenn meine Oma keine Jüdin wäre, Hagen.«

»Natürlich, damit hast du vollkommen recht, und ich sehe es ebenso. Wie so viele habe ich damals aus Überzeugung dieses Land verlassen, solange es noch möglich war. Leider wird es kaum in unserer Macht stehen, diese menschenverachtenden Nationalisten ganz loszuwerden, und wenn du mich fragst, sitzen jetzt viele von denen lauernd in ihren Löchern und warten nur auf die nächste große Chance, um wieder daraus hervorzukriechen und erneut ihr braunes Gift zu verteilen. Deshalb ist es auch so wichtig, dass der Wiederaufbau gut vorangeht und die Wirtschaft immer mehr in Gang kommt. Solange es den Menschen praktisch von Tag zu Tag besser geht, wird auch unsere junge Demokratie jeden Tag stärker werden, und dann kann sie es auch bleiben.«

»Ja, so sehe ich das auch.«

»Jens hat damals gerade angefangen, für Prange zu arbeiten«, fuhr er nach einer kleinen Pause fort. »Sicherlich hätte er sich auch aus der Wiedergutmachungssache heraushalten können. Einen Grund hätte er schon gefunden. Was weiß ich … die persönlichen Beziehungen seiner eigenen Familie zur Familie Tietz, Befangenheit oder so was in der Art. Es hätte verschiedene Möglichkeiten gegeben. Wahrscheinlich hätte das ein recht unangenehmes Gespräch mit Prange zur Folge gehabt, aber irgendwie hätte Jens das schon hinbekommen, da bin ich sicher.«

Hagen wandte sich ihr wieder zu, blieb jedoch an Ort und Stelle stehen und lehnte sich mit verschränkten Armen gegen das Fensterbrett.

»Die genauen Gründe, warum er sich nicht dagegen entschieden hat, kann nur Jens dir erläutern, aber ich weiß mit absoluter Sicherheit, dass er ein überzeugter Anhänger der Demokratie ist. Mit den Überzeugungen der Nazis hat er nichts am Hut, Luise. Alles, was damit einhergeht, war ihm schon immer zuwider. Davon einmal abgesehen, dass wir, also Kerstin und ich, ihm nichts anderes vorgelebt haben, durfte er zu einem großen Teil in einem freien Land aufwachsen und studieren. In Amerika ist auch nicht alles Gold, was glänzt, doch die Freiheit und die Demokratie stehen auf einem festen Fundament, das nicht zuletzt von der

Verfassung geschützt wird. Jens hat die wichtigen Grundsätze früh gelernt. Ich weiß, wie wichtig er jeden einzelnen Paragrafen findet, der heute in unserem deutschen Grundgesetz steht. Wir haben sehr häufig darüber gesprochen.«

Erleichtert atmete sie tief durch. »Danke, Hagen, das war mir wirklich wichtig.«

»Sehr gerne. Ich frage mich nur, wie du überhaupt an seiner Einstellung zweifeln konntest.«

»Sybille hat mir den Floh ins Ohr gesetzt. Es passierte in einem normalen Gespräch, auf fast oberflächliche Art und Weise. Vielleicht ging es mir auch gerade deshalb so unter die Haut. Es war schon ein Hauch mehr als nur eine Andeutung, aber es war dennoch zu wenig, um als Behauptung durchgehen zu können, falls du verstehst.«

Hagen lachte trocken auf. »Ich denke, wir alle wissen inzwischen sehr genau, was für ein Mensch Sybille von Ronneburg ist.« Er kam zurück und setzte sich wieder auf seinen Stuhl am Fußende des Krankenbetts. »Luise, was diese intrigante Person dir über Jens oder seine Beweggründe erzählt hat, ist doch vollkommen irrelevant.«

»Du hast recht. Ich habe schon vor einiger Zeit mit Oliver und vor ein paar Tagen sogar mit Olga darüber gesprochen. Beide haben mir versichert, dass Jens ganz bestimmt nicht aus diesen Gründen am Prozess teilgenommen hat.«

»Nein, das hat er sicherlich nicht, Luise. Wie gesagt, ich kenne seine echten Beweggründe nicht im Einzelnen, aber ich könnte mir vorstellen, dass er es sehr wahrscheinlich eher getan hat, weil er mitbekommen hat, dass sein Chef eine ganz andere Meinung vertritt.«

»Prange?«, fragte sie.

»Genau. Prange. Ich habe zusammen mit ihm studiert, und seine rechtsnationalen Ansichten waren schon damals eindeutig erkennbar. Ich könnte mir also vorstellen, dass Jens in dieser Sache sozusagen für einen gewissen Ausgleich sorgen wollte. Zumindest so weit das als Referendar überhaupt in seiner Macht stand.«

Luise ließ Hagens Worte einen Moment sacken, dann nickte sie. »Ich finde, das klingt schlüssig, und es würde auch zu Jens passen.«

»Das sehe ich genauso. Hast du noch eine Frage, Luise?«

»Warum ist euer Verhältnis so … belastet, Hagen?«

Er zögerte. »Vielleicht weil ich ein etwas zu stolzer Vater bin, der sich persönlich angegriffen und enttäuscht fühlte, als sein Sohn es ablehnte, für ihn zu arbeiten.« Dieses Mal war es Hagen, der ein lautes Seufzen ausstieß. »Jens ist sehr ehrgeizig, aber er ist auch unglaublich gut in dem, was er tut. Ich wusste das immer, und für mich war es praktisch von vornherein klar, dass er einmal meine Kanzlei übernehmen würde. Ich habe mich darauf gefreut, mit ihm arbeiten zu dürfen. Als er mir dann jedoch mitteilte, dass er sein Referendariat nicht bei mir absolvieren würde, war ich unfassbar enttäuscht und ließ ihn das auch spüren. Als ich dann noch von ihm hörte, dass er für Klaus Prange arbeiten will, war ich regelrecht entsetzt, und auch das habe ich ihm offen gesagt.«

»Ich glaube, ich weiß, wie es weiterging.«

»Ja, unsere Fronten haben sich immer mehr verhärtet. Inzwischen kriegen wir beide einfach nicht mehr die Kurve, um unseren dummen Streit aus der Welt zu schaffen.«

»Aber das kann doch nicht so schwer sein, Hagen. Geh auf ihn zu, nimm ihn einfach in den Arm, und sag ihm, dass du ihm vertraust und alles gut zwischen euch sein wird, egal wie er sich seine Zukunft vorstellt.«

»Das weiß ich jetzt auch. Glaub mir, sobald Jens aufwacht, werde ich ihm genau das sagen. Spätestens dieser Vorfall hat mir deutlich vor Augen geführt, wie wichtig es ist, nichts unausgesprochen zu lassen oder über eine längere Zeit zu verdrängen. Viel zu schnell könnte es für ein klärendes Gespräch zu spät sein, das sollten wir niemals wieder vergessen. Ich werde es jedenfalls nicht tun.«

Ihre Blicke richteten sich in stillem Einvernehmen wieder auf Jens. Er lag noch immer still da, mit seinem dicken Kopfverband und den nur langsam abklingenden Schwellungen und Blutergüssen.

»Ich habe das Gefühl, dass die Schwellungen endlich zurückgehen«, sagte sie nach einer Weile.

»Ja, kann gut sein.« Hagen sah sie wieder an. »Du liebst meinen Sohn sehr.« Es klang eher nach einer Feststellung als nach einer Frage.

Eigentlich war Luise davon ausgegangen, dass ihre Gefühle für Jens inzwischen jedem in der Familie klar waren. Schließlich saß sie jeden Tag an seinem Bett und wartete darauf, dass er endlich ein Lebenszeichen von sich gab.

»Ja, das tue ich, Hagen. Ich liebe ihn über alles. Und glaub mir, es fällt mir noch immer nicht leicht, das auszusprechen.« Sie zuckte mit den Schultern. »Eine viel zu lange Zeit mochte ich ihn noch nicht einmal. Das macht es nicht gerade leichter.«

»So wie ihr miteinander umgegangen seid, war das fast belastender als mein angeknackstes Verhältnis zu ihm. Wenn ich jetzt so darüber nachdenke, waren da von Anfang an jede Menge Spannungen zwischen euch.«

Sie lachte leise auf. »Er kann es einem aber auch richtig schwer machen.«

»Das hast du gut erkannt.«

»Als ihr damals bei uns in London wart, hat er mich ständig geärgert, sogar vor meinem kleinen Bruder. Ich fand Jens grauenhaft. Er war so unglaublich von sich überzeugt, das ist mir wirklich extrem auf die Nerven gegangen. Diese frühen Erfahrungen haben mein Bild von ihm nachhaltig geprägt. Das war einfach kindisch und furchtbar kurzsichtig von mir. Als ich hier bei euch ankam, habe ich ihm einfach keine Chance gelassen, das Bild, das ich von ihm hatte, wieder geradezurücken. Inzwischen weiß ich, wie falsch und ungerecht das war.«

»Ich weiß, als er noch sehr jung war, war er etwas … nun ja … überheblich. Zum Glück hat sich das rausgewachsen, wie man so schön sagt. Aber jetzt kommst du klar mit ihm?«

»Um ehrlich zu sein, geht er mir noch immer auf die Nerven, aber im Augenblick wünsche ich mir nur, er würde es endlich wieder tun.«

»Pass auf, dass er das niemals hört.«

»Darauf kannst du wetten.«

Als es kurz darauf klopfte und Georg Karg in der Tür stand, sahen sie sich überrascht an und standen beide sofort auf.

»Herr Karg, was …?« Luise wurde die Kehle eng.

»Guten Tag«, sagte ihr früherer Chef. Er reichte ihr und Hagen die Hand zur Begrüßung. »Ich wollte endlich einmal nach Ihrem Sohn sehen, wenn Sie es mir gestatten«, wandte er sich an Hagen.

»Aber natürlich, Herr Karg, kommen Sie doch bitte herein«, forderte Hagen ihn auf.

Karg trat näher, und nach einem langen Blick auf Jens musste er einmal tief durchatmen. Dann richtete sich sein Blick auf Luise.

»Ich wollte auch dringend mit Ihnen sprechen, Fräulein Vossen. Hätten Sie ein paar Minuten für mich übrig?«

Hagen warf einen Blick auf seine Armbanduhr.

»Geht doch unten am Kiosk einen Kaffee trinken, Luise«, schlug er vor. »Da gibt es ein paar Tische, wo man sich hinsetzen kann, und der Kaffee, den sie dort ausschenken, ist recht ordentlich. Ich bleibe hier und halte solange die Stellung. Kerstin und deine Mutter müssten ja auch bald eintreffen und können mich dann ablösen.«

»Das ist eine gute Idee. Ich würde Sie gerne auf eine Tasse Kaffee einladen, Fräulein Vossen«, bestätigte Karg. »Begleiten Sie mich. Wir werden nicht allzu lange brauchen, denke ich.«

Wenig später saß sie Georg Karg an einem Ecktisch gegenüber. Vor ihnen stand jeweils eine Tasse mit sehr heißem und noch stärkerem Kaffee.

»Sie können sich sicherlich denken, warum ich so dringend mit Ihnen sprechen möchte, Fräulein Vossen.«

»Nun, Sie haben sich heute Morgen mit meinem Vater getroffen, wie ich weiß. Ich denke, das könnte den Ausschlag dafür gegeben haben, dass wir jetzt zusammen an diesem Tisch sitzen. Sie sollten jedoch wissen, dass mir sein Vorhaben nicht unbedingt gefallen hat, Herr Karg. Ich habe sogar versucht, meinen Vater davon abzuhalten, sich mit Ihnen zu treffen, aber er hat nicht auf mich gehört.«

»Das war auch gut so, würde ich behaupten. Ihr Vater hat nämlich nur etwas angesprochen, das mir schon seit einigen Tagen selbst klar geworden ist. Das Gespräch mit ihm war sozusagen nur der letzte Schubs, den ich noch benötigte, um meinen Stolz zu überwinden und endlich zu Ihnen zu kommen.«

Er nahm einen Schluck Kaffee, und Luise fragte sich, wie er es schaffte, ihn so heiß zu trinken.

»Dem Gespräch mit Ihrem Vater ging übrigens eine Unterhaltung mit meiner Frau voraus, mit der ich mich bereits gestern Abend über das Thema ausgetauscht habe. Auch sie hat mir bei der Gelegenheit tüchtig den Kopf gewaschen, wie man so schön sagt. Nun bin ich also hier, um mich einerseits in aller Form bei Ihnen zu entschuldigen, und Sie andererseits herzlich darum zu bitten, zurück ins *Alsterhaus* zu kommen. Mir tut es unendlich leid für Sie und natürlich auch für Herrn Thomsen, was Fräulein von Ronneburg Ihnen beiden angetan hat, und mir tut es auch ehrlich und von Herzen leid, dass ich nicht sofort auf mein Bauchgefühl gehört habe, so wie ich es üblicherweise zu tun pflege. Bitte verzeihen Sie mir Ihre vorschnelle Entlassung. Wenn Sie mögen, sind Sie mit sofortiger Wirkung wieder eingestellt. Das *Alsterhaus* braucht Sie, Luise.«

Dass er sie bei ihrem Vornamen nannte, berührte sie fast so sehr wie seine ungeschönte Offenheit. Es war nicht schwer zu erkennen, dass es ihm alles andere als leichtfiel, seine Fehleinschätzung zuzugeben. Wie ihr Vater schon gesagt hatte, musste ein Mann wie Georg Karg so etwas sehr selten tun.

»Mit einer Sache hatten Sie absolut recht, Herr Karg. Ich hätte mit den Diamantsternen sofort zu Ihnen kommen müssen. Doch dann habe ich mich dummerweise dafür entschieden, sie in meinem Schrank zu verwahren, weil ich annahm, dass allein ich einen Schlüssel dafür besitze.«

»Ich kenne unterdessen die Zusammenhänge ganz gut«, sagte er und nickte. »Natürlich habe ich mit unserem Hausmeister darüber gesprochen. Herr Moltke berichtete mir, dass Fräulein von Ronneburg zunächst allein im Lager war, um einen passenden Schrank für Sie auszusuchen. Erst danach kam sie zu ihm, um ihn zu bitten, eben genau diesen Schrank hinauf in Ihr Büro zu bringen. Sie hatte also genug Zeit, um einen der Schlüssel an sich zu nehmen. Wir wissen inzwischen, dass es tatsächlich zwei Schlüssel gab. Den zweiten fanden wir in der obersten Schublade von Fräulein von Ronneburgs Schreibtisch. So intrigant diese Frau auch sein mag, so war sie in gewissen Bereichen offenbar doch zu oberflächlich und unvorsichtig.«

»Und die Diamantsterne von Frau Jossek? Sind sie inzwischen gefunden worden?«

»Gräfin von Ronneburg fand das Kästchen in der Frisierkommode ihrer Tochter. Übrigens direkt nach dem Vorfall, also noch bevor die Polizei danach suchen konnte. Wir wissen inzwischen auch, dass die Diamanten einfach ein Zufallsfund waren, denn Fräulein von Ronneburg wusste ja nichts von den Diamantsternen. Sie wollte offenbar einige Ihrer Entwürfe verschwinden lassen, so wie sie es schon vorher getan hatte. Die Diamantsterne sind ihr sozusagen in den Schoß gefallen, als sie mit ihrem eigenen Schlüssel den Schrank geöffnet hat. Es muss ihr natürlich sofort klar gewesen sein, dass sie Ihnen mit dem Verschwinden der Diamanten schwer schaden konnte.«

Auf Kargs Gesicht zeigte sich nun ein leichtes Lächeln.

»Ihre Kollegin Fräulein Franken hat die Sterne dann streng nach Ihren Zeichnungen auf das Kleid genäht, und die Kundin war erwartungsgemäß begeistert. Frau Jossek hat übrigens schon bei meinem ersten Telefonat mit ihr darauf bestanden, dass Sie, Fräulein Vossen, mit Sicherheit unschuldig am Verschwinden der Diamanten seien. Vielleicht tut Ihnen diese Information gut.« Er lächelte. »Ihre Kundin hat also nicht eine Sekunde an Ihrer Integrität gezweifelt, und das hätte ich als Ihr Vorgesetzter erst recht nicht tun dürfen.«

Er nahm einen weiteren Schluck von seinem Kaffee, und dieses Mal tat sie es ihm nach.

»Ich bitte Sie noch einmal: Kommen Sie zurück, Luise.«

Sie versuchte sich an einem kleinen Lächeln. »Ich war furchtbar traurig und verletzt, Herr Karg, aber ich würde wirklich sehr gerne wieder für Sie arbeiten.«

Karg stieß ein Schnaufen aus, das sehr erleichtert klang. »Das freut mich, Luise. So sehr, dass ich es kaum in Worte fassen kann.«

»Ich weiß, ich bin wahrscheinlich nicht in der Position, aber ich habe dennoch eine große Bitte. Vielleicht könnten Sie sie mir erfüllen, Herr Karg.«

»Raus damit, dann sehen wir weiter.«

»Sie haben Jens … also Herrn Vossen ja eben selbst gesehen. Wir warten ungeduldig darauf, dass er aus dem Koma erwacht.«

»Ja, Ihr Vater hat mir heute Morgen alles genau erzählt. Für die gesamte Familie ist die derzeitige Situation sicher furchtbar belastend.«

»Ich möchte … Nein, ich *muss* jetzt einfach bei ihm sein, Herr Karg. Zumindest den größten Teil des Tages. Das heißt, ich kann im Augenblick auf keinen Fall stundenlang in der Maßschneiderei sitzen und nähen. Das würde ich nicht aushalten. Wissen Sie, ich liebe Jens Thomsen. Ich kann ihn jetzt nicht alleine lassen, das geht einfach nicht.«

»Sie beeindrucken mich, Luise. Was schlagen Sie also vor?«

»Solange ich meine Arbeitsutensilien habe, kann ich auch hier arbeiten. Um weitere Kleider zu entwerfen, brauche ich nicht viel mehr als meinen Zeichenblock und ein paar Stifte. Sie haben es ja vorhin gesehen, im Krankenzimmer gibt es einen Tisch und mehrere Stühle. Das wird reichen. Allerdings würde ich dann für die nächste Zeit in der Maßschneiderei ausfallen. Sobald Jens aufwacht, werde ich wieder voll einsatzfähig sein und an meiner Nähmaschine sitzen. Das verspreche ich Ihnen. Allerdings kann ich nicht sagen, wann das genau sein wird.«

»Ich verstehe.« Er nickte. »Gut, dann machen wir das vorerst so. Ich schlage vor, Sie schauen später oder auch erst morgen früh im *Alsterhaus* vorbei und packen die Sachen zusammen, die Sie brauchen, um hier arbeiten zu können. Sobald Herr Vossen aufwacht, sehen wir weiter. Ins Büro kommen Sie dann, wenn es sich für Sie einrichten lässt oder wenn Sie mir Ihre Entwürfe zeigen wollen.«

»Es ist sehr großzügig von Ihnen, dass Sie sich auf meinen Vorschlag einlassen, Herr Karg. Vielen, vielen Dank! Natürlich können Sie mein Gehalt entsprechend anpassen. Das wäre angebracht, und ich würde es verstehen.«

»Wie ich vorhin schon sagte, das *Alsterhaus* braucht Sie, Fräulein Vossen. Mit Ihnen schlagen wir neue und für die Zukunft wichtige Wege ein. Ich habe zu danken, dass Sie trotz des ganzen Kummers, den Sie zu verkraften haben, wieder zu uns zurückkommen. Ihr Gehalt wird also bleiben, wie es ist.«

Dann wurde seine Miene sehr ernst.

»Was sagen die Ärzte?«, fragte er. »Er wird doch wieder aufwachen?«

»Leider kann das niemand genau vorhersagen. Wir hoffen jedenfalls alle, dass es bald geschieht. Seine behandelnde Ärztin versucht, Zuversicht zu verbreiten, denn seine Werte sind wirklich gut. Jens' Herz schlägt kräftig, und er atmet selbstständig. Es ist einfach so, als würde er nur schlafen. Erst gestern meinte sie, vielleicht zieht sein Körper im Augenblick nur die Notbremse, bis er sich vollständig von den heftigen Schlägen erholt hat. Ich fand die Erklärung sehr einleuchtend. Jedenfalls versuche ich, ebenso zuversichtlich zu bleiben.«

»Dann drücken wir ihm mal fest die Daumen.«

Später am frühen Abend saß sie wieder allein neben Jens' Bett. Kerstin und ihre Mutter waren vor einer halben Stunde gegangen, doch sie hatte sich noch nicht dazu durchringen können, ebenfalls nach Hause zu fahren. Sie hatte sich angewöhnt, ganz normal mit ihm zu sprechen, sobald sie allein im Zimmer waren. Gerade hatte sie ihm von ihrem Gespräch mit Georg Karg berichtet.

»Stell dir vor, alles hat sich aufgeklärt, Jens. Sybille ist in einer Anstalt, die Diamanten sind da, wo sie hingehören, und ich habe meine Arbeit zurück.«

So wie sie es oft tat, legte sie ihre Hand auf seine. Ihr Daumen strich sanft über seinen Handrücken.

»Nun musst du nur noch aufwachen, mein Liebling, dann wäre alles perfekt. Bitte, Jens, wach doch endlich auf.«

Wieder einmal zuckte er kurz mit dem Zeigefinger. Das war schon einige Male passiert, und beim ersten Mal hatte sie noch sofort nach einer Schwester geklingelt. Inzwischen wusste sie, dass es sich dabei nur um ein diffuses Muskelzucken handelte, das kein klares Anzeichen für einen Aufwachprozess darstellte.

»Ach, Jens«, flüsterte sie. »Ich würde so gerne von dir hören, ob du mich ebenso sehr liebst wie ich dich.«

Sein Finger zuckte erneut, und das entlockte ihr ein Lächeln. Doch dann lag er wieder über einige Stunden still da, bis sie sich am späten Abend schließlich von ihm verabschiedete.

Als sie eine gute halbe Stunde später in die Küche kam, saß Oliver dort vor einem großen dampfenden Becher. Der wundervolle Duft von kräftigem Kakao stieg ihr in die Nase.

»Ich habe auf dich gewartet«, teilte er ihr mit. Er stand auf, holte den Topf vom Herd und schenkte auch ihr einen Becher ein. »Gerade eben habe ich Kakao gemacht, weil ich dachte, er tut dir vielleicht gut, bevor du schlafen gehst.«

»Das ist süß von dir«, sagte sie, als sie den Becher entgegennahm. »Eine heiße Schokolade ist jetzt genau die richtige Nahrung für meine Seele.«

»Hast du Hunger? Da ist noch ein Rest Hühnersuppe von heute Mittag.«

»Nein, aber danke. Die Schwestern sind so nett und versorgen mich immer mit. Ich hatte vorhin mein geliebtes Brot mit Gouda, zwei große Tomaten und hinterher sogar noch einen Vanillepudding mit Kirschsoße.«

»Das klingt gut. Wie geht es ihm?«

»Nahezu unverändert. Die Schwellungen in seinem Gesicht gehen langsam zurück, und seine Finger haben sich vorhin wieder mehrmals bewegt, aber wir wissen ja inzwischen, dass das nichts heißen muss.«

»Das stimmt leider. Wenn es in Ordnung für dich ist, werde ich morgen im Laufe des Tages mal vorbeischauen.«

»Ja, mach das, Oliver. Vielleicht spürt er sogar, wenn du da bist. Frau Dr. Vollbeck ist der Meinung, dass er mehr mitbekommt, als wir glauben. Ein Koma ist kein normaler Tiefschlaf, sagte sie.« Sie trank einen Schluck von dem heißen Schokoladengetränk und schloss kurz die Augen. »Der Kakao schmeckt wirklich wunderbar, und du hattest recht, er tut unglaublich gut.«

»Ich habe eine Prise Zimt reingetan, so wie meine Mutter. Sie sagt immer, Schokolade und Zimt zusammen ergeben die beste Medizin für die Nerven und streicheln auch noch die Seele.« Oliver hob seinen Becher und prostete ihr zu. »Du hattest einen ziemlich ereignisreichen Tag, was? Hagen hat mir davon erzählt.«

Sie nickte. »Ich arbeite jetzt wieder für das *Alsterhaus*, und das macht mich unfassbar glücklich. Herr Karg ist mir wirklich sehr entgegengekommen. Feste Arbeitszeiten habe ich praktisch gar nicht mehr. Natürlich nur so lange, bis Jens aufwacht.«

»Ich kann mir gut vorstellen, wie erleichtert du darüber sein musst, wieder für das *Alsterhaus* arbeiten zu dürfen.« Er neigte sich ihr über den Tisch hinweg zu und nahm ihre Hand. »Du kommst doch mit all dem klar, oder?«, fragte er.

»Es geht schon, Oliver. Ich habe mir geschworen, die Hoffnung nicht zu verlieren. Er wird wieder aufwachen, daran glaube ich fest. Wenn es anders wäre, hätte ich mich mit Karg auch gar nicht auf diese Absprache eingelassen.«

»Falls du mich brauchst, bin ich für dich da. Das weißt du hoffentlich?«

»Natürlich weiß ich das, Oliver, und ich bin dir sehr dankbar dafür, dass du es geschafft hast, mein bester Freund zu sein.«

»Es ist mir sogar eine Ehre, es sein zu dürfen, Luise.«

Er zeigte ihr sein jungenhaftes Lächeln und hob erneut seinen Becher.

15. Kapitel

»Vier Wochen, Luise! Ich verliere langsam die Zuversicht.« Kerstin schenkte ihr einen zweiten Kaffee ein. »Ich habe schon keine Tränen mehr. Alles ist so verflucht hoffnungslos.«

»So darfst du nicht reden, Kerstin! Und du darfst unter gar keinen Umständen dein Vertrauen verlieren, hörst du?« Luise gab etwas Milch in ihren Kaffee und rührte langsam um. »Vielleicht solltest du dir eine Pause gönnen. Bleib die nächsten zwei Tage mal zu Hause und fahre nicht in die Klinik. Ich werde dich rundherum auf dem Laufenden halten.«

»Und du? Du brauchst doch auch dringend mal eine Auszeit von dieser Krankenhausluft. Bisher bist du jeden Tag bei ihm gewesen, und immer so lange es dir möglich war. Meine Süße, dich bringt es doch auch langsam an deine Grenzen, nicht wahr?«

»Jede Stunde, die ich nicht bei ihm sein kann, ist für mich viel schlechter zu ertragen, Kerstin.«

»Du bist ein Engel.«

»Nein, das bin ich nicht. Ich liebe ihn einfach, und ich habe mir fest vorgenommen, mein Leben mit ihm zu verbringen, falls er das auch will. Ich brauche seine Antwort, und bis er sie mir geben kann, werde ich an diesem verdammten Krankenhausbett sitzen und darauf warten, dass er endlich die Augen aufschlägt.«

»Es ist so unglaublich schwer, weiterhin daran zu glauben, dass er überhaupt irgendwann wieder aufwachen wird. Selbst Dr. Vollbeck beginnt langsam zu zweifeln. Ich sehe das in ihren Augen, wann immer ich mit ihr spreche.«

»Das empfinde ich nicht so. Sie ist mir eine große Stütze. Übrigens, selbst wenn es anders wäre, würde das an mir abprallen, Kerstin. Ich weiß einfach, dass er aufwachen wird. Wahrscheinlich schon sehr bald.« Sie trank ihren Kaffee aus und erhob sich. »So, es wird Zeit. Ich mach mich dann mal auf den Weg.«

»Ich fahre dich schnell.« Oliver stand in der offenen Küchentür und schenkte ihr ein aufmunterndes Lächeln. »Dann kommst du bequemer hin, und ich kann auch mal wieder kurz nach ihm schauen. Hagen habe ich bereits Bescheid gesagt.«

»Oh, das ist lieb von dir. Danke, Oliver.« Luise ging lächelnd zu ihm. »Ich hole nur eben die Tasche mit meinen Arbeitssachen und meinen Mantel, dann können wir los.« Sie drehte sich noch einmal zu Kerstin um. »Und du bleibst heute mal zu Hause und ruhst dich aus. Leg dich in der Stube aufs Sofa, und lies ein gutes Buch, oder geh dir ein neues Kleid kaufen. Mach irgendetwas Schönes, das dich ein bisschen aufmuntert und ablenkt. Abgemacht?«

Kerstin nickte. »Abgemacht.«

So wie immer galt ihr erster Blick Jens, sobald sie das Zimmer am Morgen betrat. Danach stellte sie ihre Arbeitstasche auf einem der Stühle ab und ging hinüber zum Fenster, um es weit zu öffnen und frische Luft in den Raum zu lassen.

»Irgendwann hat er mir mal erzählt, dass er den Gesang der Vögel am Morgen sehr genießen würde. Seit der Frühling Einzug hält, singen sie wieder. Ich bilde mir ein, dass er es vielleicht hört.«

»Kann sein«, erwiderte Oliver. Er stand am Fußende des Betts, und sein Blick ruhte auf Jens. »Ich glaube, auch die Mediziner wissen noch viel zu wenig über diesen Zustand. So wie er atmet, erscheint es einem wirklich, als würde er nur sehr tief schlafen. Jedes Mal, wenn ich hier bin, denke ich, dass er jede Sekunde aufwachen wird, wenn ich nur einmal zu laut huste oder so.«

»Ja, so geht es mir auch. Manchmal glaube ich sogar, ich muss ihn nur lange genug ansehen, damit er es endlich tut.« Sie lachte kurz auf. Selbst in ihren eigenen Ohren klang es bitter. »Wenn ich hier mit ihm alleine bin, rede ich mit ihm, als wäre er wach. Ich erzähle ihm alles Mögliche, Oliver. Ganz alltägliche Sachen, einfach so.«

»Gut so. Ich war hier nur ein einziges Mal für ein paar Minuten mit ihm allein, aber da habe ich das auch getan. Man kommt sich zuerst ein bisschen komisch vor, aber dann fand ich es völlig normal, mit ihm zu sprechen.«

»Ja.« Luise ging zurück zum Bett und strich mit ihrem Zeigefinger sanft über Jens' Wange. »Die Blutergüsse sind verschwunden, und seit sie ihm den Kopfverband abgenommen haben, sieht er schon fast wieder normal aus. Dr. Vollbeck sagte, dass der Schädelknochen sich wieder vollständig regeneriert habe. Von den Rissen in der Schädeldecke war auf dem Röntgenbild kaum noch etwas zu sehen.«

»Das sind doch insgesamt gute Neuigkeiten.« Er kam zu ihr und legte einen Arm um ihre Schultern. »Luise … Ich bin auch mitgefahren, weil ich noch einmal alleine mit dir sprechen wollte.«

»So? Was gibt es denn?«

»Hans-Jürgen Vollmer, du weißt schon, Hagens Cousin in München …« Er stockte.

»Und weiter?«

»Vollmer hat mir das Angebot gemacht, in seine Kanzlei zu wechseln, sobald ich mein Referendariat bei Hagen hinter mich gebracht habe. Es ist ein verdammt gutes Angebot, das muss ich zugeben.«

Sie seufzte. »Und du überlegst, es anzunehmen?«

»Ja, das tue ich. Schon nach einem Jahr in der Kanzlei könnte ich dort Partner werden, und das ist wirklich reizvoll.«

»Du würdest Hamburg wirklich wieder verlassen und nach München gehen?«

Er nickte. »Auch wenn mir die Entscheidung sicher nicht leichtfällt, aber darauf wird es wohl hinauslaufen, ja. Ich wollte einfach mal hören, was du dazu sagst.«

Einige Minuten lang blieben sie beide still, doch schließlich sprach Luise aus, wie sie darüber dachte.

»Ich werde dich schrecklich vermissen, Oliver, das weiß

ich schon jetzt. Aber wenn du das Gefühl hast, dass es für dich richtig ist, solltest du das Angebot unbedingt annehmen. Wer weiß schon so genau, wann sich dir noch einmal so eine Chance bietet.«

»Ja, so sehe ich das im Grunde auch. Danke, dass du mir deine Meinung dazu gesagt hast. Das habe ich wohl noch gebraucht.« Er warf einen Blick auf seine Armbanduhr. »Ich muss jetzt langsam los, Luise. Hagen wartet bestimmt schon, denn wir haben heute Mittag noch einen Termin bei Gericht.«

»Dann ab mit dir, und hab noch einen schönen und erfolgreichen Tag.« Sie stellte sich kurz auf die Zehenspitzen und küsste ihn auf die Wange. »Danke, dass du mich hergefahren hast, Oliver.«

»Immer gerne.« Sein Blick fiel noch einmal auf seinen Freund. »Du hast dich wirklich lange genug ausgeruht, mein Alter. Wach endlich auf! Die tollste Frau der Welt wartet hier auf dich.«

Vor lauter Verlegenheit knuffte sie ihn ein bisschen in die Seite, und bevor er ging, nickte er ihr noch einmal zu. »Bis später, Luise.«

»Bis irgendwann heute Abend, Oliver.«

Einige Stunden arbeitete sie konzentriert an ihren Entwürfen. Zwischendurch brachte ihr eine der Schwestern ein Tablett und stellte eine Kanne mit Tee und eine Tasse auf den Tisch. Luise kannte inzwischen jede einzelne Krankenschwester auf der Station, und alle kannten sie.

»Fräulein Luise, heute gibt es Königsberger Klopse mit

Salzkartoffeln und zum Nachtisch Schokoladenpudding mit Vanillesoße. Das klingt doch gut, oder? Es soll sogar schmecken, habe ich gehört.«

Luise schob ihre Zeichenutensilien zusammen, legte sie beiseite und machte Platz für das Tablett.

»Das klingt wirklich gut, Schwester Doris. Danke schön, dass Sie hier alle so gut für mich sorgen.«

»Das ist doch selbstverständlich. Und sehen wir es mal so, wäre Herr Thomsen wach, wäre das sein Essen.« Schwester Doris zwinkerte ihr munter zu. »Im Ernst, wir bewundern Sie alle sehr, Fräulein Luise. Es gab noch nicht einen einzigen Tag, an dem Sie nicht hier gewesen sind. Das ist nicht selbstverständlich. Und glauben Sie mir, ich weiß, wovon ich rede.« Sie deutete auf das Tablett. Der Teller war noch mit einer Haube abgedeckt. »Lassen Sie es sich schmecken. Ich lass den Wagen für das schmutzige Geschirr draußen gleich neben der Zimmertür stehen, dann müssen Sie später nicht so weit laufen.«

»Danke schön, Schwester Doris, das ist lieb von Ihnen.«

»Sehr gerne.«

Schwester Doris sah noch einmal nach Jens. Wie gewohnt überprüfte sie seinen Puls und den Tropf.

»In ungefähr einer Stunde müssen wir den wohl austauschen«, sagte sie. »Ich komme dann wieder.«

Luise nickte nur, dann hob sie den Warmhaltedeckel von ihrem Teller und begann zu essen. Natürlich hatte sie auch heute kaum Appetit, doch sie zwang sich dazu, fast alles aufzuessen. Wenn sie weiterhin so gut funktionieren wollte, brauchte sie ausreichend Nahrung, das wusste sie.

Als sie kurze Zeit später ihr Tablett raus auf den Krankenhausflur zum Geschirrwagen brachte, kam ihr Frau Dr. Vollbeck entgegen.

»Fräulein Vossen, wie geht es Ihnen heute?«, fragte die junge Ärztin.

»Mir geht es gut, aber Sie wissen doch, dass es hier nicht um mich geht«, erwiderte sie lächelnd.

»Ich wollte gerade nach ihm sehen«, teilte Dr. Vollbeck ihr mit.

»Das ist gut.«

Die Ärztin begleitete sie zurück in Jens' Zimmer. Luise war das nun folgende Prozedere schon vertraut. Im Grunde glich es dem von Schwester Doris, nur dass Dr. Vollbeck Jens auch noch mit dem Stethoskop abhorchte und seine Lider hob, um ihm mit einer Lampe in die Augen zu leuchten und nachzuschauen, ob sein Körper genug Tränenflüssigkeit produzierte, damit seine Augen keine bleibenden Schäden erlitten. Heute tastete sie zusätzlich seinen Bauch ab.

»Sie wissen, was ich fragen will, Frau Doktor.«

Die Ärztin nickte. »Seine Werte sind nach wie vor gut. Außer dass die äußeren Verletzungen inzwischen fast alle abgeheilt sind, stellen wir ein paar kleinere Veränderungen fest. Wie es scheint, werden seine Muskeln aktiver. Das zeigt sich auch, wenn die Schwestern ihn bewegen müssen, zum Beispiel bei der Körperpflege, wenn sie ihn rasieren oder sobald sie die Bettwäsche wechseln. Es scheint fast, als würde er auf äußere Reize reagieren, aber so ganz sicher sind wir uns da noch nicht.«

»Mir ist auch schon aufgefallen, dass sich seine Finger

häufiger bewegen, und gestern Abend hat plötzlich sein linkes Bein gezuckt. Aber Sie haben mir doch gleich am Anfang erklärt, dass das nichts heißen muss, Frau Doktor.«

»Normalerweise ist das auch richtig. Doch es erscheint uns tatsächlich so, dass es in den letzten Tagen etwas häufiger passiert. Es ist zwar nur eine kleine Veränderung, aber in einem solchen Fall sollte man sie zumindest im Auge behalten, würde ich sagen. Deshalb habe ich sie auch dokumentiert.« Dr. Vollbeck zog Jens die Bettdecke wieder hinauf bis zur Brust und wandte sich Luise zu. »Gestern Abend konnte ich mich eher zufällig mit Professor Stevens, einem renommierten Neurologen und Hirnforscher aus den USA, unterhalten. Er hält sich gerade für ein Forschungsprojekt in Hamburg auf. Ich habe ihm unseren Fall geschildert, doch seine Ausführungen brachten uns im Grunde nicht viel weiter. Allerdings hält er die unverändert guten Vitalwerte und die neuerdings erhöhte Muskelaktivität ebenfalls für einen äußerst wichtigen Anhaltspunkt, der uns Mut machen sollte.«

»Solche Worte sind die beste Nahrung für meine Hoffnung. Ich bin froh, dass Sie ihn nicht aufgeben.«

»Warum sollte ich das tun, Fräulein Vossen? Er atmet, er lebt, und sein Herz schlägt kräftig. Seine Jugend und die gute körperliche Verfassung, in der er sich vor dem Vorfall befunden hat, spielen dabei sicher eine Rolle, doch ich bin nach wie vor und jetzt erst recht davon überzeugt, dass er es schaffen wird.«

»Danke, dass Sie das sagen.«

»Ich sage nur, was ich denke. Geben Sie die Hoffnung

nicht auf, Fräulein Vossen.« Dr. Vollbeck verabschiedete sich von ihr, doch als sie das Zimmer verlassen wollte, fiel ihr Blick auf eine ihrer Zeichnungen.

»Haben Sie die gemacht?«, fragte sie hörbar erstaunt.

»Ja, das ist … Ich arbeite für das *Alsterhaus* und entwerfe verschiedene Variationen unserer Grundmodelle für die Maßschneiderei.«

»Darf ich?« Dr. Vollbeck deutete auf die Zeichenmappe.

»Natürlich, gerne.« Luise ging zu ihr und breitete ein paar ihrer Entwürfe auf dem Tisch aus.

»Die Modelle sind wunderschön, und Ihre Zeichnungen sind so ausgefeilt, dass man die fertigen Kleider praktisch schon vor sich sehen kann. Sie haben wirklich Talent, Fräulein Vossen.«

»Ich danke Ihnen. Eigentlich bin ich Schneiderin, aber das Entwerfen von Mode war schon immer mein Traum. Ich hatte das Glück, dass mein Chef mir diese Chance gegeben hat. Er lässt mich sogar hier arbeiten, solange es nötig ist. Dafür bin ich ihm doppelt dankbar.«

»Nun, ich würde sagen, *er* hatte Glück, dass er Sie gefunden hat.« Dr. Vollbeck lächelte. »Wenn Sie das hier …« Ihr Blick glitt zurück zu Jens. »Wenn Sie und Herr Thomsen das hier überstanden haben, werde ich zu Ihnen ins *Alsterhaus* kommen und mir ein Kleid von Ihnen machen lassen. Darauf können Sie wetten.«

»Es wäre mir eine Ehre, ein Kleid für Sie zu entwerfen, Dr. Vollbeck.«

Die Ärztin nickte ihr noch einmal zu, dann verließ sie das Zimmer.

Schwester Doris sah etwas später vorbei, um wie angekündigt den Tropf auszuwechseln, doch dann war sie wieder mit Jens allein. Sie arbeitete noch eine Stunde, dann klappte sie ihre Zeichenmappe zu und setzte sich auf den Stuhl, der direkt neben Jens' Bett stand.

»Du hast Dr. Vollbeck gehört«, sagte sie zu ihm. »Wir verstehen beide nicht, warum du dich noch immer weigerst, deine Augen aufzumachen.« So wie immer nahm sie seine Hand, und wieder einmal bewegten sich seine Finger. »Ich weiß ja, dass du mich gerne ärgerst, Jens Thomsen, aber nun reicht es wirklich.«

Sie beugte sich ein wenig zu ihm und drückte ihre Lippen sanft auf seinen Handrücken.

»Ich will … dich … nicht ärgern.«

Es klang fremd, sehr schwach und kaum hörbar. Für einen Moment nahm sie an, sie hätte es sich eingebildet, deshalb hob sie nur zögernd den Kopf, um ihm ins Gesicht zu sehen.

Im nächsten Moment sprang sie jedoch auf, und sofort schlug ihr das Herz bis zum Hals. Seine Augen waren geöffnet, und er sah sie tatsächlich an.

»Jens! Du bist wach! Endlich!«

Augenblicklich schossen ihr die Tränen in die Augen. Unaufhörlich liefen sie über ihre Wangen, tropften auf seine Hand, die immer noch in ihrer lag, und den Ärmel ihrer Bluse. Vorsichtig beugte sie sich über ihn, um ihm besser in die Augen schauen zu können.

»Was ist denn nur los?«, fragte er mit flüsternder Stimme. »Warum bin ich hier?« Sein Blick löste sich von ihr, und er sah hinauf zu dem Tropf. »Bin ich etwa im Krankenhaus?«

»Ja, Jens, ja, du bist in der Uniklinik, du warst … Ach, das klären wir später, ich muss Bescheid sagen. Ich muss …« Hastig betätigte sie den Klingelknopf, und kurz darauf kam Schwester Doris herein.

»Oh, Himmel! Sie sind ja wach, Herr Thomsen, wie schön!« Schwester Doris strahlte, und ihr Blick suchte den von Luise. »Ich sage sofort Dr. Vollbeck Bescheid. Was für eine wundervolle Nachricht.«

Es dauerte kaum zwei Minuten, da stürmte auch schon Dr. Vollbeck mit wehendem Kittel ins Zimmer.

»Willkommen zurück, Herr Thomsen«, rief sie freudig aus. »Sie können sich kaum vorstellen, wie glücklich wir alle darüber sind, dass Sie sich endlich dazu entschlossen haben aufzuwachen.« Die Ärztin trat ans Bett. »Wie geht es Ihnen?«, fragte sie ihn.

»Gut so weit.« Er räusperte sich. »Meine Stimme klingt eigenartig.«

»Das gibt sich, Herr Thomsen. Wahrscheinlich dauert es nur ein wenig, bis sich Ihre Stimmbänder daran gewöhnt haben, dass sie endlich wieder benutzt werden. Wir konnten Sie zwar mit genügend Flüssigkeit versorgen, aber Ihre Schleimhäute sind trotzdem recht trocken. Ich lasse Ihnen gleich einen Kamillentee bringen, der wird helfen.«

Jens nickte. »Danke. Was ist mit meinem Mund los? Meine Lippen …?«

»Das ist nur die Salbe, damit deine Lippen nicht zu sehr

austrocknen, Jens.« Luises Herz klopfte immer noch wie wild.

Er ist wach, dachte sie immer wieder. Jetzt wird alles gut.

»Sie waren vier Wochen im Koma, Herr Thomsen. Das geht nicht spurlos an einem vorbei.«

»Koma? Vier Wochen?« Der Blick, den er nun Luise zuwarf, wirkte Hilfe suchend, doch sie konnte nur nicken. »Koma«, wiederholte er, und dieses Mal klang es erstaunt und schon ein bisschen mehr nach ihm.

»Ist sonst irgendwas?«, wollte die Ärztin wissen. »Haben Sie Schmerzen? Was macht der Kopf?«

»Ich fühle mich ein bisschen … benebelt, aber nicht schlimm. Schmerzen habe ich keine, nur Durst. Furchtbaren Durst sogar.«

»Sie bekommen gleich den Tee. Würden Sie einmal für mich Ihre Arme heben und auch die Beine bewegen. Nur ein wenig.«

Er tat es.

»Das reicht schon. Sehr gut.«

»Sie fühlen sich verflucht schwach an«, bemerkte er.

»Das kommt zurück, in den meisten Fällen sogar recht schnell. Das liegt nur an der fehlenden Bewegung. Da bilden sich die Muskeln sehr schnell zurück.«

Überwältigt von ihren überschäumenden Glücksgefühlen, hörte Luise dem weiteren Gespräch zwischen Dr. Vollbeck und Jens zu. Etwas erschöpft saß sie nun auf ihrem Stuhl. Seine Hand hatte sie nicht wieder losgelassen. Es erschien ihr ebenso unmöglich, den Körperkontakt zu ihm abzubrechen, wie den Blick von ihm abzuwenden.

»Wir müssen die Thomsens benachrichtigen«, sagte sie schließlich zur Ärztin, ohne sie anzusehen. »Würden Sie das für mich übernehmen, Frau Doktor? Ich möchte ihn jetzt nicht alleine lassen.«

»Natürlich. Ich regle das sofort.«

Jens räusperte sich erneut. »Warten Sie damit noch ein bisschen, bitte.« Sein Blick glitt zu Luise. »Ich hätte gerne … noch ein wenig Zeit, bevor meine Eltern hier auftauchen. Ich denke, auf ein paar Minuten mehr oder weniger wird es jetzt auch nicht mehr ankommen.«

Luise fand, dass seine Stimme schon besser klang.

Auf dem Gesicht der Ärztin erschien ein nachsichtiges Lächeln. »Wäre eine Stunde für Sie in Ordnung?«

»Das wird reichen«, sagte er.

Dr. Vollbeck nickte. »Gut, dann machen wir das so. Bevor ich Sie alleine lasse, würde ich gerne noch etwas loswerden.« Sie sah Luise an. »Fräulein Vossen ist jeden Tag hier bei Ihnen gewesen, Herr Thomsen, und wir hatten die größte Mühe, sie zumindest am späten Abend nach Hause zu schicken.«

Luise schüttelte den Kopf. Erneut kamen ihr die Tränen.

»Deine Eltern und Oliver waren auch hier. Sogar meine Eltern haben dich besucht.«

»Nicht so wie Sie, Fräulein Vossen, und das wissen Sie sehr genau. Sie haben nicht aufgegeben, und das war bewundernswert und sehr tapfer.« Noch einmal richtete sich Dr. Vollbecks Blick auf Jens. »Wir sehen uns später noch einmal, Herr Thomsen. Wenn Sie etwas brauchen, klingeln

Sie bitte. Ich werde jetzt erst mal dafür sorgen, dass Sie den Tee und eine sehr kleine leichte Mahlzeit bekommen. Den Hunger wird das nicht stillen, aber wir dürfen Ihren Magen noch nicht überfordern.«

»Ich habe gar keinen Hunger«, erwiderte Jens.

»Der wird sich schon bald melden, glauben Sie mir.« Damit verließ die Ärztin das Zimmer.

»Vier Wochen?«, fragte er Luise ungläubig.

»Ja«, bestätigte sie.

»Die Vorstellung ist eigenartig. Hatte ich einen Unfall?«

Erstaunt erwiderte sie seinen Blick. »Du kannst dich an nichts erinnern?«

»Zumindest an nichts, das mich hierhergebracht haben könnte.« Seine Miene wirkte nachdenklich, doch dann hellte sie sich auf. »Warte, wir haben … Du und ich … Wir haben miteinander geschlafen.«

Ein schluchzender Laut entglitt ihr. »Ja, das haben wir, Jens.«

Wieder schien er nachzudenken, bevor er sanft lächelte. »Und es war so … wunderschön mit dir. Ich bin danach zu Sybille gefahren, um mich von ihr zu trennen.«

»So ist es. Allerdings bist du losgefahren, ohne mich zu informieren. Das war nicht besonders nett von dir, Jens.«

»Ja, das tut mir so furchtbar leid. Ich fühlte mich getrieben und war wohl ziemlich durcheinander und völlig überfordert von all den Gefühlen, die plötzlich …« Er brach kurz ab, dann räusperte er sich. »Wenn ich jetzt darüber nachdenke, gibt es kaum eine Entschuldigung dafür, aber ich konnte es einfach keine Sekunde länger aushalten, an

Sybille gebunden und nicht … frei für dich zu sein. Ich weiß noch, dass ich mich wie fremdgesteuert fühlte.«

Er schüttelte leicht den Kopf und sah dabei sehr nachdenklich aus.

Seinem Gesicht konnte sie ansehen, wie viel Mühe es ihn kostete, die Fetzen seiner Erinnerung zusammenzusetzen. Sie brachte es nicht fertig, ihn jetzt zu unterbrechen, also wartete sie geduldig ab, bis er weitersprach.

»Jedenfalls bin ich hingefahren und … Ja, ich weiß noch, dass wir in dem alten Arbeitszimmer ihres Vaters waren und Sybille mir eine riesige Szene gemacht hat, nachdem ich ihr gesagt habe, dass ich sie nicht heiraten kann und unsere Verlobung lösen muss, weil ich sie nicht liebe. Ab da ist es nur noch dunkel, und ich kann mich an nichts weiter erinnern.«

»Sie hat dich mit einem Briefbeschwerer niedergeschlagen, Jens. Sybille hat dir schlimme Verletzungen zugefügt, und hätte ihre Mutter nicht rechtzeitig eingegriffen, würdest du sehr wahrscheinlich nicht mehr leben. Sybille hatte offenbar völlig die Kontrolle verloren, und man musste sie in die geschlossene Psychiatrie einweisen. Übrigens hatte sie auch …« Jetzt musste Luise sich räuspern. »Erinnerst du dich noch an meine Entlassung und an die verschwundenen Diamantsterne?«

»Ja, ich erinnere mich. Du warst so furchtbar traurig, und ich hatte keine Ahnung, wie ich dich trösten könnte. Das war furchtbar.«

»Sybille war es, die die Diamanten gestohlen hat, Jens. Sie hatte einen Schlüssel für meinen Schrank. Es war jedoch ein Zufall, dass sie die Sterne gefunden hat. Eigentlich wollte sie mir nur schaden, indem sie immer wieder meine Entwürfe verschwinden ließ.«

»Intrigantes Biest.«

»Ja, das ist sie wohl.«

»Wie konnte ich nur jemals auf diese Frau hereinfallen? War ich … schwer verletzt?«

»Wenn man die Umstände betrachtet, bist du noch ganz gut weggekommen, was die Verletzungen am Kopf anging. Die Ärzte mussten die Wunde nähen, und du hattest einige strahlenförmige Haarrisse im Schädelknochen, aber das ist alles längst verheilt.«

»Du warst wirklich immer hier? Bei mir?«

»Ich konnte dich nicht alleine lassen, und ich wollte da sein, wenn du aufwachst.«

»Das ist dir gelungen, Honey.« Er lachte leise.

»Du sollst mich doch nicht so nennen. Das ist ein sehr alberner Kosename«, schimpfte sie liebevoll und musste ebenfalls lachen.

»Er passt aber so verdammt gut zu dir.« Ihre Blicke versanken ineinander. »Ich bin irre verliebt in dich, Luise Vossen«, sagte er. »Also, ich wollte eigentlich sagen: Ich liebe dich wie verrückt, und wenn ich schon in der dafür notwendigen Verfassung wäre, würde ich dich jetzt gerne küssen.«

»O Gott!« Sofort kamen ihr wieder die Tränen. Rasch erhob sie sich und küsste ihn ganz sanft auf den Mund.

»Was kann der denn dafür?«, fragte er lächelnd, als sich ihre Lippen wieder von seinen lösten.

»Ich liebe dich auch«, flüsterte sie. »So sehr, Jens, so sehr.«

»Wer hätte das gedacht.«

Die folgenden drei Tage waren geprägt von mehreren Besuchen seiner überglücklichen Familie, den verschiedensten und sehr gründlichen Untersuchungen der Ärzte und nicht zuletzt von dem erfolgreichen Versuch, ihn mit der Hilfe eines muskelbepackten Krankengymnasten namens Felix – im wahrsten Sinne des Wortes – wieder zum Laufen zu bringen. Mit all dem war er so beschäftigt, dass ihm kaum noch die Möglichkeit blieb, in Ruhe darüber nachzudenken, was ihn eigentlich hierhergebracht hatte. Sobald er abends alleine war, schlief er meistens innerhalb weniger Minuten völlig erschöpft ein.

An den eigentlichen Angriff erinnerte er sich noch immer nicht. Es war, als ob sein Gehirn diesen Teil des Erlebten schlicht ausblendete. Einerseits war er dankbar dafür, denn seine Wut auf Sybille war ohnehin schon grenzenlos. Doch andererseits fühlte es sich äußerst seltsam an, dass Teile seiner Erinnerung einfach verschwunden waren und er keinen Zugriff mehr darauf hatte, egal wie sehr er sich darum bemühte. Letztlich kam er zu dem Schluss, dass er es hinnehmen musste, wie es war.

Sein Körper hatte sich schon wieder an eine normale Nahrungsaufnahme gewöhnt, und die Kraft in seinen Beinen war schneller als erwartet zurückgekehrt. Natürlich war er noch nicht wieder in seiner alten Form. Er wurde sehr schnell müde, und dann wurde ihm bewusst, dass er auch in den nächsten Tagen noch ziemlich viel Ruhe brauchen würde, aber er konnte jetzt wieder ohne Hilfe stehen und laufen. Von Schwester Doris wusste er, dass das nach einer so langen Bewegungslosigkeit nicht selbstverständlich war.

Gestern Nachmittag hatte er sogar ein ausgiebiges Bad genossen, und es war eine wahre Wohltat gewesen, hinterher in seinen eigenen frisch gewaschenen Pyjama schlüpfen zu dürfen, den seine Mutter ihm vorsorglich von zu Hause mitgebracht hatte.

Heute, nach drei sehr ausgefüllten Tagen, hatten die Ärzte nun endlich die letzten notwendigen Untersuchungen abgeschlossen. Soeben hatte Dr. Vollbeck ihm und Luise lächelnd mitgeteilt, dass sie ihn gerne noch ein oder besser zwei weitere Tage unter Beobachtung behalten würde, doch danach würde sie ihn endlich guten Gewissens nach Hause entlassen können.

»Ist das nicht wundervoll?«, rief Luise aus, nachdem die Ärztin sie alleine gelassen hatte. »Das heißt, du kannst vielleicht schon übermorgen endlich hier raus.«

Sie strahlte ihn an, und sofort wurde es warm in seiner Brust. So wie jeden Morgen war sie auch heute gleich nach dem Frühstück zu ihm in die Klinik gekommen und saß jetzt auf ihrem gewohnten Platz neben seinem Bett.

Jeden Tag erzählte sie ihm, was in der Zeit, in der er im Koma gelegen hatte, so alles passiert war. Natürlich hatte sie ihm auch von Kargs Entschuldigung und ihrer Wiedereinstellung erzählt. Deshalb wusste er, dass sie heute Morgen nur eine knappe Stunde bei ihm bleiben konnte, weil sie nun endlich wieder ins *Alsterhaus* zur Arbeit gehen wollte.

»Du hast Frau Dr. Vollbeck gehört. Solange nichts Ungewöhnliches mehr passiert, dann ja«, erwiderte er. »Übrigens war mein Vater gestern Abend noch mal hier, nachdem du schon fort warst.«

Sie nickte. »Ich weiß Bescheid, Jens. Ich war noch unten in der Küche, als er nach Hause kam. Er hat mir gleich erzählt, dass er bei dir war und ihr beide euch endlich ausgesprochen habt.«

»Das war wohl überfällig, oder?«

»Das war es, Jens. Ich bin froh darüber, dass jetzt alles zwischen euch geklärt ist. Hagen wirkte sehr, sehr glücklich. Euer Streit hat ihn wirklich stark belastet.«

»Nicht nur ihn. Es war gut, dass ich ihm endlich in aller Ruhe erklären konnte, warum ich mich damals dazu entschieden habe, mein Referendariat in einer anderen Kanzlei zu absolvieren. Letztlich hat er es sogar verstanden. Im Nachhinein war es ziemlich dumm von uns beiden, dass wir darüber so sehr in Streit geraten sind und nicht mehr offen miteinander geredet haben.«

»Du wolltest eine unabhängige Beurteilung und nicht die von deinem Vater. Sehe ich das richtig?«

»Genau. Ich wollte vermeiden, dass andere irgendwann meine umfassende Qualifikation infrage stellen könnten, weil ich während des gesamten Studiums auf die Unterstützung meines Vaters zurückgreifen konnte. Er hat einen guten Namen als Jurist, hält Vorträge, auch an Universitäten. In Juristenkreisen ist er jedenfalls kein Unbekannter, auch das hat meine Entscheidung noch befeuert. Du weißt schon … der einflussreiche Vater, der den eigenen Sohn protegiert, und so weiter. Ich wollte so ein Gerede einfach gar nicht erst zulassen.«

»Ich verstehe das gut. Obwohl ich bei meiner Mutter in die Lehre gegangen bin, habe ich meine Abschlussprüfung ebenfalls in einem anderen Betrieb abgelegt. Allerdings ging diese Entscheidung von meinen Eltern aus. Die Gründe waren den deinen sehr ähnlich.«

»Das haben deine Eltern sehr vorausschauend und klug entschieden, würde ich sagen.«

Er griff nach ihrer Hand und drückte kurz seine Lippen darauf. Es gab noch etwas, das sie beschäftigte, das spürte er.

»Ist denn zwischen uns auch alles geklärt, Luise?«

Sie schenkte ihm ein nachsichtiges Lächeln, aber damit hatte er schon gerechnet.

»Ich denke, im Großen und Ganzen ist das wohl so, ja. Es gibt eigentlich nur noch eine einzige Frage, die ich dir gerne stellen möchte, aber das können wir in aller Ruhe klären, sobald du wieder zu Hause bist.«

»Nein«, erwiderte er. »Stelle sie mir ruhig jetzt. Ich möchte dieses quälende Gefühl endlich loswerden, dass da noch irgendetwas zwischen uns steht.«

»Na gut, du hast es so gewollt.« Er sah, dass sie tief durchatmete. »Ich möchte vorausschicken, dass deine Antwort für mich nur noch eine letzte Bestätigung darstellt. Ich habe nämlich bereits mit deinem Vater, mit Oliver und sogar mit Olga darüber gesprochen, weil die Antwort für mich von so immenser Wichtigkeit ist, dass es all das, was uns beide verbindet, sofort wieder infrage stellen könnte.«

Ein leiser Schrecken fuhr durch seinen Körper. »Das klingt verdammt ernst.«

»Das ist es auch, Jens. Ich gehe zwar inzwischen davon aus, dass ich mir darüber keine Sorgen mehr machen muss, möchte es jedoch auch von dir noch einmal hören.« Ein weiteres Mal holte sie geräuschvoll Luft. »Sag mir bitte ganz ehrlich, warum du im Wiedergutmachungsverfahren auf der Seite von *Hertie* agiert hast, wenn du schon nicht zusammen mit deinem Vater für die Familie Tietz kämpfen wolltest. Hagen meinte, du hättest dich da auch rausnehmen können, wenn du es gewollt hättest.«

Es war nicht besonders schwer, den eigentlichen Hintergrund ihrer Frage zu erkennen. Das Thema war schließlich schon einmal zwischen ihnen aufgeflammt.

»Oh, daher weht der Wind, ich verstehe«, sagte er leise, doch dann sah er ihr direkt in die Augen. »Politische Gründe spielten dabei durchaus eine Rolle, Luise.«

»Was?«

Mit großen Augen sah Luise ihn an. Sie wirkte fassungslos, und sofort wurde ihm klar, dass er sich missverständlich ausgedrückt hatte.

»Nein, du verstehst mich völlig falsch«, sagte er hastig. »Mit den Nazis habe ich nun wirklich nichts gemein.« Nachdrücklich schüttelte er den Kopf. »Nein, Luise, wirklich nicht. Ich wusste allerdings schon zum damaligen Zeitpunkt, dass genau das bei Klaus Prange womöglich völlig anders aussah. Mir war aufgefallen, dass er bisweilen sehr eigenartige Bemerkungen machte. Für mich waren diese Bemerkungen ziemlich eindeutig, doch sie reichten leider nicht aus, um ihm deshalb ganz offiziell die Hölle heißmachen zu können, falls du verstehst, was ich meine. Er blieb stets bei schwammigen Formulierungen, und die konnten unterschiedlich ausgelegt werden, wenn es für ihn eng geworden wäre. Ich denke, das wusste er auch ganz genau.«

»Im Grunde wolltest du also die Verhandlungen im Auge behalten?«

»Genau. Es widerstrebte mir einfach, nicht dabei zu sein und eventuell sogar einschreiten zu können, wenn es schmutzig werden sollte. Vielleicht sogar so schmutzig, um Prange die Zulassung als Anwalt entziehen zu können.« Er seufzte. »Leider hat das nicht geklappt.« Er legte seinen Zeigefinger unter ihr Kinn und drehte ihr Gesicht in seine Richtung. »Du glaubst mir doch?«

Einen sehr langen Moment sah sie ihm in die Augen, dann nickte sie. »Ja, Jens, natürlich glaube ich dir.«

Die Erleichterung ließ ihn kurz die Augen schließen. »Ich liebe dich, und eine andere Antwort hätte ich vermutlich nicht ertragen.«

»So geht es mir auch, Jens. Eine andere Antwort von dir hätte auch ich nicht ertragen.« Sie sah auf ihre Armbanduhr. »Oh, ich muss los.« Sie stand auf und drückte ihm kurz einen Kuss auf die Lippen. »Ich schau nach Feierabend noch mal bei dir vorbei.«

Er nickte. »Ich kann es kaum erwarten.«

16. Kapitel

»Es ist so schön, dass du wieder da bist, Luise.« Ihre Kollegin Ingrid umarmte sie herzlich. »Ich habe dich so vermisst.«

»Ich habe dich auch vermisst, Ingrid.« Sie machte eine umfassende Geste mit den Armen. »Das alles hier habe ich vermisst.«

Ihre Kollegin Karin Zacharias stand etwas verlegen ein paar Schritte von ihnen entfernt.

»Ich freue mich auch sehr, dass du wieder hier bist«, sagte sie.

»Danke, Karin. Du hast dich inzwischen sicherlich schon gut eingearbeitet, nicht wahr?«

»Ja, das habe ich, und ich fühle mich sehr wohl hier.«

»Auch wenn wir beide für drei arbeiten mussten«, fügte Ingrid hinzu und lachte. »Wie auch immer, ich bin so froh, dass es deinem Jens wieder gut geht und dass sich der ganze Mist mit den Diamanten aufgeklärt hat.« Ingrid schüttelte ihren Kopf. »Meine Güte, was für eine falsche Schlange diese Sybille doch ist. Ich mochte sie ja nie so richtig, wie du weißt.«

»Ja, und du hattest vollkommen recht mit deiner Einschätzung.« Luise sah sich um. »Also, ihr Lieben, was habt ihr für mich zu tun?«

Mittags saß sie mit Ingrid, Carla und Ulla zusammen in der Kantine.

»Dank Karin können wir jetzt sogar ab und zu zusammen zum Mittag gehen«, sagte Ingrid. »Das ist doch großartig.«

Luise genoss das Zusammensein mit ihren liebsten Kolleginnen in vollen Zügen. Es störte sie auch nicht, dass die drei ihr noch die eine oder andere Frage zu den vergangenen Wochen stellten. Das gehörte zu diesem besonderen Wiedersehen eben dazu.

»Gehen wir am Wochenende mal wieder zusammen aus?«, wollte Carla wissen. »Ulla und ich hatten so viel Spaß an dem Abend, und wir haben gehört, dass nächste Woche ein paar amerikanische Musiker im *Vaterland* auftreten sollen. Das wäre doch was für uns.«

»Das klingt fabelhaft. Ich wäre dabei«, stimmte Ingrid freudig zu.

Luise schüttelte seufzend den Kopf. »Jens kommt zum Wochenende nach Hause. Da würde ich lieber bei ihm bleiben.«

»Oh, aber das ist doch verständlich«, sagte Ulla sofort.

»Dann seid ihr mir nicht böse?«

»Natürlich nicht.« Ingrid kicherte. »Solange du uns anschließend alles genau erzählst.«

Luise sah auf die große Wanduhr der Kantine. »Es wird Zeit, Mädels. Unsere Pause ist vorbei. Wir müssen wieder ran.«

Eine Stunde später war sie in ihrem kleinen Büro und räumte ihre Arbeitsutensilien wieder zurück an ihren alten

Platz. Plötzlich stand eine Frau in mittleren Jahren in ihrer Tür.

»Fräulein Vossen?«

»Ähm … ja?«

Die Frau lächelte. »Ich stelle mich am besten erst einmal vor. Ich bin Selma Reese, die neue Sekretärin von Herrn Karg.«

»Wie schön, Frau Reese, es freut mich sehr, Sie kennenzulernen.«

»Die Freude ist ganz auf meiner Seite, Fräulein Vossen. Herr Karg würde Sie gerne sprechen, deshalb bin ich hier. Falls Sie ein bisschen Zeit hätten, soll ich Sie gleich zu ihm bringen.«

»Gerne. Ich bin gerade fertig.« Sie sah sich zufrieden um. »Alles ist wieder an seinem Platz. Es tut gut, endlich wieder hier zu sein.«

»Herzlich willkommen zurück, Fräulein Vossen«, begrüßte ihr Chef sie aufgeräumt. »Kommen Sie, setzen Sie sich, und lassen Sie uns einen Kaffee zusammen trinken. Ich habe uns welchen kommen lassen. Frau Reese hat auch für ein bisschen Gebäck gesorgt. Das sollten wir uns ebenfalls nicht entgehen lassen.«

Zusammen setzten sie sich an den Besprechungstisch, auf dem schon alles für sie bereitstand. Luise ergriff kurzerhand die Initiative und schenkte den Kaffee ein, und Karg bedankte sich.

Nachdem sie beim letzten Mal zusammen mit ihren Eltern hier im Büro gewesen waren, hatte ihre Mutter erwähnt, dass der Besprechungstisch schon zu Zeiten von Georg Tietz dort gestanden hatte. Irgendwie sah sie das schlichte Möbelstück mit den sechs dazu passenden Stühlen seitdem mit ganz anderen Augen. Hier hatten auch schon ihre Eltern Gespräche mit ihrem damaligen Chef geführt. Seltsamerweise fand sie diesen Gedanken auf eine berührende Weise erhebend.

»Wie geht es Ihnen, Luise?«, wollte Karg wissen.

»Mir geht es gut, danke. Ich bin sehr froh, wieder hier sein zu dürfen.«

»Mir wurde berichtet, dass Herr Thomsen zum Wochenende aus dem Krankenhaus entlassen werden könnte. Das freut mich sehr für Sie beide.«

»Ich bin überglücklich darüber, Herr Karg.«

»Das kann ich mir sehr gut vorstellen.«

»Und ich möchte mich auch noch mal sehr herzlich für Ihr Entgegenkommen bedanken. Es war wirklich eine große Erleichterung für mich, dass Sie mir gestattet haben, in der Klinik zu arbeiten.«

»Nun, ich sagte Ihnen schon bei unserem Gespräch im Krankenhaus, dass das für mich eine Art Wiedergutmachung war. Sie hatten schließlich einiges an Kummer zu verarbeiten, und ich habe dazu einen Teil beigetragen.« Er nahm einen Schluck von seinem Kaffee. »Ihre neuen Entwürfe waren im Übrigen wieder fantastisch. Aber ich habe Sie nicht nur allein zu mir gebeten, um Sie wieder im Hause willkommen zu heißen, Luise. Ich möchte mit Ihnen über weitere Pläne sprechen, die wir gemeinsam ins Auge fassen sollten.«

»Pläne?« Ihr Herz machte einen kleinen Sprung.

»Sie haben sicherlich schon mitbekommen, dass Ihre Modellvarianten der Grundmodelle hervorragend bei den Kundinnen ankommen.«

»Das ist mir tatsächlich nicht verborgen geblieben«, erwiderte sie lächelnd. »Natürlich habe ich heute Morgen sofort ins Auftragsbuch geschaut. Außerdem haben mich meine beiden Kolleginnen auf dem Laufenden gehalten.«

Karg nickte. »Damit sind wir auch schon beim Thema. Ich hatte Ihnen versprochen, dass wir Ihre Arbeit ausweiten werden, falls Sie mit Ihren Modellen Erfolg haben sollten, und das ist allemal eingetreten. Deshalb würde ich jetzt den nächsten logischen Schritt wagen.«

Er machte eine kleine Pause, nahm sich einen Keks und schob ihn sich in den Mund. Dann rückte er den Teller ein bisschen mehr in ihre Richtung.

»Die sind wunderbar. Nehmen Sie einen.«

Luise nahm sich ein Vanillekipferl und knabberte daran. Es war wirklich sehr lecker.

»Ich biete Ihnen also heute hochoffiziell an, eine eigene Modekollektion exklusiv für unser Haus zu entwerfen, Fräulein Vossen«, sagte er zu ihr, und sein Tonfall klang ein wenig feierlich.

»Eine eigene … Kollektion?« Luise glaubte zu träumen.

»Ja, und zwar völlig frei und unabhängig von den bereits vorhandenen Modellen. Wir brauchen Kleider für den Nachmittag, Cocktailkleider und natürlich auch weiterhin die ganz großen Abendroben. Bauen Sie Ihren eigenen Stil weiter aus, Luise, denn den haben Sie zweifellos. Er lässt sich bereits ohne größere Anstrengung an den vorhandenen Modellvarianten erkennen.«

»Herr Karg … Ich weiß gar nicht, was ich sagen soll.«

»Dann sagen Sie einfach nur begeistert Ja, Luise.«

»Ja!«, rief sie aus und brachte ihn damit zum Lachen.

»Sie sollten sich trotzdem vorher noch meine genauen Vorstellungen zu unserer künftigen Zusammenarbeit anhören. Ich habe vor, die *Alsterhaus*-Linie in allen großen Hamburger Zeitungen zu bewerben. Eventuell sogar über Hamburg hinaus. Selbstverständlich wird es auch auf vielen Litfaßsäulen in der Stadt entsprechende Plakate geben. Ich werde Ihren Namen zu einer Marke machen, und Sie werden selbstverständlich erheblich mehr Geld verdienen als bisher.« Er stieß ein langes zufriedenes Schnaufen aus. »Kein anderes Kaufhaus kann bisher mit einer eigenen Modelinie punkten. Ihre Mode wird ein Vorreiter sein. Wir könnten also wirklich etwas ganz Neues zusammen erschaffen, das es bisher noch nicht gegeben hat.«

»Das klingt … groß.«

Luise musste schlucken. Sie war völlig überwältigt von dem Gedanken, tatsächlich eine Kollektion frei nach ihren eigenen Vorstellungen erschaffen zu dürfen.

»Es dürfte Ihnen klar sein, dass ich das ganze Theater nicht ohne Eigennutz veranstalten würde, Luise. Ja, ich werde dafür sorgen, dass auch Ihr Name bekannt wird, aber ich tue das in erster Linie für mein Unternehmen. Das ist mein eigentlicher Antrieb, und daraus mache ich auch keinen Hehl.«

»Das weiß ich, und ich finde das völlig normal.«

»Um es klarer zu formulieren: Damit Sie mir keiner so schnell wegschnappen kann, werde ich Sie für die nächsten fünf Jahre vertraglich fest ans *Alsterhaus* binden. Danach können wir uns wieder neu zusammensetzen, wenn wir es beide wollen. Während dieser Zeit dürfen Sie also für kein anderes Unternehmen tätig werden. Das ist meine Bedingung. Die letzte Entscheidung liegt nun bei Ihnen, Luise.«

Er nahm die Kaffeekanne und schenkte ihnen nach. Als er die Kanne wieder abgestellt hatte, schob er sich einen weiteren Keks in den Mund und verspeiste ihn mit sichtlichem Genuss.

»Und bevor ich es vergesse«, sprach er schließlich weiter. »Sollten Sie innerhalb dieser Zeit heiraten und Kinder bekommen, finden wir sicher gemeinsam eine Lösung. Wir haben unterdessen wohl beide bewiesen, dass wir über die üblichen Grenzen des Arbeitsmarktes hinausdenken können.«

»Für mich klingt das alles ganz wundervoll, Herr Karg. Ehrlich gesagt bin ich immer noch sprachlos. Und übrigens, was meine Bindung an das *Alsterhaus* angeht, ist das für mich überhaupt kein Problem. Ich liebe dieses Haus.«

»Diese Antwort habe ich erwartet, und ich freue mich darüber. Ich bin ein Mann, der sein Leben lang mit Frauen zu tun hatte, die ihre Erfüllung nicht allein in ihrer Rolle als Ehefrau und in der Betreuung ihrer Kinder fanden. Sie selbst sind ja ebenfalls mit einer Mutter aufgewachsen, die ihrem Beruf nachgegangen ist, wann immer es ihr möglich war, richtig?«

Sie nickte bestätigend. »Meine Mutter hat stets gerne gearbeitet und tut es auch heute noch.«

»Sehen Sie.« Er hob seine Tasse so feierlich an, als wäre sie ein Sektkelch. »Dann lassen Sie uns zusammen auf diese Reise gehen, Luise. Sie haben das Talent und ich das nötige Kapital. Beides zusammen war schon immer eine Kombination, die große Erfolge hervorbringen kann.«

»Sie wissen genau, dass ich dieses großartige Angebot gar nicht ausschlagen kann, Herr Karg«, sagte sie lachend und hob dabei ebenfalls ihre Tasse. »Lassen Sie also den Vertrag aufsetzen, damit wir ihn beide möglichst schnell unterschreiben können.«

»Wunderbar, dann wird das gemacht! Das *Alsterhaus* sieht herrlichen Zeiten entgegen, auch dank Mitarbeiterinnen wie Ihnen, Luise. Ich bin stolz auf uns alle. Auf jeden Einzelnen, der hier in den Etagen unter uns seinen Beitrag leistet. Die schlimmen Zeiten liegen nun endgültig hinter uns.«

»Ich habe tatsächlich das Gefühl, dass das Kaufhaus im vergangenen Monat noch voller geworden ist.«

»Das stimmt auch. Unsere Umsätze steigen von Monat zu Monat weiter an. Ich sagte Ihnen schon einmal vor längerer Zeit, dass wir uns auf eine glänzende Zukunft freuen dürfen. Die Arbeitslosenzahlen fallen nun täglich, und die Wirtschaft unseres Landes wird von Tag zu Tag stärker, weil die Menschen endlich wieder mehr Geld in der Tasche haben. Und damit meine ich nicht nur diejenigen, die ohnehin schon immer ihre Schäflein im Trockenen hatten. Selbst die ganz normalen Arbeiter und Angestellten können sich schon jetzt Dinge leisten, von denen sie noch vor wenigen Monaten nur geträumt haben. Alle Betriebe unseres Landes arbeiten auf Hochtouren, und jeden Tag rollen nicht nur in Wolfsburg eine Menge Autos aus den Hallen. Auch die Haushaltsindustrie kommt mit ihrer Produktion kaum noch nach. Die Leute können und wollen wieder kaufen, Luise. Geben wir ihnen also, wonach sie verlangen.«

»Das klingt wirklich nach einem Aufbruch in eine neue Zeit.«

»Das ist es auch, und ich bin froh, meinen Teil dazu beitragen zu können.«

Eine kleine Weile saßen sie beide da und hingen ihren Gedanken nach. Karg trank seinen Kaffee aus und schob die Tasse ein wenig beiseite, bevor er den Blick hob.

»Wissen Sie, ich träume schon länger davon, irgendwann eine Institution gründen zu können, die unsere neuen Werte auf eine besondere Weise hervorhebt. Ich habe schon an eine Stiftung gedacht, die sich zum Ziel setzt, unsere Demokratie zu stärken und etwas wirklich Wichtiges für die Unterstützung junger Menschen und ihre Bildung zu tun. Ich halte es für immens wichtig, die Chancen, die sich unserem Land jetzt bieten, auf eine feste und nicht so leicht zu erschütternde Basis zu stellen. Meine Ideen gehen da in verschiedene Richtungen, und ich werde die Gedanken daran so lange festhalten, bis ich sie in die Tat umsetzen kann.«

»Das klingt wunderbar, Herr Karg.«

»Ja, das finde ich auch. Doch um es auf den Weg bringen zu können, so wie ich es mir vorstelle, muss unser Unternehmen noch um einiges wachsen. Denn dafür braucht es ein solides finanzielles Polster. Ich habe schon mit meiner Familie darüber gesprochen, und zum Glück teilt sie meine Einstellung.« Er atmete tief ein. »Verstehen Sie mich nicht falsch, Luise, ich habe selbst enorm viel gearbeitet für den Erfolg dieses Unternehmens. Doch allein schon der Gedanke daran, dass ich es heute besitze, ruft in mir noch immer eine tiefe Demut hervor. Nicht zuletzt, weil auch ich in der Vergangenheit nicht immer fehlerfrei gehandelt habe, vergeht eigentlich kein Tag, an dem ich nicht dankbar dafür bin, dass das Schicksal es so gut mit mir meinte. Der Erfolg ist meine Bestätigung, aber das reicht mir nicht. Es ist mir einfach wichtig, all dem irgendwann gerecht zu werden. Deshalb möchte ich meinem Land etwas zurückgeben.«

Luise war beeindruckt. »Das kann ich gut nachvollziehen, und ich bewundere Sie sehr für diese Einstellung.«

Er stieß ein kurzes Lachen aus. »Und bitte, fragen Sie mich niemals, warum ich gerade mit Ihnen ständig über so schwerwiegende Dinge rede. Normalerweise tue ich das höchstens mit meiner geliebten Gattin oder auch mal mit meinem Sohn.« Er schüttelte leicht den Kopf, dann nahm er seine Brille ab und putzte mit der Spitze seiner Krawatte über die Gläser. »Meine liebe Frau sollten Sie übrigens irgendwann einmal kennenlernen, Luise. Ich denke, Sie würden sich sehr gut mit ihr verstehen.«

»Es würde mich sehr freuen, Ihre Gattin kennenzulernen, Herr Karg.«

Er nickte. »Eine passende Gelegenheit wird sich sicherlich schon bald ergeben. Sie können sich darauf verlassen, dass ich niemals wieder an Ihnen zweifeln werde, Fräulein

Vossen.« Nun benutzte er wieder die förmliche Anrede. »Und ich wiederhole mich gerne, wenn ich sage, wie froh ich bin, Sie hier im *Alsterhaus* zu wissen.«

Er erhob sich, und sie tat es ihm nach.

»Dann mal ran an die Arbeit. Es gibt jede Menge für uns beide zu tun. In spätestens einem Jahr möchte ich unten im Lichthof eine grandiose Modenschau inszenieren, die die Welt der Kaufhäuser tüchtig durcheinanderwirbelt. Dafür brauche ich Ihre Kollektion, Fräulein Vossen.«

Zwei Wochen später

»Ich bin so unendlich glücklich«, flüsterte Luise. »Glücklicher geht es kaum noch.«

Sie lag dicht an Jens geschmiegt neben ihm in seinem Bett. Er hatte einen Arm um sie gelegt und drückte sie noch ein bisschen mehr an sich.

»So geht es mir auch«, erwiderte er.

»Wie geht es denn jetzt mit deinem Examen weiter?«, fragte sie. »Du wolltest dich doch heute erkundigen, ob …«

»Ja, das habe ich auch getan«, fiel er ihr nickend ins Wort. »Ich könnte das entweder noch dieses Jahr im Herbst angehen oder erst im nächsten Jahr, dann wieder im Mai. Das wäre überhaupt kein Problem. Es eilt ja im Grunde auch nicht. Mein Studium ist abgeschlossen, und das erste Staatsexamen habe ich bereits in der Tasche. Ich darf also als Anwalt arbeiten, wenn ich es will.« Er seufzte leise. »Meine Kündigung an Prange ist gestern rausgegangen. Es ist also alles auf einem guten Weg. Man soll es nicht glauben, aber schon ab der nächsten Woche bin ich ganz offiziell Partner hier in der Kanzlei meines Vaters. Stell dir vor, er hat sogar schon das neue Schild in Auftrag gegeben.«

»Ja, das habe ich gestern mitbekommen. Hagen ist einfach außer sich vor Freude und Stolz. Das rührt mich so sehr, Jens.«

»Mir geht es ebenso. Hättest du mir vor ein paar Monaten erzählt, dass ich noch in diesem Jahr als vollwertiger Partner bei meinem Vater einsteigen werde, hätte ich dich wahrscheinlich laut ausgelacht.«

»Aber du fühlst dich doch wohl mit deiner Entscheidung, oder?«

»Sogar sehr wohl. Und seit ich weiß, dass Oliver zu Hans-Jürgen nach München gehen wird, brauche ich auch wegen ihm kein schlechtes Gewissen zu haben. Für uns alle drei wäre es auf die Dauer doch etwas eng geworden.« Er machte einen tiefen Atemzug. »Ja, ich fühle mich verdammt wohl mit meiner Entscheidung, Luise. Mein Vater und ich haben alles ganz genau durchgesprochen. Ende nächster Woche haben wir gemeinsam einen Termin mit Georg Karg. Auch wenn ich jetzt zur Kanzlei Thomsen gehöre, würde ich sehr gerne weiterhin für ihn arbeiten. Wir müssen noch sehen, wie sich das vertraglich umsetzen lässt, aber das kriegen wir schon hin. Außerdem müsste sich Karg dafür natürlich von Prange trennen, aber er sagte mir bereits bei unserem letzten Gespräch, dass er das ohnehin schon länger vorhatte, weil auch ihm irgendwann bewusst geworden war, wie Prange wirklich tickt.

Karg hat offenbar nur mir zuliebe noch an der Vereinbarung mit Prange festgehalten. Es war wirklich überraschend für mich, das zu hören.«

»Es kommt mir vor, als würde plötzlich all das wahr werden, was wir uns jemals gewünscht haben.« Luise legte sich auf die Seite, um ihn besser ansehen zu können. »Ich weiß jetzt auch genau, warum es mich so sehr nach Hamburg gezogen hat. Es war mir einfach vorbestimmt. Ich musste hierherkommen, um so glücklich werden zu können, wie ich es jetzt bin. Du, aber auch das *Alsterhaus* und die Stadt seid einfach mein Schicksal, Jens. Alles hat sich irgendwie gefügt. Du bist endlich bei mir. Gesund und …« Sie musste kichern. »Wirklich beeindruckend leistungsfähig, wenn man bedenkt, dass du noch vor gar nicht langer Zeit in einem tiefen Koma gelegen hast.«

Frech setzte er ein breites Grinsen auf. »Dr. Vollbeck sagte ja, die Kraft kommt schneller wieder zurück, als man es sich vorstellen kann.«

Zärtlich schob er ihr eine Haarsträhne hinters Ohr. Inzwischen war ihr diese kleine liebevolle Geste vertraut. Er tat das oft.

»Ich glaube, ich habe dich schon immer geliebt«, sagte er.

»Das glaube ich dir nicht, Jens. Ich kann mich sehr gut an Zeiten erinnern, da hattest du jede Menge Spaß daran, mich zu ärgern.«

»Das war nur, weil du mich so wahnsinnig gereizt hast. Ich wollte damit einfach erreichen, dass du endlich Notiz von mir nimmst.«

Sie musste lachen. »Ach, hast du dich damals deshalb so aufgeplustert wie ein Pfau?«

»Das habe ich doch gar nicht getan«, widersprach er sofort.

»Und ob du das getan hast. Du warst wahnsinnig selbstverliebt. Meine Güte, es war kaum auszuhalten.«

Kichernd drückte sie ihre Nase an seinen Hals.

»O nein, du irrst dich. Ich war sogar rasend in dich verliebt. Heute weiß ich das. Du warst schon damals ein reizvolles Geschöpf, wenn auch noch ein bisschen zu jung.« Er lächelte amüsiert. »Jetzt sind wir jedenfalls erwachsen, und du bist mir endlich und für alle Zeiten verfallen. Es gibt nichts, was mir je wichtiger sein könnte.«

Er gab ihr einen schnellen Kuss auf die Nasenspitze und begann leise, »La vie en rose« zu summen. Damit brachte er sie zum Kichern.

»Unser Tanz«, sagte sie leicht verträumt.

»Ja, unser Tanz. Deine Nähe hat mich einfach umgehauen. Um ein Haar hätte ich dich geküsst, das weiß ich noch. Bis heute frage ich mich, wie ich es geschafft habe, es dann doch nicht zu tun. Ich war so verdammt heiß auf dich.«

»Du weißt, dass es mir genauso erging. Noch niemals zuvor habe ich mich so gefühlt. Der Abend hat alles zwischen uns verändert.«

»Ja, das hat er wohl. Von da an musste ich jede Nacht an dich denken. Ich wollte dich so sehr, und nun habe ich dich endlich.« Er grinste. »Aber wer weiß, vielleicht bist du bald wahnsinnig berühmt, Honey.«

Amüsiert winkte sie ab. »Blödsinn.«

»Du wirst mich doch trotzdem heiraten?«

Ihr Herz setzte für einen Schlag aus, und ruckartig richtete sie sich auf. »War das jetzt etwa ein Antrag, Herr Thomsen?«

»Darauf kannst du jede Wette abschließen, Fräulein Vossen. Ich liebe dich nämlich wahnsinnig, und ich werde nicht zulassen, dass du jemals wieder aus meinem Leben verschwindest.«

»Ha, sei ehrlich, du brauchst nur jemanden, mit dem du dich jederzeit trefflich streiten kannst.«

»Natürlich, das gebe ich gerne zu.« Er schmunzelte, setzte sich ebenfalls auf und zog sie an sich, sodass sie jetzt rittlings auf seinem Schoß saß. »Du bereitest mir eben in jeder Form enormes Vergnügen, Honey.«

Luise lächelte verschmitzt. »Das spüre ich gerade. Aber ich warne dich, wenn du mich noch einmal Honey nennst, werde ich Nein sagen.«

Er schloss die Augen und schüttelte leicht den Kopf. »Das wirst du nicht tun, das weiß ich.«

»Wie kannst du dir da nur so sicher sein, du selbstverliebter, arroganter …« Er küsste sie und raubte ihr damit einmal mehr den Atem.

»Weil du mich liebst, Honey, weil du mich liebst.«

Anmerkung der Autorin

Liebe Leserin, lieber Leser,

selbstverständlich gibt es Bereiche und Geschehnisse, die in beiden Romanen nicht in vollem Umfange zur Sprache kommen konnten. Deshalb gestatten Sie mir bitte noch ein paar zusätzliche Anmerkungen zu meiner *Alsterhaus*-Saga.

Über die genauen Umstände rund um die Enteignung beziehungsweise Arisierung des Tietz-Konzerns, aber auch über die spätere Wiedergutmachungsverhandlung zwischen der Familie Tietz und der *Hertie GmbH* im Jahre 1949 ist nur sehr wenig bekannt. Selbst über die Summen, um die es in beiden Fällen ging, kann man sehr unterschiedliche Angaben finden. Die in diesem Roman genannten Kaufhäuser in München, Karlsruhe und Stuttgart wurden nach dem Vergleich tatsächlich wieder an die Familie Tietz zurückgegeben. Georg Karg mietete die betreffenden Häuser sofort wieder an, um sie dann einige Jahre später zurückzukaufen. Familie Tietz ging es bei ihrer Klage offenbar hauptsächlich um eine Wiedergutmachung. Sie hatte sich unterdessen überwiegend ein Leben in den USA aufgebaut und kein eigenes Interesse mehr an den Kaufhäusern in Deutschland.

Georg Tietz kam nach Deutschland zurück. Er war ein großer Buchliebhaber und Kunstsammler. Er starb 1953 in München.

Georg Karg starb 1972 in Bad Homburg.

Die *Hertie-Stiftung* hat erst im Jahre 2020 eine genauere Untersuchung der gesamten Ereignisse in Auftrag gegeben. Die Untersuchung soll einige Fragen klären, die immer wieder von verschiedenen Seiten gestellt wurden, vor allem von Studierenden der *Hertie-School*. Natürlich soll ebenfalls geklärt werden, ob Georg Karg bei der Arisierung des Tietz-Konzerns persönlich Schuld auf sich geladen hatte und wie es ihm zum Beispiel möglich gewesen war, nach und nach sämtliche Anteile des Konzerns aufzukaufen.

Georg Karg gründete die *Hertie-Stiftung* bereits im Jahre 1953 und überließ ihr fast sein gesamtes Vermögen. Seine Kinder Hans-Georg Karg und Brigitte Gräfin von Norman haben dann im Jahre 1974 die gemeinnützige *Hertie-Stiftung* ins Leben gerufen, die sich seitdem verschiedensten Themen wie zum Beispiel Bildung, Förderung der Demokratie, aber auch der Hirnforschung widmet. Aus der *Hertie-Stiftung* ging unter anderem auch die berühmte *Hertie-School* in Berlin hervor.

Auch wenn bis heute nur wenig über seine wahren Beweggründe bekannt ist, Georg Kargs Traum, seinem Land mit dieser Stiftung etwas zurückgeben zu können, ist zumindest wahr geworden.

Danksagung

Eine Geschichte, die vor dem Hintergrund realer historischer Ereignisse spielt, lässt sich nicht ohne eine ausführliche Recherche schreiben. Allein mit dem Lesen der üblichen Basisliteratur ist es allerdings oft schwer, dies zu bewältigen. Deshalb braucht man Menschen, die ihr Wissen, ihre berufliche Erfahrung oder einfach ihre lebhaften Erinnerungen bereitwillig teilen. In diesem Zusammenhang bedanke ich mich vor allem bei:

Meinem Peter, der mich nach wie vor bei jeder notwendigen Recherche unterstützt, wo er nur kann. Er ist noch immer der beste Ermittler Hamburgs.

Prof. Frank Bajohr, Historiker, der mir freundlicherweise einige sehr gute Tipps zur Recherche zum Thema Arisierung zukommen ließ.

Meiner Tante Lilo, der ich diesen Roman gewidmet habe. Sie selbst war in der Nachkriegszeit eine junge Frau und hat mir viele Fragen beantwortet, die mir auf der Seele brannten. Lilo hat mir die Zeit zu Beginn der 1950er-Jahre viel nähergebracht, als es jeder Film und jedes Buch zuvor schaffen konnte. Meine Tante ist leider vor einigen Monaten verstorben. Sie hatte sich so sehr auf die beiden Romane rund um das *Alsterhaus* gefreut. Sie fehlt mir unendlich. Wenn ich an sie denke, habe ich noch immer ihr besonderes Lachen im Ohr, und jedes Mal, wenn irgendwo ein Sektkorken knallt, höre ich ihre leicht kratzige Stimme rufen: »Grüß Mary, mich hat's erwischt.«

Ja, liebste Lilo, ich befolge deinen Rat und habe stets eine Flasche Sekt im Kühlschrank. Man weiß ja nie, wann es etwas zu feiern gibt.

Außerdem geht mein Dank an:

Meine Lektorin vom Heyne-Verlag, Sarah Mainka. Liebe Sarah, du bist einfach super!

An meine Zweitlektorin und zuverlässige Redakteurin Christiane Wirtz, die es nach wie vor meisterhaft versteht, meinen Texten sehr liebevoll und mit der notwendigen Umsicht den berühmten letzten Schliff zu verleihen. Ich kann mich voller Vertrauen auf ihr Urteil verlassen, und wir sind mit der Zeit zu einem perfekten Team geworden. Danke, liebe Christiane!

Meine Literaturagentur Langenbuch & Weiß. Es ist immer wieder schön zu wissen, dass ich mich vertrauensvoll auf euch verlassen kann.

An Angelo Winter und Lennart Graupner für das Pflegen und Gestalten meiner Webseite: susannerubin.de

Lennart, deine Kreativität und dein Gespür für das richtige Design hauen mich immer wieder um!

Und Angelo, ich weiß deine Arbeit und deine Freundschaft sehr zu schätzen.

Und natürlich an meine gesamte Familie und ein weiteres Mal an meinen geliebten Peter.

DANKE!